谨以此书纪念家父李连山烈士英勇就义78周年

李泽中/著

理论经济学研究与创新

LILUN JINGJIXUE
YANJIU YU CHUANGXIN

（上）

图书在版编目（CIP）数据

理论经济学研究与创新(上)/李泽中著．—北京：中国社会科学出版社，2008.8

ISBN 978‐7‐5004‐7379‐4

Ⅰ．理…　Ⅱ．李…　Ⅲ．马克思主义政治经济学—研究　Ⅳ．F0‐0

中国版本图书馆 CIP 数据核字(2008)第 173970 号

责任编辑　吴连生　张　红
责任校对　修广平
封面设计　李　航
版式设计　戴　宽

出版发行　中国社会科学出版社
社　　址　北京鼓楼西大街甲 158 号　　　　邮　编　100720
电　　话　010—84029450(邮购)
网　　址　http://www.csspw.cn
经　　销　新华书店
印　　刷　华审彩印厂　　　　　　　　　　装　订　广增装订厂
版　　次　2008 年 8 月第 1 版　　　　　　印　次　2008 年 8 月第 1 次印刷
开　　本　880×1230　1/32
印　　张　14.75　　　　　　　　　　　　插　页　2
字　　数　383 千字
定　　价　33.00 元

作者简介

　　李泽中，著名经济学家，中国社会科学院高级研究员，该院研究生院教授，曾兼任经济系主任。1951 年参加土改并任工作队长。60 年代为曾任中共中央总书记的张闻天同志做理论研究助手。1977—1978 年，为于光远、马洪主编的《大庆经验政治经济学考察》一书的调研和编写，负责生产篇。1979 年至 1985 年，先后作为许涤新主编的《政治经济学辞典》（三卷）和中国大百科全书《经济学》三卷编写组成员，参与设计编写和定稿。专著有《社会主义所有制关系及其发展规律性问题》，该书被波兰科学院施乐文教授翻译出版。主编《当代中国社会主义经济理论》、《中国特色社会主义经济问题研究》、《关于知识即科技型经济时代探索》。发表论文约 200 万字，合作的文集十余种。传略载入英国《世界名人录》和《国际 500 首要人物》第 4 版。美国世界名人文化研究中心名誉总裁，并授予"世界名人勋章"、美国世界名人科学院院士、《中华当代大师》文献编为"中国学术大师"。

序　言

　　新中国成立将近 60 年历史。到 2008 年，改革开放也已近 30 年。《理论经济学研究与创新》① 既是我的研究计划，同时也是为了纪念改革开放 30 周年。如果没有邓小平和党中央提出和确定的改革开放的总方针，也就谈不上有什么科学研究与创新。所以，对改革开放的回忆和纪念，是件非常有意义的事。

　　理论经济学经历了一个长期形成和发展的历史过程，有许多学派。在古代社会，经济学与哲学是混杂在一起的。随着人类社会三次大分工的发展，农畜牧业、手工业和商业逐步分离和发展起来。与此相应，城堡也逐步形成和发展起来。在经济方面，先后出现了重农学派和重商等学派。随着经济和社会的发展，18 世纪中后期，英国的资产阶级古典政治经济学派产生了。其创始人亚当·斯密出版了《国富论》。全书以国民财富为研究对象，指出一切生产劳动都是财富的源泉，论述了劳动决定价值的原理，划分了资本主义社会的三个阶级及其收入。该书建立了古典政治经济学的初步体系。19 世纪初期，古典经济学派另一位代表人物大卫·李嘉图，发表了《政治经济学及赋税原理》一书，他继承了亚当·斯密理论中的科学成分，批判了斯密价值论中的

---

　　①　理论经济学，最早是恩格斯提出来的。它与政治经济学概念是通用的。

二元观点，第一次提出了商品的价值是由社会必要劳动量决定的。他认为，全部价值分解为工资、利润和地租。三者分配的比例并不改变劳动决定价值的原理。在分配三种收入的关系时，涉及了资本主义社会阶级对立的经济根源。当然，这种三位一体的分配观点，同劳动创造价值的理论是有矛盾的。但该书所建立的体系，却使英国古典政治经济学趋于成熟。随着资本主义发展，20世纪二三十年代出现了凯恩斯主义学派，后来又分化出后凯恩斯主义学派，还有其他学派。

19世纪初期，产生了以法国的圣西门和傅立叶为代表的空想社会主义学派。圣西门发表的《论实业制度》等著作，认为，实业制度是理想的社会制度，提出若干积极性设想。但却主张保存生产资料私有制和剥削收入。幻想国王和资产者帮助无产阶级建立这种制度。傅立叶发表的《关于四种运动和普遍命运的理论》和《经济的和协会的新世界》等著作，对资本主义制度进行了无情的批判。他认为，和谐制度是理想社会。但他却又反对进行社会革命，幻想用宣传和示范等办法，来实现他的所谓"理想社会"。

19世纪40年代初期，恩格斯在研究了私有制社会和有关经济学派的基础上，发表了《国民经济批判大纲》。该书考察了经济学的历史，研究了这门学科的基本范畴，创建了第一部马克思主义政治经济学著作。

19世纪40年代末（1848年），马克思和恩格斯在伦敦发表了《共产党宣言》，第一次阐明了马克思主义的基本思想。马克思主义包括哲学、政治经济学和科学社会主义三大理论体系。就政治经济学而言，马克思的《政治经济学批判》第一分册出版，系统地论述了马克思的劳动价值论和商品货币理论。从1867年到1894年，马克思的《资本论》第一、二、三卷先后出版，从而全面系统地确立了马克思主义政治经济学的科学理论体系。
《资本论》第一卷揭示了剩余价值的来源，分析了剩余价值的生
产过程和资本积累过程，论述了资本主义发展的历史趋势。第二
卷系统地研究了资本流通理论和社会资本再生产理论，提出了社
会产品两大部类的划分和社会再生产模式。第三卷研究了资本主
义生产总过程，论述了平均利润和生产价格理论，分析了资本各
种具体形式和剩余价值的各种转化形态等理论问题。所以，《资
本论》全面确立了关于马克思主义政治经济学的科学理论体系。

　　苏联在十月革命后，先后对马克思主义政治经济学进行了比
较系统的研究，出版了不少政治经济学论文和专著。20 世纪 50
年代，苏联出版的政治经济学教科书，具有一定的代表性。但由
于苏联是第一个社会主义国家，既缺乏经验，又遭遇过国内战争
和第二次世界大战的破坏，还有资本帝国主义的包围。所以，苏
联建设的社会主义存在着急于求成和严重脱离实际的问题。1952
年，斯大林发表的《苏联社会主义经济问题》，以及受此书观点
指导编写的苏联《政治经济学》教科书，是不成熟的。虽然提
出了一个有利于研究思考的简单框架结构和若干理论观点，但存
在着不少问题和缺陷。

　　新中国成立后，我们在 20 世纪 50 年代的经济研究，受苏联
的影响是不小的。大约在 1959 年，中央领导层还集中到广东温
泉，对苏联教科书进行了一个月的研究学习。当时中国科学院经
济研究所的部分同志，被指令参加对苏联教科书各章进行介绍性
的编写工作。我也参加了这项工作的编写和修改。由于当时中国
经济发展正处于"三年大跃进和人民公社化运动"期间，可见
中央对这次研究学习的重视和意义。

　　尽管中央提出了"百花齐放"和"百家争鸣"的方针。但
由于在庐山会议上会议方针先后发生了变化，提出了反右倾运

动。随后又提出"阶级斗争为纲",继而掀起了所谓"文化大革命"运动。当时除了江青反革命集团在上海搞的一个编写组在活动。各项研究工作完全处于停顿状态。所谓"百家争鸣",连"纸上谈兵"都无从谈起!

1976 年,直到"文化大革命"告终。随后,邓小平重新走上了中央领导岗位,以及党的十一届三中全会的召开,端正并执行了党的"实事求是"的思想路线。邓小平提出了解放思想,坚持"四项基本原则",实行改革开放的总方针,随后又提出了走中国特色社会主义道路的理论。中国才又走上了社会主义发展的正轨。

2008 年,是中国实行改革开放的 30 年。根据邓小平理论的指导,党的十五大总结和概括了"三个代表"重要思想,从而逐步使中国经济社会得到了全面、稳定和持续的发展。

党的十六大,胡锦涛在主持中央工作以来,坚持贯彻邓小平理论和"三个代表"重要思想,总结性地提出了邓小平理论体系和中国特色社会主义道路理论体系,并从理论和实践相结合,提出了科学发展观,社会主义荣辱观即道德观,以及建设社会主义和谐社会的理论思想,对加强建设"三农"问题提出了若干重要政策措施,使农民群体获益匪浅。对加快西部地区的开发建设,对改造东北地区的老工业基地,对东部沿海地区的建设和中部地区的发展,都提出了新的要求。从而使中国经济社会得到了又好又快的发展,受到了国内和国际上的称赞。

改革开放以来,同时也为中国理论方面的研究与创新,提供了非常有利的条件。

本书定名为《理论经济学研究与创新》,这是力求适应时代的要求与需要。所谓理论研究创新,是要以科学发展观作为研究的指导思想;对本学科的体系,要有适应经济社会发展要求的框架结构和系统；对有关各种理论观点，要在理论与实践相结合的基础上，提出科学的新见解；对研究方法，要以唯物辩证法为基础和指导、以抽象法为核心的方法论作依据。总之，要研究和编写成现代理论经济学，以适应社会主义经济社会发展的要求和需要。

具体而言，首先，本书在框架结构和体系方面有所创新。全书共设六篇，分上、下册出版（下册待出版），最后综合成书。第一篇共六章，将理论经济学与经济思想史相结合。这是传统经济学所不具备的特点。第二篇共十一章，不限于设置工农业等几个部门，而是扩展到海洋业开发与生产、现代科学技术部门、现代文化业、生态经济与环境保护产业、国民经济结构与综合平衡、国民经济发展战略与发展模式问题。这也有其新的特点。第三篇共六章，将现代流通业同经济全球化相衔接，这也是传统经济学所没有的。第四篇至第六篇为下册。第四篇将消费关系和现代服务业相连接，独立成编。这也有其特点。第五篇将社会总生产与循环经济相连接，有其创意。第六篇，将理论经济学研究和经济时代的变迁相连接，具有同经济发展史相结合的特点，也颇有意义。

其次，本书除了框架结构和体系方面的特点，在一系列的理论观点方面也有所创新。根据不完全的回忆，可列举若干事例。如在改革开放初期，学术界曾经有人认为马克思主义经济学已经过时的观点。我从各个角度研究后概括了马克思主义经济学具有五大特点，有着强大的生命力。过去人们只强调哲学认识和改造世界的地位和作用，我经过对哲学、政治经济学和科学社会主义学科的研究对比，强调了政治经济学在认识和改造世界经济社会中的地位和作用。我研究和分析了关于中国特色社会主义发展道路的含义、框架结构和体系问题；研究和阐明了社会主义经济理论发展的五个时期，及其相关内容问题。根据经济学界的不同意见，我还研究和分析了社会主义政治经济学体系及其"红线"即贯串全书的中心思想问题，对政治经济学研究对象和方法，进行了新的研究和概括，避免了两种片面性。此外，本书中也研究了社会主义生产目的和社会主义首要经济规律的理论；研究和扩展了国民经济若干部门的必要性和意义；研究了国民经济结构及其发展和综合平衡问题的理论，提出了综合平衡问题是社会发展的一般规律；论述了国民经济发展战略和发展模式问题；分析了发展中国家对外贸易和经济全球化的关系问题；阐明了关于商品流通和建设统一社会主义市场经济体系的必要性和实际意义，分析了现代文化业具有两重性，指出现代服务业具有生产和非生产两重性的特点，等等。

　　总之，理论研究应当有所创新，才会有它的意义，从而才会有着它的旺盛生命力。

李泽中

于社科院宿舍楼

2007 年 12 月

目　　录

第一篇　综合理论

第一篇

综合理论

本篇为综合理论篇,共设六章:第一章,马克思主义创始人关于政治经济学的贡献;第二章,政治经济学在马克思主义体系中的地位;第三章,实践中的社会主义及其不同发展道路;第四章,社会主义实践和社会主义经济理论的发展;第五章,社会主义政治经济学体系在探索和形成中;第六章,社会主义政治经济学的研究对象和方法论问题。通过对各章的研究,帮助我们了解马克思主义关于政治经济学研究的历史和现状,理论和实践的关系,以及政治经济学同哲学和科学社会主义的关系。从而有利于我们掌握马克思主义关于政治经济学的研究对象和方法。以便确立本篇作为全书的理论基础和指导思想的地位。

政治经济学是研究一定社会生产方式运动中生产关系发生、发展和演变规律性的科学。社会主义政治经济学则是研究社会主义生产方式运动中生产关系发生、发展和变化规律性的科学①。要能做到这一点,就必须通过研究社会主义的生产过程、流通过程以及再生产总过程,才有可能揭示社会主义生产和再生产运动的规律性。这样,才有可能做到平衡,即:比例、速度和效益的统一,使社会主义经济得以协调、稳定和持续地向前发展,以便逐步地满足人们不断增长的物质、文化生活及其全面发展的需要。社会主义政治经济学尤其应当成为研究经济效益以及如何获取经济效益的科学,以便充分发挥社会主义经济制度的优越性。

我们所讲的经济效益科学并非是一种应用科学,而是系统地研究和探讨社会主义经济运动规律性的一种理论经济学。经济效益应构成贯串全书的中心思想或者"红线"。没有或者不讲求效

---

① 李泽中主编:《当代中国社会主义经济理论》,中国社会科学出版社 1989 年版,第 547—570 页。

益的经济制度是没有生命力和发展前途的；同样，不联系实际或者没有什么指导作用的经济理论，也是没有生命力的。但愿讲求经济效益的这种科学理论，能够成为一种"常青之树"。

第一章

马克思主义创始人关于政治经济学的贡献

本章的中心内容，是要阐明马克思和恩格斯在政治经济学方面的重大贡献。其目的在于通过这种研究，弄清马克思主义经济学的基本内容和来龙去脉，为建立社会主义政治经济学服务。

第一节　马克思主义政治经济学的形成和特征

马克思主义政治经济学是一种科学体系。马克思和恩格斯根据他们对于古代社会、中世纪和近代资本主义社会生产方式和经济制度的研究，揭示了人类社会历史发展演变的规律性，揭示了历代社会生产方式运动的规律以及它们彼此更替的客观必然性，确立了一系列的经济范畴，确立了社会生产和再生产理论，确立了政治经济学的研究对象和方法论，区分和建立了广义和狭义政治经济学。

马克思主义政治经济学是一种革命变革。在前资本主义社会，政治经济学尚未成为一门独立的科学。直到封建社会末期，资本主义社会初期，资产阶级古典政治经济学才逐步形成为一种经济学说。17世纪中叶到19世纪初，资本主义生产方式先后在英国和法国得到了较快的发展，并逐渐成为占统治地位的经济成分，工业资本在社会生产中开始处于支配地位。古典政治经济学就是适应资本主义经济这种发展要求而产生和发展起来的。在英国，从威廉·配第开始，经过亚当·斯密，到大卫·李嘉图结束。在法国，从比尔埃·布阿吉尔贝尔开始，中间经过以重农学派弗朗斯瓦·魁奈为代表的发展阶段，到德·西斯蒙第结束。古典政治经济学试图从理论上阐明资本主义如何使财富得以迅速增长，研究国民财富生产和分配的规律，论证资本主义经济优越于封建制度经济。适应新兴资产阶级发展资本主义的要求，它极力反对国家干预经济生活，主张"自由放任"，认为国家干预只会破坏经济生活而给社会带来不幸！

　　资产阶级古典经济学在当时的社会历史条件下，在资产阶级视野所制约的范围内，对资本主义制度作了一定的研究和分析，初步认识了它的一些经济规律。首先，它奠定了劳动价值理论的基础。威廉·配第最早得出了他称为"自然价格"的商品价值，是由生产商品时所耗费的劳动量决定的结论。当然他在理论上还有些含糊不清。他不能区分价值和使用价值、价值和交换价值、价值和价格等范畴。亚当·斯密发展了劳动价值理论，提出了"劳动是衡量一切商品交换价值的真实尺度"[①]。但是他的理论也不彻底，而且有矛盾。他还认为，商品的价值是由这种商品在交换中所购买的或支付的劳动量决定的。由此他又引出了价值是由工资、利润和地租三种收入构成的荒谬结论。李嘉图批评了斯密的错误，坚持了价值是由生产商品所耗费的必要劳动时间所决定的科学观点。但是他不了解价值实体和价值形式，对于资本与劳动之间的交换和等量资本获取等量利润，怎样同价值规律相符的问题，得不到科学的解释。这是他在价值理论中无法解决的两大

---

① 〔英〕亚当·斯密：《国富论》（上、下册），郭士力、王亚南译，商务印书馆 1972—1974 年版。

矛盾。

古典经济学在某种程度上接触到了剩余价值。但他们并没有将剩余价值作为一个专门范畴，同其各种特殊形态区别开来，这是他们产生诸多错误的重要原因。

古典经济学研究了社会总资本的再生产。如魁奈的《经济表》是企图说明整个资本主义再生产过程的第一次出色的尝试，有一些好的见解，但其中也包含着不少错误，未能形成科学的再生产理论。斯密也研究了再生产问题，如提出并考察了总收入和纯收入的问题，但未能正确理解社会再生产过程，不了解两大部类的关系。

古典经济学初步揭示了资本主义社会的阶级构成和阶级对立的状况。斯密在《国富论》中分析工资、利润、地租，和工人、资本家、地主的分配关系问题时说："此三阶级，构成文明社会的三大主要基本阶级。"李嘉图进一步揭示并说明了各个阶级之间的经济利益的对立。

但是，由于资产阶级的局限性，在古典经济学的体系中存在着许多矛盾、错误和混乱。特别是它不懂得资本主义制度的历史过渡性，把资本主义生产方式看成是合乎自然的、永恒的社会生产形式。当然，它就不能系统、全面地揭示资本主义经济的运动规律。马克思和恩格斯批判地继承了古典经济学的科学成分，使政治经济学发生了革命变革，从而形成了马克思主义政治经济学的科学体系。

马克思主义政治经济学形成于 19 世纪中叶，即资本主义已经发展到了机器大工业时期。它的科学体系的形成，除了无产阶级的世界观和方法论——辩证唯物主义和历史唯物主义这个基础，同资本主义发展的成熟程度也是分不开的。当时，西欧几个主要国家和美国的资本主义经济占据了统治地位，资本主义的基本矛盾日益深化起来，无产阶级作为独立的政治力量已经登上了历史舞台。工人运动有了发展。这就为研究和揭示资本主义发展的规律性提供了较为成熟的条件。

马克思主义政治经济学，是研究人类社会一定生产方式运动中生产关系发生、发展和演变规律性的科学①。马克思和恩格斯从一切社会关系中最先区分出作为社会关系中最本质关系的生产关系，指明政治经济学所要研究的不是物而是人们在生产中的关系，在阶级社会中，归根到底是阶级和阶级之间的关系，生产关系不是永恒不变的，随着社会生产力的发展而发展和变化，生产方式的变更、生产关系的更替不以人们的意志为转移，而是遵循生产关系一定要适应生产力性质规律的一种自然发展的历史过程。

马克思和恩格斯在继承资产阶级古典经济学研究成果的基础上，全面系统地研究了资本主义发展的历史和现实资料，揭示了资本主义经济运动的规律。首先全面发展和科学地论证了劳动价值理论。马克思研究了商品的二重性（使用价值和价值）、劳动的二重性（具体劳动和抽象劳动）和私人劳动和社会劳动的矛盾，从而使商品价值的本质得到了阐明，找到了解释资本主义生产方式各种经济现象的钥匙。在劳动价值论的基础上，马克思进一步创立了剩余价值理论。从对劳动力这种特殊商品的价值和使用价值的研究中，揭露了资本主义生产的实质和剥削的秘密，解决了古典经济学长期陷于困境的问题。剩余价值理论揭示了无产阶级和资产阶级对立和斗争的经济根源和基础。马克思研究了资

---

① 关于政治经济学研究对象，中外学者存在着各种不同的观点。拙著《关于政治经济学的研究对象》对此进行了比较系统的研究和分析。在此基础上，作出了这种新的概括。参见李泽中主编的《当代中国社会主义经济理论》，中国社会科学出版社1989年版。

本主义生产和再生产过程，确立了再生产理论；揭示了资本主义实现价值和剩余价值的矛盾，确立了经济危机的理论；从研究扩大再生产中揭示了资本主义积累的一般规律，论证了资本主义积累发展的历史趋势，指明了社会主义制度取代资本主义制度的客观必然性。

从马克思主义政治经济学的形成和科学体系来看，它具有以下几个特点：

第一，马克思主义政治经济学是批判和继承的统一。这是它的一个基本特征。马克思和恩格斯在研究中尽量吸取古典经济学中有益的思想素材和成果，但他们不是简单的继承或者照搬，而是在结合研究资本主义生产方式发生、发展和变化过程的基础上，批判其错误观点和不科学的因素，完善和发展其科学成分，取其精华、去其糟粕，把继承和批判相结合。肯定一切该肯定的东西，否定一切该否定的东西。这样才有可能在科学上完成一种革命的变革。

第二，马克思主义经济学是理论和实践的统一。这是它的又一个基本特征。它的各种经济学原理，它的范畴、概念和规律，都是从一定的社会经济关系，从实际经济生活中概括和提炼出来的，是各种相应的经济关系的内在的、必然的、本质的联系。经济现象只是经济关系的某种表现，范畴和规律则是经济关系的本质反映。马克思主义经济学既来自实践，又用来指导实践，从实践中得到检验、完善和发展。有人说，马克思主义经济学只注重经济理论，不研究或者不重视经济运行的研究。这是不符合实际的。比如马克思的《资本论》就是在资本主义生产和再生产的运动中、在资本的循环和周转中、在资本的积聚和集中中，来研究资本主义经济的形成、发展和演变的。既研究静态又研究动态，既研究数量又研究质量，既有理论分析又研究经济运行，并且从考察经济运行中概括出有关理论和规律性的东西。如果不研究资本主义经济的运行过程和形式，就不可能全面深入地揭示资本主义经济运动的规律，就不可能接触和了解资本主义经济运行机制。

第三，马克思主义经济学是革命性和科学性的统一。这是它的本质特征。资产阶级经济学总是要自觉、不自觉（这是其阶级本能所决定的）地掩饰资本主义的剥削和矛盾，而马克思主义经济学则把资本主义社会的经济形态作为一个完整的体系反映出来，以揭露资本主义的基本矛盾和对抗。马克思通过资本主义的生产过程、流通过程和再生产过程，揭露了剩余价值是怎样产生和实现的，又是怎样进行分配的。通过对资本主义积累的分析，揭示了资本主义的基本矛盾是怎样逐步发展和激化起来的。从而得出了资本主义生产关系成为社会生产力发展的"桎梏"和无产阶级必然要成为资本主义的掘墓人的历史性结论。在这里，革命性是以科学性为基础的；而科学研究的结果，必然要引申出革命性的结论。马克思把两者内在地、不可分割地结合在理论体系的分析之中。这正是马克思主义经济学具有强大生命力的根源所在。

第四，马克思主义经济学体现了无产阶级和人民群众的根本利益，是个人利益和社会利益的统一。马克思和恩格斯无论是研究奴隶社会、封建社会还是资本主义社会的经济理论，他们总是站在人民群众的立场上，代表着人民群众的根本利益，揭露统治阶级对广大人民群众的剥削和压迫。国际共产主义运动的历史经验表明，《资本论》发表一个多世纪以来，它指导和鼓舞着各国无产阶级和人民群众反对资本主义的压迫和剥削，在争取解放和社会主义事业的斗争中，取得了一个又一个的伟大胜利。社会主义是无产阶级和人民群众根本利益的体现，是人们的社会利益和个人利益的结合和统一。社会主义政治经济学研究和揭示社会主义经济运动的规律，就是为了解放和促进社会生产力的发展，提高劳动生产率，提高经济效益和社会效益，为人民群众和社会谋福利。

第五，马克思主义经济学是富有预见性和开拓性的科学，始终坚持历史的、辩证的和发展的观点。这是它的另一个显著的基本特征。马克思主义经济学研究社会生产关系不是静止的、一成不变的，而是从一定生产方式的运动中来研究生产关系怎样形成、发展和演变的规律。所以，它具有历史的、辩证的和发展的观点。这是资产阶级经济学所不具备的。马克思和恩格斯在研究资本主义社会经济形态的基础上，就预见和揭示了人类社会历史发展的社会主义和共产主义的光辉前景，正是在于他们富有伟大的革命胆略和开拓精神。这种开拓性是以预见性为基础的，而一定的预见性又来自一定的科学性。尽管目前一些发达国家的资本主义还在继续发展，但它每向前发展一步，离"寿终正寝"的距离就要接近一步。资本主义终究是要退出人类社会发展的历史舞台的。这是必然的、不以人们意志为转移的。自由是对必然的认识。继往开来，研究人类社会如何从资本主义的必然王国，经过社会主义的发展阶段，进入共产主义社会这个自由王国，正是马克思主义政治经济学的历史任务。恩格斯曾经提出："马克思的整个世界观不是教义，而是方法。它提供的不是现成的教条，而是进一步研究的出发点和供这种研究使用的方法。"① 这种精神，对于马克思主义经济学同样是适用的。列宁也说："马克思的全部理论，就是运用最彻底、最完整、最周密、内容最丰富的发展论去考察现代资本主义。自然，他也要运用这个理论去考察

---

① 《马克思恩格斯〈资本论〉通信集》，人民出版社1972年版，第572页。

资本主义将要崩溃的问题，去考察未来共产主义的未来发展问题。"① 那种妄图把马克思主义经济学当作旧的传统观念来否定，是极其错误的。

综上所述，由于马克思主义政治经济学具有这各种特点，就使它成为无产阶级政党的纲领和社会主义国家制定宪法的理论基础。人类社会要经历一个从低级到高级阶段、从必然王国走向自由王国的历史发展过程。这种发展过程，同社会生产力的不断发展和精神文明的不断发展与演变是分不开的；归根到底，是由生产关系一定要适应生产力性质的规律所决定的。马克思主义政治经济学正是研究这各种社会生产方式运动以及它们彼此更替的规律性的科学。当人类社会进入到资本主义的发展阶段，随着资本主义基本矛盾的逐步发展和激化，人们就提出了无产阶级推翻资产阶级的统治，用社会主义制度取代资本主义制度的理论。而无产阶级要能完成推翻资产阶级并逐步建设社会主义和共产主义的历史任务，就必须根据自己政党的纲领去引导、动员和组织群众为之而奋斗！马克思主义政治经济学正是无产阶级政党制定纲领的理论依据。

第二节 关于资本主义政治经济学体系的建立

资产阶级古典经济学对资本主义经济系统进行过这样那样的研究和分析，但全面系统地并且运用科学方法对资本主义生产方式进行研究和解剖，使资本主义政治经济学成为一种科学体系的却是马克思和恩格斯。这方面的最杰出的代表著作就是《资本论》。

---

① 《列宁选集》第3卷，人民出版社1960年版，第243页。

《资本论》是马克思研究资本主义生产方式运动中生产关系形成、发展和变化规律的科学巨著。如果说《〈政治经济学〉批判》是马克思研究资本主义生产方式的初期阶段，那么，作为它的续篇的《资本论》则是这种研究的科学体系的完成。《资本论》的研究对象，是关于资本主义生产方式运动中生产关系发展变化的规律性，方法论则是以唯物辩证法为基础的抽象法，其目的在于揭示资本主义经济运动的规律体系。就《资本论》的体系和结构来看，第一卷是关于资本的生产过程。由七篇组成：第一篇，商品和货币；第二篇，货币转化为资本；第三篇，绝对剩余价值的生产；第四篇，相对剩余价值的生产；第五篇，绝对剩余价值和相对剩余价值的生产；第六篇，工资；第七篇，资本的积累过程。中心问题是研究和揭示剩余价值问题，它是怎样产生的，它如何转化资本，它的实质是什么。商品和货币之所以成为第一篇，这是由于无论从历史还是逻辑来说，它们都先于资本主义生产，通过研究商品和货币，可以揭示它们所表现的商品生产者之间的关系。在资本主义社会，商品生产占统治地位，连劳动力也成了商品。所以，研究的序列必须从商品开始。剩余价值的研究，从第二篇开始到第七篇完结。通过这各篇的布局，构成一个统一的整体。价值理论通过价值形式的分析转到货币理论，然后转到剩余价值、资本、积累等理论。从而，把资本和雇佣劳动的关系当作一个精神上的具体再现出来。第二卷是资本的流通过程。包括三篇：第一篇，资本的形态变化及其循环；第二篇，资本的周转；第三篇，社会总资本的再生产与流通。资本是一种运动。第一卷研究的任务是要揭示隐藏在这种运动后面的资本和雇佣劳动的关系；第二卷的任务，是要阐明资本运动的特点，即表现出雇佣劳动关系的资本循环过程的特点。马克思在谈到第二卷研究的顺序问题时说："……在第一篇和第二篇，我们考察的，始终只是单个资本，只是社会资本中一个独立部分的运动。""但是，各个单独资本的循环是互相交错的，是互为前提、互为条件的，而且正是在这种交错中形成社会总资本的运动。"①考察这个社会总资本的流通过程就成为第三篇的研究对象。通过对资本流通过程的分析，揭示了剩余价值的实现问题。第三卷是关于资本主义生产的总过程。由七篇构成。中心问题是要研究关于资本主义关系的转化形式和分配理论。这是在第一、二卷分别研究资本主义生产和流通过程的基础上，进一步研究资本主义的"实际运动"。第一篇至第三篇，分别研究了剩余价值为什么要转化为利润；利润转化为平均利润；以及随着资本主义发展利润率发生变化的规律问题。第四篇"商品资本和货币资本转化为商品经营资本和货币经营资本（商人资本）"，研究了利润表现为商业利润和产业利润的问题。第五篇研究了利润分为利息（生息资本）和企业主收入的问题。在研究利润进行上述各项分配以后，才有可能在第六篇研究剩余价值转化为地租的问题，因为地租同剩余价值其他各种特殊形式不同，它不是作为资本出现的，而是作为土地的"产物"。第七篇"各种收入及其源泉"，总结了第三卷研究的结果，同时也是对整个资本再生产运动的总结。

马克思在《资本论》的第一版"序言"中指出："我要在本书研究的，是资本主义生产方式以及和它相适应的生产关系和交换关系。""本书的最终目的就是揭示现代社会的经济运动规律。"②《资本论》研究的中心内容或者说"红线"，是关于剩余价值的理论。马克思正是围绕着剩余价值这个基本范畴，通过资

① 《马克思恩格斯全集》第24卷，人民出版社1972年版，第392页。
② 《马克思恩格斯全集》第23卷，人民出版社1972年版，第8、11页。

本的生产和再生产过程，探讨和揭示了资本主义生产方式运动中生产关系的形成、发展和变化的规律性，从而建立了关于资本主义政治经济学的严密的科学体系。

恩格斯在评价《资本论》时指出："这是马克思的主要著作，这部著作叙述了他的经济学观点和社会主义观点的基础，以及他对现存社会、资本主义生产方式及其后果进行的批判的基础。"是一部"划时代的著作"[①]。

列宁在评述《资本论》的研究方法和科学性问题时也说：马克思"从各个社会经济形态中取出一个形态（即商品经济体系）加以研究，并根据大量材料……把这个形态的活动规律和发展规律做了极详尽的分析。这个分析仅限于社会成员间的生产关系。马克思一次也没有利用这些生产关系以外的什么因素来说明问题。但他使我们有可能看出社会经济的商品组织怎样发展，怎样变成资本主义组织而造成资产阶级和无产阶级这两个对抗的（这已经是在生产关系范围内）阶级，怎样提高社会劳动生产率，并从而带进一个与这个资本主义组织的基础处于不可调和的矛盾地位的因素"。"《资本论》的骨骼就是如此。可是全部问题在于马克思并不以这个骨骼为满足，并不以通常意义的'经济理论'为限，他专门以生产关系说明该社会形态的结构和发展，但又随时随地探讨适合于这种生产关系的上层建筑。使骨骼有血有肉。"[②]

马克思和恩格斯逝世以后，列宁对资本主义进入垄断阶段以后的状况进行了研究，在十月革命前夕，写了有名的《帝国主义是资本主义的最高阶段》一书。列宁对帝国主义的基本特征

① 《马克思恩格斯选集》第3卷，人民出版社1992年版，第38页。
② 《列宁全集》第1卷，人民出版社1955年版，第121页。

进行了分析和概括：（1）生产集中和垄断；（2）金融资本和金融寡头的出现；（3）资本输出；（4）资本家同盟分割世界；（5）裂强分割世界。认为帝国主义是资本主义的特殊阶段，分析了资本主义的寄生性和腐朽性。

列宁在该书的"序言"中，谈到写这本书的出发点问题时指出："我希望这本小册子，能够帮助读者去理解帝国主义的经济实质这个基本的经济问题。不研究这个问题，就根本不会懂得如何去估计现在的战争和现在的政治。"[①]

帝国主义是一个政治概念。它同作为经济概念的垄断资本主义既有联系又有所区别。列宁的这部《帝国主义论》（简称）写于第一次世界大战期间，目的在于揭露这次大战的经济根源，揭露第二国际中的考茨基主义和工人运动中的资产阶级改良主义，帮助人们认识和了解帝国主义的战争和政治的"经济实质"。理论总是要立足于现实，以现实社会的经济、政治、文化和意识形态的现状，作为思维和研究对象的。因而任何一种科学理论的出现，都不能脱离当时的社会实际。列宁根据当时特定的社会历史条件和实际资料，得出了一些重大的符合当时实际状况的政治理论性结论，这对于俄国的十月革命和当时的国际工人运动的健康发展，具有十分重要的指导意义。列宁的这部著作为研究垄断资本主义奠定了一定的基础。但由于他当时写作所处的特殊环境和资料的短缺，随着社会经济、科技和政治条件的发展变化，就不能不显示出这部著作的时代特征和时代局限性。例如垄断资本主义到底具有哪些特征？需要根据垄断资本主义和整个时代的发展变化，作进一步研究和概括。垄断资本主义如同自由资本主义一样，是一个长期发展的历史过程，如何认识和揭示它的发展趋

---

① 《列宁选集》第 2 卷，人民出版社 1960 年版，第 73 页。

势？帝国主义和垄断资本主义是两个既有联系又有区别的概念，把作为政治概念的帝国主义说成是资本主义的最高阶段是否合适？其实，不仅有资本帝国主义，还有封建帝国主义等；同时，也不能把帝国主义同垄断资本主义完全等同起来。此外，关于"帝国主义战争是绝对不可避免的"结论，如果是针对当时的社会历史条件而言，当然是对的；但如果作为一个普通的或一般概念，未免有点绝对化了。总之，我们必须根据社会生产力和时代发展的特点，进一步研究垄断资本主义的发展历史和现状，才有可能进一步揭示其发展的规律性。

第三节　关于社会主义经济理论的贡献

马克思和恩格斯在他们的大量著作中特别是在有关政治经济学和科学社会主义的著作中，提出了一系列关于社会主义和共产主义经济的基本原理、原则和方法，对社会主义政治经济学的研究作出了重要的具有指导性意义的贡献。

一　关于从资本主义到社会主义过渡时期的理论

马克思和恩格斯关于"过渡时期"的理论，涉及多方面的内容和关系，其中包括关于社会主义革命即用社会主义制度取代资本主义制度的客观必然性理论，无产阶级夺取政权和建立无产阶级专政的理论，社会主义改造和社会主义建设理论，关于建成社会主义和国家消亡的理论，等等。这些理论问题，构成了社会主义政治经济学和科学社会主义的重要内容。

马克思和恩格斯根据历史唯物主义的观点和生产关系一定要适应生产力性质的规律，对英、法等资本主义国家的发展状况进行了分析和解剖，揭示了资本主义发展的几个阶段，以及资本主义开始从自由竞争走向垄断的状况和发展趋势，随着资本主义基本矛盾的发展和激化，得出了社会主义制度必然要取代资本主义制度这个科学结论。马克思在分析资本主义积累的历史发展趋势问题时指出："资本的垄断成了与这种垄断一起并在这种垄断之下繁荣起来的生产方式的桎梏。生产资料的集中和劳动的社会化，达到了同它们的资本主义外壳不能相容的地步。"又说"……资本主义生产由于自然过程的必然性，造成了对自身的否定"。如"事实上已经以社会生产为基础的资本主义所有制转化为公有制"准备了条件①。正如列宁所说："资本主义社会必然要转变为社会主义社会这个结论，马克思是完全而且仅仅根据现代社会的经济运动规律得出的。"②

这就是关于无产阶级进行社会主义革命的理论依据。

关于无产阶级夺取政权和建立无产阶级专政的学说，是"从资本主义到社会主义过渡时期"理论的重要组成部分。无产阶级革命就是要组织无产阶级和其他劳动者推翻资产阶级的统治，建立无产阶级专政，用社会主义经济制度取代资本主义经济制度。资本主义私有制经济是不会自行消亡的；同样，社会主义公有制经济也不会自发产生。如果不用革命的手段推翻资产阶级的统治，建立无产阶级专政，就不可能开始从资本主义到社会主义的过渡时期，自然也就谈不上建立社会主义经济制度的问题。正是从这个意义来说，无产阶级革命和无产阶级专政就成为"过渡时期"理论的有机组成部分。马克思在谈到社会变革和夺取政权的关系问题时指出："为了把社会生产变为一种广泛的、和谐的自由合作劳动制度，必须进行全面的社会变革，社会制度

---

① 《马克思恩格斯全集》第 23 卷，人民出版社 1972 年版，第 831—832 页。
② 《列宁选集》第 2 卷，人民出版社 1972 年版，第 599 页。

基础的变革，而这种变革只有把社会的有组织的力量即国家政权从资本家和大地主手中转移到生产者本人的手中才能实现。"①

马克思系统地研究和论证了无产阶级专政和"过渡时期"的关系问题。他说："在资本主义社会和共产主义社会之间，有一个从前者变为后者的革命转变时期。同这个时期相适应的也有一个政治上的过渡时期，这个时期的国家只能是无产阶级的革命专政。"②在另一个地方又说："阶级斗争必然要引导到无产阶级专政"；"这个专政不过是达到消灭一切阶级和进入无阶级社会的过渡"③。

关于社会主义改造和建成社会主义社会的问题，是"过渡时期"理论的另一个重要组成部分。

马克思、恩格斯关于社会主义革命和科学社会主义理论，是以社会生产力的高度发展和国民经济各个部门的生产社会化为前提条件的。在这种条件下，当无产阶级掌握国家政权后，所谓社会主义改造指的就是对资本主义的改造问题。《共产党宣言》在谈到这种改造的内容和步骤问题时指出："工人革命的第一步就是使无产阶级上升为统治阶级，争得民主。""无产阶级将利用自己的政治统治，一步一步地夺取资产阶级的全部资本，把一切生产工具集中在国家即组织成为统治阶级的无产阶级手里，并且尽可能快地增加生产力的总量。"同时提出了在"最先进的"资本主义国家，作为变革全部生产方式的手段的必不可少的十条措施。指出在发展进程中，随着旧的生产关系的消灭，阶级和阶级差别也就会随之而消灭④。

---

① 《马克思恩格斯全集》第 16 卷，人民出版社 1992 年版，第 219 页。

② 《马克思恩格斯全集》第 19 卷，人民出版社 1992 年版，第 31 页。

③ 《马克思恩格斯书信选集》，人民出版社 1962 年版，第 63 页。

④ 《马克思恩格斯选集》第 1 卷，人民出版社 1972 年版，第 272—273 页。

　　但是，对于资本主义不发达的国家来说，当无产阶级进行社
会主义革命时，在社会主义改造中却还有个体经济等复杂的经济
关系问题。根据个体经济的性质，既不能采取剥夺的办法，也不
能实行赎买政策，因而马克思和恩格斯提出了合作社理论。马克
思在谈到对待小私制和农民的态度问题时指出："凡是农民作为
土地私有者大批存在的地方……无产阶级……将以政府的身份采
取措施，直接改善农民的状况，从而把他们吸引到革命方面来；
这些措施，一开始就应当促进土地私有制向集体所有制的过渡，
让农民自己通过经济的道路来实现这种过渡；但是不能采取得罪
农民的措施，例如宣布废除继承权或废除农民所有权。"① 恩格
斯在《法德农民问题》中也说："当我们掌握了国家权力的时
候，我们绝不会用暴力去剥夺小农（不论有无报偿，都是一
样），像我们将不得不如此对待大土地占有者那样。我们对于小
农的任务，首先是把他们的私人生产和私人占有变为合作社的生
产和占有，但不是采用暴力，而是通过示范和为此提供社会帮
助。"还谈到了通过合作社，帮助大农和中农过渡到新的生产方
式的问题②。在《致奥·倍倍尔》的信中，恩格斯认为："在向
完全的共产主义经济过渡时，我们必须大规模地采用合作生产作
为中间环节。"③

　　按照马克思的原则和要求，不能把社会主义改造仅仅归结为
对旧的生产关系的改造。否则，就没有完成"过渡时期"的任
务，而进入作为共产主义低级阶段的社会主义社会。马克思指
出："社会主义就是宣布不间断革命，就是实现无产阶级的阶级

---

① 《马克思恩格斯全集》第 18 卷，人民出版社 1972 年版，第 634—635 页。
② 《马克思恩格斯选集》第 4 卷，人民出版社 1972 年版，第 310—314 页
③ 《马克思恩格斯全集》第 36 卷，人民出版社 1972 年版，第 416 页。

专政，把这种专政作为必经的过渡阶段，以求达到根本消灭阶级差别，消灭一切产生这些差别的生产关系，消灭一切和这些生产关系相适应的社会关系，改变一切由这些社会关系产生出来的观念。"①

马克思恩格斯把建成社会主义同国家消亡是联系在一起的。《共产党宣言》指出，无产阶级专政的"国家即组织成为统治阶级的无产阶级"。随着资本主义生产关系的消灭，也就消灭了阶级对立和阶级本身的存在条件，从而消灭了它自己这个阶级的统治。这时候，"公众的权力就失去政治性质"②。

恩格斯在《反杜林论》的社会主义篇中，对国家学说进行了系统的研究。他阐明了国家的含义，论证了无产阶级取得国家政权同消灭国家的关系，以及国家消亡的途径问题，批判了机会主义和无政府主义在国家问题上的错误。他指出，国家是阶级对立的产物，是"实行镇压的特殊力量"。在社会主义革命中，"无产阶级取得国家政权，并且首先把生产资料变为国家财产。但是，这样一来它就消灭了作为无产阶级的自身，消灭了一切阶级差别和阶级对立，也消灭了作为国家的国家。……当国家终于真正成为整个社会的代表时，它就使自己成为多余的了。……国家真正作为整个社会的代表所采取的第一个行动，即以社会的名义占有生产资料，同时也是它作为国家所采取的最后一个独立的行动。那时，国家政权对社会关系的干预将先后在各个领域中成为多余的事而自行停止下来。那时，对人的统治将由对物的管理和对生产过程的领导所代替。国家不是'被废除'的，它是自

---

　　①　《马克思恩格斯全集》第 7 卷，人民出版社 1972 年版，第 104 页。
　　②　《马克思恩格斯选集》第 1 卷，人民出版社 1972 年版，第 372—373 页。

行消亡的。"① 可见在这里，完成"过渡时期"的历史任务和建成社会主义，同国家消亡是联系在一起的。

当然，马克思恩格斯关于"过渡时期"的理论是以一定的社会历史条件为前提的，或者说是一种科学的理论设想。他们还根据 19 世纪中后期资本主义发展的状况和社会历史条件，曾经得出了社会主义革命只有在大多数或者大多数先进资本主义国家同时进行，才能取得胜利的结论。列宁根据 20 世纪初期资本主义发展不平衡状况和帝国主义国家瓜分殖民地的矛盾，认为社会主义革命可以在几国甚至在一国内取得胜利。并且根据俄国十月革命和无产阶级专政的历史经验，对"过渡时期"的理论作了新的总结和重要发展，从而把马克思主义推进到了一个新的发展阶段。关于这个问题，我们将在本篇第四章进行研究和分析。

二 关于社会主义社会的经济制度和经济规律问题

马克思恩格斯根据资本主义发展的状况和历史趋势，对于共产主义社会低级阶段的经济制度的基本原则和发展趋势问题，作过一种科学预测和理论构思。关于社会主义所有制关系问题，社会主义生产目的问题，社会生产和再生产的经营管理问题，社会产品（包括个人消费品）的分配问题，商品货币关系的命运问题，社会主义经济运行的规律性问题，等等，都有过一些原则性的论述。当然这种经济关系或经济制度是作为一般原理提出来的，是以资本主义的高度发展即国民经济各个部门的资本主义化作为前提条件的。

马克思恩格斯对构成社会主义经济制度基础的生产资料所有制关系的依据、原则和要求，在一系列著作中作过较多的论述。

---

① 《马克思恩格斯选集》第 3 卷，人民出版社 1972 年版，第 320 页。

马克思在谈到建立社会所有制关系的基础和途径问题时指出，他在关于资本原始积累的那一章中，"把生产的历史趋势归结成这样：它'本身主宰着自然界变化的必然性产生出它的否定'；它本身已经创造出一种新的经济制度的因素，它同时给社会劳动生产力……的全面发展以极大的推动；实际上已经以一种集体生产为基础的资本主义所有制只能转变为社会的所有制"①。"无产阶级要做的事就是改变这种有组织的劳动和这些集中的劳动资料目前所具有的资本主义性质，把它们从阶级统治和阶级剥削的手段改变为自由联合的劳动形式和社会的生产资料。"又说："土地国有化将使劳动和资本之间的关系彻底改革，归根到底将完全消灭工业和农业中的资本主义生产方式。……总而言之，一切生产部门都将逐渐地用最合理的方式组织起来。生产资料的全国性的集中将成为自由平等的生产者的联合体所构成的社会的全国性基础，这些生产者将按照共同的合理的计划自觉地从事社会劳动。"②

恩格斯在《〈法兰西阶级斗争〉导言》中指出，实行"生产资料归社会占有"，这是马克思在这部著作中第一次提出的世界各国工人政党一致用以概述自己的经济改造要求的公式③。社会主义应当在"实行全部生产资料公有制（首先是单个国家实行）的基础上组织生产"④。

马克思恩格斯在对社会所有制基础上的生产、分配、交换和消费关系的一般原理，也进行过原则性的论述。恩格斯在《共产主义原理》中回答"新的社会制度应当是怎样的"问题时概

---

① 《马克思恩格斯全集》第 19 卷，人民出版社 1972 年版，第 129—130 页。
② 《马克思恩格斯选集》第 2 卷，人民出版社 1972 年版，第 419、454 页。
③ 《马克思恩格斯全集》第 22 卷，人民出版社 1972 年版，第 593 页。
④ 《马克思恩格斯全集》第 37 卷，人民出版社 1972 年版，第 443 页。

括地说："首先将根本剥夺相互竞争的个人对工业和一切生产部门的管理权。一切生产部门将由整个社会来管理，也就是说，为了公共的利益按照总的计划和在社会全体成员的参加下来经营。这样，竞争将被这种新的社会制度消灭。而为联合所代替。……共同使用全部生产工具和按共同协议来分配产品。"① 在另一个地方又说："一旦社会占有了生产资料，商品生产就将被消除，而产品对生产者的统治也将被随之消除，社会生产内部的无政府状态将为有计划的自觉组织所代替。"② 所谓"由整个社会来管理"，当然不是不要通过企业或公司这一类环节，由某个"万能"的社会经济中心一手包办到底（这是永远办不到的），而是指"为了公共的利益按照总的计划和在社会全体成员的参加下来经营"。

马克思在《哥达纲领批判》中谈到社会主义生产诸关系问题时指出："在一个集体的、以共同占有生产资料为基础的社会里，生产者并不交换自己的产品；耗费在产品生产上的劳动，在这里也不表现为这些产品的价值，不表现为它们所具有的某种物的属性，因为这时和资本主义社会相反，个人的劳动不再经过迂回曲折的道路，而是直接地作为总劳动的构成部分存在着。""所以，每一个生产者，在作了各项扣除之后，从社会方面正好领回他所给予社会的一切。……他从社会方面领得一张证书，证明他提供了多少劳动（扣除他为社会基金而进行的劳动），而他凭这张证书从社会储存中领得和他提供的劳动量相当的一部分消费资料。他以一种形式给予社会的劳动量，又以另一种形式全部

---

① 《马克思恩格斯选集》第 1 卷，人民出版社 1972 年版，第 217 页。
② 《马克思恩格斯选集》第 3 卷，人民出版社 1972 年版，第 323 页。

领回来。"①

　　马克思恩格斯还设想了一种"自由人联合体"，这种联合体可能是多层次的，可以形成社会主义社会的经济体系。他们在《共产党宣言》中写道："代替那存在着阶级和阶级对立的资产阶级旧社会的，将是这样一个联合体，在那里，每个人的自由发展是一切人的自由发展的条件。"恩格斯对这种联合体的经济关系作了概括。他说："马克思所设想的这种'自由人联合体，他们用公有的生产资料进行劳动，并且自觉地把他们的许多的个人劳动力当作一个社会劳动力来使用'，也就是设想了一个按社会主义原则组织起来的联合体……这个联合体的总产品是社会的产品。这些产品的一部分重新用作生产资料，这一部分依旧是社会的。而另一部分则作为生活资料由联合体成员消费。因此，这一部分要在他们之间进行分配。"② 在另一个地方又说："由社会全体成员组成的共同联合体来共同而有计划地尽量利用生产力；把生产发展到能够满足全体成员需要的规模；消灭牺牲一些人的利益来满足另一些人的需要的情况；彻底消灭阶级和阶级对立；通过消除旧的分工，进行生产教育、变换工种、共同享受大家创造出来的福利，以及城乡的融合，使社会全体成员的才能得到全面的发展；……"③ 应当指出，这各种联合体，是作为共产主义社会初级阶段的一种比较完全和成熟的形态。

　　包括生产资料社会所有制在内的社会主义生产关系，要经历一个形成、巩固成长和成熟发展的历史过程。恩格斯在《致奥托·伯尼克》的信中指出："我认为所谓'社会主义社会'不是

---

① 《马克思恩格斯选集》第 3 卷，人民出版社 1972 年版，第 10—11 页。
② 同上书，第 170—171 页。
③ 《马克思恩格斯选集》第 1 卷，人民出版社 1972 年版，第 223—224 页。

一种一成不变的东西，而应当和任何其他社会制度一样，把它看成是经常变化和改革的社会。"① 这样，就避免了形而上学和法学的幻想，坚持了唯物辩证法的观点。历史表明，社会制度发展变化和改革的思想并非社会主义社会的特殊现象，而是每一种社会制度发展的规律性，只不过这各种社会制度的变化和改革具有不同的性质和特点罢了。

马克思恩格斯根据资本主义生产方式的基本矛盾及其发展的历史趋势，不仅从理论上论及了社会主义经济制度的基本特征，并且根据社会主义生产方式的本质要求，探讨和揭示了社会主义经济关系发展的一般规律性。

马克思恩格斯对比资本主义经济和社会主义经济的不同性质和特点，论证了两种社会生产的性质和目的不同，指出社会主义生产的目的不再像资本家那样是为追求利润，而是为了逐步满足人们的物质文化生活及其全面发展的需要。在此基础上，提出了社会主义和共产主义社会的首要经济规律。

关于社会主义生产的目的问题，应当包括两层含义：保证每个社会成员的物质文化生活的需要日益得到满足；保证人的自由的全面发展。恩格斯在谈到这个问题时指出：新的社会主义制度将"使社会的每一成员不仅有可能参加生产，而且有可能参加社会财富的分配和管理，并通过有计划地组织全部生产，使社会生产力及其所制成的产品增长到能够保证每个人的一切合理的需要日益得到满足的程度"。在另一个地方又说："生产资料的社会占有……通过社会生产，不仅可能保证一切社会成员有富足的和一天比一天充裕的物质生活，而且还可能保证他们的体力和智

---

① 《马克思恩格斯全集》第 37 卷，人民出版社 1972 年版，第 443 页。

力获得充分的自由的发展和运用。"① 这就揭示了社会主义生产的实质。

当然，说社会主义生产目的是为了满足社会全体成员的物质文化生活及其全面发展的需要，这是就总体而言，它的全面实现必然要经历一个长期发展的历史过程。由于社会生产力不可能很快地就能提高到保证人们的物质文化生活和全面发展的需要，社会主义经济关系也要经历一个由不完全不成熟到完全和成熟的发展过程，所以社会主义生产目的的实现，也会经历由保证社会成员的一般或基本需要，到扩大和比较丰裕的需要，以及人的自由全面发展的需要这样几个互相衔接而又互相区别的发展阶段。

社会生产目的不是人们所能任意选择的，是由一定的生产方式所决定的。社会主义生产目的也是为此，它是社会主义生产方式内在的本质的必然要求和客观反映。与此相应，一定的生产目的和实现这种目的的形式和途径，也是相互制约的。有什么样的生产目的，就会有相应的实现目的的形式和途径。社会主义生产不是为了满足少数或部分人的需要，而是为了满足社会全体成员的物质文化生活及其全面发展的需要，这就要求社会主义生产必须全面协调、持续、稳定地向前发展。这样，就必须采取同社会主义生产方式相适应的最有效的办法和途径，才能保证这种要求的实现。对于社会的集体的生产来说，只有尽量节约时间和有计划地分配劳动时间，才有可能保证国民经济各个部门和企业的生产协调、持续地向前发展，从而才能满足人们不断增长的物质文化生活的需要。可见，节约时间和有计划地分配劳动时间，用以生产更多更好的剩余产品，是实现社会主义生产目的的最有效的办法和途径。

---

① 《马克思恩格斯选集》第 3 卷，人民出版社 1972 年版，第 42、322 页。

马克思在谈到节约劳动时间以及有计划地分配劳动时间和满足社会需要的关系问题时指出："以集体生产为前提，时间规定当然照旧保有本质的意义。社会为生产小麦、家畜等所需要的时间越少，它对于其他生产，不论是物质的生产或精神的生产所获得的时间便越多。和单一的个人一样，社会发展、社会享乐以及社会活动的全面性，都决定于时间节约。一切经济最后都归结为时间经济。正像单个的人必须正确地分配他的时间，才能按照适当的比例获得知识或满足他的活动上的种种要求，同样，社会也必须合乎目的地分配它的时间，才能达到一种符合其全部需要的生产。因此，时间经济以及有计划地分配劳动时间于不同的生产部门，仍然是以集体为基础的社会首要的经济规律。甚至可以说这是程度极高的规律。"①

社会化大生产，要求社会经济各个部门按比例地进行发展，从而也就决定了国民经济各个部门发展的计划性。但在资本主义私有制条件下，使这种比例关系借以实现的形式不具备计划发展的条件，而是通过市场交换关系来自发实现的。马克思指出："要想得到和各种不同的需要量相适应的产品量，就要付出各种不同的和一定数量的社会总劳动量。这种按一定比例分配社会劳动的必要性，决不可能被社会生产的一定形式所取消，而可能改变的只是它的表现形式，这是不言而喻的。自然规律是根本不能取消的。在不同的历史条件下能够发生变化的，只是这些规律借以实现的形式。而在社会劳动的联系体现为个人劳动产品的私人交换的社会制度下，这种劳动按比例分配所借以实现的形式，正是这些产品的交换价值。"只有在公有制经济条件之下，"这种调整"才有可能"通过社会对自己的劳动时间所进行的直接的

---

① 《政治经济学批判大纲》第 1 分册，人民出版社 1972 年版，第 112 页。

自觉的控制……来实现"①。又说，在以生产资料社会所有制为基础的自由平等的生产者联合体所构成的社会里，这些生产者将按照共同的合理的计划自觉地从事社会劳动②。恩格斯也说："当人们按照今天的生产力终于被认识了的本性来对待这种生产力的时候，社会的生产无政府状态就将让位于按照全社会和每个成员的需要对生产进行社会的有计划的调节。"③

马克思主义创始人对社会主义分配关系的规律性问题也进行了相应的研究。马克思在谈到社会主义的分配原则时指出："设想有一个自由人联合体，他们用公共的生产资料进行劳动，并且自觉地把他们许多个人劳动力当作一个社会劳动力来使用。……这个联合体的总产品是社会的产品。这些产品的一部分重新用作生产资料。这一部分依旧是社会的。而另一部分则作为生活资料由联合体成员消费。因此，这一部分要在他们之间进行分配。……我们假定，每个生产者在生活资料中得到的份额是由他的劳动时间决定的。这样，……劳动时间又是计量生产者个人在共同劳动中所占份额的尺度，因而也是计量生产者个人在共同产品的个人消费部分中所占份额的尺度。"④

马克思在《哥达纲领批判》中评论拉萨尔的"不折不扣的劳动所得"问题时，对社会主义的分配关系作了全面论证，将这种分配关系分为几个层次：首先，对社会总产品要进行必要的扣除，包括社会对生产资料和消费资料的需要；然后，才能在社会成员之间实行按劳分配。他指出：社会总产品的分配，首先应当扣除：

---

①　《马克思恩格斯选集》第 4 卷，人民出版社 1972 年版，第 365、368 页。

②　《马克思恩格斯选集》第 2 卷，人民出版社 1972 年版，第 454 页。

③　《马克思恩格斯选集》第 3 卷，人民出版社 1972 年版，第 319 页。

④　《马克思恩格斯全集》第 23 卷，人民出版社 1972 年版，第 95—96 页。

第一，用来补偿消费掉的生产资料的部分。

第二，用来扩大生产的追加部分。

第三，用来应付不幸事故、自然灾害等的后备基金或保险基金。

从"不折不扣的劳动所得"里扣除这些部分，在经济上是必要的，至于扣除多少，应当根据现有的资料和力量来确定，部分地应当根据概率论来确定……

剩下的总产品中的其他部分是用来作为消费资料的。

在把这部分进行个人分配之前，还得从里面扣除：

第一，和生产没有关系的一般管理费用。

和现代社会比起来，这一部分将会立即极为显著地缩减，并将随着新社会的发展而日益减少。

第二，用来满足共同需要的部分，如学校、保健设施等。

和现代社会比较起来，这一部分将会立即显著增加，并将随着新社会的发展而日益增加。

第三，为丧失劳动能力的人等设立的基金，总之，就是现在属于所谓官办济贫事业的部分。

只有现在……才谈得上在集体中的个别生产者之间进行分配的那部分消费资料。即所谓按劳分配部分[1]。

恩格斯在评论关于社会主义分配问题的争议时，谈到了一个重要理论思想。他说："在《人民论坛》上也发生了关于未来社会中的产品分配问题的辩证：是按照劳动量分配呢，还是按照其他方式分配。人们对于这个问题，是一反其他关于公平原则的唯心主义空话，而处理得非常'唯物主义'的。但奇怪的是谁也没有想到，分配方式本质上毕竟要取决于分配的产品的数量，而

---

① 《马克思恩格斯选集》第3卷，人民出版社1972年版，第9—10页。

这个数量当然随着生产和社会组织的进步而改变，从而分配方式也应当改变。但是，在所有参加辩论的人看来'社会主义社会'并不是不断改变、不断进步的东西，而是稳定的、一成不变的东西，所以它就当也有一成不变的分配方式。但是，合理的辩论只能是：（1）设法发现将来由以开始的分配方式；（2）尽力找出进一步的发展将循以进行的总方向。"[1] 这是一种真正科学的态度。

关于社会主义社会的交换关系及其规律性问题，马克思和恩格斯没有进行专门的论述，只是正面谈到了在单一社会所有制条件下不再存在商品货币关系问题。马克思在谈到这个问题时指出，在以共同占有生产资料为基础的社会里，生产者并不变换自己的产品；耗费在产品上的劳动，也不表现为这些产品的价值[2]。又说："在社会公有的生产中，货币资本不再存在了。社会把劳动力和生产资料分配给不同的生产部门。生产者也许会得到纸的凭证，以从社会的消费品储备中，取走一个与他们的劳动时间相当的量。这些凭证不是货币。它们是不流通的。"[3] 他还比较研究了以私有制为基础的单个人的劳动和以公有制为基础的共同生产的劳动转变成为社会劳动的"媒介"问题。在第一种情况下，商品交换、交换价值、货币是使单个人的劳动成为一般劳动的"媒介"；在第二种情况下，起"媒介"作用的则是"共同生产"，即"作为生产的基础的共同性"，换句话说，"产品的交换决不应是促使单个人参与一般生产的媒介"，"劳动在交换

① 《马克思恩格斯选集》第 4 卷，人民出版社 1972 年版，第 475 页。
② 《马克思恩格斯选集》第 3 卷，人民出版社 1972 年版，第 10 页。
③ 《马克思恩格斯全集》第 24 卷，人民出版社 1972 年版，第 397 页。

以前就应成为一般劳动"①。

恩格斯同样认为，在社会所有制条件下产品不是商品，社会必要劳动无需转化为价值。他说："社会一旦占有生产资料并以直接社会化的形式把它们应用于生产，每一个人的劳动，无论其特殊用途是如何的不同，从一开始就成为直接的社会劳动。那时，一件产品中所包含的社会劳动量，可以不必首先采用迂回的途径加以确定；日常的经验就直接显示出这件产品平均需要多少数量的社会劳动。……因此……它就不会想到还继续用相对的、动摇不定的、不充分的、以前出于无奈而不得不采用的尺度来表现这些劳动量，就是说，用第三种产品……来表现这些劳动量。……在上述前提下，社会也无需给产品规定价值。……诚然，就在这种情况下，社会也必须知道，每一种消费品的生产需要多少劳动。它必须按照生产资料，其中特别是劳动力，来安排计划。各种消费品的效用（它们被相互衡量并和制造它们所必需的劳动量相比较）最后决定这一计划。人们可以非常简单地处理这一切，而不需要著名的'价值'插手其间。"②

马克思和恩格斯对于社会生产和再生产理论（包括它的商品形态）、对构成这个总体的生产、分配、交换、消费等各个环节的地位作用以及它们相互之间的关系问题，进行过全面系统的研究和论述。关于再生产的一般原理和运动的规律性，对社会主义社会的生产和再生产仍然具有指导意义，只不过具有不同的特点罢了。他们在对资本主义和社会主义两种不同性质的生产进行比较研究的基础上，对社会主义再生产的各个环节也作过一般性

---

① 《马克思恩格斯全集》第 46 卷（上），人民出版社 1979 年版，第 118—120 页。

② 《马克思恩格斯选集》第 3 卷，人民出版社 1972 年版，第 348 页。

论述。但其中关于产品交换关系的论述，按严格意义来说，大都是指的"直接属于生产"本身的交换关系。那么，这里包含着一个问题，在单一的社会所有制条件下，是否还存在相对于生产领域而独立存在的流通领域，产品交换同产品分配是什么关系；换句话说，流通本身是否还是交换的一定要素，或者说还是从总体上看的交换。当然，这里所说的是指用产品交换取代商品交换。从而，作为流通领域的产品交换活动到底具有什么样的规律性？列宁在十月革命后，虽说曾谈及过产品交换问题，但毕竟还是属于"过渡时期"的情况①。所以，关于产品交换及其规律性问题，不仅有待于从理论上进行探索，同时也是有待于未来实践的问题。

三　关于共产主义社会两个发展阶段的理论

马克思主义创始人在从事理论研究和指导国际共产主义运动的斗争中，不仅使社会主义从空想转变为科学，而且还从理论上研究了未来社会发展的阶段性，区分了共产主义社会的两大发展阶段，分析了从社会主义发展为共产主义的基本要求和条件。

马克思和恩格斯根据人类社会发展的历史经验和资本主义社会所提供的物质基础，论述了共产主义社会区分几个不同历史发展阶段的客观必然性，提出了共产主义社会"第一阶段"和"高级阶段"的概念，区分了不同发展阶段的基本经济特征和标志。

马克思在《哥达纲领批判》中谈到共产主义社会第一阶段的本质特征问题时指出："我们这里所说的是这样的共产主义社会，它不是在自身基础上已经发展了的，恰好相反，是刚刚从资

---

① 《列宁全集》第 32 卷，人民出版社 1958 年版，第 374 页。

本主义社会中产生出来的，因此它在各方面，在经济、道德和精神方面都还带着它脱胎出来的那个旧社会的痕迹。"并且指出，这种旧社会的"痕迹"在共产主义社会第一阶段"是不可避免的"①。

恩格斯在《共产主义原理》一书中，对社会主义社会的生产关系进行了科学的分析和概括。阐明了用新型生产诸关系取代资本主义关系，"根据共产主义原则组织起来的社会"的必然性和优越性②。

马克思在分析共产主义社会第一阶段的经济和社会关系问题时，不仅揭示了这各种关系的必然性和优越性，同时还进一步分析和指明了它的局限性或"弊病"。他在批判拉萨尔的"不折不扣的劳动所得"的错误观点时，结合分析了社会主义的分配关系，重点剖析了按劳分配关系，在肯定按劳分配在社会主义阶段的必然性的基础上，指出了它存在的一些弊端。认为，按劳分配"这种平等的权利"，就其内容来说，像其他一切权利一样"是一种不平等的权利"。在这种分析的基础上，接着马克思指出："这些弊病，在共产主义社会第一阶段，在它经过长久的阵痛刚刚从资本主义社会里产生的形态中，是不可避免的。权利永远不能超出社会的经济结构以及由经济结构所制约的社会的文化发展。"③ 这样，他就为社会主义社会必然会向"高级阶段"的发展，提供了客观依据。

马克思在研究共产主义社会第一阶段的基础上，对进入它的高级阶段的基本条件和途径问题，也从理论上进行了探索和

---

① 《马克思恩格斯选集》第3卷，人民出版社1972年版，第10—12页。
② 《马克思恩格斯全集》第4卷，人民出版社1958年版，第369—371页。
③ 《马克思恩格斯选集》第3卷，人民出版社1972年版，第10—12页。

概括。他指出："在共产主义社会高级阶段上，在迫使人们奴隶般地服从分工的情形已经消失，从而脑力劳动和体力劳动的对立也随之消失之后；在劳动已经不仅仅是谋生的手段；而且本身成了生活的第一需要之后；在随着个人的全面发展生产力也增长起来，而集体财富的一切源泉都充分涌流之后——只有在那个时候，才能完全超出资产阶级法权的狭隘眼界，社会才能在自己的旗帜上写下：各尽所能，按需分配！"① 这是马克思为社会主义发展进入共产主义社会（即高级阶段）所确立的基本标志。

怎样认识和对待马克思主义创始人关于社会主义经济制度的理论？看来有各种不同的认识和态度。我们认为，马克思和恩格斯对社会主义经济理论所进行的原则性的科学的探讨，对于各国工人阶级和劳动人民进行社会主义革命和社会主义建设，对于建立社会主义政治经济学，都具有重要的指导意义，为我们对社会主义进行进一步的研究提供了一种基础、方向和方法。当然，我们决不能把这种理论当作教义，生搬硬套，而应当结合总结社会实践和社会发展的新经验，将科学社会主义及其经济理论推向前进，推向新的发展阶段，使它具有或者说能够反映时代的特征。这样，马克思主义经济理论才会具有经久不衰的生命力。

运用马克思主义关于科学社会主义和社会主义经济理论，就其社会经济条件和物质基础而言，一般可能会遇到几种类型的情况：一类是在进行社会主义革命时，资本主义有了比较充分或成熟的发展，国民经济各个部门已经资本主义化，如当代少数几个发达的资本主义国家。这同马克思主义创始人关于科学社会主义

---

① 《马克思恩格斯选集》第3卷，人民出版社1972年版，第10—12页。

和建立社会主义经济制度理论的前提条件是一致的。即使是这样，人们在进行社会主义革命和建立社会主义经济制度的过程中，也只能把马克思主义作为指导原则，而不应简单地照搬。这是由于每个国家的社会历史条件和民族状况不同，还有部门和地区发展的不平衡性问题；同时社会主义经济关系本身也有一个由不完全不成熟到完全和成熟发展的历史过程，而马克思主义关于社会主义经济关系的概念是一种理论上的抽象，属于社会主义生产关系一般，是以一定的假定为前提的。如果不认识和把握这一点，生搬硬套，自然就会脱离社会实际状况，犯教条主义错误。再一类是在资本主义具有中等发展程度的国家进行社会主义革命，就其经济关系和物质基础而言，同马克思恩格斯所设想的科学社会主义具有一定的差距，或者说在一定程度上不具备科学社会主义的要求和条件。如俄国十月革命时的经济状况就是如此。因此，在诸如这样一类国家进行社会主义革命和建立社会主义经济制度的过程中，尤其不能简单地照搬马克思主义的条文。科学的态度应当是理论联系实际，结合本国的社会历史包括经济、政治和文化等各方面的条件，进行比较研究。一方面要以马克思主义的基本原理作指导，同时要根据自己的具体情况，本着坚持真理、修正错误的精神，灵活运用或适当加以变通，以便通过各具特征的不同形式和途径，进行社会主义发展道路的探索和实践，不断丰富和发展科学社会主义和社会主义经济理论。第三类是在资本主义不发达或者说只有中下发展程度的国家进行社会主义革命，中国就属于这种类型。这同科学社会主义所设想的经济条件和物质基础的差距就更大。在这样一类国家建立社会主义经济制度的过程中，既要以马克思主义的经济理论为指导原则，又要有勇于探索和实事求是的精神，以便适应这种社会经济条件开创建设社会主义的新格局。这样，就可以避免各种错误的思想路线的干扰，使马克思主义能够在资本主义发展具有各种不同类型国家进行的社会主义革命和建设中，得到丰富和新的发展。这就是对待马克思主义应采取的辩证唯物论的科学态度。

第二章

政治经济学在马克思主义体系中的地位

本章的中心内容，是要阐明马克思主义体系中哲学、政治经济学和科学社会主义三个学科的联系和区别。通过这种研究，弄清政治经济学在马克思主义学说中的地位，为更好地研究和建立社会主义政治经济学而服务。

第一节　政治经济学和哲学

著名经济学家孙冶方有一句名言：要懂得经济，必须学点哲学。我将这句话引申一下，要研究经济学，必须懂得哲学。一个经济学家如果没有哲学头脑，在政治经济学的研究中就不会有大的作为或成就。这充分反映了政治经济学和哲学的重要关系，也是哲学在马克思主义体系中的地位所决定的。

马克思主义哲学是关于存在和意识的关系（即存在决定意识、意识对存在又具有它的反作用）的学说，是研究自然界、社会和意识形态的一般发展规律性的科学，是认识和改造世界的科学方法和手段。总之，哲学是关于世界观和方法论的科学。

政治经济学的研究，必须以马克思主义哲学作为基础或者指导，这是政治经济学的研究对象、任务和方法论所要求的。辩证唯物论是科学的认识论，它所要说明的是人们的认识是对自然界和社会的反映和依赖性，人们对于社会的认识总是离不开一定的经济基础，一定的政治制度和意识形态则是为一定的经济基础服务的。辩证唯物论用于研究人类社会历史，则可说明社会历史发展和社会制度的更替，是随着社会生产力的发展而有规律地向前发展的。而政治经济学要求对人类社会的每一种生产方式或社会经济形态进行历史的、具体的研究和分析，这样才有可能了解各有关生产方式或社会经济形态的状况和特点，探讨和揭示它们运动即发生、发展和变化的规律性。要能做到这一点，是离不开唯物论这个基础和辩证法的指导的。因为政治经济学的研究，它所使用的抽象法，不是一种任意的行为，不是空洞的抽象，是对事物内部客观存在的本质关系的抽象，是和人们对社会经济关系认识深化相符合的抽象。否则，就会脱离事物和社会发展的实际，出现这样那样的问题和错误。缺乏应有的科学性。正是由于有了唯物辩证法作基础和指导，就使政治经济学的研究，既有可能彻底摆脱唯心论和形而上学的影响，又可以避免机械唯物论。

从科学发展史来看，最初，哲学同经济学等社会科学混杂在一起，没有严密的特定的研究对象和界限，大体上是关于社会研究的一般科学。随着社会生产力和科学技术的发展，由于科学研究区分的需要，哲学和政治经济学等社会科学才逐渐分离为独立的学科。哲学经过古代和中世纪的漫长的发展，直到十七八世纪，唯物主义世界观才得到了较快的发展，18 世纪末和 19 世纪初，在德国哲学中产生了黑格尔的辩证法，这就是说，只有当资本主义经济关系有了一定程度的发展，在自然科学方面如地理学和天文学等有了伟大的成就，唯物主义的哲学体系才有可能逐步形成。经济学成为一种独立的学科大致也是如此。在古代社会，经济思想是简单的、零散的，同其他社会思维形式混杂在一起。

"经济学"一词源于希腊语，是家计管理的意识。色诺芬曾用《经济论》作为书名，探讨了家庭劳动和农业的合理原则①。亚里士多德第一次使用"经济学"这个名词。他分析经济现象已突破家庭界限，开始转向社会。认为，经济学不仅要研究家庭管理，同时要研究"谋生术"、"致富术"。他把"谋生术"叫做"货殖"。随着货币的产生，物物交换必然发展成为商品市场②。马克思在谈到早期经济思想的意义问题时指出："由于希腊人有时也涉猎于这一领域，所以他们也和在其他一切领域一样，表现出同样的天才和创见。所以，他们的见解就历史地成为现代科学的理论的出发点。"③ 经过中世纪的发展，直到 16 世纪，随着资本主义生产关系的萌芽和发展，出现了重商主义。由于重商主义者从国家着眼研究经济问题，法国的蒙克来田便在"经济学"前面加上了"政治"一词，意即研究"国家经济"。这样，就把"经济学"改称为"政治经济学"。后来，斯图亚特以政治经济学为题，写了《政治经济学原理研究》一书，这是一本初具规模或体系的专著。

当然，真正使政治经济学开始成为一门学科的是英国资产阶级古典学派。这个学派的创始人威廉·配第提出了"劳动是财富之父，土地是财富之母"的理论。虽说这种论点还有缺陷，但和重商主义只着眼于或者说只考察流通领域不同，它考察并指出了物质财富不是产生在流通领域，而是产生在生产领域。马克思在谈到经济学形成的标志的起点问题时指出："真正的现代经济学，只是当理论研究从流通过程转向生产过程的时候才开始

---

① 〔古希腊〕色诺芬：《经济论》，商务印书馆 1961 年版。
② 《马克思恩格斯全集》第 23 卷，人民出版社 1972 年版，第 174 页附注。
③ 《马克思恩格斯全集》第 20 卷，人民出版社 1972 年版，第 250 页。

的。"① 正是就这个意义来说，马克思将威廉·配第称为"政治经济学之父"②。随着资本主义的发展，为资产阶级古典政治经济学的发展提供了必要的社会经济条件。18 世纪中后期至 19 世纪初期，是英国资本主义工场手工业向机器大工业发展的过渡时期。马克思在谈到政治经济学形成的历史条件时指出："政治经济学作为一门独立的科学，是在工场手工业时期才产生的。"③作为古典学派两位杰出代表的亚当·斯密和大卫·李嘉图，正是处于这个历史发展时代。斯密的《国民财富的性质和原因的研究》一书，建立了资产阶级政治经济学的理论体系，被喻为"经济学的百科全书"。李嘉图则是古典政治经济学体系的完成者，他的《政治经济学及赋税原理》是古典学派的杰出代表作。

19 世纪中叶，随着产业革命的完成。资本主义在英国得到了迅速的发展，资本主义生产方式内部的矛盾也随之而发展和逐步尖锐起来。这样，马克思和恩格斯就有可能在吸收和改造古典学派的基础上，实现和完成了政治经济学的革命变革。从而宣告了马克思主义政治经济学的诞生。

政治经济学同哲学分离并形成为独立学科的发展史表明，它们曾经是长期共处于一个胞胎里的孪生姊妹，随着社会经济、科学技术、文化的发展和科学研究分工的需要，它们才逐渐分离开来。哲学作为关于研究自然界、人类社会和意识形态的一般发展规律性的科学，它仍然保持着对自然科学和社会科学的指导地位，因而同政治经济学仍然保持着某种血缘或亲属关系；政治经济学不过是研究作为哲学研究对象的一个领域，即人类社会一定

---

① 《马克思恩格斯全集》第 25 卷，人民出版社 1972 年版，第 376 页。
② 《马克思恩格斯全集》第 23 卷，人民出版社 1972 年版，第 302 页。
③ 同上书，第 404 页。

生产方式运动中生产关系发生、发展和变化规律的科学，所以它自然离不开哲学的指导作用。

马克思主义的研究和形成过程，也充分反映了哲学和政治经济学的相互关系。从表象上看，马克思的研究似乎是从法学开始的，但他毕竟是把法学作为哲学和历史的辅助学科来研究的。19世纪40年代初，马克思主编《莱茵报》时，第一次遇到了要对所谓物质利益发表意见的难事。后来还有关于林木盗窃、地产问题，促使马克思开始研究经济学问题。马克思在《〈政治经济学批判〉序言》中，谈到了他研究政治经济学的经过。起初，马克思是把理论研究和批判结合在一起的。在批判中又把哲学和政治经济学结合在一起。如马克思的《哲学的贫困》就是批判蒲鲁东的《贫困的哲学》一书的，其中讲了许多经济学问题，该书第二章的题目就叫《政治经济学的形而上学》，马克思在此联系魁奈的经济思想来分析蒲鲁东，认为后者是政治经济学的形而上学方面的魁奈。马克思的《政治经济学批判》一书，是他研究和建立政治经济学的代表作之一。他在此书中用哲学即用唯物主义的认识论和辩证法来指导政治经济学的研究，取得了重要成果。马克思在序言中对他研究政治经济学所得到的并用于指导他的研究工作的总的结果，作了精辟的概括。他说："人们在自己生活的社会生产中发生一定的、必然的、不以他们的意志为转移的关系，即同他们的物质生产力的一定发展阶段相适合的生产关系。这些生产关系的总和构成社会的经济结构，即有法律的和政治的上层建筑竖立其上并有一定的社会意识形态与之相适应的现实基础。物质生活的生产方式制约着整个社会生活、政治生活和精神生活的过程。不是人们的意识决定人们的存在，相反，是人们的社会存在决定人们的意识。社会的物质生产力发展到一定阶段，便同它们一直在其中活动的现存生产关系或财产关系（这只是生产关系的法律用语）发生矛盾。于是这些关系便由生产力的发展形式变成生产力的桎梏。那时社会革命的时代就到来了。随着经济基础的变更，全部庞大的上层建筑也或慢或快地发生变革。"① 这段话，既包含着精辟的经济学思想或基本原理，又包含着深刻的哲理。是用哲学指导经济学研究的典范。这对于我们研究政治经济学，具有极其重要的、经典性的、历史性的指导意义。

马克思主义哲学对于政治经济学的指导意义，具体表现在哪些方面呢？

首先，政治经济学本质上是一种历史科学，从总体上说，它的研究离不开哲学作基础和指导。广义政治经济学不仅要研究人类社会各种生产方式或社会经济形态发生、发展和变化的规律性，而且要研究这各种社会经济形态是为什么和如何从低级形态过渡到高级形态的。所以，这种研究既离不开辩证唯物主义的认识论，又离不开历史唯物主义的发展论，就一定意义来说，它同历史唯物论这门学科存在着一种交叉。如果离开了马克思主义哲学的指导来研究政治经济学，就有可能陷入或者摆脱不了主观唯心论和"政治经济学的形而上学"。

其次，政治经济学研究一定生产方式或社会经济形态的发展变化，必须以辩证唯物论作指导。政治经济学进行这种研究的最终目的，无非是要揭示一定社会经济运动的规律性，认识和掌握它的运行机制。要能完成这个任务，就必须根据辩证唯物论的要求，研究一定生产方式运动中生产关系内在的、本质的、必然联系，研究社会生产和再生产过程中各种经济关系和矛盾的发展变化状况。换句话说，必须通过对有关各种经济关系的现象和本

---

① 《马克思恩格斯选集》第 2 卷，人民出版社 1972 年版，第 82—83 页。

质、内容和形式、局部和整体、失调和平衡、偶然与必然、可能与现实、量变与质变、肯定与否定等各种关系进行比较研究，才有可能得出科学的结论。正是就这个意义而言，人们有时候把高层次的经济理论叫做"经济哲学"。可见，政治经济学的研究，如果离开了辩证唯物论的指导，就会使某种生产关系或经济范畴成为一种僵化的、永恒不变的概念，就会陷入主观唯心论的泥坑。

再次、政治经济学运用抽象法，离不开唯物辩证法作基础。政治经济学的方法论是一种体系，在这种体系中辩证法是基础，抽象法是政治经济学研究的核心即主要方法。所谓抽象法，就是人们用思维形式反映出已经存在于客观事物或社会经济关系内部的本质关系。这就是说，抽象法不是一种任意的行为，不是空洞的抽象，而是和事物的实质相符合的抽象，是和人们对一定社会生产关系认识深化相符合的抽象。而要能做到这一点，就离不开唯物辩证法作基础和指导。政治经济学运用抽象法，如果离开了唯物辩证法的要求或指导，就会得不出科学的概念或经济范畴，因而就不可能建立一门独立的、完整的、科学的经济学体系。只有进行科学的抽象，才能排除那些偶然的、曲折的、虚假现象的干扰，把客观事物和社会经济关系的本质揭示出来。这样，才比较符合或接近真理，或者说，才能认识和掌握事物发展的规律性。

马克思在《资本论》第一卷第二版跋文中，谈到了研究政治经济学和唯物辩证法的关系。他借用莫·布洛克在《经济学家杂志》一文中对他的研究方法的评论，肯定他的研究方法"正是辩证方法"。并且指出：他在《〈政治经济学批判〉序言》那里，说明了他的研究"方法的唯物主义基础"。同时他还引用了布洛克在评论中的一段话，承认自己的科学研究是"把社会运动看作受一定规律支配的自然历史过程，这些规律不仅不以人的意志、意识和意图为转移，反而决定人的意志、意识和意图"①。这里指的就是唯物辩证法。

恩格斯在谈到政治经济学研究同辩证法的关系问题时也说："马克思对于政治经济学的批判就是以这个方法（按指辩证法）作基础的，这个方法的制定，在我们看来是一个其意义不亚于唯物主义基本观点的成果。"②

综上所述，无论就政治经济学的性质、研究对象和方法来看，都离不开马克思主义哲学作基础和指导，否则，就会得不出科学的结论，因而就不能正确认识和掌握社会经济运动的规律性。

第二节　政治经济学和科学社会主义

科学社会主义是马克思和恩格斯在批判地继承空想社会主义合理因素的基础上，研究资本主义社会基本矛盾及其发展趋势所得出的科学结论，是无产阶级同资产阶级的矛盾和斗争发展的必然产物，是对资本主义生产方式运动的规律性进行政治经济学研究的伟大理论成果。

恩格斯在谈到社会主义从空想到科学的发展问题时指出："现代社会主义，就其内容来说，首先是对统治于现代社会中的有产者和无产者之间、资本家和雇佣工人之间的阶级对立和统治于生产中的无政府状态这两个方面进行考察的结果。但是，就其理论形式来说，它起初表现为十八世纪法国伟大启蒙学者所提出

---

① 《马克思恩格斯全集》第23卷，人民出版社1972年版，第19—25页。
② 《马克思恩格斯全集》第13卷，人民出版社1972年版，第532页。

的各种原则的进一步的、似乎更彻底的发展。和任何新的学说一样，它必须首先从已有的思想材料出发，虽然它的根源深藏在物质的经济的事实中。"①

科学社会主义理论的形式，离不开唯物主义历史观的发现和对社会进行政治经济学的分析。恩格斯在考察社会主义从空想到科学转变的过程中，结合资本主义的发展状况，首先从社会主义思想史发展的角度进行了分析。从十六七世纪的托·莫尔（《乌托邦》的作者）和托·康帕内拉（《太阳城》的作者）到圣西门、傅立叶和欧文三位伟大的空想社会主义者，进行了系统的考察，指出了他们的业绩及其思想和时代的局限性。由于当时资本主义生产方式还处在上升时期的最初阶段，所以，空想社会主义者，这种"不成熟的理论，是和不成熟的资本主义生产状况、不成熟的阶级状况相适应的。解决问题的办法还隐藏在不发达的经济关系中，所以只有从头脑中产生出来"。接着恩格斯考察了唯物主义历史观的形成和剩余价值理论的发现，对于社会主义从空想到科学转变的意义。由于唯物史观的提出，就找到了用人们的存在说明他们的意识这样的道路；由于剩余价值的发现，就揭穿了资本主义生产的秘密，揭示了资本主义生产方式内部一直隐蔽着的性质。"因此，社会主义现在已经不再被看作某个天才头脑的偶然发现，而是被看作两个历史地产生的阶级即无产阶级和资产阶级间斗争的必然产物。它的任务不再是想出一个尽可能完善的社会制度，而是研究必然产生这两个阶级及其相互斗争的那种历史的经济的过程；并在由此造成的经济状况中找出解决冲突的手段。"所以恩格斯得出结论说：由于马克思的"这两个伟大

① 《马克思恩格斯选集》第3卷，人民出版社1972年版，第404页。

的发现"使"社会主义已经变成了科学"①。

在上述考察的基础上，恩格斯最后还从政治经济学的角度集中地对资本主义生产方式进行了剖析，阐明了科学社会主义的历史任务。根据历史和逻辑的结合和统一，恩格斯揭示并论证了社会主义生产方式取代资本主义生产方式的客观必然性。随着产业革命和大工业迅速而较充分的发展，资本主义生产方式内部的矛盾得到了相应的发展，社会化生产和资本主义占有之间的矛盾逐渐明显地表现出来。恩格斯分析了这种矛盾表现：即无产阶级和资产阶级的对立；个别企业生产的有组织性和整个社会生产的无政府状态之间的对立。指出了资本主义生产方式就是在这种固有矛盾的两种表现形式中"运动着"，毫无出路地进行着"恶性循环"。随着资本主义积累规模的扩大和发展，一极是财富的积累；另一极是贫困的积累。从而带来了新的"恶性循环"。这样，就使资本主义生产方式内在的矛盾进一步发展和激化起来。表明资本主义生产方式很难继续驾驭这种生产力；而生产力的继续发展则要求摆脱它的资产阶级利用形式，即要求摆脱它作为资本的那种属性。这就迫使资本家阶级本身不得不在资本主义关系内部一切可能的限度内，愈来愈把生产力当作社会生产力来看待。于是先后出现了各种股份公司、托拉斯等这种社会化形式。以致后来这种生产力"发展到不适于由股份公司来管理"，使资本主义国有化在经济上成为不可避免的事②。

但是，正如恩格斯所说："无论转化为股份公司和托拉斯，还是转化为国家财产，都没有消除生产力的资本属性。……生产力的国家所有不是冲突的解决，但是它包含着解决冲突的形式上

---

① 《马克思恩格斯选集》第 3 卷，人民出版社 1972 年版，第 424—443 页。
② 同上。

的手段，解决冲突的线索。"又说："这种解决只能是在事实上承认现代生产力的社会本性，因而也就是使生产、占有和交换的方式同生产资料的社会性相适应。而要实现这一点，只有由社会公开地和直接地占有已经发展到除了社会管理不适于任何其他管理的生产力。……而随着社会对生产力的占有，这种社会性就将为生产者完全自觉地运用，并且从造成混乱和周期性崩溃的原因变为生产本身的最有力的杠杆。"接着还说，社会力量完全像自然力一样，在我们还没有认识和考虑到它们的时候，起着盲目的、强制的和破坏的作用。但是，一旦我们认识了它们，理解了它们的活动、方向和影响，就可以利用它们来达到我们的目的，它就会在联合起来的生产者手中从魔鬼似的统治者变成顺从的奴仆①。

　　恩格斯基于资本主义发展的过程，逻辑的分析出现了"升华"。他说："现代社会主义不过是这种实际冲突在思想上的反映，是它在头脑中，首先是在那个直接吃到它的苦头的阶级即工人阶级的头脑中的观念的反映。"最后归结到无产阶级革命。指出"矛盾的解决：无产阶级将取得社会权力，并利用这个权力把脱离资产阶级掌握的社会化生产资料变为公共财产。……从此按照预定计划进行的社会主义生产就成为可能的了。生产的发展使不同社会阶级的继续存在成为时代的错误。……国家的政治权威也将消失。人终于成为自己的社会结合的主人"。又说："完成这一解放世界的事业，是现代无产阶级的历史使命。考察这一事业的历史条件以及这一事业的性质本身，从而使负有使命完成这一事业的今天受压迫的阶级认识到自己行动的条件和性质，这

---

① 《马克思恩格斯选集》第3卷，人民出版社1972年版，第436—437页。

就是无产阶级运动的理论表现即科学社会主义的任务。"①

综上所述，恩格斯对科学社会主义的形成和根据，它的性质和任务，研究对象和方法，都作了透彻的分析和概括。恩格斯的整个分析表明，政治经济学在完成社会主义从空想到科学的转变过程中，具有极其重要的划时代意义。

列宁在纪念恩格斯逝世一文中曾经指出："马克思和恩格斯在他们的科学著作中，最先说明了社会主义不是幻想家的臆造，而是现代社会生产力发展的最终目标和必然结果。""工人阶级及其要求是现代经济制度的必然产物，因为现代经济制度除了资产阶级以外，还必然造成并组织无产阶级。"② 在另一个地方又说："资本主义社会必然要转变为社会主义社会这个结论，马克思是完全而且仅仅根据现代社会的经济发展规律得出的。"③ 由此可见，科学社会主义离不开马克思主义政治经济学的科学理论。

同样，研究政治经济学（在这里主要是指社会主义政治经济学），也涉及社会主义学说的许多重要问题，因而政治经济学的研究也不能脱离科学社会主义。

我们知道，政治经济学是关于一定社会生产方式运动中生产关系发生、发展和变化规律性的科学。研究资本主义社会经济形态的政治经济学，就是要考察和揭示资本主义生产方式运动中资本主义生产关系产生、发展和变化的规律性。它的任务，在于根据资本主义社会基本矛盾运动的状况、特点及其发展的历史趋势，揭示和阐明资本主义走向灭亡的历史必然性，帮助无产阶级

① 《马克思恩格斯选集》第 3 卷，人民出版社 1972 年版，第 426、443 页。
② 《列宁选集》第 1 卷，人民出版社 1972 年版，第 86 页。
③ 《列宁选集》第 2 卷，人民出版社 1972 年版，第 51 页。

和劳动人民认识应当建立什么样的社会经济制度，以及为何建立这种新的经济制度。这就必然要涉及无产阶级同资产阶级两个阶级的矛盾和斗争问题、工农联盟问题，以及无产阶级进行社会主义革命和夺取政权等一系列问题。而这些问题正是科学社会主义的研究对象和重要内容。

　　社会主义政治经济学，是要探讨和揭示社会主义生产方式运动中社会主义生产关系产生、发展和变化的规律性。包括：（1）考察和研究社会主义生产方式产生过程中经济运动的规律性，通常把这种过程称之为从资本主义到社会主义的过渡时期。在社会主义生产方式形成过程中，或者说用社会主义经济制度取代资本主义经济制度的过程中，必然要涉及有关无产阶级专政的国家政权的关系和作用问题，涉及无产阶级和资产阶级两个阶级、社会主义和资本主义两条道路的矛盾和斗争问题，巩固和发展工农联盟的问题等等，而这些正是属于科学社会主义重点研究的课题。（2）研究和揭示社会主义生产方式巩固、发展过程中经济运动的规律性。社会主义生产关系要经历一个由不完全、不成熟到完全和成熟的发展过程。随着生产力的发展，要逐步调整和改革那些不适应生产力发展的生产关系：随着生产关系的发展和变化，要逐步调整和改革那些不适应生产关系发展的上层建筑。这就是说，在社会主义的成长过程中，无论在经济领域，还是在政治思想领域，都必然存在着新与旧、先进与落后的矛盾和斗争。其中有些内容特别是有关上层建筑领域调整和改革的内容，主要就属于社会主义学科的研究任务。（3）探讨社会主义渐渐地成长为共产主义过程中经济运动的规律性。这同样要涉及经济基础同上层建筑的关系问题。由于社会主义经济关系的发展变化，必然要相应地调整和改革上层建筑，以便发挥它的促进作用。因而就关系到国家职能的演变，以至逐渐消亡的问题，社会共同体的形成及其职能的确立和完善问题，等等。这在很大程度上是属于社会主义学说的研究对象。

综上所述，政治经济学和科学社会主义作为两个学科，它们的研究对象和任务是有区别的。但它们作为两个相关或者说"姊妹"学科，由于它们的总的目标存在着一致性，所以它们的研究内容和范围又存在着一种内在的有机的联系，或者说，它们既相互交叉又互相补充。共同为实现社会主义和共产主义事业而服务。我们可以设想，如果马克思和恩格斯不对资本主义社会的基本矛盾进行经济学的解剖，就不可能得出科学社会主义的结论，就不可能完成社会主义从空想到科学的转变；反过来说，如果不用社会主义观点对资本主义经济制度进行考察，不运用历史唯物论的观点和辩证法，就不会懂得人类社会的发展方向，作为研究和揭示资本主义社会经济运动规律的政治经济学，就会没有目标或者说目的性不明确，因而也就得不到发展，自然也就谈不上进一步研究和建立社会主义的政治经济学。正是由于马克思主义经济学揭示了资本主义社会的基本矛盾及其发展的历史趋势，就为社会主义从空想到科学的转变提供了科学依据；而社会主义学说的研究内容，又阐明了用社会主义制度取代资本主义制度的条件、办法和途径，从而为政治经济学的研究开辟了新的领域。可见，两个学科的研究，具有一种相辅相成的交叉关系。

第三节　政治经济学在马克思主义学说中的地位

马克思主义是一种科学体系，是关于人类社会解放事业即指导全世界无产阶级和劳动人民从必然王国进入自由王国的学说。马克思和恩格斯的研究范围十分广泛，内容十分丰富，他们的全集原民主德国已编辑出版成整整一百卷，涉及一系列社会科学方面的学科和若干自然科学方面的内容。但就其最集中、最系统（即成体系性）的内容而言，主要包括哲学、政治经济学和科学社会主义三个组成部分。在这种科学体系中，它们互相区别而又互相联系，成龙配套，成为人类社会最具有权威性的学说和理论宝库。

在第一、二两节中，我们一般地研究了政治经济学同哲学和科学社会主义的联系和区别，论述了这几个学科在马克思主义学说中的地位和作用问题。概括地说，马克思主义哲学是关于无产阶级世界观和方法论，是认识世界和改造世界的强大手段，是马克思主义学说的基础和方法论。政治经济学是研究各种社会经济形态特别是关于资本主义经济形态发生、发展和变化规律性的学科，它的研究既求助于唯物辩证法，又为社会主义从空想到科学的发展提供了一种依据。而科学社会主义，则是关于无产阶级争取人类解放事业的斗争和实现社会主义和共产主义的条件和性质的科学，它以唯物辩证法和政治经济学作基础和依据，为改造世界、实践政治经济学的根本任务而服务。列宁在谈到三个学科的地位和作用问题时曾经指出：马克思主义的哲学唯物主义"把伟大的认识工具给了人类"，"给无产阶级指明了摆脱精神奴役的出路"。马克思的经济学说，揭露了剩余价值的来源，"阐明了无产阶级在整个资本主义制度中的真正地位。"科学社会主义关于阶级斗争的学说，找到了"能够成为新社会的创造新的社会力量"①。

在这种认识的基础上，现在我们要进一步根据时代发展的需要，根据社会主义实践和发展的需要，同时，也是出于研究和建立社会主义政治经济学的需要，着重研究和更具体地了解和阐明

---

① 《列宁选集》第2卷，人民出版社1972年版，第443—446页。

政治经济学在马克思主义学说中的地位和作用，具有十分重要的意义。

首先，在马克思列宁主义学说中，人们往往只把哲学看成是认识世界和改造世界的工具，而不重视或者忽视政治经济学在认识和改造世界中的作用和意义。一般说来，马克思主义哲学主要是解决认识论和方法论问题，而真正具体认识和改造世界，还得通过政治经济学和科学社会主义及其实践。如果离开了政治经济学对社会经济形态的研究，比如离开了对资本主义社会经济形态的研究，就不可能认识和掌握资本主义经济运动的规律性，从而就不会认识和懂得用社会主义制度取代资本主义制度的客观必然性。这样，无产阶级及其政党就不可能制定出科学的纲领、路线、方针和政策。而实践表明，只有通过政治经济学的科学研究，并把这种研究变成一定的路线和政策，才有可能实现对社会的改造。

其次，社会是不断发展变化的，只有通过政治经济学对社会经济形态发展变化的规律性进行研究，才有可能适应时代发展的要求和需要。马克思和恩格斯曾经主要对资本主义的自由发展阶段（当然涉及初期垄断资本主义）进行过全面、系统的研究，揭示了它运动的规律性。列宁对垄断初期阶段的资本主义也进行过一定的研究，得出了一定的结论。但在马克思和恩格斯逝世以后，特别是在俄国十月革命和第二次世界大战以后，世界形势发生了巨大变化：一是先后在欧、亚和拉丁美洲出现了一系列社会主义国家，打破了资本主义的一统天下的局面；二是随着资本主义工业化的发展和科学技术革命的迅猛发展，资本主义本身有了很大的发展，不仅垄断资本占据了统治地位，而且由个别垄断发展到社会和国家的垄断，出现了地区性国家垄断联盟和具有世界性的垄断集团。这样，就使资本主义的发展出现了许多新的情况、问题和特点，从而需要对资本主义关系的发展变化做出进一步的研究，进行新的理论概括。以便更好地指导无产阶级从事解放事业的斗争。而这正是政治经济学的基本任务。

再次，社会主义作为一种崭新的社会制度先后在苏联、中国和其他一些国家出现，怎样认识和掌握社会主义生产方式运动中生产关系发生、发展和变化的规律性，有待我们去反复的实践和探索。社会主义作为一种制度，还处于它的少年甚至童年时期。目前还有反复，由于现有的社会主义是在资本主义不发达国家取得胜利的，同马克思和恩格斯关于科学社会主义的设想有很大的差距。即不具备他们所假定的那种前提条件。无产阶级和劳动人民在掌握国家政权以后，怎样进行社会主义改造，怎样适应各自的国情实现从资本主义到社会主义的过渡，怎样组织社会主义经济，怎样进行社会主义建设乃至怎样防止"和平演变"，都还没有经验，或者说还具有一定的甚至较大的盲目性。加之有关执政党及其领导人，不能始终坚持"实事求是"的思想路线，急于求成，不尊重客观经济规律，以至犯了这样那样的错误，没有发挥社会主义制度应有的优越性。因此，我们在实现社会主义和共产主义事业的斗争过程中，必须不断地认真总结历史的经验教训，掌握和坚持马克思主义的思想路线，重视和加强政治经济学的研究，探讨和掌握社会主义经济运动的规律性。这样，才能开创社会主义事业的新局面。

综上所述，构成马克思主义学说主要内容的哲学、政治经济学和科学社会主义，它们是相互联系、相互制约、相辅相成的。随着时代的发展，这些学科都需要有相应的发展。但在各个不同的历史时期，它们的地位和功能是会有所发展变化的。在马克思主义形成时期即创始阶段，在无产阶级和劳动人民争取解放斗争的时期，在社会主义革命和建设时期，以至在未来的共产主义建设时期，相对来说由于改造主观世界和客观世界的任务和要求的发展变化，因而哲学、政治经济学和科学社会主义所处的地位和作用也会发生相应的变化。随着社会主义和共产主义在世界范围内的发展，政治经济学将会逐渐处于一种中心地位，愈来愈显示出它的重要性。

第三章

实践中的社会主义及其不同发展道路

本章的中心内容，是要研究社会主义历史的形成和演变，研究各种不同类型的社会主义发展模式或道路。通过这种研究，揭示社会主义实践的发展和社会主义政治经济学形成的关系，从而为探讨和确立社会主义政治经济学的科学体系服务。尽管苏联和东欧社会主义国家已经解体，但就国际社会主义运动发展的历史经验和教训而言，仍然具有其特殊意义。

第一节　社会主义历史的形成及其演变
——苏联型的社会主义道路及其特征

在第一次世界大战后期，俄国人民在列宁和布尔什维克党的领导下，在列宁提出的"变帝国主义战争为国内战争"方针的指导下，通过武装起义，推翻了俄国的资产阶级临时政府，取得了十月社会主义革命的胜利，建立了苏维埃政权，从而使俄国脱离了资本主义世界体系，开辟了人类历史发展的社会主义道路。

十月革命的胜利，是当时俄国社会历史条件发展的产物。在沙俄帝国时期，资本主义有了一定程度或者说中等程度的发展，资本主义、封建主义和人民大众的矛盾交织在一起。列宁认为，俄国是当时帝国主义矛盾的焦点及其链条中最薄弱的环节。几年帝国主义战争使俄国的国民经济遭受了严重的破坏，土地荒芜，工厂停产，物价暴涨，人民群众处于水深火热之中，阶级矛盾日益激化，对沙皇制度深恶痛绝。1917 年，俄国爆发了二月革命。这是俄国无产阶级和农民在布尔什维克党领导下进行的第二次资产阶级民主革命。二月革命的胜利，俄国出现了两个政权并存的局面：一个是资产阶级专政的临时政府；另一个是工农兵代表苏维埃。这是根据 1905 年的革命经验而建立的。二月革命后，资产阶级临时政府转过来对布尔什维克党和革命进行疯狂镇压，制造了"七月流血"事件。于是，列宁和布尔什维克党进一步提出了经过武装起义推翻临时政府，实现社会主义革命的方针。经过充分准备，1917 年 11 月 7 日（即俄历 10 月 25 日），彼得堡工人和士兵通过武装起义，取得了胜利。随即召开了全俄苏维埃第二次代表大会，宣布一切政权归苏维埃，组成了以列宁为首的第一届苏维埃政府，建立了世界上第一个无产阶级专政的国家。俄国十月革命的胜利和后来社会主义的初步建成，使科学社会主义由理论变为现实，开辟了人类历史的新纪元。

苏联的社会主义革命和社会主义建设，经历了一种艰难曲折的发展过程。

十月革命胜利后不久，经历了三年国内战争。这是苏维埃政权同国内反革命武装和外国武装干涉所进行的生死存亡的战争。在国内战争时期，为了克服经济上的巨大困难，保证战争的胜利进行，苏维埃政权采取了军事共产主义政策。它的主要措施包括：（1）对大中型企业和部分小型企业实行国有化和国家的严格监督；（2）对国民经济实行高度的集中和强制性的管理，国家对企业所需原材料实行无偿供给，产品全部由国家统一掌握和分配；（3）实行余粮征集制，由国家垄断粮食市场；（4）对消费品实行配售制，严禁私人贸易；（5）按照"不劳者不得食"

的原则，对有劳动能力的居民普遍实行劳动义务制。总之，这是苏维埃政权借助于行政手段，采取的一种统制性经济。在执行战时共产主义措施的过程中，列宁和俄共（布）曾考虑在这个基础上，按照共产主义的原则来调整国家的生产和分配，即用直接的产品分配代替商品流转。但很快发现这种办法是行不通的。后来，列宁总结说，战时共产主义是被迫实行的，是一种临时措施。他指出："我们原来打算（或许更确切些说，我们是没有充分根据地假定）直接用无产阶级国家的法令，在一个小农国家里按共产主义原则来调整国家的生产和产品分配。现实生活说明犯了错误。准备向共产主义过渡要经过多年的准备工作，需要经过国家资本主义和社会主义一系列过渡阶段。"[1] 所以，国内战争一结束，苏联便立即采取了新经济政策。

新经济政策是相对于战时共产主义政策而言的，同时也是根据俄国的社会经济条件，适应从资本主义到社会主义过渡时期发展的客观要求，所采取的具有重大历史意义的战略决策。1921 年 3 月，俄共（布）第十次代表大会所通过的用粮食税代替余粮收集制的决议，是由战时共产主义向新经济政策过渡的开始即标志。实行粮食税，农民可以自由支配纳税后的全部余粮，可以自由交换。这样，就有利于调动农民生产的积极性，促进农业的恢复和发展，从而为恢复和发展工业、振兴整个国民经济提供了条件或基础。新经济政策还包括利用商品货币关系，利用市场，大力发展苏维埃商业，建立城乡之间的经济联系。改组国民经济的管理和计划领导的方式和方法，坚持物质利益原则，实行经济核算制。在国家掌握经济命脉的条件下，允许在一定范围和限度内利用和发展资本主义经济，包括实行租让制和租借制等国家资本主义形式，以便引进外资、新技

---

[1] 《列宁选集》第 4 卷，人民出版社 1972 年版，第 571—572 页。

术和改善企业的经营管理。后来由于种种原因，租让制和租借制等国家资本主义形式并未得到大的发展。

列宁指出："……新经济政策并不改变工人国家的实质，然而却根本改变了社会主义建设的方法和形式，因为新经济政策容许建设中的社会主义同力图复活的资本主义，在通过市场来满足千百万农民需要的基础上实行经济竞赛。"①

苏联实行新经济政策，迅速恢复和发展了工农业之间的正常经济联系，巩固了工农联盟，促进了国民经济的发展，为实现国家工业化和对农业进行社会主义改造，创造了有利的条件。经过15年的社会主义改造和建设，苏联于1936年颁布了斯大林宪法，宣布建成了社会主义社会。

十月革命的胜利和苏联建成社会主义社会，具有世界性历史意义。它为无产阶级和被压迫民族争取解放事业的斗争指明了方向，为在一国建成社会主义开辟了道路，它把社会主义从理论变成了现实，从而丰富和发展了马克思主义关于科学社会主义的理论，也为研究社会主义政治经济学提供了一定的基础和条件。

十月革命所开辟的社会主义道路，具有它的社会历史背景和特征：

（1）十月革命是在资本主义具有中等发展程度的沙俄帝国的社会历史条件下进行的，它同马克思主义创始人所设想的科学社会主义所具备的前提条件还有一定的差距。十月革命前，在城市经济中，俄国资本主义正在向垄断资本主义过渡，还存在着大量中小资本主义；在农村，存在着封建地主经济，作为资本主义的富农经济并不发达，小农经济还占优势。这就是俄国进行社会主义革命和建设的基础和起点。

---

① 《列宁选集》第4卷，人民出版社1972年版，第582页。

（2）苏联在斯大林领导下所建成的社会主义社会，并非列宁关于建成社会主义的公式。这是指导思想上的一种变化。列宁把从资本主义到社会主义的过渡即建成社会主义，视为一个长期发展的历史过程。这个过程的历史任务，包括逐步地全面完成社会主义改造，实现全国电气化，把国民经济置于先进的科学技术基础之上，逐步地解决工农差别和消灭一切阶级差别的问题。列宁的新经济政策，就是适应俄国的社会历史条件提出来的作为"过渡时期"的一种战略性决策。但在列宁逝世后，俄共（布）党内的理论和思想路线斗争十分复杂，而斯大林又独断专横，在他掌权后不久，便不适当地改变了这种具有强大生命力的政策。斯大林很快地对中小资本主义企业进一步实行了国有化，国家资本主义经济没有获得多大的发展就夭折了，用行政命令和搞运动的办法，在短短几年时间（1929—1934年）内就实现了农业的所谓全盘集体化，斯大林把实现国家工业化的问题简单化，降格以求。所以，斯大林于1936年宣布在苏联所建成的社会主义，并非列宁所论述的社会主义社会。

（3）苏联所建成的社会主义经济制度，包括社会主义全民所有制经济和集体所有制经济两种基本形式，另外，集体农庄庄员还保留有宅旁园地和家庭副业。在全民所有制经济范围内，国家实行"统收统支"的分配制度，个人消费品实行按劳分配的原则，在全国范围内实行统一的工资制度。

（4）实行高度集中的计划经济制度，商品经济只是作为计划经济的一种补充。苏联整个社会的生产和再生产运动，它的生产、分配、交换和消费活动，都是按照国家的统一计划来进行的。生产资料不再是商品，由国家物资部门统一掌握、在全国范围内实行分配和调拨；消费品虽说还是商品，但需要通过有计划的社会主义市场进行销售；只有城乡集市贸易，才属于计划外的自由市场。斯大林认为，苏联的社会主义经济运动都是按照国民经济有计划按比例发展规律的要求来进行的，价值规律对社会主义生产不再起调节作用。

（5）在社会经济特别是全民所有制经济的管理体制上实行中央集权制，地方特别是企业没有什么权利；主要用行政办法管理经济，不重视经济规律和经济机制的作用。同上述经济关系和经济体制相适应，国家制定了一系列的经济政策和法规为实现这种经济关系和体制而服务。

综上所述，苏联在斯大林领导下所建成的社会主义社会，既不同于马克思主义创始人关于科学社会主义的设想，又不同于列宁关于建成社会主义的公式有一定的差距。实践表明，无论从理论和实践两个方面来看，都存在着严重脱离实际的问题，有许多重大的原则问题需要研究解决，需要认真地全面系统地总结正反面两个方面的经验教训。但就人类社会的发展历史来看，在没有先例和经验的条件下，十月革命的胜利和苏联所进行的社会主义改造和建设，毕竟为我们开辟了一条社会主义的发展道路。

苏联作为第一个社会主义国家，对于各国无产阶级和劳动人民争取解放事业的斗争，对于国际社会主义运动的发展，具有导向和种子的作用。在第二次世界大战后，在苏联周围的东欧和亚洲的一些地区，先后有一系列国家进行了社会主义革命，走上了社会主义的发展道路。

社会主义在发展和演变。苏联在解体以前社会主义曾经有过七十多年的发展历史，中国和其他一些社会主义国家也大约经历了四五十年的发展。第二次世界大战后出现的社会主义国家，起初都是以苏联为榜样建立社会主义经济制度的。但由于这些国家的社会历史条件和特点，在实践中逐步认识到，照搬苏联的教条是行不通的。所以，东欧社会主义国家先后程度不同地进行了改革，出现了这样或那样的变化。这种改革最早是从南斯拉夫开始的。后来还有波兰、匈牙利和捷克斯洛伐克等国家。但在 20 世纪 80 年代初以前，这种改革是受到苏联的制约的。当苏联具有改革精神的领导者当权时，东欧国家的经济改革可以比较公开地进行；在另一种情况下，这种改革就会在这样那样的名义下遭到镇压。所以，东欧一些国家的改革总是若明若暗、时断时续地进行着①。在中国，随着林彪、江青两个反革命集团的垮台，经过两年的酝酿和准备，中国共产党于 1978 年召开了十一届三中全会，恢复了党的"实事求是"的思想路线，结束了"左"倾路线的统治地位，邓小平提出了"解放思想"和"改革开放"的总方针，从而使中国进入了一个新的历史发展阶段。随着中国"改革开放"总方针的实践和推进，促进了社会主义事业的快速和健康发展。逐步形成了具有中国特色社会主义发展道路。

在社会主义发展的历史过程中，除了十月革命所开辟的苏联的社会主义发展道路；适应各个国家的社会历史条件和特点，在社会主义的发展过程中，随着不断地总结历史经验和改革开放方针的推进，各社会主义国家都发生了程度不同的变化，其中具有重要特色的是南斯拉夫的社会主义发展道路。20 世纪 70 年代末以来，中国在改革开放中，也逐步形成了自己的特色，具有同苏联和南斯拉夫模式有所不同的发展社会主义的道路。

第二节　南斯拉夫型的社会主义发展道路

在第二次世界大战及反法西斯胜利的基础上，南斯拉夫于

---

① 至于 1989 年以来，东欧一些国家新出现的情况和变化，已经不属于我们所说的改革概念。

1945 年建立了社会主义联邦共和国。南斯拉夫原来是一个经济落后的农业国。第二次世界大战前，从事农业的人口占全国总人口的 75%。1939 年在国民收入总额中，农业所占的比重达 50% 以上，工业的比重还不到 20%。共和国成立初期，南斯拉夫仿效苏联，对资本主义企业实行了国有化；农村在土地改革的基础上，进行了农业合作化，初步建立了社会主义全民所有制经济和集体所有制经济，确立了中央集权型的计划经济体制。后来由于种种原因，其中包括经济特别是政治方面的原因，促使南斯拉夫在社会主义道路上进行了新的探索和选择。比如在经济上，中央集权型经济体制不能发挥地方、企业和职工的积极性，助长官僚主义，等等；在政治上，斯大林指使共产党情报局作出决议，指责南斯拉夫为修正主义，不公正地将南斯拉夫共产党开除出情报局，并对南斯拉夫实行经济封锁，导致了苏、南两国关系的决裂。于是，南斯拉夫先后采取了一系列的改革措施。1950 年 6 月，南国民议会通过《关于劳动集体管理国民经济企业和高级经济联合组织的基本法令》，宣布所有国营企业实行"工人自治"，取消国家统一的经济计划。在农村解散大批合作社。并且初步提出了"对外开放"的政策。

经过约四十年的发展，南斯拉夫实行了广泛的社会自治，自治原则已扩展到经济和社会生活的一切领域，工人和其他劳动人民直接或通过自己的代表实行自治。铁托在谈到南斯拉夫社会制度的特点问题时说："我国社会主义发展的最重要的就是社会管理。这种管理是以最广泛的民主为基础的，是以我国全体公民参加管理和行使他们的管理权为基础的。这种管理办法，是为了全体公民自己或通过他们的代表来管理社会主义团体的一切义务。"[1] 1963 年南斯拉

---

① 《铁托在南共第七次代表大会上的报告》。

夫颁布的宪法规定：　"自治是社会各发展领域的各种关系的实质。"

关于南斯拉夫的社会自治经济制度，有如下一些基本特征：

一　社会自治经济制度的形成和发展

南斯拉夫的社会自治经济制度，经历了一个逐步形成和发展的过程。大致经历了三个时期。1950—1963 年为实行工人自治的第一个时期即创始时期。1950 年，在联邦议会通过的《关于工人集团管理国民经济企业和高级经济组织的基本法令》中，明确规定了工人委员会的权力，法令将原有的国营工业集团企业一律交由工人委员会管理，实行工人自治。如规定国家不再向企业下达生产计划，只规定一些基本比例，在规定的比例范围内，企业可以自主经营；企业的财务收支不再列入国家预算，企业只向国家缴纳税金；企业实行自负盈亏，职工的个人收入取决于劳动和企业的经营效果，等等。这就是说，关于企业的生产、分配和交换的权利，开始由国家转归企业即联合劳动者手里。随着改革的推进，工人委员会的权力逐步有所扩大。起初，工人委员会只起咨询作用，企业经理作为国家的代表仍起决定作用。1952 年以后，工人委员会的权力有了扩大，企业积累基金的 2/3 交由国家支配，1/3 可由企业自行支配。1961 年的改革，将税后的企业收入，用于积累和个人收入比例的确定权，全部交给企业。

1963—1970 年，为工人自治的第二个发展时期。1963 年和 1964 年实行的经济改革，规定企业的积累由企业自行支配，国家预算不再设立基本建设投资基金，企业也无须再向国家缴纳投资基金税。1964 年以后，进一步将工人自治的范围扩大到国家机关和公共事业单位，改称为社会自治。

1971 年到铁托逝世前后，为自治制度发展的第三个时期。

实行企业自治，一方面调动了企业和职工的积极性；另一方面也存在一些问题，如宏观失控，生产发展速度下降，以致出现了通货膨胀、失业人数增加等现象。为此，南斯拉夫采取了一些新的措施，以巩固和发展自治制度。1971 年南斯拉夫通过了宪法修正（草）案，要求各经济部门在工人自治的基础上，按联合劳动的原则进行组织，即成立各级联合劳动组织。1974 年，通过了新的《南斯拉夫联邦宪法》。1976 年，又通过了《联合劳动法》，对各经济部门的联合劳动组织形式以及它们的相互关系，作了一系列的新规定。如规定了三级联合劳动组织：第一级为联合劳动基层组织，这是实行工人自治的基础，相当于小企业或大厂的车间；第二级为联合劳动组织，这是由联合劳动基层组织根据自治协议组成的，其规模相当于大工厂；第三级为联合劳动复合组织，它是由联合劳动组织根据自治协议组成的，相当于联合公司。1977 年召开的南共第十一次代表大会，充分肯定了联合劳动组织的新体制。这就是南斯拉夫实行的自治经济制度。

同联合劳动组织并存的还有自治利益共同体。这是由社会的物质生产部门与科学、文化、教育和卫生等部门，依照自治协议的办法联合组成的。这也是一种社会自治组织。如有教育、科研、文化和保健等方面的自治利益共同体、经济自治利益共同体、退休方面的自治利益共同体、福利事业方面的自治利益共同体。此外，还有地方自治共同体，政府机关则称为政治共同体。

二　社会所有制和国民收入的分配关系

随着工人自治的实行，南斯拉夫将原有的国家所有制经济转变为"社会所有制"经济。南斯拉夫宪法规定，社会所有制的生产资料属于整个社会，每个劳动者只有依靠社会所有的生产资料来劳动，才享有对社会所有的生产资料的使用、管理并从中得到收入的权利。因此认为，这种生产资料既不是国家所有制，也不是集体或集团所有制。铁托在谈到将国家所有制转变为社会所有制的问题时指出：根据马克思主义关于社会主义向共产主义过渡和国家消亡的理论，第一，必须实行管理权的向下分权制，特别是在经济方面；第二，把工厂和经济企业普遍交给工人集团自己去管理，实行"工厂归工人"的口号。1976 年，卡德尔在联邦议会通过关于《联合劳动法》的报告时说："以自治为基础的联合劳动的参加者与整个社会之间的这些关系的总和，就是我国社会所有制的基础。不管是个人、集体还是国家机构，谁都不应单独地支配社会所有制的生产资料和再生产资料……社会所有制不过是这样一种共同的条件，它保证参加社会劳动的每个工人有可能实现其利用社会生产资料从事劳动的权利……这样的社会所有制……更确切地说，是消灭任何形式的所有制的开端。"

生产资料的社会所有制，是南斯拉夫全体劳动者的劳动条件和社会的物质基础，它用来满足劳动者的需要和社会发展的需要。在南斯拉夫的国民经济中，社会所有制经济已经占主要地位，但在农业中，小农经济仍然占优势。据 1980 年的统计，南"社会所有制"农业组织（包括农场、农工联合企业和综合农业劳动者合作社）中，就业的工人为 19.9 万人，约占全国农业劳动力的 5%，耕地面积占全国耕地面积的 16.5%，社会产值占全国农业社会产值的 27%；而个体农民为 260 万户，耕地面积占总耕地面积的 83.5%，社会产值占农业社会产值的 73%。

南斯拉夫宪法、《联合劳动法》和《关于确立和支配总收入和收入法》规定，联合劳动基层组织的收入，是以货币形式从社会总产品中，取得相当于该组织为社会总产品所提供的那一部分产品，这是基层组织和基层组织工人收入的基础和来源。

联合劳动基层组织的收入，分总收入、毛收入和纯收入。总收入，包括销售收入、同其他组织合营所得收入、应得补助金、价格补贴、奖金等收入。由总收入扣除原材料、动力、应付其他单位劳动费和折旧（平均为 10%），即为毛收入。毛收入扣除借款利息、租金、保险费、会费以及税款和捐款等，即为纯收入。劳动者的个人收入和公益金（相当于消费基金）占纯收入的 75%，扩大再生产基金和储备（相当积累基金）占纯收入的 25%。个人收入中的 1/3，应缴纳法定义务捐款和个人所得税。劳动基层组织应向区、共和国缴纳所得税、行政费、利息、自治利益共同体捐款等。但联邦预算不向企业征收所得税，对企业基建投资也不进行预算拨款。

联邦预算的主要来源有：商品销售税约占 40%；关税约占 30%；共和国上缴提成约占 30%。

三 社会计划与市场相结合

同社会自治经济制度相适应，南斯拉夫对原有的计划制度也进行了重要的调整和改革。建国初期，南斯拉夫采用苏联型的计划制度。随着推行工人自治，从 1952 年起，逐步将中央集权型计划体制改变为分权型的计划体制，强调市场经济的作用。即将原有的从中央到企业、自上而下的全面指令性的经济计划，改为只规定国民经济各部门基本比例关系的仅起参考作用的"社会计划"。企业作为独立的商品生产者，可自行制定包括生产品种、产量、价格、商品销售、部分收入分配和投资的计划。这种改革促进了南斯拉夫经济的发展，但也带来了一些问题，出现了无政府状态和国民经济比例失调的现象。20 世纪 70 年代以来，随着自治制度的发展和完善，对计划制度又作了一些调整，从加强社会计划方面着手改进，实行以联合劳动为基础的自治社会计划制度。1974 年的新宪法规定：联邦和地方"要通过条例和措施，用社会计划所规定的共同体利益和发展目标把联合劳动组织的特殊利益和独立活动尽可能充分地协调起来"。这样，在重视市场作用的同时，加强了社会计划对国民经济的指导作用。

为了加强社会计划的指导作用，发挥市场的积极作用、限制其消极作用，南斯拉夫采取了一系列的措施：

（1）通过统一的社会计划体系，对经济进行全面协调和指导。联邦的社会发展计划包括各级政权、社会计划和企业的自治计划，企业自治计划是整个社会计划体系的基础。联邦计划部门负责研究和制定长期和中期计划，长期计划确定社会发展的长期目标和方向，以指导社会经济的发展。

（2）用经济政策取代行政手段来进行计划指导。社会计划不是指令性计划，主要通过制定和运用税收、贷款、投资、价格、外贸、外汇、收入分配，以及地区发展等各种经济利益关系进行干预和调节，以指导社会经济的发展。

（3）重视经济立法，通过经济法制来引导自治单位沿着社会计划确定的方向安排经济活动，以防止市场的盲目性及其所带来的消极后果。

（4）普遍建立各种形式的群众监督和社会监督制度，以便发挥和实现社会计划的指导作用。

通过这各种调整和改革，南斯拉夫在一定程度上加强了社会计划的作用，有利于国民经济的发展。当然，问题并没有完全解决，如经济生活中的无政府倾向、国民经济比例失调、通货膨胀等问题仍然存在。需要不断地总结经验，正确处理和协调社会计划和市场的关系。

南斯拉夫的自治经济制度同商品经济紧密联系在一起。他们把商品生产和自治联合劳动，视为南斯拉夫经济制度的两个重点。所以，南斯拉夫推行的社会计划，离不开市场关系和价值规律的作用。或者称之为计划—市场经济。

南斯拉夫在确认社会自治同商品经济的关系基础上，否认了过去把计划与市场相对立的观念，论述了社会主义条件下计划和市场的关系问题。认为计划与市场是自治商品经济中不可分割的两种经济机制。社会计划对国民经济的协调发展具有指导作用，对于市场经济中的矛盾和盲目性，要通过计划来自觉地加以协调或者予以克服；市场则是实行社会计划不可或缺的基本条件和手段。因此认为，社会主义经济机制包含着两个互相联系和制约的计划原则和市场原则。这样，才有利于促进社会主义经济的发展。

综上所述，南斯拉夫的自治经济制度具有它的特征。正是这各种特征，构成和开创了适应南斯拉夫社会历史条件的社会主义道路。应当认识到，这种社会自治经济制度需要经历一个长期发展的历史过程，这样才有可能逐步认识和掌握它的运动规律。

第三节　中国型的社会主义发展道路

中华人民共和国于 1949 年成立。经过三年经济恢复时期，1952 年党和国家提出了从新民主主义时期到社会主义过渡时期的总路线。这条总路线原定通过三个五年计划或者更长一些时间，实现国家工业化，实现对农业、手工业和资本主义工商业的社会主义改造。但在贯彻执行中，由于急于求成等种种原因，1956 年就基本完成了对生产资料私有制的社会主义改造。从而使中国进入了初级形式的社会主义社会。

中国原有的社会主义经济制度，主要仿效苏联的经验，建立了社会主义全民所有制经济和集体所有制经济两种基本形式，另外还有少量的社员自留地和家庭副业。后来，这种所有制关系有着一定的演变。从 1957 年到现在，这种演变大体上经历了三个发展阶段。

从 1957 年至 1966 年夏，为中国所有制关系演变的第一个阶段，其中又可分为"变革"与调整时期。在 1957 年整风和"反右派"运动的基础上，1958 年春又批判了经济工作中的"反冒进"，提出了社会主义建设总路线，掀起了所谓"大跃进"和人民公社化运动。在所谓"继续革命"的名义下，对刚刚建立的社会主义所有制关系又搞了进一步的"变革"。认为当时的农业生产合作社"办不了大事"，要用"一大二公"的人民公社来取代；实行公社统一核算，拉平分配，对个人消费品搞半供给、半工资相结合的分配制度，普遍实行公共食堂化，等等。用"政社合一"的办法使人民公社具有全民所有制因素。农村供销合作社"升级"为国营商业。一批城镇集体所有制企业也搞了合并"升级"。通过批判"资产阶级权利"，"限制"和削弱了全民所有制经济中的物质利益、按劳分配和等价交换的原则，增加或扩大了"吃大锅饭"和平均主义的因素。由于这些变革并非社会主义经济发展的客观要求，搞乱了生产关系和正常的生产秩序，挫伤了职工和社员群众的主动性和积极性，结果使社会生产力受到了损害和破坏，出现了国民经济比例的严重失调。这是造成"三年经济困难"的主要原因。

有鉴于此，1959 年便开始进入了所有制关系的调整时期。首先是对人民公社的所有制关系进行了调整。从 1959 年至 1962 年，调整大体上是分三步来进行的：第一步，将公社统一核算改为公社和管理区两级核算，随后又改为公社、生产大队（原为管理区）和生产队（大体相当于原高级社）三级核算；第二步，改大公社为小公社，撤销管理区，调整生产大队（原则上相当于原来的高级社）、恢复大队下面的生产队（原则上相当于原高级社下面的生产队），实行"三级所有、队为基础"的经济制度，重新恢复和肯定社员经营的自留地和家庭副业；第三步，取消供给制，停办公共食堂、幼儿园和敬老院。接着，国家对全民所有制关系也作了一些调整。在中央和地方、国家和企业的关系方面，一方面加强了中央的集中统一的领导；另一方面，开始承认企业在经营上有某些自主权，强调企业的经济核算和等价交换关系，在个人消费品分配方面又比较重视按劳分配原则等等。在流通领域，调整了供销社的所有制关系，恢复了城乡集市贸易。经过这些调整，使社会主义经济关系脱离实际的状况有所好转。

1962 年，中央正式提出了"调整、巩固、充实、提高"的八字方针，根据这种精神，在工业、农业、商业、科研、文教和卫生等各个部门都进行了一定的研究和总结，草拟了有关条例（草案），这对于我们探索和掌握社会主义建设中的客观规律是有益的。随着中央方针和各种条例的初步贯彻执行，国民经济得到了迅速的恢复和发展，工农业总产值连年都有所回升，1965年达到 2235 亿元，超过了历史上的最高水平。

由于国内经济形势的好转，当然更重要的还是由于一些政治方面的原因，"左"倾指导思想逐步又有所抬头或者回升，对刚刚调整的社会主义生产关系又在施加种种限制，重又批判物质利益原则，把作为按劳分配补充形式的一点点奖金改为"附加工资"，企业一些必要的管理制度又再次受到冲击，企业仅有的一点自主权遭到了非难，从而又使企业和职工的主动性、积极性受到了影响。

十年动乱时期，为社会主义所有制关系演变的第二个阶段。由于"左"倾指导思想逐步发展到了登峰造极的程度，完全错误地估计了阶级关系和阶级斗争形势，混淆了社会主义和资本主义的界限，以致颠倒是非、混淆了敌我，从而发动了一场给中华民族带来深重灾难的所谓"文化大革命"。在社会经济关系方面也制造了种种混乱，把一些社会主义生产关系当作资本主义关系来进行批判，把社会主义经济中的等价交换关系和按劳分配原则说成同旧社会差不多，把物质利益原则当作修正主义的东西给否定了，把全民所有制企业的一点自主权给废除了，企业的利润留成、奖金制度也全部取消了，对职工的集体福利施加了种种限制，企业的管理制度破除殆尽。不承认集体所有制企业的独立自主、自负盈亏的原则，重又搞"平调"、合并、"升级"，把人民公社的社员自留地和家庭副业又当作"资本主义尾巴"给割了。总之，社会主义经济关系受到了严重的损害和破坏，给国民经济造成了重大损失（据估计大约有 6000 亿元）并带来了严重后果。

从 1978 年 12 月，中共十一届三中全会所确定的恢复"实事求是"的思想路线和"改革开放"的总方针开始，二十多年来，我们国家对社会主义所有制关系进行了全面的调整和改革，从而使中国的社会主义建设进入了一个新的历史时期，这也是社会主义经济关系演变和发展的第三个历史阶段。这种调整和改革，就是要从实际出发，按照客观规律的要求办事。调整和改革那些不适应现有经济基础的上层建筑。就经济方面来说，在全民所有制经济内部，要按照全民所有制经济有一个由不完全、不成熟到完全和成熟发展的历史过程，正确处理它在生产、分配、交换和消费诸方面的关系，实行"政企分开"；在农村，要根据现有生产力的状况和农业生产的特点，调整和改革人民公社的经济关系和体制，确立以家庭承包经营为基础的统一经营与分散经营相结合的新型合作制经济；按照独立自主、自负盈亏、民主办企业的原则，调整和改革城镇集体所有制经济；适当恢复和发展个体经济和私营企业；适当恢复和发展多种形式的国家资本主义经济和股份制经济。这种调整和改革，首先在农村获得了重大突破和进展；接着城市在试点的基础上全面展开，在城市改革中，还根据需要进行了治理整顿，以利于改革的逐步深化和顺利完成。这种调整和改革，同上述第一、二阶段的改革具有不同的性质和特点，它不是从人们的主观愿望出发，不是单凭行政命令和靠运动办事，而是从社会生产力发展的需要出发，不断地总结群众的实践经验，力求按照客观规律的要求办事。这种调整和改革，不仅要解决一般意义上的生产关系与生产力发展不相适应的矛盾，而且包括解决新中国成立以来在社会主义改造和建设过程中长期积压起来的、严重脱离社会实际和违背客观规律所带来的种种问题和矛盾。所以，它较之第一阶段的调整具有更深层次的重要意义。经过这种调整和改革，逐步形成和确立了社会主义公有制为主体、多种形式的所有制结构相结合的基本经济制度；同时形成和确立了社会主义初级阶段的理论。

综上所述，中国社会主义所有制关系的形成和演变，表明了我们在社会主义改造和建设中取得了伟大的成就；但是，在所有制关系的形成和演变过程中，也出现了严重的反复和曲折，存在着一些值得研究的重大理论问题，应当认真地总结经验教训。在这些经验教训中，最根本的一条就是应当怎样认识和怎样发挥社会主义经济制度的优越性问题。社会主义经济制度的优越性，对于马克思主义者或者从理论上来说，本来是没有疑义的。但这种优越性的实现是有一定的前提的，即必须以遵循客观经济规律为条件。这种优越性实现的程度如何，同人们认识和运用经济规律的程度成正比例的变化。要能实现社会主义经济制度的优越性，首先必须遵循生产关系一定要适应生产力性质的规律，同时必须遵循社会主义经济规律的要求。实践表明，社会主义经济规律的作用，是要受生产关系一定要适应生产力性质的规律性制约的，是以遵循这个规律为条件的。当社会主义还存在商品生产的条件下，还必须遵循作为商品经济基本规律的价值规律的作用和要求。当然，在社会主义条件下，价值规律也要受社会主义经济规律的制约；同样，社会主义经济规律也不能脱离价值规律的要求，它们相辅相成，联结在一起发挥作用，共同推动着社会主义经济健康持续地向前发展。如果不认识、不遵循这些规律，或者违背这些规律的要求，社会主义经济制度的优越性就会得不到实现，甚至还会给社会经济生活带来破坏和危害。由此可见，不是社会主义经济制度是否具有优越性的问题，而是要看人们在社会实践中是否认识和遵循社会主义经济运行规律的问题。

中国经济经过前一阶段的调整和改革，基本形成了适应自身社会历史条件的经济格局。这种新的经济格局是以社会主义初级阶段的理论为基础和依据的，无论从内容和形式两个方面来看都具有自己的特征。新经济格局的形成，开创和奠定了建设具有中国特色社会主义道路的基础，即形成了适应社会主义初级阶段状况的经济发展的道路。

建设关于中国特色社会主义道路，包括多方面的内容，包括它的理论依据，包括经济体制、政治体制和文化体制，包括处理物质文明、政治文明和精神文明建设的关系。所谓中国特色社会主义道路，概括地说，就是根据马克思主义的基本原理和方法，结合中国社会的具体历史条件和要求，以经济建设为中心，坚持"四项基本原则"，坚持改革开放，解放和发展生产力，制定解决中国建设社会主义的战略目标、原则、步骤、方法和途径理论。当然，中国所探索到的这条社会主义道路，还将在实践中不断地得到丰富、完善和发展，但它的基础已经奠定，总的格局已经形成。

具有中国特色社会主义的经济标志是什么，或者说，中国社会主义初级阶段的主要经济特征是什么？根据改革中所形成的经济关系和状况，可作如下的概括和分析：

（1）社会主义所有制经济为主体的多种经济成分共同发展的所有制结构，构成了社会主义初级阶段的基本经济制度和经济特征，也是具有中国特色社会主义发展道路的基本经济标志。

这种社会所有制经济结构，包括多种经济成分：①社会主义全民所有制经济；②农村新型合作制经济和城乡集体所有制经济；③多种形式的股份制经济，其中包括公有制、非公有制和公私混合经营的股份制经济；④中外合资经营的多种形式的国家资本主义经济；⑤城乡个体经济；⑥雇工经营的私有制经济。其中全民所有制经济占主导地位，在国民经济中具有决定性作用，代表着社会的发展方向；个体经济和私营经济构成社会经济的重要组成部分，发挥着它们各自的积极作用，在社会主义初级阶段是不可或缺的。正是这种以公有制为主体、多种经济成分共同发展的所有制结构，构成了具有中国特色的社会主义发展道路。

社会主义所有制为主体多种形式的所有制结构，是由中国社会生产力不发达及其发展不平衡性所决定的。对于这种客观必然性，过去长期认识不清或者说实际感受不深。直到党的十一届三中全会以来不断总结经验，才逐步认识清楚。不仅在 20 世纪 50 年代，即新中国成立初期，中国不具备搞单一社会主义经济的条件；即使在现在，我们仍然不具备这种条件。就中国现有社会生产力的状况来看，国民经济总的发展水平还比较低。相对来说，工业部门的生产力要高得多；农业部门还比较落后，主要靠手工和半机械化生产力搞饭吃；交通运输部门还相当落后；商品经济也不发达。工业内部的发展也很不平衡，部分现代化工业和大量机械化、半机械化与手工业生产同时存在，总的劳动生产率水平不高。部分先进科学技术同科技水平普遍不高和落后状况同时存在，文化素质较低和文盲同在。就全国各个地区来看，部分经济发达地区（主要是沿海一带）同广大不发达地区和部分贫困地区同时存在；各种地区内部也存在着发展不平衡状况。基于社会生产力发展的这各种不同状况，在改革中新确立的社会主义所有制为主体的多种形式的所有制结构，既不同于传统的社会主义经济制度，又不同于社会主义经济基础尚未奠定的"过渡时期"，也不同于已经实现社会主义现代化的发展阶段。实践表明，在中国社会的现阶段条件下，实行这种所有制结构，不仅有利于社会主义经济本身的发展，也有利于调动其他一切积极因素为社会主义建设事业服务。比较符合像我们这一类资本主义不发达国家进行社会主义改造和建设的规律性。正是这种所有制结构，构成了社会主义初级阶段基本的经济特征。

当然，社会主义公有制为主体的多种形式的所有制结构不是一成不变的，也不是永恒的。随着国民经济各个部门和科学技术现代化的实现，随着社会生产力的高度发展，它将会发生相应的变化，以至逐步形成为单一的社会所有制关系①。

（2）在经济改革中，经过前一阶段的调整和改革，中国社会主义所有制关系突破了传统的社会主义所有制两种形式的格局，呈现出多样化的格局。适应社会主义初级阶段生产力的状况和要求，无论是全民所有制关系、农村新型合作制经济关系和各种形式的经济联合体，以及反映这各种关系的经济管理体制，都具有自己的一定的特征。

中国原有的全民所有制关系存在着脱离实际和僵化的现象，没有处理好内部的生产、分配、交换和消费关系，因而不能发挥

---

① 李泽中主编：《当代中国社会主义经济理论》，中国社会科学出版社 1989 年版，第 29—33 页。

它应有的优越性。实践表明，社会主义全民所有制关系要经历一个由不完全不成熟到完全和成熟发展的历史过程。不要把它看成是一成不变的概念。在经济改革中，我们初步调整和改革了全民所有制经济的所有、生产、分配、交换和消费的关系，基本解决了"范围过宽"、"纯度过高"的问题。比如根据现阶段社会生产力的状况和要求，通过多种形式（承包、租赁、兼并、转让和实行股份合作制等），对那些不宜于办（而又经营不善的）全民制小型企业适当调整了所有制关系；在全民所有制经济体系内部各个层次之间适当调整了所有权和利益关系，允许企业保留某种集体因素，企业可用"自留资金"发展生产，提高职工的工资、奖金和福利待遇；允许企业（如创办经济联合体、企业在经营和技术改造中需要筹集资金，根据需要与可能实行股份制），职工也可以投资入股"分红"，这当然是一种"旧残余"；调整和改革了中央和地方、国家和企业的经济职能与权利，在国家宏观调控和政策指导下，企业有从事简单再生产和在"自留资金"范围内进行扩大再生产的经济职能与权利。与此相应，初步调整和改革了中央集权型的经济管理体制，确立了中央和地方、国家和企业适当分权的管理体制，实行"政经分离"，主要用经济办法管理经济，初步形成了全民所有制为基础的适应社会化大生产发展要求的现代企业管理制度。这样，就初步协调了全民所有制经济体系内部各方面的关系，有利于调动各方面的积极性，特别是有利于调动企业和职工的积极性。随着全民所有制经济内部关系的进一步完善和企业自主经营的民主化与科学化，就能更好地发挥它的优越性。

农村新型合作制经济，是以农民家庭经营为基础、实行统一经营与分散经营相结合的一种社会主义经济。它比较适应中国农村条件和农业生产力的状况，同时也符合农业生产的特点和要

求，具有很大的灵活性和适应性。它同人民公社或旧式集体经济
不同，不搞单一的公有制关系，而是从实际出发，根据农村现有
经济条件和发展经济的需要，实行土地等生产资料的公有制和个
人所有制相结合；不搞单一的集中统一的经营，而是以家庭经营
为基础，实行统一经营与分散经营相结合；不搞单一的生产和单
一组织形式，实行包括生产和流通在内的多环节、多种形式的合
作和联合；不搞过去那种统收统支和平均主义的分配办法，坚持
自愿互利、等价交换和按劳分配为主的原则。因而，这种新型合
作制经济既能发挥家庭经营的积极性，又能发挥集体经济的优越
性，具有很大的"弹性"和强大的生命力。解决了过去长期不
能解决的我国农村经济发展的道路问题①。

城镇集体经济，过去似乎办成了既不太像集体又不像全民所
有制经济的一种"变态"性社会主义经济。经过改革，逐步恢
复和确立了独立自主、自负盈亏、按劳分配和民主办企业的原
则，从而走上了正常发展的轨道。在我们这样一类经济不发达国
家，这种经济具有长期发展的必要性和重要性。看来，如果把集
体经济按照合作制经济的原则和形式来办，就会更加有利于它长
期稳定的发展。

社会主义联合所有制经济，是在开展企业之间的横向经济联
合中，逐步形成和发展的一种新的经济联合体，如企业集团、公
司等。这种新经济联合体，包括全民所有制经济有关企业或地区
之间的经济联合，全民与集体企业乃至同某些私营企业之间的经
济联合，等等。这种经济联合一般采取股份制形式。这种联合，
一方面对于互通有无、发挥各自的优势，进行资金、人才和技术

<hr>

① 李泽中主编：《当代中国社会主义经济理论》（四、农村新型合作经济及其
发展趋势），中国社会科学出版社 1989 年版。

的交流，支援后进地区、少数民族和边远地区的开发建设，有着重要意义；另一方面，可以促进社会分工和专业化的发展，有利于提高劳动生产率和社会经济效益，从而有利于发展社会主义商品经济，促进国民经济的现代化。在一定的发展阶段内，联合企业原有的所有制关系可以暂时保持不变，但同时却又在形成和发展一种新的所有制关系。从发展的观点来看，这种经济联合，是促进多种形式的社会主义所有制关系、以至是促成社会主义所有制为主的多种所有制形式的逐渐"融合"、"渐渐成长"为单一社会所有制关系的一种重要形式和途径。

（3）以按劳分配为主体，其他分配形式为补充的分配制度，是社会主义初级阶段的又一个重要特征。同以社会主义所有制为主体的多种形式的所有制结构相适应，在社会主义经济中实行按劳分配的原则（当然，对于那些股份制企业也存在着"股金分红"的问题）；在国家资本主义经济以及具有资本主义性质的私营企业中，原则上实行"按资分配"，职工的工资原则上仍然是作为劳动力价格的货币表现；在个体经济中，从事生产经营的人既是所有者又是劳动者，收益分配除了国家税收，全部归其所有。所以这种分配关系，既不同于按劳分配，也不同于按资分配。这种分配结构，既不同于传统社会主义经济体制中带有平均主义色彩的单一"按劳分配"形式，又不同于社会主义经济基础尚未奠定的"过渡时期"的分配关系，也同社会主义发达阶段比较成熟的按劳分配（在社会范围内上缴国家税收后，实行"等量劳动取得等量报酬"）方式有所区别。分配方式同生产方式一样，必须依据社会生产力的状况和要求，成为调动人们积极性、推动社会生产和再生产发展的一种推动力。我们原有的分配制度同所有制关系一样，存在着严重的脱离实际，忽视必要的差别，不利于发挥人们的主动性积极性，不利于推动社会生产的发展，基本上是大家捆在一起过穷日子。在经济改革中，我们一方面坚持社会主义经济中的按劳分配原则，反对平均主义，承认必要的差别；另一方面，允许同各种有关经济成分相适应的多种分配方式存在。通过这两种办法和途径，促进社会生产的发展，使一部分地区和个人先富起来，鼓励先富裕的地区和个人，通过各种形式帮助尚不富裕的地区和个人，逐步达到全社会共同富裕的目的。实践表明，在中国现阶段生产力状况的条件下，实行以按劳分配为主体的多种分配方式，是实现共同富裕的重要形式和途径。

（4）根据社会主义经济具有计划性与商品经济两重属性的要求，确立社会主义市场经济新体制；与此相应，建立国家宏观调控同市场调节相结合的经济运行机制，是社会主义初级阶段的一个综合性经济特征。中国原有的经济体制主要反映计划经济的属性，而不反映商品经济的发展要求，不重视价值规律和市场的作用；同时计划体制本身也不反映计划经济有一个形成和成熟发展的历史过程，完全实行中央集权型的计划体制，因而从两方面都存在着严重脱离实际的问题，不利于发挥各方面的积极性，不利于整个社会经济的发展。社会主义市场经济新体制，包括建立和健全社会主义所有制经济为主体的商品生产和商品流通发展要求相适应的企业制度，确立和完善中央与地方调控相结合、以中央调控为主的宏观调控体系，确立和完善国家宏观调控和市场调节相结合的经济运行机制。这包括两层含义：一是在社会主义公有制经济基础上，我们必须坚持而不能否定计划性即国家宏观调控的作用；二是必须按照商品经济发展的要求，来调整和改革原有的计划经济及其体制，实行计划性调节和市场调节相结合。应当了解，计划经济同社会主义所有制关系一样，有一个由不完全不成熟到完全和成熟发展的过程。所以，我们的计划性经济及其体制必须同现阶段经济关系的状况相适应，必须从发展商品经济的实际出发，必须遵循价值规律的要求，必须以社会主义市场的经济活动为基础而不能脱离开这个市场。我们现阶段的商品生产有几种类型：即社会主义企业的商品生产、国家资本主义企业的商品生产、个体经济和私营企业的商品生产。与此相联系，有社会主义市场，有同国际市场相联系的外向型市场，还有城乡集市贸易。其中：一、二两种市场，包括计划性市场和计划外即非计划性市场；集市贸易则是在国家政策指导下的一种不完全的自由市场。无论是哪一种商品生产和流通，都要通过市场的经济活动，受价值规律的支配和调节，只不过具有不同的性质和特点罢了。计划性商品生产和交换，一般来说，是自觉地依靠和运用价值规律；计划外商品生产和交换，尽管同社会主义相联系，但仍然具有一定的自发性和盲目性；个体经济和私营企业的生产和交换，则完全受供求关系变化和竞争所决定，具有自发性和盲目性。至于外向型的商品生产和交换，则直接受国际市场供求矛盾变化和竞争所支配。所谓计划性调节同市场调节相结合，指的是在社会主义商品生产条件下，国民经济的活动必须以市场为基础，计划性调节离不开市场的经济活动。这里所说的市场调节，既包括计划性市场的调节，又包括计划外即非计划性市场和自由市场的调节；所谓结合，既包括处理宏观与微观的关系，又包括生产与流通的关系问题。这样，才能适应现阶段的所有制结构和发展商品经济的客观需要，必须达到总供给与总需求的大体平衡，从而促进国民经济协调、稳定和持续的发展。

（5）实行对外开放，发展对外经济贸易关系，开发经济特区、沿海经济开放带和周边开放城市，以及内地的指令开放城市，实行必要的特殊政策，利用外资和引进先进技术等多种形式，形成了逐步推进的全方位对外开放的新经济格局。这是中国社会主义发展的具有开创性的新型对外经济关系的基本特征。

社会主义国家过去的对外经济关系一般都比较简单，主要采用贸易形式，实行对外贸易垄断制。我们过去也是如此，"左"倾错误时期甚至搞"闭关自守"的政策。结果严重地阻碍了国与国之间必要的经济和科学技术的交流，有损于中国现代化建设事业的发展。在当代国际经济生活中，国与国之间进行经济交往和科学技术交流，是不可避免的。每个国家根据自己的条件和发展需要，进行必要的分工协作、取长补短、互通有无、调剂余缺，有利于经济繁荣和社会的进步。特别是像我们这种经济不发达的社会主义国家，一方面固然要依靠自己的力量进行社会主义建设；另一方面，应当通过各种形式和途径，引进外资和科学技术、先进设备和科学管理等，来促进和加速现代化建设事业。逐步赶上以致超过经济发达国家。实践表明，中国先后开辟深圳、珠海、汕头、厦门和海南五个经济特区，沿海十四个开放城市，以及周边地区和内地的二百多个开放城市，不仅大大地加速了各个特区和开放城市的现代化建设，同时也带动了其他地区和城市的建设。这样，就为中国的社会主义现代化建设开创了新局面。

（6）中国社会主义现代化建设和发展战略的三大步骤，是从中国社会历史条件的实际出发，总结社会主义建设的历史经验，完成社会主义初级阶段发展社会生产力的根本任务，所确定的必由之路。具有它显著的特征。

按照马克思主义观点，任何一种社会生产方式，都是一定的生产力和生产关系的有机结合和统一。上述各方面的社会经济关系的状况和特征，归根到底是由中国现阶段的社会生产力不发达及其发展不平衡状况所决定的。这也正是我们国家确定社会主义发展的初级阶段的主要依据。由社会生产力的不发达到逐步实现整个国民经济的现代化，根本改变中国贫困落后的社会面貌，逐步地大大地提高全国人民的物质文化生活水平，是社会主义初级阶段建设所要完成的艰巨的历史任务。像在我们这样一个人口众多的不发达的农业大国，怎样有效地发展社会生产力，实现国民经济的现代化？过去没有经验，也缺乏总的战略目标和较具体的战略步骤。经过多次反复和曲折，直到党的十一届三中全会和党的十二大，才逐步形成了中国经济发展的战略目标和战略步骤。根据邓小平理论的基本思路，党的十二大所制定的这个战略目标，大体上分三步走：第一步，1990年实现的国民生产总值比1980年翻一番，解决人民生活的温饱问题；第二步，到本世纪（20世纪——引者）末的国民生产总值，较1990年再增长一倍，人民生活达到小康水平；第三步，到21世纪的中叶，人均国民生产总值达到中等发达国家的水平，人民生活比较富裕，基本实现现代化。随着社会主义现代化建设任务的完成，中国社会将会进入一个新的历史发展阶段。

上述这各种特征是相互联系、互相制约的。前五个特征，从生产资料所有制到生产、分配、交换（包括对外交换）和消费关系各个侧面，反映了社会主义发展在现阶段的生产关系的状况；最后一个特征反映了这种生产关系的物质技术基础，正是这种生产力状况构成了社会主义初级阶段进行社会主义建设的历史任务。它们共同构成了社会主义初级阶段的社会经济结构。与此同时，在进行物质文明建设的过程中，还必须进行和加快政治文明和精神文明建设。使三个文明建设相结合，相互促进。从而为中国社会主义建设事业的健康发展，提供可靠的保障。这样，也就成为建设具有中国特色社会主义道路的基本标志。由于苏联、东欧社会主义国家的解体和演变，就使中国成功的改革开放模式具有划时代的意义，开创了社会主义事业发展的新的历史时期和新的格局。

第四章

社会主义实践和社会主义经济理论的发展

本章的中心内容，是要研究社会主义实践和社会主义经济理论的发展，以及社会主义政治经济学体系形成的关系。通过这种研究，弄清在马克思和恩格斯逝世以后，社会主义经济理论的主要发展和概况，为探讨和确立社会主义政治经济学的科学体系提供基础和服务。

第一节　社会主义经济理论发展概况
——列宁对社会主义经济理论的发展

在俄国十月革命前夕和革命初期，在国际共产主义运动中有些活动家如德国的卢森堡和苏联的布哈林等人，认为随着社会主义革命的胜利，政治经济学便会寿终正寝。这是毫无理论根据的。社会主义革命的实践也很快表明了这种结论的幼稚性和谬误。十月革命以来，社会主义曾先后在欧洲和亚洲等十多个国家取得了胜利，社会主义实践虽说还没有在资本主义发达国家取得胜利的经验，但在资本主义不发达国家却已经有了五十多年到八九十年的发展历史。社会主义各国的共产党及其领导人在领导社会主义革命和社会主义建设中，取得了许多经验和教训，这无疑对于社会主义政治经济学理论的建设，作出了重要的程度不同的贡献。各资本主义国家的共产党及其领导人在领导各国人民为争取解放和社会主义事业的斗争中，也有着这样那样的经验教训，对于社会主义政治经济学的建设同样作出了自己的贡献。各国特别是社会主义国家的马克思主义经济学家，由于他们所处的学者地位和职责，使他们在社会主义经济理论及其学科建设的研究探讨中，作出了不可低估和磨灭的贡献。

马克思和恩格斯作为马克思主义创始人，他们在哲学、政治经济学和科学社会主义等许多理论方面的伟大贡献，他们在开创和领导国际共产主义运动的斗争中的伟大功绩，已举世公认并为历史作了结论。历史在前进。我们不能脱离马、恩所处的历史时代和理论前提，来研究和运用他们的理论。我们应当而且必须根据社会实践的发展，在马克思主义的指导下，作出进一步或者新的理论概括。所谓马克思主义具有普遍的真理性，指的是他的科学世界观和方法论，以及那些具有一般性的基本原理，如关于生产力与生产关系、经济基础与上层建筑的关系等问题的基本原理。至于一些具体原理或理论观点，则必须根据每个国家的社会历史条件来进行研究和分析，有的可能仍然适用，有的则需要补充和发展，有的可能需要修订或改变。总之，人们必须依据自己所处的历史时代和具体条件，来学习、研究和运用马克思主义。这样，就有可能坚持、丰富和发展马克思主义。

20 世纪初期，在俄国进行的十月革命，使社会主义从理论逐步变成了现实。随着社会主义实践的发展，社会主义经济理论大约经历了四个发展阶段。从马克思和恩格斯的逝世，到 1924 年列宁的逝世，是社会主义经济理论发展的列宁主义阶段；从 1924 年到 1953 年斯大林的逝世，是社会主义经济理论发展的第二个即斯大林阶段；从 1953 年到 20 世纪 70 年代末期，是社会主义经济改革的早期发展阶段，社会主义经济理论开始有了新的发展；70 年代末以来，经济改革已成为社会主义国家发展的一种历史趋势，从而使社会主义经济理论进入了一个蓬勃发展的阶段。这样，就为社会主义政治经济学学科的建设，提供较为有利的基础和条件。

19 世纪末至 20 世纪 20 年代，列宁根据他所处的社会历史时代和斗争的实践，对马克思主义作了全面系统的研究和重要发展。随着资本主义由垄断的出现和发展到垄断资本占统治地位，各资本主义国家瓜分世界市场的矛盾尖锐化。俄国的十月社会主义革命，开创了人类历史的新纪元。因而，列宁对科学社会主义和社会主义经济理论的发展，作出了极为重要的贡献。

就社会主义经济理论来说，列宁主要是在俄国当时资本主义不发达即具有中等发展程度的社会历史条件下，根据十月社会主义革命和建设初期的实践经验，把马克思、恩格斯关于社会主义经济理论由原则和方法变为实践，作出了一系列的重要发展。这种发展，概括起来，主要表现在关于从资本主义到社会主义的"过渡时期"和建成社会主义的问题，社会主义经济制度的基本特征及其运动规律问题，以及社会主义发展的阶段和趋势问题等一系列基本理论方面。

（一）关于从资本主义到社会主义过渡的问题和建成社会主义的理论，列宁有着重大的突破性的发展

如前所述，列宁根据资本主义发展不平衡规律，提出了社会主义革命可以在几个资本主义国家甚至在一国内取得胜利的理论。从而为俄国进行十月社会主义革命提供了理论依据。他论述了在不发达资本主义国家，进行资产阶级民主革命和社会主义革命的关系问题[①]，指出了在资本主义占统治地位的国家和小资产

---

① 《列宁全集》第 15 卷，人民出版社 1955 年版，第 350—352 页；《列宁选集》第 3 卷，第 688—689 页；《列宁选集》第 4 卷，人民出版社 1972 年版，第 566—568 页。

阶级占优势的国家，向社会主义过渡情况的原则区别和特点；论述了资本主义不发达国家进行社会主义革命的复杂性、艰巨性和长期性。列宁指出："由于历史进程的曲折而不得不开始社会主义革命的那个国家愈落后，它由旧的资本主义关系过渡到社会主义关系就愈困难。"在另一个地方又说："不了解在落后的国家里不经过许多过渡，不经过许多过渡阶段，就不能把资产阶级革命变成社会主义革命。"①

列宁分析了俄国"过渡时期"在经济上的基本特征。他在《无产阶级专政时代的经济和政治》一文中，针对所谓小资产阶级民主派代表否认"过渡时期"的历史必然性和调和矛盾的观点问题时指出："在资本主义和共产主义中间隔着一个过渡时期，这在理论上是毫无疑义的。这个过渡时期不能不兼有这两种社会经济结构的特点或特征。这个过渡时期不能不是衰亡着的资本主义与生长的共产主义彼此斗争的时期，换句话说，就是已经被打败但还未被消灭的资本主义和已经诞生但还非常脆弱的共产主义彼此斗争的时期。"同时指出俄国在"过渡时期"的"社会经济的基本形式就是资本主义、小商品生产和共产主义。这些基本力量就是资产阶级、小资产阶级（特别是农民）和无产阶级。"他还说："由于俄国是极端落后的小资产阶级的国家，俄国无产阶级专政必然有一些不同于先进国家的特点。"②

列宁论述了"过渡时期"和建成社会主义的关系问题。他说："无产阶级的目的是建成社会主义，消灭社会的阶级划分，使社会全体成员成为劳动者，消灭一切人剥削人的制度的基础。这个目的不是一下子可以实现的，这需要一个相当长的从资本主

---

① 《列宁选集》第3卷，人民出版社1972年版，第454、688—689页。
② 《列宁选集》第4卷，人民出版社1972年版，第84—85页。

义到社会主义的过渡时期。"① 他还说："社会主义就是消灭阶级。""为了消灭阶级，第一就要推翻地主和资本家。这一部分任务我们已经完成了……第二就要消灭工农间的差别，使所有的人都成为工作者。……这是一个无比困难的任务，而且必然是一个长期的任务。……要解决这个任务，只有把整个社会经济在组织上加以改造，只有从个体的、单独的小商品经济过渡到公共的大经济。这样的过渡必然是非常长久的。采用急躁轻率的行政和立法手段，只会延缓这种过渡，给这种过渡造成困难。只有那种使农民能大大改善以至根本改造全部农业技术的办法来帮助农民，才能加速这种过渡。"② 这说明建成社会主义同完成"过渡时期"的各项历史任务（包括社会政治、经济、文化教育的改造和发展、国民经济的现代化特别是农业部门的技术改造等）是分不开的；归根到底，同大力发展社会生产力的任务是分不开的。否则，就不可能为"消灭工农间的差别"提供必要的物质技术基础和条件。

列宁还根据俄国的实践经验，提出并论述了不发达国家建设社会主义的方式、方法即道路问题。十月革命胜利后，鉴于当时国内外紧张的政治经济形势，同时由于没有经验，俄共（布）曾计划通过若干措施，按照共产主义原则由国家直接调节社会的生产和分配，取消商业。列宁在纪念《十月革命四周年》时指出："我们原来打算（或许更确切些说，我们是没有充分根据地假定）直接用无产阶级国家的法令，在一个小农国家里按共产主义原则来调整国家的生产和产品分配。现实生活说明我们犯了错误。准备向共产主义过渡（要经过多年的准备工作），需要经

---

① 《列宁选集》第 3 卷，人民出版社 1972 年版，第 857 页。
② 《列宁选集》第 4 卷，人民出版社 1972 年版，第 89—90 页。

过国家资本主义和社会主义一系列过渡阶段。不是直接依靠热情，而是借助于伟大革命所产生的热情，依靠个人兴趣、依靠从个人利益上的关心、依靠经济核算，在这个小农国家里先建立起牢固的桥梁，通过国家资本主义走向社会主义；否则，你们就不能到达共产主义。"① 随着国内战争的结束，列宁提出了新经济政策，用粮食税取代余粮收集制，恢复商业、货币流通和市场，实行租让制和租借制等国家资本主义。列宁在谈到这种改变的性质时说：由于"工业和运输方面的绝大部分生产资料还是掌握在无产阶级国家的手里。这种情况加上土地国有化，表明新经济政策并不改变工人国家的实质，然而却根本改变了社会主义建设的方法和形式。"② 实践表明，在资本主义不发达的俄国，这种"根本改变"是完全必要的。

列宁一贯重视工农联盟在社会主义革命和建设中的作用。在实行新经济政策时又提出了合作制问题。认为在实行无产阶级专政和由国家掌握一切大生产资料的条件下，同农民结成联盟，用合作社对农业进行社会主义改造，吸引农民参加社会主义建设，是建成完全的社会主义社会的基本途径。列宁在《论合作制》一文中指出："国家支配着一切大生产资料，无产阶级掌握着国家权力，无产阶级和千百万小农和最小农结成联盟，无产阶级对农民的领导已有保证等等，难道这不是我们所需要的一切，难道这不是我们通过合作社，而且仅仅通过合作社……来建成完全的社会主义社会所必需的一切吗？这还不是建成社会主义社会，但这已是建成社会主义社会所必需而且足够的一切。"③

①　《列宁选集》第 4 卷，人民出版社 1972 年版，第 571—572 页。
②　同上书，第 582 页。
③　同上书，第 681—682 页。

列宁关于"过渡时期"和建成社会主义社会的理论，为资本主义不发达国家进行社会主义革命和建设，提供了新的依据和指导。

（二）关于社会主义经济制度及其运动的规律性问题，列宁根据社会主义革命和社会主义建设的初期经验，较之马克思恩格斯时代，也有着进一步的认识和发展

列宁对社会主义社会的性质和矛盾问题、社会主义的基本特征问题、社会主义制度的根本任务问题、社会主义生产目的和首要经济规律、计划经济制度、经济利益和经济核算等一系列问题，都进行过一定的研究和分析。

列宁论述了社会主义社会的性质、矛盾及其根本任务。他在《关于星期六义务劳动》一文中指出："社会主义是直接从资本主义里面生长出来的社会，是新社会的初级形式"或"第一阶段"[1]。在谈到社会矛盾的性质时又说："在社会主义制度下，对抗消失了，矛盾还会存在。"[2] 指出"生产资料公有和按劳分配"，是社会主义社会的基本标志[3]。"社会主义的目的（和实质）是：把土地、工厂等等即全部生产资料变为全社会的财产——按照总的计划进行有利于社会全体成员的生产。"[4] 列宁根据俄国当时的社会历史条件，对什么是社会主义？曾经概括了一个著名的公式："共产主义（指社会主义——引者）就是苏维埃政权加全国电气化。"[5] "只有当国家实现了电气化，为工业、

① 《列宁全集》第30卷，人民出版社1958年版，第252页。

② 列宁：《对布哈林"过渡时期的经济"一书的评论》单行本，人民出版社，第13页。

③ 《列宁选集》第3卷，人民出版社1972年版，第62页。

④ 《列宁全集》第4卷，人民出版社1955年版，第241页。

⑤ 《列宁选集》第4卷，人民出版社1960年版，第399页。

农业和运输业打下了现代化大工业的技术基础的时候，我们才能得到最后的胜利。"[①] 全国电气化是"社会主义的唯一的物质基础"[②]。列宁提出，社会主义经济制度的"根本任务就是提高劳动生产率"，一定要把创造高于资本主义社会的劳动生产率"提到首要地位"。在《伟大的创举》一文中又说："劳动生产率，归根到底是保证新社会制度胜利的最重要最主要的东西。"共产主义（按指社会主义——引者）就是利用先进技术的、自觉自愿的、联合起来的工人所创造出来的较资本主义更高的劳动生产率[③]。

　　列宁对计划经济、社会主义生产和分配等问题，也提出了若干观点，作了一定的论述。他在谈到计划经济的客观必然性和作用问题时指出："资本主义必不可免地要为新的社会制度所代替，这种制度将实行计划经济……保证全体人民群众的物质福利。"[④] 又说："没有建筑在现代科学最新成就上的大资本主义技术，没有一个使千百万人在产品的生产和分配中最严格遵守统一标准的有计划的国家组织，社会主义就无从设想。"[⑤] "只有按照一个总的大计划进行建设，并力求合理地使用经济资源，才配称为社会主义的建设。"[⑥] 同时指出，国家计划不要"贬低"或"伤害"地方政权的独立性和主动性。反对"空想"和脱离实际，强调计划的"均衡"性。

　　列宁在谈到社会主义生产目的问题时指出：在生产资料公有

---

①　《列宁选集》第 4 卷，人民出版社 1960 年版，第 241 页。

②　《列宁选集》第 3 卷，人民出版社 1972 年版，第 509 页；第 4 卷；人民出版社 1972 年版，第 16 页。

③　《列宁全集》第 35 卷，人民出版社 1958 年版，第 555 页。

④　《列宁选集》第 3 卷，人民出版社 1972 年版，第 545 页。

⑤　《列宁全集》第 28 卷，人民出版社 1957 年版，第 18 页。

⑥　《列宁选集》第 4 卷，人民出版社 1960 年版，第 141 页。

制的基础上，"有计划地组织社会生产过程来保证社会全体成员的福利和全面发展。"① 他还强调了"不劳动者不得食"的原则。它"包含了社会主义的基础，社会主义力量取之不尽的泉源"②。要求对劳动者"施行最严格的计算监督和监察的情况下进行社会劳动，同时还应该规定劳动量和劳动报酬"。要"力求使任何劳动的报酬一律平等"，但只能有步骤地"实现这种平等的任务"③。"必须实际采用和试行计件工资制，采用泰罗制中许多合乎科学的进步的方法，以及根据生产的产品的总额或铁路运输业及水路运输业的经营结果来决定工资等等。"④ 在谈到群众热情和个人利益的关系问题时指出："不是直接依靠热情，而是借助于伟大革命所产生的热情，依靠个人兴趣、依靠从个人利益上的关心、依靠经济核算……"⑤ 在发展贸易的情况下，国营企业要"实行经济核算"、"实行商业原则"。"企业建立在经济核算制基础上，正是为了要他们自己负责，而且是完全负责，使自己的企业不亏本。"⑥

所有这些以俄国社会历史条件为背景所提出的理论观点和思想，都关系到社会主义经济运动规律和经济机制问题。

（三）关于社会主义的发展趋势和阶段性问题，列宁从理论上作了进一步的论述。

---

① 《列宁全集》第 24 卷，人民出版社 1957 年版，第 435 页；《列宁选集》第 4 卷，人民出版社 1960 年版，第 141 页。

② 《列宁全集》第 24 卷，人民出版社 1957 年版，第 435 页；《列宁选集》第 4 卷，人民出版社 1960 年版，第 141 页。

③ 《列宁选集》第 3 卷，人民出版社 1972 年版，第 748、511 页。

④ 《列宁选集》第 4 卷，人民出版社 1960 年版，第 572 页。

⑤ 《列宁选集》第 4 卷，人民出版社 1960 年版，第 583—584 页；《列宁全集》第 35 卷，人民出版社 1958 年版，第 549 页。

⑥ 《列宁选集》第 4 卷，人民出版社 1960 年版，第 583 页。

他论述了社会主义和共产主义两大阶段之间的科学区别；研究了社会主义的发展趋势和发展阶段问题；分析了社会主义必然会"渐渐地成长"或发展为共产主义，以及国家完全消亡的问题。

列宁在《关于星期六义务劳动》一文中，谈到社会主义和共产主义的区别问题时指出："社会主义是直接从资本主义里面长出来社会，是新社会的初级形式。至于共产主义，它是这种社会的高级形式，这种形式只有在社会主义完全巩固的时候才能发展起来。社会主义……是在劳动者的有组织的先锋队即先进部分施行最严格的统计、监督和检查的情况下共同劳动；同时还应规定劳动量和劳动报酬。……所谓共产主义是这样一种制度，在这种制度下，人们习惯于履行社会义务而不需要特殊的强制机关，不拿报酬地为大家工作已成了普遍的现象。"① 又说："人类从资本主义只能直接过渡到社会主义，即过渡到生产资料公有和按劳分配。"我们党看得更远些："社会主义必然会渐渐成长为共产主义，而在共产主义的旗帜上写的是：'各尽所能，按需分配。'"②

列宁论述了社会主义的发展趋势和发展阶段问题。他在《从破坏历来的旧制度到创造新制度》一文中，论述社会主义和共产主义劳动问题时，提到了"新社会制度的高级发展阶段……低级发展阶段、初级发展阶段。"③ 在《共产主义运动中的"左倾"幼稚病》中，提出了共产主义的低级阶段、中级阶段和最高阶段。他说："从共产主义的观点看来，否认党性就意

① 《列宁全集》第 30 卷，人民出版社 1958 年版，第 252—253、475 页。
② 《列宁选集》第 3 卷，人民出版社 1972 年版，第 62 页。
③ 《列宁选集》第 4 卷，人民出版社 1960 年版，第 175—176 页。

味着不是从资本主义崩溃的前夜（在德国）跃进到共产主义的低级阶段，跃进到中级阶段，而是跃进到共产主义的最高阶段。"① 与此相应或相关，列宁根据十月社会主义革命初期经验，提出了"新社会的初级形式"或"初级形式的社会主义"，"完全的社会主义"和"发达的社会主义"等概念。列宁将从资本主义到社会主义的过渡时期，看成是"建设初级形式的社会主义"阶段。他说："我们在剥夺了地主资本家以后，只获得了建设初级形式的社会主义的可能性。"② 所谓"初级形式"是相对于共产主义的"高级形式"而言，同"完全的社会主义"不属于同一含义。所谓"完全的社会主义，指的就是建成了的社会主义，即作为共产主义低级阶段的社会主义社会。列宁在评"工农统治永远存在"的口号时说："如果工农统治真的永远存在，那么也就永远不会有社会主义了，因为社会主义就是消灭阶级，而既然存在着工人和农民，也就存在着不同的阶级，因而也就不能有完全的社会主义。"③ 列宁所说的"发达的社会主义社会"④，同社会主义"中级阶段"大体上是一个口径。列宁谈到过，新社会的高级阶段"只有在社会主义完全巩固的时候才能发展起来"。或者说，"社会主义只有完全取得胜利以后，才会生长出共产主义。"⑤ 可见，只有在"中级阶段"，才会"发展"或"生长出"共产主义（狭义）。

这样，列宁就有着关于不发达国家社会主义发展趋势即发展

---

① 《列宁选集》第 4 卷，人民出版社 1960 年版，第 200 页。

② 同上书，第 141、142 页。

③ 同上书，第 486 页。

④ 《列宁全集》第 30 卷，人民出版社 1958 年版，第 299 页。

⑤ 《列宁全集》第 30 卷，人民出版社 1958 年版，第 252 页；《列宁选集》第 4 卷，人民出版社 1960 年版，第 143 页。

阶段的理论：建设初级形式的社会主义即社会主义形成阶段；完全的社会主义即新社会的低级发展阶段，发达的社会主义即"发展"或"成长"为共产主义的中级阶段。

同社会主义发展的趋势和发展阶段相适应，列宁关于国家消亡的观点，同样发展了马克思主义的国家学说。大家知道，马克思和恩格斯把无产阶级专政看成是从资本主义到社会主义过渡时期的事，把国家消亡同完成"过渡时期"的历史任务联系在一起。列宁则把国家的消亡分为"正在消亡"和"完全消亡"等几大步骤，将国家"完全消亡"同由社会主义阶段过渡到共产主义（高级阶段）联系在一起。他说，在社会主义社会"还需要有国家来保卫生产资料公有制，来保卫劳动的平等和产品分配的平等"。在这里，"国家正在消亡，因为资本家已经没有了，阶级已经没有了，因而也就没有什么阶级可以镇压了。""但是，国家还没有完全消亡，因为还要保卫容许在事实上存在不平等的'资产阶级法权'，要使国家完全消亡，就必须有完全的共产主义。"又说：当人们对于人类一切公共生活的基本规则"从必须遵守变成习惯于遵守了"的时候，"到那时候，从共产主义社会的第一阶段过渡到它的高级阶段的大门就会敞开，国家也就会完全消亡了。"①

第二节　斯大林时期社会主义经济理论的发展

列宁逝世后，苏联人民在斯大林和共产党的领导下，继续进行了社会主义建设和对私有制经济的社会主义改造，实现了从资本主义到社会主义的过渡，即进入了社会主义社会。

---

① 《列宁选集》第 3 卷，人民出版社 1972 年版，第 252、259 页。

　　在苏联进行社会主义改造和建设过程中，斯大林除了对列宁关于"过渡时期"和建成社会主义的理论进行概括、论述和发挥以外，在当时资本主义包围的国际环境下，论述了在苏联加速实现国家工业化和优先发展重工业的问题，实现农业集体化问题，论述了社会主义所有制的两种形式和按劳分配问题，强调了科学技术和知识分子的作用，强调了干部的作用，重视社会主义劳动竞赛和经济核算制，等等。苏联社会主义经济建设的成就，为赢得第二次世界大战反法西斯的胜利，奠定了物质基础。在战后，斯大林和苏联共产党继续领导了国民经济的恢复和发展工作，取得了新的成就。1952 年，斯大林在《苏联社会主义经济问题》一书中，根据他的认识和苏联的实践经验，对一系列的社会主义经济理论问题进行了总结。他正确地肯定了关于社会主义制度下经济规律的客观性质，论述了生产关系一定要适合生产力性质的规律，提出和论述了社会主义基本经济规律和国民经济有计划（按比例）发展规律，在一定程度和范围内肯定并论述了关于社会主义制度下的商品生产和价值规律问题。全面阐述了他在苏联所确立的社会主义经济制度的原则和经济格局。这种经济格局或称之为经济模式，包括社会主义全民所有制和集体所有制经济两种基本形式，在农村保留有社员自留地、家庭副业和集市贸易，消费品仍然是商品生产，但生产资料已经不是商品，认为，全民所有制经济的生产只具有商品的"外壳"，价值规律对生产仅起影响作用，只在流通领域还保持着调节作用。在管理体制上实行中央集权型的计划经济体制①。由于斯大林所处的历史时代和苏联实践经验的局限性，同时由于他存在着脱离实际和思想方法的片面性，所以，他关于苏联社会主义经济问题的理论总

---

　　① 《斯大林选集》（下卷），人民出版社 1979 年版，第 539—612 页。

结，是一种不完全不成熟的总结。其中有的观点比较正确，即具有科学性；有的部分正确，需要修改和补充；有的观点则不具备科学基础即缺乏科学性。正由于这各种情况，苏联过去的社会主义改造和经济建设，在斯大林的理论以及根据这种理论所制定的方针政策指引下，存在着脱离实际和失误的问题，因而不能发挥社会主义制度应有的优越性。

在斯大林时期的初期阶段（即 20 世纪 20 年代后），布哈林的经济观点需要提一提。布哈林实际上属于列宁和斯大林两代领导人交叉时期的一个历史人物。十月革命前后，布哈林发表了一系列文章和著作①。《过渡时期经济学》一书，是他的主要代表作之一。在苏联和其他一些国家曾经颇有影响。该书共十一章。布哈林在书的"序"和俄文版"跋"中指出："我在本书中想分析过渡时代的基本特征"，"是过渡时期的一般理论"。"打算将来写一部具体叙述现代俄国经济的著作作为本书的第二部分。"②但由于种种原因，布哈林后来没有完成这个计划。列宁称"布哈林是一位学识卓越的马克思主义经济学家。"③并对《过渡时期经济学》作过详细的评论。认为它是"辉煌的作品"，有"出色的质量"；同时指出了其中的缺点和错误。如否认商品生产、市场经济在过渡时期的作用等，反映了"战时共产主义"的局限性。希望再版时予以改正④。

布哈林的《过渡时期经济学》以及有关的一些经济学著作，

---

①　《布哈林文选》（上、中、下册），人民出版社 1981 年版。

②　布哈林：《过渡时期经济学》，郑异凡、余大章译，三联书店 1981 年版。

③　《列宁选集》第 3 卷，人民出版社 1972 年版，第 550 页。在另一个地方称布哈林是"党的最可贵的和最大的理论家"。

④　列宁：《对布哈林〈过渡时期的经济〉一书的评论》，人民出版社 1976 年版。

根据俄国的社会历史条件，对有关"过渡时期"和社会主义建设的原则、方法和途径问题，进行了探索。阐述和发挥了列宁关于俄国过渡时期和新经济政策的一些理论思想。他论述了社会主义取代资本主义的历史必然性，俄国过渡时期的经济成分和特点，进行社会主义改造的方法和途径问题，探讨了社会转化过程中的城乡关系，俄国工业化资金的积累和方法问题，发展生产力和技术变革问题，无产阶级专政下的生产管理体系和管理方法问题，国民经济的发展计划和平衡问题。此外，还探讨了马克思主义经济学的若干范畴和方法论在过渡时期的应用问题。后来，随着苏共党内斗争形势的发展和变化，布哈林被打成"右倾反党集团的头目"，并于1938年被处决。直到20世纪80年代中后期才正式恢复名誉。

在斯大林时期内，随着苏联社会主义实践和经济建设的发展，造就了一批经济学家，如康·维·奥斯特罗维季扬诺夫、列·阿·列昂节夫、格·瓦·科兹洛夫、勒·麦·加托夫斯基等。他们的经济观点，在一定程度上是有关斯大林的经济理论观点的阐述和发挥。这种情况，除了当时苏联经济学家有关问题的个人专著，比较集中地反映在1954年苏联出版的《政治经济学》教科书（第一版）中（关于该书的评介，将在本篇第五章中进行）。

斯大林的经济理论，在20世纪50年代中期以前，对原有各社会主义国家都有着重大影响。斯大林长期作为苏共的主要领导人，对建设世界上第一个社会主义国家无疑作出了重要贡献。但由于他的脱离实际和思想僵化以及思想方法上的片面性，在一定程度上抑制甚至阻碍了社会主义实践和社会主义经济理论的发展。随着时代的发展和建设社会主义道路的逐步多样化，为社会主义理论的研究和发展开创了新局面。

第三节　改革早期社会主义经济理论的发展

在 1953 年斯大林逝世前后，南斯拉夫和苏联以及东欧某些社会主义国家先后提出和初步酝酿着经济改革，从而推动和促进了社会主义经济理论研究的开展。我们可将这一阶段社会主义经济理论的发展，称为经济改革早期年代的经济思想。亦可称之为社会主义经济改革理论探索的初期阶段。

斯大林逝世不久，赫鲁晓夫先后担任了苏联党和国家的主要领导职务。当时苏联党内存在着两种思想路线的矛盾和激烈的斗争。赫鲁晓夫通过批判斯大林的个人崇拜，打败了党内以莫洛托夫为首的反对派，揭开了对苏联传统的政治经济体制改革的序幕。开始打破了教条主义和僵化思想的束缚，平反了许多冤假错案，进行了多方面的改革和试验。改革虽说并不成功，但就其性质而言却具有某种开创性。

赫鲁晓夫时期，苏联的改革涉及三个方面：一是在思想领域具有革新意义，冲破了教条主义和思想僵化的长期束缚。批判个人崇拜尽管在内容和方法上都存在一定的问题，但却反映了社会主义发展的某种客观要求，具有解放思想的性质和作用。二是进行了某种程度的政治体制改革。提倡党政分工、提倡集体领导、建立和健全法制、建立干部更新制度等，有利于党和国家政治生活的民主化。但这些改革后来又遭到了赫鲁晓夫自己的破坏。三是进行了一定程度的经济体制改革。改革过分集中的计划管理体制，提倡给企业某种程度的计划自主权；改组部门管理体制，扩大地方权力；提倡物质利益原则；扩大农业的计划自主权，提倡推广集体农庄中的小组承包制，等等。利别尔曼教授关于扩大企业计划权限与物质刺激的建议和讨论，对于当时苏联和东欧几个社会主义国家的经济改革具有广泛的影响①。

赫鲁晓夫急于求成，错误地估计苏联的社会主义发展阶段，认为，"苏联已经建成社会主义社会和正在向共产主义过渡"。在所有制方面鼓吹愈大愈公愈好，搞集体农庄的合并和升级，把大批小农庄合并成大农庄，将许多集体农庄转变为国营农场，宣称庄园的宅旁园地和副业成为"进一步发展农业生产道路上的严重障碍"。在苏共第二十二次代表大会上提出，在二十年内赶上并超过美国，建成共产主义社会。与此相应，还提出了所谓"全民党"和"全民国家"的概念。这些都是一种不切实际的幻想。

赫鲁晓夫是极不成熟的政治家，或者说，不是一个真正的马克思主义者。他反对斯大林的"个人崇拜"，后来又搞对自己的个人崇拜；他反对斯大林的独断专横，不久，又搞自己的独断专横，起初他反对党政不分，不久又集苏联党政大权于一身；他批判斯大林的理论思想，实质上又继承了斯大林的许多错误经济理论观点和做法。这样，就使赫鲁晓夫在苏联的经济和政治体制改革中不得不陷入种种矛盾，结果终于导致了自己的失败和1964年的被迫下台。

在国际共产主义运动的发展过程中，由于斯大林的个人崇拜和脱离实际的理论思想受到了批判，为探索科学的社会主义发展道路和经济理论提供了条件，在铁托时期，南斯拉夫较早地探索了一条适合自己的社会历史条件和特点的社会主义发展道路。与此相应，在发展社会经济理论方面，南斯拉夫也有自己的特色。关于工人自治制度、关于社会所有制关系、关于计划与市场关系的理论等，就具有这种特色（参见本书第一篇第三章第二节）。

---

① 〔苏〕利别尔曼：《计划·利润·奖金》，《真理报》1962年9月9日。

1957 年，世界各国共产党和工人党召开了莫斯科会议，发表了《莫斯科会议宣言》。其中就建立社会主义的共同即一般规律性问题，大体上取得了一致意见。具有它的理论意义。这种一般性规律包括："以马克思列宁主义政党为核心的工人阶级，领导劳动群众进行这种形式或那种形式的无产阶级革命，建立这种形式或那种形式的无产阶级专政；建立工人阶级同农民基本群众和其他劳动阶层的联盟；消灭基本生产资料资本主义所有制和建立基本生产资料的公有制；逐步实现农业的社会主义改造；有计划地发展国民经济，以便建成社会主义和共产主义，提高劳动人民的生活水平；进行思想文化领域的社会主义革命，造成忠于工人阶级、劳动人民和社会主义事业的强大的知识分子队伍；消灭民族压迫，建立各民族间的平等和兄弟友谊；保卫社会主义果实，不让它受到国内外敌人的侵犯；实行无产阶级的国际主义，同各国工人阶级团结一致。"[①] 由于社会主义实践的不成熟性，加上几个大党在认识上的不一致，所以，对于社会主义形成和发展规律性的探讨和总结，不可避免地存在着时代的局限性和缺陷。

在改革早期年代，我们把苏联放在开头，并非肯定改革始于苏联，而是考虑到它作为第一个社会主义大国的地位和影响。关于社会主义改革的历史源头，应当承认属于铁托时期的南斯拉夫。继南斯拉夫和苏联批判斯大林的个人崇拜以后，20 世纪五六十年代，东欧一些社会主义国家如波兰、匈牙利、捷克斯洛伐克和民主德国等，都进行了程度不同的改革。尽管当时改革的条件并不成熟，其中包括受到苏联的限制和镇压，所以改革时断时续。但这各种改革，对于广开思路、探讨社会主义形成和发展的

---

① 《莫斯科会议宣言》，人民日报出版社 1957 年版，第 9 页。

规律性是有益的，对探索和发展社会主义经济理论，有着一定的促进作用。东欧一批有影响的理论家和经济学家，如：南斯拉夫的卡德尔和霍尔瓦特；波兰的兰格、明兹、布鲁斯和卡莱茨基；捷克斯洛伐克的锡克和考斯塔；匈牙利的科尔奈，等等，对一系列的经济问题进行了探索。其中包括社会主义所有制关系和经济体制问题，计划经济理论、计划与市场的关系问题，价格与通货膨胀问题，经济运行与调节机制问题，经济改革与经济模式问题，经济增长理论问题，等等。这些问题的研究，虽说还不成熟，还没有形成一种科学体系（因为当时还不具备这样的实践经验和条件），但却在一定程度上初步突破了斯大林的传统社会主义经济理论的束缚，具有一定的开创性。

我们在这里不准备全面介绍东欧经济学家的经济思想，仅就发展社会主义经济理论这个角度，重点评价几位经济学家所提出的一些主要经济观点。

奥斯卡·兰格，早在20世纪30年代就提出了"市场社会主义"理论，提出了计划与市场相结合的观点即兰格模式。随着社会主义实践的发展，五六十年代，兰格又对这种模式作了进一步的研究、发挥和补充。虽说还不成熟，但这毕竟是同苏联当年的经济模式具有原则区别的新思路[①]。此外，他在计量经济学和经济控制论等方面，也颇有建树。兰格是探讨经济改革和社会主义经济运行机制理论的一位先驱。

20世纪二三十年代，苏联经过社会主义改造和建设，1936年宣布建成了社会主义，确立了中央集权型计划经济体制。当时在东西方经济学界引起了激烈的论战，主要是围绕着社会主义计划经济的可行性问题来进行的。奥利地学派米塞斯等人对计划经

---

① 〔波〕兰格：《社会主义经济理论》，中国社会科学出版社1981年版。

济持否定态度。认为，在社会主义条件下，随着生产资料市场的消失，大宗生产品不是商品，缺乏市场竞争，不能形成合理的价格，不能解决资源的合理配置。生产品的价格不能用货币来计算和表现出来的。这样，就不可能制定出系统的经济计划。主张从社会主义计划经济退回到资本主义市场经济[①]。巴罗勒不同意米塞斯的观点，用一般均衡论的观点进行了反驳。认为在生产资料公有制条件下，中央计划当局可通过解联立方程的途径，推算出同市场价格具有相同职能的计划价格。后来，社会主义经济的反对者不得不调整自己的经济观点。经济学家罗宾斯、哈耶克等人，一方面在观念上承认，社会主义计划经济有进行经济计算、求解经济均衡方程、合理分配资源的可能；另一方面又否认这种可能性在实际经济生活中的现实性。

兰格当年是侨居美国的一位青年马克思主义者，为了反驳社会主义反对者的观点，在《经济研究评论》杂志上分期发表了著名的《社会主义经济理论》一文。他应用一般均衡理论，通过对社会主义和资本主义两种经济模式的比较研究，吸取市场经济中的优点，把计划经济和市场联系起来，提出了计划模拟市场的经济理论。探讨了在社会主义条件下，实现经济均衡的主客观条件和经济运行机制问题。分析了社会主义经济中的价格决定仍然具有客观性质，中央计划当局可以将这种价格作为经济计算的工具，进行资源的合理配置，达到经济的均衡状态。

随着社会主义国家中央集权型计划经济体制的发展，逐步暴露出了它的问题和矛盾。从 20 世纪 50 年代到 60 年代中期，兰格进一步研究了计划经济体制的弊端，加之，电子计算机的出现和初步运用，他又充实和发展了关于社会主义经济运行机制的理

---

① 《现代外国经济学论文集》（第 9 辑），商务印书馆 1986 年版。

论。首先，他提出了计划决策中的分权问题，即国家对计划的集中决策和企业与产业的分散决策。所谓集中决策是关于计划中的主要决策，如对国民经济有特殊重要性的商品生产和分配进行计划决策，掌握用总净产值表示的产出计划，以及国民经济的发展速度和方向问题；分散决策是指那些非原则性的决策，由企业掌握，以保持计划的灵活性。其次，企业在国家计划和政策指示的框架内进行自治。包括自主管理企业内的财产，将企业之间的经济活动，由原来计划分配的办法改由直接合同制所取代，企业间经济联系的基本手段按国家制定的价格来进行。再次，实现计划的方法要区分行政和经济方法。所谓行政方法，指下达计划应采用行政命令的方式，资源配置采用行政分配的方式。对国民经济中的基本决策，如有关积累率问题，企业利润中上缴国家的部分，企业和职工的赋税，国民经济中公共性质的支出，投资分配的主要比例和方向问题等，采用行政方法。经济方法就是采用经济手段建立一种刺激体系，引导企业与群众按照计划的要求行事，以保证计划的实现。为了计划的有效性，两种方法都应当采用。在正常情况下，经济手段是规则，行政手段则从属于经济手段。总之，兰格从维护计划经济体制出发，既反对国家计划包揽一切，又不同意否定计划中的集中决策；既赞同管理民主化和分散化，又反对无政府主义。

兰格关于社会主义经济运行模式改革的思路，虽说带有时代的局限性，没有完全摆脱斯大林关于计划经济模式的影响和束缚，但对社会主义经济运行机制理论的发展，具有启蒙和开拓性。在东欧和西方经济学界曾经有着广泛的影响。

弗·布鲁斯的研究涉及多方面，重点还是关于社会主义经济运行模式的理论。他根据波兰社会经济生活的实践，进一步研究了斯大林关于苏联中央集权型计划经济模式的问题和弊端，主张将市场机制导入计划经济。20 世纪 60 年代初，提出了社会主义经济运行模式的新思路，将集权型计划经济模式，改革为在计划经济中引入市场机制的分权模式。将兰格的计划模拟市场模式向前推进了一步。对波兰和东欧的经济改革起了促进作用。

布鲁斯对兰格关于理论经济模式的定义，作了进一步阐述和说明：一是经济模式同社会经济制度不同，经济制度反映的是社会基本的生产关系，而经济模式则显示经济运行的原则或运行机制；二是经济模式是提供经济运行的主要原则的抽象图式，不应当同经济运行的具体体制混为一谈①。

布鲁斯研究了经济模式的类型和划分标准。认为，应当按照经济活动不同层次的决策方式，来划分不同的经济模式。所以，不同的决策结构是划分经济模式的基本依据。他将经济决策等分为三个层次：第一个层次是关于宏观层次的决策，这是关系到国民经济发展战略和全局性问题，是具有根本性的决策。第二个层次是关于企业经常性经济活动的决策。他认为，如果经济运行模式应当实际地适应社会制度的原则，那就只能在决策的"集中"和"分散"的问题上区别开来。第三个层次是家庭或个人经济活动的决策。根据三个层次经济活动决策的主体不同，来划分不同的经济模式。

布鲁斯根据苏联和东欧社会主义发展的历史经验，先后将社会主义经济运行模式确定为四种类型：首先分为中央集权模式和分权模式两种；后来，他感到这种划分法存在着问题，不能反映南斯拉夫的情况，于是在上述基础上，又增加了"市场社会主义"的模式；最后，他从历史上考虑，十月革命后不久搞过一

---

① 〔波〕布鲁斯：《社会经济的运行问题》，中国社会科学出版社 1984 年版。

段"军事共产主义",又增加了一种"军事共产主义模式"。他对这四种模式进行了比较研究,说历史已经证明了军事共产主义模式的局限性;中央集权模式注重行政管理的办法,排斥市场自动调节的作用;而市场社会主义模式同集权模式相反,走向了另一种极端,存在着不少问题和矛盾。认为,只有引入市场机制的中央计划经济下的分权模式,在理论上比较正确,可供选择,它不仅不会削弱计划经济,而且会使计划经济更为完善。承认这种运行模式的主要困难是,如何把有效的中央计划同一个受控制的市场机制恰当地发挥作用所必需的条件结合起来。

20世纪70年代,布鲁斯认识到单纯研究社会主义经济运行模式的局限性,不考察社会主义所有制关系,就不能深入了解改革的根源和障碍问题。因而他进一步研究了社会主义生产关系、商品关系、经济模式与政治体制的关系,以及经济体制改革的进程问题[①]。

奥塔·锡克,是捷克斯洛伐克的著名经济学家和改革的倡导者,担任过经济改革的领导工作。对社会主义经济理论和经济改革进行过多方面的研究,提出了若干问题和见解。1968年苏军侵捷,他流亡国外。曾任瑞士某大学经济学教授。

锡克的经济观点,前后有着一定的变化。早期的研究,称赞苏联的经济模式,认为集中的计划经济体制是社会主义制度的一条基本规律。20世纪50年代,照搬苏联模式的捷克斯洛伐克经济,出现了许多问题和困难。他开始怀疑并重新研究了斯大林关于社会主义经济理论和集权经济体制的问题。我们就两个基本方面作出简要的介绍和分析。

---

① 〔波〕布鲁斯:《社会主义的政治与经济》,中国社会科学出版社1981年版;《社会主义所有制与政治体制》,载《经济工作者学习资料》1986年第36期。

一　关于所有制概念和社会主义经济关系问题

（1）关于所有制问题。锡克根据斯大林关于生产关系定义中对于所有制形式的划分，提出了异议。认为斯大林和苏联的经济学家对于生产关系、所有制和经济规律这样一些范畴的理解过于"简单化"，而且"内容也被歪曲了"。谁不能把所有制首先看作是一个过程，看作是不断更新和发展的占有，谁就永远把握不住现实和对现实的反映，就永远理解不了任何一种生产资料所有制形式的社会本质。马克思把所有制看作是生产关系或财产关系的总和。强烈反对把所有制看作是在分配关系和交换关系之外的一种独立的关系。社会经济关系的总和构成所有制的内容。批评有些经济学家用关于社会主义所有制形式的抽象论断去推导一切，而不是去确定生产力的一定发展决定怎样的协作、分工、生产资料和消费资料的分配与交换等形式。按照斯大林的所有制概念，在社会主义经济学的大部分教科书中，社会主义所有制成了理所当然的始基范畴，把应该证明的东西先验地当作前提①。

（2）关于商品生产问题。锡克对斯大林关于社会主义条件下的商品生产理论提出了异议。他不同意社会主义商品生产"外因论"和"残余论"的观点，认为商品生产是社会主义经济的内在属性。指出斯大林由于对所有制范畴的理解简单化，不认识在社会主义经济中，人们在根本利益一致的基础上还存在着经济利益差别和利益矛盾。把社会主义条件下存在商品货币关系的原因，简单化归结为两种社会主义公有制形式。因而就把生产资料不看作是商品，全民所有制经济只保留了商品的"外壳"，似

---

①　〔捷〕奥塔·锡克：《经济—利益—政治》，王福民、王成稼、沙吉才译，中国社会科学出版社1984年版。

乎不存在实质性的商品货币关系。认为，社会主义商品生产同现阶段社会生产力的发展水平是相关联的，"商品生产存在的根源在于社会主义劳动的内在矛盾性"。在生产中，由于企业消耗的劳动同社会劳动常常是不一致的，即存在着个别劳动和社会必要劳动的矛盾。由于人们的劳动还不能直接表现为社会劳动，由于劳动还没有成为人们生活的第一需要，经济利益仍然是人们从事劳动和经济活动的直接动机，社会还不可能以实物形式在劳动者中间分配劳动成果，因此，通过商品生产和交换，借助商品货币关系来分配社会产品，就是不可避免的①。

锡克还分析了社会主义商品生产同资本主义商品生产的联系和本质区别。

（3）关于经济利益问题。锡克结合理论界在经济利益问题上的一些不正确的观点和传统社会主义经济理论忽视经济利益的倾向，对有关人的需要和利益及其同经济发展的关系、经济利益的含义、经济利益和经济规律等一系列问题进行了研究，提出了他的见解。首先研究了人的需要和利益的关系与作用。说"一定的需要和爱好形成人们的利益。利益是以特别强烈地和持久地满足一定的需要为目的的"。论证了"人们的需要和利益是经济活动的最主要的、最直接的和客观的决定的动力"。阐明了"经济发展是通过两方面来实现的：一方面，生产方式本身决定需要和物质利益的本质以及它们的发展；另一方面，如果满足一定需要或适应一定利益的目的在一定条件下不能达到，那就必须根据客观条件加以改变"。分析了一般意义的利益和经济利益的关系以及经济利益的本质等问题。锡克认为，随着阶级的产生，意味

---

① 〔捷〕奥塔·锡克：《社会主义的计划与市场》，王福民、王成稼、沙吉才译，中国社会科学出版社 1982 年版。

着决定性的利益，即与占有方式相联系的利益，不再是某种社会结构全体成员的共同利益。人们这种由生产方式或由占有方式和方法产生的决定性的生存利益，就是所谓经济利益。说在历史发展中，经济利益的主要形式是物质利益，即满足一定物质需要的利益，包括对货币的利益。但经济利益不限于物质利益。它是比物质利益更为一般的利益。在历史上，物质利益在经济利益中占有优先地位。它在不同的历史发展阶段具有不同的表现形式和特点。不同意把物质利益仅仅理解为对货币的利益，也不同意考茨基把物质利益归结为"利润利益"（这个概括似乎不完全符合考茨基的原意）。并指出，经济利益的矛盾运动，是社会经济发展的内在动力。考察社会主义经济的发展，也必须分析各个社会集团和阶层的特殊利益及其特点，不能忽视这各种利益和需要[1]。

二　关于计划与市场相结合的问题

锡克在研究社会主义所有制关系的基础上，比较研究了苏联的计划经济模式和西方市场经济的利弊，提出了"社会主义计划性市场经济"的概念和主张。属于计划和市场相结合的一种类型。但他的这种主张同兰格和布鲁斯的"结合"概念，既有联系又有所区别，带有他的特点。关于"社会主义计划性市场经济"的理论基础，包括两个支撑点：一是在社会主义经济生活中存在着两种不同性质的不平衡，即宏观经济领域的不平衡和微观经济领域的不平衡；二是确立既不同于西方市场经济又不同于苏联计划经济的运行模式，即所谓"资本中立制度"，就会根本解决两种不平衡及其发展问题。

---

① 〔捷〕奥塔·锡克：《经济—利益—政治》第五章"需要和利益"，王福民、王成稼、沙吉才译，中国社会科学出版社1984年版。

所谓两种不平衡，就从两个方面及其结合上提出了改革的要求和主张。为了解决宏观领域的不平衡，锡克提出了宏观分配计划，用以取代苏联过去那种无所不包的指令性计划经济体制。为了解决微观领域的不平衡，主张采用市场竞争的办法和途径。这样，就可以实行计划与市场相结合的经济运行模式。所谓宏观分配计划，是关于国民经济的总量分配，将总收入按照一定的比例划分为消费收入和投资收入两大部分，这是一种预测性和约束性相结合的计划，不涉及微观经济活动。锡克关于宏观分配计划的目标是：（1）保持宏观经济各部门的平衡；（2）保持消费的适当比例；（3）调节经济增长的速度；（4）酌情制定个人收入政策；（5）规定合理的劳动时间，职业变动的培训，提供社会医疗的保障；（6）保持不同地区和民族经济发展的协调一致；（7）创造健康的环保条件，制定工业和城市的合理布局；（8）保障经济和社会的基础结构与能源基地；（9）实现预期的教育、科学和文化的发展。认为，实现计划的目的所采取的手段，并不是给生产画框框，而是实行与市场相一致的经济政策，这种政策通过调节收入而把生产发展和投资发展导向计划目标的方向。企业则在宏观分配计划调节下，根据市场竞争的需要，自主决定其生产与投资、购买与销售。企业计划实行自治①。所以，锡克关于"社会主义计划性市场经济"的模式既不同于兰格的"计划模拟市场"的经济运行模式，也不同于布鲁斯的"导入市场机制的计划经济"分权模式。

所谓"资本中立制度"，即既不同于"资本私有化"，又不

---

① 〔捷〕奥塔·锡克：《社会主义的计划和市场》，王锡君等译，中国社会科学出版社1982年版。

同于苏联"资本国有化"的第三条道路。主张将生产资料的国家所有制改变为企业职工"共同占有",实行"职工股份制"和工人自治。认为这样,就可以使企业面向市场,消除集权垄断,解决微观领域的不平衡问题[①]。这也反映了锡克模式同兰格模式和布鲁斯模式在对待国家所有制问题上的区别。取消国家所有制的改革主张,未必符合社会主义和全民所有制经济发展的规律性。

吉里·考斯塔,是捷克斯洛伐克的著名经济学家,曾参与锡克主持的捷克斯洛伐克经济体制改革方案的制定工作。他对社会主义计划经济制度、商品生产和经济改革等问题,有着一定的研究。他关于社会主义计划与市场问题的理论研究,具有一定的特点。他还考察和发表过有关中国经济问题的论著。

考斯塔在研究原有社会主义经济制度的基础上,根据中央集权型计划经济体制存在的问题,提出了改革旧体制、建立新体制的必要性。指出苏联中央集权行政计划体制存在不少问题:一是不能使生产结构适应社会需求的结构;二是生产效率和经济效果差;三是企业没有积极性,不愿意进行技术改造和提高资本的有机构成。认为,作为社会主义"总经济计划"的内容,要提出整个经济计划的目标,还要有保证实现计划目标的措施和手段。计划固然要有约束力,但不能局限于那种集权式和指令性的苏联模式。强调计划就是公众民主地参与计划的决策,不能由少数专家和政府人员说了算[②]。

考斯塔从理论和实践的结合上研究过社会主义商品生产问

---

① 〔捷〕奥塔·锡克:《经济—利益—政治》,王福民、王成稼、沙吉才译,中国社会科学出版社 1984 年版。

② 〔捷〕考斯塔:《社会主义的计划经济理论与实践》,王锡君等译,中国社会科学出版社 1985 年版。

题，在此基础上研究了社会主义计划经济与商品生产的关系。指出计划经济要与商品生产相适应，要将计划经济体系置于社会主义商品生产的条件下来进行研究。为此，他将计划经济体系分为四个互相联系、互相制约的子体系：

（1）计划目标体系即发展战略问题。主要有两种目标可供选择：一是以国家工业化为目标；二是以社会经济全面发展为目标。认为：计划目标是社会主义计划体系的基本特征；计划目标的决策正确与否，对于商品生产的发展有着重要意义。

（2）计划形式体系。是选择集权计划还是分权计划。两者的计划目标都有约束力，其根本区别是：集权计划力求将一切经济活动和过程全都纳入计划，分权计划允许企业的具体生产计划在国家政策规定的范围内自主决定，对计划外的经济活动通过经济政策进行间接控制。认为，分权计划在一定程度上可理解为商品生产体系。

（3）分配体系。是选择按劳分配还是按需分配。在现阶段分配体系只能实行按劳分配原则，当然不排除在次要方面考虑按需分配。在商品生产条件下，按劳分配原则就是实行以劳动为主的物质刺激是主要动力。

（4）决策体系。即经济计划的原则由谁来决定，是选择由领导层来决策，还是由劳动集体来决策。

考斯塔认为，计划经济体系及其子体系的选择，都必须符合现有社会生产力水平和社会经济条件。从理论上说，考察任何一种社会主义经济体系或模式，都包含着这四个子体系。但从具体考察中会发现，同一个子体系在不同的社会主义经济模式中又具有不同的内容和特点，每个子体系都可以有不同的典型可供选择。这些子体系方面的差别，可构成总体系之间的差别。从而就会形成社会主义计划经济体系中的不同模式。

考斯塔基于他的理论观点，将苏联、东欧社会主义国家的经济体制划分为三种类型：一是传统的集中行政体制即苏联模式：计划目标体系——实现工业化；计划形式体系——中央行政集权计划；分配体系——按劳分配；决策体系——领导层决策结构。二是以市场经济为指导、以工人自治制度为基础的体制即南斯拉夫模式：计划目标非单一性；实行分权计划形式（20世纪70年代有所变化）；重视物质刺激；实行工人自治即劳动集体决策。三是实行初步改革后的匈牙利模式：以工业化为计划目标；实行分权计划形式；加强物质刺激；实行权威的决策等级制①。随着这些国家经济改革的发展20世纪80年代初，考斯塔对上述分类又作了某种修改②。至于90年代以来，由于苏联、东欧国家的解体和社会制度性质的变化，这些国家所谓的改革，已经不属于我们所研究和介绍的范畴了。

考斯塔关于社会主义计划与市场理论的研究，将他的经济改革模式归结为"计划—市场模式"。他指出设计一种经济改革模式，应考虑三个基本要素：一是国民经济的控制计划；二是经济调节手段；三是市场经济控制或市场机制。指出控制计划不同于集权计划。计划仅指出经济运动的方向，企业计划不再同中央的计划指标挂钩。国家只对生产具有战略意义的设备部门和关键产品下达指令性计划；对于基础结构最重要的文教、卫生、科研、城市交通和对外经济关系等几个部门，规定指令性任务。关于经济调节手段，如财政政策、货币政策、税收政策、对外贸易政策和汇率政策等，都是重要的经济调节手段，应发挥它们的调控作

---

① 〔捷〕考斯塔：《社会主义的计划经济理论与实践》，王锡君等译，中国社会科学出版社1985年版。

② 〔捷〕考斯塔：《1982年访华报告》，载《经济研究资料》1982年第6期。

用。国家的经济政策应通过各种经济调节手段，同计划目标协调起来，对自发性市场机制也可以发挥制约作用。关于市场经济控制或市场机制，包括五个基本要素：个人在消费和职业上可自由选择；企业可自主决定生产项目和投入；价格由市场决定；实行物质刺激，包括工资和利润两种刺激；企业间的竞争。指出市场机制在社会主义经济中应受到某些限制。引入市场机制应遵循的原则是：不允许有压迫和剥削的自由；平等参与决策；工资差距的悬殊不应过大；人们间保持着团结精神。

就社会主义经济改革的探索和发展过程来看，考斯塔的这些观点有着一定的参考价值。但也不可避免地要受到形成他构思的时代和社会经济背景的制约，因而带有理论上的局限性。

米契尔·卡莱茨基，是波兰著名经济学家，对资本主义经济和社会主义经济理论都有很深的造诣。他关于资本主义动态经济学、关于社会主义经济增长理论和混合经济理论、关于在社会主义经济中运用数量分析方法等问题的研究，卓有成就。东欧和西方经济学家都颇有赞赏。曾有人认为，卡莱茨基是"现代伟大经济学家中最被忽视的"人。他的《社会主义和混合经济增长文集》等几种代表作，为英国选编出版。

卡莱茨基的社会主义经济增长理论，涉及社会主义经济理论的一系列问题。其中包括社会主义计划经济和宏观经济理论问题、社会主义内部的经济矛盾和机制问题、社会主义经济增长模型和经济体制的关系问题、计划和市场机制的地位与作用问题、经济增长中要素投入和技术进步的关系问题、经济改革和开放问题等，卡莱茨基都阐明了他的看法和主张。他的有些看法颇有意义，如在社会主义经济增长中应重视宏观控制问题，要经常把握社会主义经济中消费和投资、目前利益和长远利益、政府决策和现实生活中的矛盾问题等。当然，有的看法还不成熟，有待进一步研究；有的主张还没有摆脱传统观念的影响和束缚。

卡莱茨基在社会主义经济增长理论体系中，建立了社会主义经济增长的基本模型，探讨了在多种条件下加速经济增长的问题。这是他的突出贡献。他系统地研究了在劳动无限供给条件下加速经济增长的问题，在劳动有限供给条件下加速经济增长的问题，在充分就业条件下加速经济增长的问题，在增加要素投资和技术进步条件下加速经济增长的问题，在开放条件下加速经济增长的问题。关于社会主义经济增长理论，为研究和揭示社会经济生活中的内在矛盾和经济机制，为建立社会主义宏观经济学奠定了初步基础。

明兹的《社会主义政治经济学》，对传统社会主义经济理论和实践中的一系列问题进行了研究、探讨，具有它的特点和参考价值。科尔奈的《短缺经济学》，对传统的社会主义经济关系和经济体制进行了系统的研究，为社会主义经济改革提供了一定的理论依据。这都是一些有影响的东欧著名经济学家，可以结合有关研究主题的需要，来研究和参考他们的经济思想。当然，也不能忽视这各种理论观点的缺陷和不成熟性。

第四节　改革大潮中社会主义经济理论的发展

20 世纪 70 年代后期，随着我们国家政治条件和形势的变化，中国逐步走上了改革开放的道路。经过近三十年的改革开放，获得了伟大的成就，形成和建设了具有中国特色的社会主义发展道路。苏联在勃列日涅夫时期，将中国的改革特别是关于社会所有制结构的改革，指责为"修正主义"。1982 年，勃列日涅夫逝世后，苏联先后在安德罗洛夫、契尔年科和戈尔巴乔夫的领导下，将过去那种修修补补和停滞不前的改革逐步推向了较全面改革的新时期。与此同时，波兰、匈牙利、捷克斯洛伐克和民主德国，也名正言顺地加快了改革的步伐。20世纪90年代，越南和古巴也加入了改革行列。由于苏联的解体和东欧社会政治条件的剧变，原有的改革已经夭折。但经济社会的改革，毕竟已成为一种不可抗拒的历史潮流。在这个阶段社会主义经济理论的发展，我们称之为改革大潮中的社会主义经济思想。

中国的改革和发展，突破了斯大林关于传统社会主义的观念，开创了社会主义建设和发展的新局面，把社会主义经济理论推向了一个新的历史发展阶段。这种发展，反映在我们党和国家的有关文献以及领导人的报告和著作中，理论界发表的大量专著和论文，也进行了多方面的研究和探索。当然，党的十一届三中全会和改革开放以来新形成的邓小平理论，最具有代表性。"三个代表"重要思想、胡锦涛提出的关于科学发展观和关于社会主义荣辱观，以及建设社会主义和谐社会等重要观念，都具有十分重要的意义，形成了中国特色社会主义理论体系。

中国关于社会主义经济理论的发展：

一 关于社会主义初级阶段和建设中国特色社会主义的理论

关于社会主义初级阶段的理论，中共中央在十三大的《报告》中作了分析和概括。所谓社会主义初级阶段，包括两层含义：第一，中国社会已经是社会主义社会。我们必须坚持而不能离开社会主义。第二，中国的社会主义还处在初级阶段。我们必须从这个实际出发，而不能超越这个阶段。这是由中国的社会历史条件所决定的。中国的社会主义革命是在半殖民地半封建社会的基础上进行的，生产力十分落后，商品经济很不发达。对资本主义和个体经济进行社会主义改造的速度又过快，这就决定了我们的根本任务必须大力发展社会生产力，必须经历一个很长时期的社会主义发展的初级阶段，以便解决应当在资本主义条件下所要实现的国家工业化、生产商品化和国民经济与科技现代化。从而把中国建设成为富强、民主和文明的社会主义国家。那种认为只要劳动人民掌握了国家政权，不经过社会生产力的巨大发展和商品经济的高度发达，就可超越社会主义发展的初级阶段，完全是一种不切实际的幻想。社会主义初级阶段的理论，揭示了中国社会主义发展的规律性。对于像我们这样一类资本主义不发达国家，如何进行社会主义革命和建设，具有重大的理论和实际意义。

社会主义初级阶段的确立，是建设中国特色社会主义道路的客观依据。制定党的基本路线和国家的大政方针，制定社会经济发展战略，都必须从这个实际和基本国情出发，而不能脱离这个实际、超越社会发展的阶段。这是我们能否探求和按照客观规律办事的出发点和前提条件。邓小平关于建设中国特色社会主义理论的主要内容，从各个方面即从经济、政治、教育、科技、文化和外交等方面，反映了社会主义初级阶段的状况和要求。因而是一种科学即真理，具有强大的生命力。

关于中国特色社会主义理论的主要内容，江泽民在中国共产党第十四次全国代表大会的《报告》中，作了初步的重要总结和概括。《报告》指出：

在社会主义的发展道路问题上，强调走自己的路，不把书本当教条，不照搬外国模式，以马克思主义为指导，以实践作为检验真理的唯一标准，解放思想，实事求是，尊重群众的首创精神，建设有中国特色社会主义。

在社会主义的发展阶段问题上，作出了中国还处在社会主义初级阶段的科学论断，强调这是一个至少上百年的很长的历史阶段，制定一切方针政策都必须以这个基本国情为依据，不能脱离实际，超越阶段。

在社会主义的根本任务问题上，指出社会主义的本质是解放生产力，发展生产力，消灭剥削，消除两极分化，最终达到共同富裕。强调现阶段中国社会的主要矛盾是人民日益增长的物质文化需要同落后的社会生产之间的矛盾，必须把发展生产力摆在首要位置，以经济建设为中心，推动社会全面进步。判断各方面工作的是非得失，归根到底，要以是否有利于发展社会主义社会的生产力，是否有利于增强社会主义国家的综合国力，是否有利于提高人民的生活水平为标准。科学技术是第一生产力，经济建设必须依靠科技进步和劳动者素质的提高。

在社会主义的发展动力问题上，强调改革也是一场革命，也是解放生产力，是中国现代化的必由之路，僵化停滞是没有出路的。经济体制改革的目标，是在坚持公有制和按劳分配为主体、其他经济成分和分配方式为补充的基础上，建立和完善社会主义市场经济体制。政治体制改革的目标，是以完善人民代表大会制度、共产党领导的多党合作和政治协商制度为主要内容，发展社会主义民主政治。同经济、政治的改革和发展相适应，以"有理想、有道德、有文化、有纪律"为目标，建设社会主义精神文明。

在社会主义建设的外部条件问题上，指出，和平与发展是当代世界两大主题，必须坚持独立自主的和平外交政策，为中国现代化建设争取有利的国际环境。强调实行对外开放是改革和建设必不可少的，应当吸收和利用世界各国包括资本主义发达国家所创造的一切先进文明成果来发展社会主义，封闭只能导致落后。

在社会主义建设的政治保证问题上，强调坚持社会主义道路、坚持人民民主专政、坚持中国共产党的领导、坚持马列主义毛泽东思想。这四项基本原则是立国之本，是改革开放和现代化建设健康发展的保证，又从改革开放和现代化建设获得新的时代内容。

在社会主义建设的战略步骤问题上，提出基本实现现代化分三步走。在现代化建设的过程中要抓住时机，争取出现若干个发展速度比较快、效益又比较好的阶段，每隔几年上一个台阶。贫穷不是社会主义，同步富裕又是不可能的，必须允许和鼓励一部分地区一部分人先富起来，以带动越来越多的地区和人们逐步达到共同富裕。

在社会主义的领导力量和依靠力量问题上，强调作为工人阶级先锋队的共产党是社会主义事业的领导核心，党必须适应改革开放和现代化建设的需要，不断改善和加强对各方面工作的领导，改善和加强自身建设。执政党的党风，党同人民群众的联系，是关系党生死存亡的问题。必须依靠广大工人、农民、知识分子，必须依靠各民族人民的团结，必须依靠全体社会主义劳动者、拥护社会主义的爱国者和拥护祖国统一的爱国者的最广泛的统一战线。党领导的人民军队是社会主义祖国的保卫者和建设社会主义的重要力量。

在祖国统一的问题上，提出"一个国家、两种制度"的创造性构想。在一个中国的前提下，国家的主体坚持社会主义制度，香港、澳门、台湾保持原有的资本主义制度长期不变，按照这个原则来推进祖国和平统一大业的完成。

建设有中国特色社会主义的理论还有其他许多内容，还要在研究新情况、解决新问题的过程中，在实践检验中继续丰富、完善和发展。

随着中国改革开放的全面深入地进行，从而随着中国经济社会又好又快地持续发展。胡锦涛同志在十七大政治报告中，对中国特色社会主义道路和理论体系作了进一步的全面总结。

胡锦涛指出：

改革开放作为一场新的伟大革命，不可能一帆风顺，也不可能一蹴而就。最根本的是，改革开放符合党心民心，顺应时代潮流，方向和道路是完全正确的，成效和功绩不容否定，停顿和倒退没有出路。

在改革开放的历史进程中，我们党把坚持马克思主义基本原理同推进马克思主义中国化结合起来，把坚持四项基本原则同坚持改革开放结合起来，把尊重人民首创精神同加强和改善党的领导结合起来，把坚持社会主义基本制度同发展市场经济结合起来，把推动经济基础变革同推动上层建筑改革结合起来，把发展社会生产力同提高全民族文明素质结合起来，把提高效率同促进社会公平结合起来，把坚持独立自主同参与经济全球化结合起来，把促进改革发展同保持社会稳定结合起来，把推进中国特色社会主义伟大事业同推进党的建设新的伟大工程结合起来，取得了我们这样一个十几亿人口的发展中大国摆脱贫困，加快实现现代化，巩固和发展社会主义的宝贵经验。

改革开放以来我们取得一切成绩和进步的根本原因，归结起来就是：开辟了中国特色社会主义道路，形成了中国特色社会主义理论体系。高举中国特色社会主义伟大旗帜，最根本的就是要坚持这条道路和这个理论体系。

他科学地阐明了中国特色社会主义道路和理论体系的内涵：关于中国特色社会主义道路，就是在中国共产党领导下，立足基本国情，以经济建设为中心，坚持四项基本原则，坚持改革开放，解放和发展社会生产力，巩固和完善社会主义制度，建设社会主义市场经济、社会主义民主政治、社会主义先进文化、社会主义和谐社会，建设富强民主文明和谐的社会主义现代化国家。中国特色社会主义道路之所以完全正确，之所以能够引领中国发展进步，关键在于我们既坚持了科学社会主义的基本原则，又根据我国实际和时代特征赋予其鲜明的中国特色。在当代中国，坚持中国特色社会主义道路，就是真正坚持社会主义。

关于中国特色社会主义理论体系，就是包括邓小平理论、"三个代表"重要思想以及科学发展观等重大战略思想在内的科学理论体系。这个理论体系，坚持和发展了马克思列宁主义、毛泽东思想，凝结了几代中国共产党人带领人民不懈探索实践的智慧和心血，是马克思主义中国化最新成果，是党最可宝贵的政治和精神财富，是全国各族人民团结奋斗的共同思想基础。中国特色社会主义理论体系是不断发展的开放的理论体系。《共产党宣言》发表以来近一百六十年的实践证明，马克思主义只有与本国国情相结合、与时代发展同进步、与人民群众共命运，才能焕发出强大的生命力、创造力、感召力。在当代中国，坚持中国特色社会主义理论体系，就是真正坚持马克思主义。

二　关于社会主义所有制问题的理论

1. 关于所有制关系的一般理论

生产资料所有制是政治经济学的一个基本范畴，所有制关系是经济研究的一个核心问题。怎样认识所有制，它的含义和内容是什么；生产资料所有制同生产关系是什么关系，它们是一个概念，还是两个既有联系又有区别的概念；所有制同生产诸关系是否可以分离；所有制同所有权是什么关系，等等，这都是一些长期存在着争论的问题。19世纪，马克思和恩格斯在研究资本主义经济体系中，在对古典经济学的有关评论中，在同晋鲁东和杜林等人的论战中，都涉及这些问题，有过或简或详的论述。但到了20世纪，在当代一些理论家的论文和著作中又出现了分歧，进行了一些论战。问题主要是由斯大林关于生产关系的内容和划分法引起的。他认为，作为政治经济学研究对象的生产关系，包括三条：一是生产资料所有制的形式；二是由此产生的各种社会集团在社会生产中的地位以及他们的相互关系；三是完全以上述两者为转移的产品分配形式。在这个概括中，恩格斯定义中的"交换"关系被去掉了。按照斯大林的解释，商品交换属于资本主义社会所特有的现象，至于不属于商品交换的"互相交换其活动"的交换，已经包括在上述定义中了①。这种解释显然不符合恩格斯的原意。恩格斯在《反杜林论》一书中，是将"政治经济学作为一门研究人类各种社会进行生产和交换并相应地进行产品分配的条件和形式的科学"。在另一个地方又说："生产以及随生产而来的产品交换是一切社会制度的基础"（着重号是引者加的）②。"交换"这个职能的地位和作用，决定了研究任何社会形态或社会制度的经济学都是不可或缺的，是不能"合并"或被淹灭的。

中国著名学者孙冶方在20世纪70年代末对斯大林关于生产关系的定义和划分法提出了异议。提出两点批评意见：第一，认为斯大林不应把生产资料的所有制形式单独列出来；第二，不应把"交换"去掉③。其中对"交换"问题的批评是对的；至于生产资料所有制形式的划分，却值得研究。

另外，有的学者把斯大林关于生产关系的定义归结为"三分法"，说"把所有制规定为生产关系的一个方面，并决定着其他两个方面，从而就使得所有制成为可以脱离生产、流通和分配而存在的独立概念，实际上，也就是把所有制简单地等同于生产

---

① 参见《斯大林选集》下卷，人民出版社1979年版，第594—595页。

② 《马克思恩格斯全集》第20卷，人民出版社1964年版，第163、292页。

③ 孙冶方：《论作为政治经济学对象的生产关系》，载《经济研究》1979年第8期。

资料的归属。"认为，正是这个"三分法"，是马克思生前对普鲁东"批判过的形而上学。"①

鉴于所有制问题的重要性和经济学界的有关争论，笔者在所有制问题专著中，就所有制的几个理论问题进行了一定的考察和研究。概括起来，主要有这样几个观点：

（1）关于所有制的含义问题。结合对所有制和生产关系问题的争论，指出所有制关系有广义与狭义之分。所谓狭义所有制关系，是指生产资料归谁所有，由谁占有、支配和使用的问题。广义所有制关系包括生产资料、劳动力和生产成果即产品的所有，以及与此相适应的生产、分配、交换和消费诸关系，同生产关系的范围是一致的。广义与狭义所有制关系具有一种内在的辩证关系，包括两层含义：第一，生产资料所有制是基础，生产、分配、交换和消费诸关系的性质是由所有制的性质所决定的；第二，所有制同样要受到生产诸关系的制约，不能脱离生产诸关系，否则，就会得不到在经济上的实现，或者会遭受这样那样的影响和破坏。所以，在社会经济生活中，没有脱离生产诸关系的所有制关系，同样也不存在不体现所有制关系的生产诸关系。

有一种观点认为，所有制和生产关系是同一个内容、是一个概念。把马克思关于资产阶级"私有制不是一种简单的关系，也不是什么抽象概念或原理，而是资产阶级生产关系的总和。"②将这句话作为论据。看来，这里存在着一种误会。这句话是马克思在《道德化的批判和批判化的道德》一文中，在进行论战时批驳海因岑作为举例所讲的一句话。不错，固然所有制关系可以

---

① 林子力：《经济理论研究的若干方法问题》，载《红旗》1979 年第 12 期。
② 《马克思恩格斯全集》第 4 卷，人民出版社 1958 年版，第 352 页。

是或者可以视为生产关系的总和。但不能反过来说，只存在作为生产关系总和的所有制，而不存在作为生产资料所有制关系的所有制。其实，马克思和恩格斯关于所有制的用法有两种口径：一种是指生产资料归谁所有，由谁支配和使用的问题。这是窄口径；另一种是指生产诸关系或生产关系的总和，这是宽口径。也就是我们在前面所说的所谓狭义与广义的所有制关系。由于两种口径的职能、作用和意义有所不同，他们在不同的条件和情况下分别予以运用。但由于两者在本质上具有同一性，有时候两种口径又互相通用，用所有制代表生产关系。认识和区分所有制关系有广义与狭义两种口径，对马克思主义关于所有制的理论及其运用，也就容易把握而不至于引起混乱了。

（2）关于所有制同生产、分配、交换和消费诸关系是否可分的问题，同上述问题相关联，由于所有制同生产诸关系的相互依存和制约关系，有一种观点便否认两者的可分性。我们认为，无论从所有制理论和实际经济生活来看，生产资料所有制同生产诸关系，既可分又不可分。所谓可分，是由于在社会经济生活中，生产资料归谁所有，以及依据这种所有制进行生产、分配、交换和消费，是一种客观存在。如地主是土地所有者、银行家是货币资本所者，但他们并不一定直接从事生产和经营，然而，却可以凭借土地和货币资本以地租和利息的形式参与利润的分配，这种利润正是生产资料所有制在经济上的实现。在这里，所有制关系对于揭示地主、银行家和经营资本家之间的关系，揭示利润为什么要在各类资本家之间进行分配，以及考察他们之间的矛盾，具有重要意义。马克思和恩格斯正是基于这种客观经济关系，划分了生产资料所有制，确立了所有制的基础地位和作用。马克思在谈到社会经济组织同所有制的关系问题时曾指出："这种经济组织是以生产资料即土地、原料、机器等的私有制为基础的。"① 恩格斯在谈到小生产问题时指出："在中世纪，普遍地存在以劳动者对他的生产资料的私有制为基础的小生产。"② 在批判杜林在所有制问题上的错误时指出："靠剥夺剥夺者而建立起来的状态，被称为以土地和靠劳动本身生产的生产资料的公有制为基础的个人所有制的恢复。对任何一个懂得德语的人来说，这就是，公有制包括土地和其他生产资料，个人所有制包括产品即消费品。"③ 列宁把生产资料所有制和按劳分配视为社会主义社会的标志④。经典作家关于区分所有制和生产诸关系的事例不胜枚举，所谓不可分，是由于所有制同生产诸关系存在着一种互相依存、相互制约的关系，生产资料所有制如果脱离了生产诸关系，就不能发挥它的职能和作用，也谈不上在经济上的实现，因而也就变成毫无意义的了。反过来也是一样，如果离开了一定的所有制这个基础或前提条件，生产诸关系也就无从谈起。

所有制同生产、分配、交换和消费诸关系的划分，符合经济学的方法论。社会经济生活是十分复杂的，有现象与本质、假象与真相。马克思主义经典作家为了揭示事物的本质，探索其规律性，运用抽象法取得了巨大的理论成果。例如马克思在研究商品经济问题时，运用抽象法，把生产的具体劳动和抽象劳动、个别劳动和社会劳动以及使用价值和价值区别开来，具有它的科学价值和重要意义。也正是运用抽象法，区分了工人的必要劳动和剩余劳动，揭开了剩余价值的秘密，为政治经济学和社会主义学说奠定了科学基础。同样，运用抽象法，将生产资料所有制关系从

---

① 《马克思恩格斯选集》第 16 卷，人民出版社 1964 年版，第 414 页。
② 《马克思恩格斯选集》第 3 卷，人民出版社 1972 年版，第 308 页。
③ 同上书，第 170 页。
④ 《列宁选集》第 3 卷，人民出版社 1960 年版，第 62 页。

生产诸关系分离开来，分清它们的地位、职能和作用，对于研究所有制和生产关系的形成、巩固、发展和演变的规律性，对探索经济改革和变革，具有重要意义。

应当指出，把斯大林关于生产关系的划分，同马克思批判的蒲鲁东在所有制问题上的错误观点等同起来，是不符合实际的。不错，斯大林对生产关系的划分是有缺点的，但同蒲鲁东的错误毕竟是两码事。蒲鲁东的错误根本不是什么所谓"三分法"的问题，当然也不是把生产资料所有制看成是基础的问题。就马克思的有关批判内容来看，蒲鲁东在所有制问题上的错误在于：首先，同现实经济生活相反，他不是把分工和竞争、垄断等范畴看成是所谓所有制的社会关系的内容，而是抛开这些关系，在这些关系之外，确定一个固定不变的概念，作为他的体系中的最后一个范畴。其次，他不是把所有制理解为一种社会关系，随着生产力的发展和改变而改革，而是"规定为独立的关系"，一种"永恒的规律"。再次，他不是把所有制范畴看成只是现实经济关系的一种抽象，是实在的、暂时的、历史的社会关系的抽象，而是把这种范畴看成是"原始的原因"，"把实在的关系只看做这些抽象的体现"①。这些情况表明，蒲鲁东的"体系"是唯心论和形而上学的。所以马克思指出，蒲鲁东把所有制规定为独立于社会关系之外的范畴，就不只是犯了方法上的错误。可见，斯大林对生产关系的划分同蒲鲁东的错误并无共同之处。因而，也就不能把马克思对蒲鲁东的批判，作为否定划分生产资料所有制的依据。

（3）关于所有制关系同所有权的关系问题。经济学讲所有

---

① 《马克思恩格斯全集》第 27 卷，人民出版社 1972 年版，第 481、482、484页。

制关系，指的是社会生产关系。所有权关系是指一定所有制关系在法律上的用语，或者叫做法权关系。马克思称这种法权关系，是一种反映着经济关系的意志关系。其内容是由一定的经济关系本身决定的。有一种观点单纯从法制观念看待所有制问题，结果所有制关系就成了僵化的一成不变的东西。不懂得所有制关系是一种历史发展过程。它会随着社会生产力的发展以及由这种发展所决定的形成、发展和演变过程。所谓随着私有制社会主义改造的基本完成，所有制问题就到底了。就是一种脱离实际的形而上学的观点或者叫做法学的幻想。

所有制关系有广义与狭义之分。同样，所有权关系也有广义与狭义之分。狭义所有权是指所有权的归属问题，包括对生产资料的所有权、占有权、支配权和使用权，简称"四权"；广义所有权关系则包括资产所有权以及由一定所有权所决定的经营权和分配权。当然，在某种情况下两者也可以通用。所有权关系同所有制关系一样，不是永恒不变的。它随着所有制关系的产生而存在，随着这种所有制关系的改变而改变。马克思在批判普鲁东在所有权问题上的错误时指出："在每个历史时代中所有权以各种不同的方式，在完全不同的社会关系下面发展着。因此，给资产阶级的所有权下定义不外是把资产阶级生产的全部社会关系描述一番。"① 这里所说的所有权和所有制关系是就广义而言，同样也体现了所有权对所有制关系的依存关系。

在所有权问题上还有一点应当明确。在生产资料"四权"中，其中的占有权、支配权和使用权具有两重含义：一种是构成或体现所有制内容的占有权、支配权和使用权。生产资料归谁所有，谁就必然有权占有、支配和使用这种生产资料，在这里它们

---

① 《马克思恩格斯全集》第4卷，人民出版社1958年版，第180页。

便是所有权的重要体现。作为一种所有制的主体，对生产资料有所有权，如果没有占有、支配和使用权，或者说如果不能通过契约关系转让诸权而获得必要的经济利益，那么这种所有权便会成为一种虚名、毫无现实意义。另一种是不构成所有制的内容，而是体现人们在生产关系中的占有权、支配权和使用权。假定农场主没有土地，但可以通过契约关系用支付地租的办法，获得对土地的占有、支配和使用权；工厂主没有或者缺少资金，但可通过贷款方式用支付利息的办法，获得对货币资本在契约有效时间内的占有、支配和使用权，这种占有、支配和使用权便不构成所有制的内容，不是作为所有权的体现，而是体现农场主和地主、工厂主和银行家在生产中的关系。马克思和恩格斯在分析社会经济关系时，两种不同的含义都使用过。在一种情况下，占有权不过是所有权的别称。马克思在谈到原始公社的所有制关系问题时，同时使用"所有"和"占有"的概念。他说："每一个单独的人，只有在他作为这个社会的一个环节，一个成员，他才能成为财产所有人或占有人。"① 恩格斯在谈到资本主义社会的基本矛盾时，以"占有"代替"所有"。在另一种情况下，"占有"却不同于"所有"。马克思指出：在原始社会解体过程中，土地仍归公社所有，但为社员个人"占有"和使用；在劳役地租阶段，农奴的地为地主所有，但归农奴"占有"和使用②；在谈到货币资本和职能资本家的关系时说："所有权名义仍在贷者手中，但其占有权过渡到产业资本家手里了。"③ 在这些地方，占有权不具有所有权意义而是体现人们在生产中的关系，支配权和使用权

---

① 《马克思恩格斯全集》第 46 卷（上），人民出版社 1979 年版，第 472 页。
② 《资本论》第 3 卷，人民出版社 1953 年版，第 1031 页。
③ 马克思：《剩余价值学说史》第 3 卷，三联书店 1957 年版，第 523 页。

也是如此。在一种情况下，它们是所有权的体现。马克思说：地主对土地的所有权是"排斥一切其他的人去支配它"的权利；又说："私有财产的权利"就是"任意使用和支配的权利"①。在另一种情况下，如资本家对工人劳动力在合同期间的支配和使用权，并不具有所有权意义，而是体现一种雇佣劳动关系②。研究和了解占有权、支配权和使用权的两重含义，对于研究所有制关系、研究所有者与经营者的关系，揭示阶级、集团、阶层和劳动者之间的关系，具有重要意义③。

（4）关于马克思主义的产权理论。在西方资产阶级学派中，科斯的产权理论颇为流行。在中国的经济改革中，有些经济学家想引进科斯的产权理论来改造我们的全民所有制经济。这是不妥当的。科斯从研究交易成本入手，来选择资源配置，界定不同资产所有者为何获得应有的利益问题。西方产权学派认为，明确界定产权是市场交易的基础和先决条件。只有如此，市场运行才会是有效的。这种产权理论是以财产私有权为基础的，同时也是为协调和处理不同所有者间的利益和矛盾服务的。在中国经济改革和经济建设中，应当吸取西方产权理论中有益的研究成果，为建设和发展社会主义市场经济服务。但应认识到，西方的产权理论根本不能解决传统全民所有制经济存在的问题，满足它的发展要求。所以，1993 年初，笔者便提出了应当研究确立和发展马克思主义产权理论的问题④。

---

①　《资本论》第 3 卷，人民出版社 1953 年版，第 803 页。

②　《资本论》第 1 卷，人民出版社 1953 年版，第 158 页。

③　以上三个问题，请参见李泽中：《社会主义所有制关系及其发展规律性问题》，上海人民出版社 1986 年版，第 1—18 页。

④　李泽中：《实行"三个分权"是搞活办好全民企业的关键》，载《国有资产研究》1993 年第 3 期。

　　所谓马克思主义产权理论，实际上就是关于所有权的理论。过去一般只讲马克思主义的所有制理论，而不单提所有权或产权理论。其实，马克思主义的所有制理论，其中就包含着所有权或产权理论。所谓产权，指的就是关于一定生产资料或资产的所有权。是一定所有制关系的法律用语。马克思、恩格斯的所有制理论其中包括所有权理论，是十分丰富的。但似乎没有、至少我们没有发现"产权"这个概念或用语。列宁偶尔用"产权"这个术语，并且同"所有权"通用。如列宁在十月革命后谈到俄国租让制和租赁制中的财产关系问题时，大都用"所有权"这个概念，但有时候也用"产权"来取代"所有权"。他说："租让是一种特殊的租借合同。"根据合同，资本家在一定期限内是一部分国有财产的租借者，但不是所有者。所有权仍然属于国家①。在另一个地方又说："租赁是有期限的合同。无论是产权还是监督权都在我们手中，在工人国家手中。"② 联合组成一个辛迪加，这本身丝毫不改变财产关系不剥夺任何一个产权人的一个戈比③。在这里，"产权"同"所有权"或者"财产关系"，是同义语。

　　包括所有权即产权理论在内的马克思主义关于所有制理论，具有丰富的内容和特征。作为所有制关系，是从经济学的角度来研究社会生产和再生产过程中的生产、分配、交换和消费诸关系；作为所有权即产权关系，是从法权的角度来研究人们在社会生产中的资产所有权、经营权和分配权关系。马克思主义产权理论具有它的完整性。它既包括所有权理论和静态研究，又包括在

---

　　① 《列宁全集》第 41 卷，人民出版社 1986 年版，第 328—329 页。
　　② 《列宁全集》第 50 卷，人民出版社 1988 年版，第 329 页。
　　③ 《列宁全集》第 32 卷，人民出版社 1958 年版，第 304 页。

再生产过程中人们的责、权、利关系和动态研究。这种研究，无论对私有制经济还是公有制经济，都有着它的重要意义。是科斯的产权理论不可比拟的。深入研究马克思主义的产权理论，对于正确处理全民所有制经济体系内部的经济关系，认识和掌握社会主义生产和再生产运行的规律性，促进国民经济的持续健康发展，有着十分重要的意义。

2. 关于社会主义全民所有制经济的理论

从马克思、恩格斯关于社会所有制理论的提出，到现阶段，全民所有制的理论和实践经历了几个发展阶段。马克思、恩格斯所设想的社会所有制关系的基本特征是：实行单一的社会所有制，一切生产部门将由整个社会按照统一计划来管理和经营，商品货币关系已经消亡，用劳动券来进行按劳分配，消费资料归个人所有。国家也已消亡。与此相适应，形成了新的社会共同体。这种设想是以社会生产力高度发展，即整个国民经济的高度社会化为前提条件的。这是马克思主义关于社会主义所有制关系认识的第一阶段，即理论创始阶段。

列宁领导的俄国十月革命，经过社会主义改造和建设，逐步使社会主义由理论变为现实。但由于俄国在十月革命前，资本主义不发达、小农经济占优势，列宁认识到不可能经过短期的"过渡"，建立单一社会所有制关系。列宁根据科学社会主义理论和俄国的社会历史条件，阐明了关于从资本主义到社会主义过渡和建成社会主义社会的原则和要求。在所有制方面，提出并论述了全民所有制概念及其内容，通过合作制将小农经济转变为社会主义大农业的问题。1924 年，列宁逝世后。苏联是在斯大林领导下，于 1936 年宣布建成社会主义社会的。这同列宁关于建成社会主义的原则，存在着一定的差距：第一，"过渡"的时间，即进行社会主义改造和建立国民经济发达的物质技术基础所需时间，远不如列宁所设想的那样长、那样艰巨。第二，没有解决消灭"工农差别"、"城乡差别"的历史任务，没有解决两种公有制关系的本质差别。苏联关于社会主义全民所有制关系的基本特征是：（1）基本生产资料归国家所有，由国家统一支配和调拨；（2）整个社会是一个管理处或大工厂，实行"集中制和计划"，即由国家统一管理和经营；（3）生产资料不是商品，用有计划有组织的产品分配来代替商品交换，消费品是商品，但仍由国家实行计划调拨和销售；（4）国民收入由国家财政统一掌握和分配；（5）职工由国家实行计划分配，个人消费品实行按劳分配原则，在全国范围内实行统一的工资制度；（6）职工实行统一的社会福利待遇，按统一规定由企业负担。这是马克思主义在苏联时期对社会或全民所有制理论认识的第二个发展阶段。

20 世纪 50 年代初，在南斯拉夫出现了工人自治体经济。铁托在建国初期，仿效苏联，建立了国家所有制和合作或集体所有制经济。后来，由于种种原因，放弃了苏联的经济模式。南斯拉夫认为，国家所有制是间接的公有制形式，适应社会主义建设初期的特点。随着社会主义建设的发展，主张建立直接的和真正的公有制。认为，建立这样的公有制经济，不仅要消灭私有主，而且最终要消灭作为生产者和生产资料中介入的国家。作为社会主义公有制的社会生产，应直接地交由被解放的和联合起来的直接生产者去管理，根据"按劳取酬"的原则进行分配，实现企业自治。这就是南斯拉夫所说的社会所有制的含义①。卡德尔对南斯拉夫的社会所有制的内容，从理论上作了分析和概括②。国内

---

① 《南斯拉夫共产主义联盟纲要》，1958 年。
② 卡德尔：《公有制在当代社会主义实践中的矛盾》，中国社会科学出版社 1980 年版。

外学者对南斯拉夫的社会所有制理论虽说持有不同的看法或疑问，但作为一种实践和探索，应当视为马克思主义对社会主义所有制关系认识的第三个发展阶段。

中国在社会主义道路上经历了大约半个世纪的曲折发展的历史，其中包括 20 世纪 70 年代末以来改革开放的历史。我们国家从自己的社会历史条件和现状出发，在总结正反两方面历史经验的基础上，提出了社会主义初级阶段的理论，打破了苏联过去那种传统的经济模式，突破了斯大林的那种脱离实际的僵化和教条式的所有制理论。在比较研究的基础上，结合考察国内外改革的历程和经验，我们对全民所有制理论得出了一些新的认识。这种新认识，概括起来包括如下几个基本点：（1）全民所有制经济关系不是一成不变的，它要经历一个长期发展的历史过程。作为社会主义生产方式或者作为一种基本的所有制形式，随着社会生产力的发展，它必然要经历自己的形成、巩固成长和成熟发展的历史过程，或者说要经历一个由不完全、不成熟到完全和成熟发展的历史过程。在它的各个不同发展阶段，其内部经济关系既具有质的同一性，又带有一定的部分质的差别。（2）全民所有制经济是一种体系，存在着中央与地方、国家部门、行业与企业等多层经济关系即经济结构。在这各个层次和再生产各个环节之间，必须依据它们各自的地位和作用，正确划分和界定它们的经济职能，明确各自的责任和权利，分工协作、各得其所，形成一种"合力"。充分发挥各方面的主动性和积极性。（3）在形成单一社会或全民所有制经济之前，不会解决商品生产的命运问题。因此在全民所有制经济体系内部，仍然必须坚持在国家（社会）计划和政策等指导下的商品生产和商品交换，实行分工协作、互助互利和等价交换的关系和原则。（4）全民所有制经济内部必须遵循经济利益原则，兼顾各个层次和环节的经济利益，兼顾国家、企业和职工的经济利益。按劳分配是贯彻职工个人经济利益的基本形式；企业利益不仅是企业发展的需要，同时也是贯彻按劳分配原则的条件和保障。实践表明，如果不承认或者忽视企业和职工的经济利益，干好干坏一个样，搞平均主义，就不会持续不断地发挥企业和职工的主动性和积极性。（5）作为社会主义阶段的全民所有制经济具有计划性经济和商品经济两重属性，实行计划性即宏观调节和市场调节相结合的经济运行机制；同时，计划性也必须以价值规律和市场运行为基础，从而才有可能实行严格的经济核算制，讲求经济效益。传统的计划经济理论，否定全民所有制经济的商品属性，不懂得计划性经济有一个由不完全不成熟到完全和成熟发展的历史过程，严重脱离实际，缺乏必要的科学性，因而不能发挥计划性经济的优越性。（6）全民所有制经济必须从实际出发来处理内部的经济关系，必须依据生产关系一定要适应生产力性质规律的要求，来处理它的生产、分配、交换和消费诸关系。全民所有制关系的确立，并非这个规律的终止和失去作用，而是有条件更自觉地运用这个规律为它的发展服务。这是马克思主义对全民所有制关系认识的新阶段，是全民所有制理论在实践中的重要发展①。

3. 关于农村新型合作制经济的理论

新型合作制经济是一种富有"弹性"的社会主义所有制经济。马克思恩格斯关于合作经济的理论，并非像过去那种传统观念所理解的那样，是一种固定不变的或者僵化的所有制形式，而是灵活多样、适应性很强的一种所有制形式。合作性经济要经历一个长期发展的历史过程，即由不完全的社会主义到完全社会主

---

① 李泽中：《应当研究确立新全民所有制理论》，载《湖北大学学报》1995 年第 4 期。

义发展的历史过程。它无需搞什么"过渡",而是随着社会生产力和有关经济条件的发展变化而发展变化,渐渐地成长、逐步完善和成熟起来。新型合作制经济可以是社会主义萌芽性质的合作,也可以是半社会主义性质的合作,还可以是完全社会主义性质的合作。它可以是生产资料公有制或部分公有制基础上的合作,也可以是私有制或部分私有制为基础的合作。它的生产和经营可以是统一的,也可以是部分统一和部分分散的,还可以实行统一经营与分散经营相结合。它可以实行按劳分配,也可以实行按劳分配与股金分红相结合。在合作制经济内部以及它们相互之间,实行自愿互利、等价交换的原则。合作制经济可以容纳不同状况的生产力,它可以同以手工操作为主的物质技术基础相结合,也可以同以机械化为主的物质技术基础相结合,还可以同以自动化为主的物质技术基础相结合。这各种不同状况的物质技术基础,反映合作经济的状况和性质的发展变化。合作制经济随着社会生产力的发展变化,将会通过它的初级阶段、中级阶段和成熟的发展阶段,逐步地由不完全不成熟的社会主义经济发展成为完全和成熟的社会主义经济,并将逐渐地同全民所有制经济相融合,形成单一的社会所有制经济。

农村新型合作制经济同传统的合作或集体经济相比,具有哪些特点?

(1)新型合作制经济同传统合作和集体经济只搞集中统一的生产不同,它以家庭经营为基础,实行统一经营和分散经营相结合。它可以是两个经营层次的结合,也可以是多样化的不同层次的结合。家庭经营包括各种多样的经营或专业户,这是合作和联合经营的基础;统一经营是根据家庭经营的要求和需要,组织和提供各种必要的服务。它并不否定家庭经营的独立性和基础地位,而是通过一定的经济合同来互相衔接和结合。这样,既可以发挥家庭经营的积极性，又可以发挥统一经营的优越性。

（2）新型合作制经济同传统集体所有制经济不同，不搞单一的公有制关系，而是从农村的实际出发，根据现有的社会经济条件和农民的自愿，实行社会主义因素和非社会主义因素多样性的合作和联合。除了土地属于集体所有以外，其他生产资料包括农业机械在内，可以是公有的，也可以属私人所有；可以是劳动的合作，也可以是劳动、技术和经营的合作，或者是劳动、技术和资金的合作；可以是家庭经营或专业户之间的合作，也可以是家庭经营与集体或全民制企业的合作和联合。这样，就可以根据具体情况调动各种积极性。

（3）新型合作经济同传统集体经济搞单一生产和单一组织形式不同，实行多环节和多种形式的合作和联合。根据生产和扩大再生产的需要，它可以是生产领域或流通领域的合作，也可以是社会保险、医疗卫生和生活服务方面的合作和联合；在生产领域可以是农业生产、农机服务、改良品种和科技服务等方面的合作，也可以是农林（果）牧渔等多种经营和农副产品加工方面的合作和联合；可以是专业性的合作，也可以是农、工、商综合性的合作和联合；可以是地区性的合作，也可以是跨地区性的合作和联合；可以是横向的合作，也可以是纵向的合作和联合。适应这各种合作和联合的需要，可以建立各种形式的合作组织，逐步形成一种纵横交错的合作网络或体系。分工合作，各尽所长，各得其所，共同繁荣。

（4）新型合作经济同传统集体经济搞统收统支和平均主义的分配办法不同，实行自愿互利、等价交换的原则。家庭经营和合作经营的各个层次分别实行经济核算，家庭经营除按规定交纳土地承包金额和应上缴的国家税收外，完全是自负盈亏；统一经营这个层次根据各自不同的情况和特点进行独立核算，自主经营、自负盈亏、自我积累和发展，按规定上缴国家税收，社员实行按劳分配。家庭经营和统一经营之间，实行互助互利、等价交换的原则。这样，既可以保护家庭经营的积极性，又能维护统一经营的利益。

（5）新型合作制经济具有很大的灵活性和适应性。由于它实行以家庭经营为基础的多层次的经营，实行多种经济形式和因素的合作，采取多种形式和环节的联合，因而它能够容纳和适应各种不同的生产力状况和经济水平，既能容纳目前非专业化的家庭经营，也能容纳以专业为主的家庭经营，还能容纳企业化（如家庭农场、家庭工厂）的家庭经营。通过家庭经营的合作，通过不同所有制形式的合作，通过地区性和跨地区性的合作，通过横向和纵向的合作和联合，可以促进分工和专业化，促进多种经营和农、工、商的综合发展，促进农业集约化经营和现代化，从而促进农村商品经济的全面高度发展。

综上所述，农村新型合作制经济是适应农业生产的特点和农民家庭经营的需要，可以容纳各种不同的生产力和经济水平的生产资料同联合劳动相结合的富有"弹性"的一种经济形式，具有强大的生命力。实践表明，它开创并且解决了中国农村经济发展的道路问题。

4. 关于社会主义公有制为主体的多种经济成分共同发展的社会所有制结构理论

我们在本篇第三章研究几种类型的社会主义道路问题时，提到了四种类型的社会所有制结构：即马克思恩格斯所设想的单一社会所有制结构、苏联型的社会所有制结构、南斯拉夫型的社会所有制结构、中国型的社会所有制结构。随着苏联和南斯拉夫的解体，这两种类型的社会所有制结构已经成为历史。目前，主要有中国型或者类似中国型的所有制结构。

像在中国这样一类资本主义不发达、小农经济占优势的国家进行社会主义革命，看来确立社会主义所有制为主体的多种经济成分的所有制结构，具有一定的普遍性。对于我们这种经济落后的国家，要解决发展壮大社会主义经济和私有制的问题，可以有两种办法和途径。一种是像列宁原来所设想的，在从资本主义到社会主义的过渡时期，解决高度发展社会生产力的历史任务，解决"工农差别"问题。这就需要很长一个过渡时期，才能解决建成社会主义的历史任务。过去包括苏联在内的所有社会主义国家，都不理解或者说忽视了列宁的这个原则和理论。一种是像苏联和中国那样，由于种种原因包括主观和客观原因，在工人阶级和劳动人民掌握政权以后，快速进行了社会主义改造，宣布建成了社会主义社会。后来经过一定时期的发展，逐步认识到这种办法脱离实际，不能发挥一切积极因素的作用。由于社会生产力还不发达，社会主义经济的力量还不强大，不足以解决社会成员的充分就业和社会保障与社会福利问题，私有制经济在一定范围一定程度上还有它的积极作用。在总结历史经验的基础上，我们党和国家逐步认识到重新认识社会主义、重新认识社会主义经济制度优越性的必要性。在此基础上，逐步形成和确立了社会主义初级阶段的理论，其中包括在社会经济制度方面逐步形成和确立了以社会主义所有制为主体、多种经济成分共同发展的所有制结构理论。社会主义公有制为主体的所有制结构并非权宜之计，它构成社会主义初级阶段的基本经济制度和特征，是科学社会主义在实践中的重要发展。实践表明，确立社会主义公有制为主体的多种经济成分的所有制结构，可以解决传统社会主义经济制度由于脱离实际所带来的种种问题和矛盾，可以调动一切积极因素，既能充分发挥社会主义经济的优越性，又可以调动城乡个体经济和其他私有制经济为城乡建设和人民生活服务。这种所有制结构，比较符合像中国这样一类经济不发达国家社会主义发展的规律性。

恩格斯在《共产主义原理》中，谈到社会主义革命同废除私有制的问题时曾指出："社会制度中的任何变化，所有制关系中的每一次变革，都是同旧的所有制度不再相适应的生产力发展的必然结果。"只有当"生产力的发展，已经大大超出了私有制和资产阶级的范围，以致经常引起社会制度极其剧烈的震动"时，"废除私有制不仅可能，而且完全必要"。在回答能不能一下子就把私有制废除的问题时又说："不能，正像不能一下子把现有的生产力扩大到为建立公有制经济所必要的程度一样。因此，象征显著即将来临的无产阶级革命，只能逐步改造现社会，并且只有在废除私有制所必需的大量生产资料创造出来之后才能废除私有制。"① 恩格斯对这个问题讲的是很透彻的。但有时候人们并不能真正理解其中的哲理。以为只要工人阶级掌握了政权，滥用群众的政治热情和积极性，似乎就可以"为所欲为"，可以超越客观规律的要求办事。这就是过去那种脱离实际的社会所有制结构和经济制度，长期不能发挥社会主义公有制应有的优越性的关键所在。

三　关于按劳分配问题的理论

在中国，按劳分配问题经历了一个反复曲折的发展过程。在第一个五年计划期间进行了工资制度的改革，1955 年建立了新的工资制度，基本结束了"供给制"的历史，确立了按劳分配原则。1958 年的所谓"大跃进"和人民公社化运动，出现了严重的平均主义倾向，对 1955 年所建立的工资制度提出了疑问。

---

① 《马克思恩格斯选集》第 1 卷，人民出版社 1956 年版，第 218—219 页。

十年动乱前夕和动乱期间，宣扬"限制"按劳分配，否定奖金制度，向工资制度开刀，否认按劳分配的社会主义性质，说它是产生资本主义的温床和基础。改革开放以来，尽管在按劳分配问题上还存在一些争论，有少数人认为，在社会主义商品经济条件下，根本就不存在按劳分配规律；还有人认为，按劳分配存在着"消极"作用，要"限制"按劳分配等观念。但总的看来，经过反复和曲折，人们对按劳分配问题有了比较正确的认识。根据中国的实际和现状，无论在理论和实践方面都有所发展。

关于按劳分配理论的发展，主要有两个方面：

1. 丰富和完善了按劳分配的理论体系。马克思恩格斯所设想的按劳分配，是以作为共产主义低级阶段的社会主义和单一社会所有制关系为背景和前提条件的。现实中的社会主义，同这种社会背景和条件相去甚远。因此，我们必须从实际出发，结合实践经验来丰富和发展按劳分配理论。马克思主义的按劳分配是一个理论体系，包括它的内容、实现的形式、产生的条件或原因、发展和完善过程等方面。概括起来，包括这样几个基本点：

（1）按劳分配是个经济范畴，作为分配政策也可以视为一种原则。马克思在《哥达纲领批判》中所说的按劳分配，是指每个社会成员参加社会生产，以劳动作为个人消费品的分配尺度，其劳动成果在作了必要的社会扣除以后，等量劳动取得等量报酬。它所体现的是生产者为社会劳动和为自己劳动的关系，以及他们相互之间的关系。把"股金分红"说成是按劳分配，不是马克思主义的观点。按劳分配是社会主义社会的一个基本标志。

（2）按劳分配关系是社会主义生产方式的产物。单说公有制，还不足以说明按劳分配产生的原因。原始社会就是一种公有制，为什么只能搞消费品的平均分配呢？共产主义也是一种公有制形式，为什么可以实行按需分配呢？所以，应当从社会主义生产关系同生产力的结合上来考察按劳分配关系。在社会主义阶段，由于生产力的发展状况既不能消除旧的分工，又不能充分满足人们的物质文化生活的需要，因而劳动就必然成为个人消费品分配的尺度，这也是劳动力再生产和逐步求得全面发展的主要来源。马克思正是从所有制关系和生产力诸方面，论述了实行按劳分配的依据。

（3）按劳分配不是"不折不扣"的劳动所得，主张"剩余劳动本来应当归劳动者自己"，并非马克思主义观点，而是拉萨尔的"不折不扣"一类的观点。在社会主义社会，国民收入的分配仍然必须进行各种必要的扣除，其中包括用于社会扩大再生产、发展科研文教卫生事业、社会福利和国防事业等各方面的需要。如果不进行这各种扣除，生产就无从发展，社会就无法进步。当然，对这各种扣除要掌握一个适当的"度"或比例。必须根据生产力的发展水平和经济效益，正确处理劳动者为社会劳动和为自己劳动的关系，正确处理个人利益和集体利益、目前利益和长远利益的关系，否则，就会不利于社会生产持续健康地向前发展。

（4）按劳分配意味着承认差别，反对平均主义。在社会主义条件下，由于包括全民所有制在内的各种公有制经济，都有一个由不完全不成熟到完全和成熟发展的历史过程，旧的社会分工的消亡也要经历一个长期发展过程，仍然要承认"天赋"是人们的天然特权等，因而在工农之间、城乡之间、脑力劳动和体力劳动者之间，以及在他们内部、自然会存在这样那样的差别。实行按劳分配，就必须承认这各种差别。如果搞平均主义，就会带来窝工浪费、"出工不出力"的现象。所以在现阶段条件下，认真贯彻按劳分配原则，以劳动作为同一的分配尺度，就意味着一种平等，就是坚持公平与效益的统一。实践表明，平均主义只会危害和破坏社会主义经济和建设事业。

（5）按劳分配无所谓"消极作用"，提出"限制按劳分配"并非马克思主义观点。不错，马克思讲过按劳分配存在着一种"弊病"。由于在按劳分配关系中，通行的仍然是调节商品的同一原则，在这里，平等的权利按照原则仍然是"资产阶级权利"，还没有超出资产阶级的视野。这种平等的权利，对于不同的劳动和不同负担劳动者来说，是一种不平等的权利。但在社会主义条件下，这种情况是不可避免的。这里所讲的"弊病"，是从社会发展的角度即同按需分配相比较而言的，是指按劳分配的历史局限性。所以，不应将这种"弊病"同"消极作用"混为一谈。既然如此，所谓"限制论"也就不能成立了。

（6）按劳分配如何实现，是采用劳动券还是工资形式，要根据各个国家的社会经济条件和社会主义发展阶段性而定。马克思曾经设想，在单一社会所有制关系条件下，商品货币已经消亡，按劳分配采用劳动券的形式。但现实的社会主义却不具备这样的社会经济条件，商品货币关系仍然存在，按劳分配还必须运用货币和工资等形式，还要受到市场经济活动的制约。

（7）按劳分配有一个发展和完善的过程。这同社会主义所有制关系和生产方式的发展和完善过程是分不开的。恩格斯曾经指出："每一种新的生产方式或交换方式，在一开始的时候都不仅受到旧的形式以及与之相适应的政治设施的阻碍，而且也受到旧的分配方式的阻碍。新的生产方式和交换形式必须经过长期的斗争才能取得和自己相适应的分配。"① 由于按劳分配同剥削是

---

① 《马克思恩格斯选集》第3卷，人民出版社1972年版，第188页。

根本对立的，同小资产阶级平均主义也是不相容的，同时要受到生产力状况的制约，所以它必然要经历一个发展和完善的过程。列宁说过，要在保卫生产资料公有制的同时，"保卫劳动的平等和产品分配的平等"①。

（8）按劳分配是一个历史范畴。在整个社会主义阶段，它是个人消费品分配的不可动摇的原则。但它毕竟有其历史局限性。随着社会生产力状况的高度发展，随着社会主义经济和精神文明等各方面条件的成熟，正如马克思所设想的，在迫使人们奴隶般地服从分工的情形已经消失，从而脑力劳动和体力劳动的对立也随之消失之后；在劳动已经不仅仅是谋生的手段，而且本身成了生活的第一需要之后；在随着个人的全面发展生产力也增长起来，而集体财富的一切源泉都充分涌流之后——只有在那个时候，才能完全超出资产阶级法权的狭隘眼界②，从而按劳分配必将完结自己的历史使命，为按需分配所取代。

2. 按劳分配和工资制度问题。按劳分配如何实现，要研究解决按劳分配中"劳"的含义问题，这是制定工资制度的依据。还要研究制定什么样的工资制度问题，是实行全国统一的工资制度，还是实行有统有分、统分相结合的工资制度。工资制度必须同社会生产力和生产关系的发展状况相适应，反映社会主义发展的阶段性。工资制度是否科学、合理，关系到按劳分配原则能否得到贯彻以及实现程度如何的理论问题。

（1）关于按劳分配中"劳"的含义问题。这有两种角度：一是指劳动的社会属性：二是指劳动的自然形态。就劳动的社会形态来看，是指个别劳动还是社会必要劳动！在商品经济条件

---

① 《列宁选集》第 3 卷，人民出版社 1960 年版，第 252 页。

② 《马克思恩格斯选集》第 3 卷，人民出版社 1972 年版，第 12 页。

下，按劳分配中的"劳"应当是指形成商品价值的社会必要劳动。由于人们（包括企业）的生产条件、技术水平和劳动素质不同，因此生产同一种商品耗费的劳动时间也就不同。所以，不能以职工的个别劳动支出作为分配尺度，而应当以生产某种产品所需要的社会必要劳动时间为依据。"个别劳动论"者否认职工在劳动素质上的差别，是一种不切实际的自然劳动观在个人消费品分配上的反映。就劳动的自然形态来看，这个"劳"是指劳动的潜在形态，还是流动形态，抑或是凝结（物化于产品）形态？经济学界主张按其中某一种劳动形态作为按劳分配依据的观点都有。如果仅按某一种劳动形态作为按劳分配的依据，就会有某种缺点或局限性，可能同职工的实际劳动支出有差距。在按劳分配采取工资形式的条件下，从原则上来说，以劳动的潜在形态和凝结形态相结合较为适宜。在确定工资等级和级别时，以职工的劳动潜在形态为依据，即按职工的文化程度、技术水平和劳动熟练程度等因素来制定；但职工最终所获得的劳动报酬如何，比工资级别所确定的标准工资额是增加、持平还是减少，应结合劳动的凝结形态来考察和审定，即按每个职工的实际劳动消耗来核实、调整。这样，就会避免按某一种劳动形态确定劳动报酬所带来的问题或矛盾，有利于发挥职工劳动的主动、积极性，有利于促进经济的发展。

（2）关于工资制度问题。社会主义国家原有的工资制度，原则上是根据马克思关于按劳分配的公式来制定的。即每个社会成员在对社会总产品作了各种必要的扣除以后，等量劳动取得等量报酬。全民所有制经济的职工，在全国范围内实行统一的工资制度。实践表明，在现阶段社会主义条件下，这种工资制度不能兼顾企业和职工在生产经营和劳动效益上的各种差别，存在着严重脱离实际和平均主义问题。因此，在经济改革中，提出了对原有工资理论和工资制度进行调整和改革的问题。在社会主义初级阶段的社会经济条件下，应实行有统有分、统分相结合的工资制度。这样既照顾到全民所有制经济的统一性，又照顾到企业和职工在生产经营和劳动效益方面的差别。具体来说，全民所有制企业的工资制度，应当分两个部分或两个层次，即统一工资部分和企业工资部分。统一工资部分可称为社会工资，采取计时工资的形式，全国实行统一的工资标准。根据职工的文化程度、技术水平和劳动能力来确定工资等级。企业工资部分，则根据职工的劳动贡献和企业经营成果的好坏而定，采取计件工资的形式，即按照职工完成劳动定额的情况同企业经营成果挂钩，多劳多得。两部分工资的比例，可根据生产力的发展状况进行调整。可以是对半开，也可以是四六开或者六四开。一般来说，同类企业职工的劳动报酬可以有一定的差距；但差距过于悬殊，又会产生另外的副作用。目前，全民制企业的工资"五花八门"，缺乏规范性和适当的制度化，存在着不少问题和矛盾。随着全民所有制经济和企业改革的到位与规范化，实行国家的统一工资标准与企业工资相结合、计时工资与计件工资相结合的原则，既体现了全民所有制经济的统一性，又可照顾到企业在生产经营效益方面的差别和灵活性，有利于调动企业和职工的主动性和积极性。

　　关于确立国有企业少数高层管理人员的年薪制问题。这是按劳分配深层次即特殊要求。年薪制可分为基本年薪和绩效年薪两部分：基本年薪是年度的基本收入，不同业绩考核结果挂钩；绩效年薪制属于奖励性质收入，必须同经营业绩考核结果挂钩。年薪制的目的是要使企业核心领导层的价值得以体现，获取与其贡献大体相适应的报酬。但必须有严格的制度和规范，建立激励与严格约束机制。

四 关于社会主义市场经济理论

传统社会主义实行中央集权型的计划经济体制，把计划经济同商品经济对立起来，严重脱离实际，不利于调动各种积极因素，不利于促进社会生产力的发展。中国在恢复"实事求是"的思想路线和实行改革开放的总方针以来，认真地总结历史经验和现实经验，并借鉴外国的有益经验，逐步认识到市场经济并非资本主义特有的东西，打破了传统观念的束缚，正确处理了计划性与市场的关系。经过党的十一届三中全会，党的十二大提出了以计划经济为主，市场调节为辅；党的十二届三中全会《关于经济体制改革的决定》指出，改革计划体制，首先要突破把计划经济同商品经济对立起来的传统观念。商品经济是社会经济发展不可逾越的阶段，中国现阶段是在公有制基础上的有计划的商品经济；党的十三大提出，社会主义的有计划商品经济体制应该是计划与市场内在统一的体制；党的十三届四中全会后，提出了建立适应有计划商品经济发展的计划经济与市场调节相结合的经济体制和运行机制；党的十四大更进一步提出了社会主义市场经济理论，并把建立社会主义市场经济体制确定为中国经济体制改革的目标。根据党的十四大的精神，党的十四届三中全会后通过了《关于建设社会主义市场经济体制若干问题的决定》，确立了社会主义市场经济体制的基本框架。经过改革实践和现实社会经济生活客观要求，党的十六届三中全会进一步制定和通过了《关于完善社会主义市场经济体制若干问题的决定》。实践表明，建立和完善社会主义市场经济体制，对于发挥社会主义经济的优越性，对于社会主义制度的巩固和发展，具有伟大的理论意义和现实意义。

怎样认识社会主义市场经济，它同资本主义市场经济有什么联系和区别？有一种观点认为，现代市场经济没有什么社会主义和资本主义的区别。不错，现代市场经济作为一般概念，似乎是没有什么性质上的区分。但同一定的经济制度相结合，情况就不同了。应当说，社会主义和资本主义两种市场经济既有联系即共同点，又有一定的原则区别。所谓共同点：（1）进入市场经济活动的主体都是企业或者个人，进入市场的客体无论是生产资料和消费资料，都是商品；（2）市场的经济活动必须遵循价值规律的要求，实行等价交换、公平竞争的原则，反对地区封锁和垄断；（3）市场发挥着激励和资源配置的功能；（4）市场的经济活动应有一定规范、规章和法制。所谓区别点：（1）同两种市场经济相结合的基本经济制度不同。资本主义市场经济是以资本主义经济制度为基础的；社会主义市场经济是以公有制为主体、多种经济成分共同发展为基础的。这是两种市场经济最基本的区别。（2）两种市场经济作用的性质有所不同。在资本主义市场经济活动中，价值规律同资本主义经济规律联结在一起发挥作用，并受资本主义经济规律的制约，生产品交换和对资源的配置，主要是通过竞争自发实现的，具有一定的盲目性和浪费性。在社会主义市场经济体制下，价值规律同社会主义经济规律联结在一起发挥作用，并受社会主义经济规律所制约，市场经济活动要受国家宏观调控的制约。这样，就可以减少乃至克服市场的盲目性和局限性。（3）两种市场经济的目的和后果有所不同。资本主义市场经济活动是为资本家们追逐最大限度的利润而服务的。在激烈的竞争中，弱肉强食、大鱼吃小鱼，造成严重的分化现象和社会的不安定。社会主义市场经济是适应现阶段社会生产力不发达状况和发展商品经济的要求，以满足社会和人们不断增长的物质文化生活的需要。通过发挥市场经济的活动，促进公有制为主体的多种经济成分的发展，加强工农结合、城乡结合、内外交流，通过竞争和竞赛，先富带动后富，促进整个社会经济的发展和繁荣，逐步达到全社会的共同富裕。

社会主义市场经济体制有一个形成、巩固成长和成熟发展的历史过程。我们要在建设中国特色社会主义理论的指引下，通过建设和完善社会主义市场经济体制，为促进社会主义经济的强大发展和实现国民经济与科学技术的现代化服务。

五　关于经济特区和对外经济关系的理论

1. 关于经济特区和对外开放的问题

中国的经济特区，是在建设中国特色社会主义理论和改革开放总方针的指引下，为了实现特定的经济目标和发展战略，而开创的实施特殊经济体制和经济政策的特别开发区。它实行"外引内联"，坚持外向型为主的发展方向。它具有多方面的功能，在"外引内联"中发挥着枢纽和"窗口"的作用。它为中国社会主义经济和现代化建设服务，对加速发展经济和加速国民经济实现现代化具有特殊重要意义。

经济特区是实行改革开放总方针的产物。根据邓小平的倡议，20 世纪 80 年代初，试办了深圳、珠海、汕头、厦门四个经济特区。后来根据形势发展的需要，国务院决定将海南岛改为省的建制，增划为经济特区。

1984 年，在总结经济特区经验的基础上，中央决定进一步开放沿海 14 个港口城市。从东北到华南，有大连、秦皇岛、天津、烟台、青岛、连云港、南通、上海、宁波、温州、福州、广州、湛江、北海市。依靠其基础设施、经济条件、交通便利和地理位置等优势，实行特殊开放政策，通过兴办经济技术开发区，吸引外商投资，开发高新产业和科学技术，增强出口创汇能力，扩大对外开放。后来又继续扩大了对外开放的范围，先后将辽东半岛和胶东半岛，山东的济南，广东的韶关、河源、梅州市，列入沿海经济开发区，从而形成了沿海经济开放带①。

　　20 世纪 90 年代，对外开放地区又向内地和陆地周边地区延伸扩展，形成了全方位对外开放的局面。1990 年，中央决定建设上海浦东新区。接着，沿长江开放芜湖、九江、武汉、黄石、岳阳、重庆市，以及合肥、南昌、长沙和成都 4 个省会城市。形成了以浦东为龙头的长江流域开放带。1992 年以来，先后对内陆沿边境线的珲春、绥芬河、黑河、满洲里、二连浩特、伊宁、塔城、博乐、河口、畹町、瑞丽、凭祥、东兴等 13 个周边市、镇，实行对外开放。同时进一步开放了所有尚未开放的省府城市。国家对这些开放城市的优惠政策主要有两个基本方面：一是扩大对外经济活动的自主权。如根据城市的地位和规格放宽对利用外资项目审批的权限；对非生产性项目的外资由各城市自行审批。二是对外商投资实行优惠政策。如对技术、知识密集型和能源、交通等建设项目，企业所得税按 15% 征收；一般性工农业生产项目所得税按 24% 征收；对外商作为投资进口的设备、用于出口产品生产的原材料、企业自用交通工具和办公用品，免征关税。这些优惠政策，促进了外商的投资和开放城市对外经济的发展。

　　1984 年 2 月，邓小平在谈到经济特区和对外开放问题时指出："特区是个窗口，是技术的窗口、管理的窗口、知识的窗口，也是对外政策的窗口。从特区可以引进技术，获得知识，学习管理……特区成为开放的基地，不仅在经济方面，培养人才方

---

　　① 1986 年，广东三水县拟进入沿海经济开放区，曾托北京科海联络站邀请笔者带领考察组对三水县进行考察。经过一个星期的考察。回京后，向国务院写了一个考察报告。经当时主管这方面工作的谷牧同志批示，同意将三水县划入沿海开放区。这对三水县的发展具有重要意义。现三水县已改为三水市。

面使我们得到好处，而且会扩大我国的对外影响。"① 1992 年 1月在视察南方时又说：1984 年经济特区才起步。"这次来看，深圳、珠海特区和其他一些地方，发展得这么快。""走社会主义道路，就是要逐步实现共同富裕。共同富裕的构想是这样提出来的：一部分地区有条件先发展起来，一部分地区发展慢点，先发展起来的地区带动后发展的地区，最终达到共同富裕。"② 看来，这个思路是提倡开办经济特区和增加对外开放城市的一个基本依据。

在当代国际环境条件下，对于像中国这样一类不发达国家进行社会主义经济和现代化建设，开办经济特区和实行对外经济开放，是一个值得认真研究和具有普遍性意义的重要理论和实践问题。怎样认识和确立经济特区的指导思想与战略地位？特区实行什么样的经济体制？怎样制定特区的社会经济发展战略，怎样根据自己的特点和优势制定合理的产业政策与发展速度？实行什么样的劳动工资制度和人事管理制度？怎样建设各类生产要素市场，包括金融市场、房地产市场、生产资料和劳动力市场、科技市场和证券市场等？怎样发挥特区的"枢纽"和"窗口"作用？怎样处理好物质文明和精神文明的建设？怎样认识特区建设的阶段性及其发展的历史趋势？所有这些问题，需要不断的实践和研究总结经验，逐步认识和掌握特区发展的规律性，促进特区的健康发展。

2. 关于发展对外经济关系和经济全球化问题

怎样认识对外开放，发展对外经济关系？过去长期存在着思想路线上的分歧。极"左"派把独立自主、自力更生同对外开

---

① 《邓小平文选》第 3 卷，人民出版社 1993 年版，第 51—52 页。

② 同上书，第 368、373—374 页。

放、发展对外经济关系对立起来。把对外开放视为"卖国主义"，引进先进技术和设备说成是"洋奴哲学"，将利用外资指责为"引狼入室"，等等。其实，否定社会主义国家发展对外经济关系，只不过是奉行"闭关自守"、"爬行主义"哲学。归根到底，同否定社会主义商品经济理论，继承落后的封建的自然经济观是分不开的。

在现代社会历史条件下，不论每个国家的社会性质如何，发展国与国之间的经济关系、科学技术和文化教育的交流，是一种不可避免的客观要求和必然趋势。经济全球化也是如此。在发展国际经济关系和交往中，对外贸易、引进科学技术和设备、投资（包括利用外资和对外投资），是几种最基本的内容和联系形式。社会主义国家要能正确处理发展对外经济关系问题，必须解决两方面的认识和观念：一是必须认识社会主义经济仍然具有商品经济的社会属性，这是发展对外经济关系的基础和条件。必须了解，社会主义经济的发展和现代化建设，离不开国内和国际两个市场，对内要反对"地区封锁"，对外要反对"闭关自守"。二是要认识发展对外经济和贸易关系，是国际分工的一种客观要求。社会分工是发展生产和经济的基本形式，包括国内分工和国际分工两个方面。国内生产和经济的发展，是以国民经济各个部门、全国各个地区以及各生产单位内部的分工为基础的，国内贸易是解决部门和地区间发展不平衡所必需的。国际分工是社会生产力和社会分工发展到一定阶段的结果和必然趋势，是国内分工在国际范围的继续和延伸。国际分工和贸易，对于国与国之间互通有无、取长补短、调剂余缺，对于自然资源、劳动力资源和资金的有效配置，是一种客观需要。从经济上和长远目标来说，国际分工和贸易是缩小发达国家和不发达国家之间的差距，逐步解决国际范围内发展不平衡问题的一种客观要求和途径。历史经验表明，"闭关自守"是没有前途的。实行对外开放，发展对外经济贸易关系，对于中国加快发展社会主义经济和现代化建设的步伐，具有十分重要的意义。

马克思·恩格斯关于世界市场、国际分工和贸易、国际价值、资本输出等方面的理论研究，反映了资本主义国家对外经济关系发展的客观规律性。中国社会主义经济仍然是一种商品经济，实行社会主义市场经济体制，所以这些理论原则，对于中国发展对外经济关系仍然具有一定的指导意义。只不过要从中国社会经济制度和当代国际条件的实际出发，具有不同的情况和特点罢了。

六　关于社会主义根本任务是发展生产力的理论

1. 关于社会生产力的范畴和含义

怎样认识社会生产力，到底包括哪些要素？长期存在着不同的观点。有两要素说（劳动资料和劳动力）、三要素说（另加劳动对象），还有多要素说（包括科学、教育等）。关于生产力的范畴和性质，经济学界的认识也不完全一致。有一种观点认为，生产力所表现的是人与自然的关系，属于技术范畴；有的认为是经济范畴；有的认为生产力具有两重性，即技术属性和社会属性。

马克思主义创始人关于社会生产力的理论有过系统的研究和论述，包括生产力范畴、它的性质和特点，生产力与自然界和社会生产关系的关系，生产力在社会生产方式中的地位和作用，生产力在社会历史发展与演变中的地位和作用等问题，都进行过深刻的分析和概括。

社会生产力是关于人类社会在与自然的物质变换过程中，利用、改造和征服自然、以适应社会及其成员物质文化生活需要的一种综合性能力。它同一定的社会生产关系紧密结合在一起，构成一定社会生产方式的一个侧面和物质技术基础。它是一个不断发展的没有止境的人类与自然的物质变换过程。随着人类社会怎样利用和改造自然，或者说用什么样的劳动资料从事生产，而区分各种不同的经济时代即社会经济形态。

社会生产力有狭义与广义之分。狭义生产力是指物质生产力；广义生产力包括精神生产力。马克思在研究货币问题时，使用过"一切的生产力即物质生产力和精神生产力"的概念①。这里所说的"一切生产力"指的就是广义生产力。

物质生产力包括生产资料和生产劳动者。否认劳动对象是生产力的要素，并非马克思的观点。劳动对象的质量、品种和数量的状况如何，对于提高劳动生产率和社会生产力的发展具有重要作用。随着科学技术的发展和现代化，对自然力的新的开发利用，新型原材料的发现与发明，更加显示出劳动对象作用的重要性，对生产力的不断加速发展和社会经济的不断增长，具有不可估量的作用和意义。应当认识到，离开了劳动对象，所谓生产就无从谈起。从本质上说，生产力要素同生产要素是一码事。马克思和恩格斯常常把劳动资料和劳动对象捆在一起，作为生产力的基本标志。如恩格斯在分析资本主义生产关系同生产力的矛盾问题时指出："生产资料的扩张力撑破了资本主义生产方式所加给它的桎梏。生产资料从这种桎梏下解放出来，是生产力不断地加速发展的唯一先决条件，因而也是生产本身实际上无限增长的唯一先决条件。"② 在马克思恩格斯的著作中，生产的社会性、生产资料的社会性、生产力的社会性是通用的，"同生产资料的社

---

① 《马克思恩格斯全集》第46卷（上），人民出版社1979年版，第173页。
② 《马克思恩格斯全集》第19卷，人民出版社1963年版，第244页。着重号是引者加的。

会性相适应"和同生产力的社会性相适应也是通用的。可见，劳动对象是生产力要素中不可或缺的。

马克思还有"生产力总和"的概念，指出"人们所达到的生产力总和决定着社会状况"。这个提法同物质生产力的内容是一致的①。

所谓精神生产力，主要是指自然科学和技术科学。马克思所说"生产力里面也包括科学在内"指的就是这种生产力。他还将"科学"称之为"一般社会生产力"②。科学、技术的应用或者说科学技术同生产的结合，就会转化为直接的生产力，为生产力的不断发展提供巨大的可能。马克思指出："大工业把巨大的自然力和自然科学并入生产过程，必然大大提高劳动生产率。"③

生产力的性质是区分各种社会经济形态的标志，马克思主要是指劳动资料中的"机械性劳动资料"即生产工具系统的决定意义④。列宁在十月革命初期的年代，从另一种意义、从生产力要素中主体和客体的关系，强调了工人、劳动者是人类社会的"首要的生产力"⑤。

在当代社会和现代科学技术突飞猛进地发展的时代，邓小平进一步丰富、发展了生产力的理论。他结合中国社会主义现代化建设的实际和要求，指出"四个现代化，关键是科学技术的现代化。没有现代科学技术，就不可能建设现代农业、现代工业、现代国防。没有科学技术的高速度发展，也就不可能有国民经济的高速度发展"。在另一个地方又说："马克思讲过科学技术是

---

① 《马克思恩格斯全集》第 3 卷，人民出版社 1960 年版，第 33 页。

② 《马克思恩格斯全集》第 26 卷（I），人民出版社 1972 年版，第 422 页。

③ 《马克思恩格斯全集》第 23 卷，人民出版社 1972 年版，第 424 页。

④ 同上书，第 204 页。

⑤ 《列宁选集》第 3 卷，人民出版社 1960 年版，第 843 页。

生产力，这是非常正确的，现在看来这样说可能不够，恐怕是第一生产力。将来农业问题的出路，最终要由生物工程来解决，要靠尖端技术。对科技的重要性要充分认识。"①

社会生产力是一种经济范畴，具有两重属性。生产力的发展一方面要受生产关系的制约，同时它也具有自身发展的规律性。生产力在生产方式发生、发展和演变中的决定性作用表明了这一点，如果没有自身特点和发展规律，所谓"决定性"作用就无从谈起。

2. 社会主义的根本任务是发展生产力

社会主义制度的优越性，首先表现在迅速发展社会生产力和国民经济，在此基础上不断地改善和提高人民群众的物质文化生活水平。这个马克思主义观点曾经长期被忽视甚至被歪曲。以为搞那些脱离实际的所谓轰轰烈烈的"群众运动"和"阶级斗争"，大家捆在一起过穷日子，就是坚持社会主义，也能发挥"优越性"。"左"倾思想路线甚至把发展生产力和经济视为修正主义，否认生产力的决定作用，不按经济规律办事，大肆宣扬上层建筑的所谓"决定论"。历史经验包括中国改革开放的实践经验表明，发展生产力是社会主义的根本任务，社会主义必须以经济建设为中心，这是社会发展的需要，是社会主义生产目的得以逐步实现的物质基础和保证，是社会主义生产方式矛盾运动即发展的规律性。中国共产党把"以经济建设为中心"，实现国家的社会主义现代化，作为在社会主义初级阶段基本路线的核心内容。邓小平强调说："社会主义阶段的最根本任务就是发展生产力。""贫穷不是社会主义，更不是共产主义。"又说："社会主

① 《邓小平文选》第2卷，人民出版社1983年版，第86页；第3卷，人民出版社1993年版，第275页。

义的本质，是解放生产力，发展生产力，消灭剥削，消除两极分化，最终达到共同富裕。"①

具体来说，发展生产力之所以成为社会主义的根本任务：

（1）这同社会主义革命的性质和目的是分不开的。社会主义革命是为了解决资本主义的基本矛盾，改变旧的生产关系、解放生产力，建立新的即社会主义生产关系，促进生产力的快速而有效的发展。所以，随着社会主义经济制度的基本形成，必须以经济建设为中心，把发展生产力作为自己的根本任务。否则，就是目的性不明确，就不能逐步巩固和发展社会主义。这是生产力和生产关系发展的辩证法，也是社会主义生产方式矛盾运动即发展的规律性。

（2）这是由社会主义首要经济规律所决定的。社会主义生产目的是要生产更多更好的产品，以满足整个社会及其成员逐步增长的物质文化生活以及全面发展的需要；而要实现这种目的，必须有效地节约活劳动和物化劳动，合理地有计划地分配劳动时间，才能生产出更多的剩余产品。所以，无论从生产目的和实现目的途径来看，都必须大力发展生产力，迅速发展科学技术。否则，所谓社会主义生产目的也就无法得以实现。

（3）这是由社会主义发展的历史趋势和最终目标所决定的。社会主义不是一成不变的，它像其他社会制度一样，是一种不断发展、变化而且需要改革的社会。社会主义要经历自己的形成、不断成长和成熟发展的历史过程。就中国这样不发达的国家而言，社会主义要经历自己的初级阶段、中级阶段和高级即成熟发展的阶段，通往我们的最高目标即共产主义社会。也就是马克思主义所设想的没有任何剥削的社会制度，社会产品极大丰富，各

---

① 《邓小平文选》第3卷，人民出版社1993年版，第63—64、373页。

尽所能、按需分配，国家完全消亡，实现世界大同的社会。要实现共产主义，首先必须完成社会主义阶段的物质文明和精神文明建设的历史任务。如果没有社会生产力的高度发展，没有科学技术的高度发展，没有高等教育的普及，就谈不上为共产主义奠定物质、技术和文化基础。

3. 关于发展社会生产力的办法和途径问题

在社会主义条件下，如何发展生产力？是靠"抓阶级斗争"的办法，搞所谓"不断革命"来发展生产、促进生产力呢？还是依据生产力发展的客观要求，按照经济发展的客观规律办事呢？社会主义发展的实践已经作出了肯定的回答。当社会主义制度基本形成以后，社会的主要矛盾发生了根本变化。如果还要在工人、农民、知识分子和干部队伍中，大抓阶级斗争、要以"阶级斗争为纲"，必然会造成混乱，混淆两类不同性质的矛盾，搞得人人自危、朝不保夕，根本就没有条件搞好社会生产和建设，还谈什么发展生产力！那些投机分子则趁机而上，混入各级领导层，结果后患无穷！这是不容低估的历史教训。

如何发展社会生产力？这涉及研究生产力内部矛盾以及它同生产关系和上层建筑诸方面的关系，要正确认识和处理好这各种关系。总起来说，如能按照生产力发展的客观要求，来正确处理这各个方面的关系，就能促进社会生产力全面迅速的发展和社会的不断进步。

一是要正确认识和处理生产力系统内部的关系，按照它发展的客观要求办。这就要研究生产力诸要素发展演变的规律性、生产力结构及其组合方式发展变化的规律性、科学技术发展及其变化的规律性。在此基础上，进一步从总体上研究社会生产力发展演变的客观要求即规律性。这样，就会有利于提高劳动生产率和经济效益，加快社会生产力和经济社会的发展。

二是要认真研究生产力与生产关系发展的辩证关系，认识和掌握社会主义生产方式形成、巩固成长和变化的特点与规律性，以促进国民经济和社会生产力全面迅速不断地向前发展。在生产力与生产关系的关系问题上，如果只承认生产力的决定作用，不承认生产关系的反作用，就不会懂得在什么情况下，应当依靠和利用生产关系促进生产力的发展：在什么情况下应当调整和改革生产关系，否则，就会阻碍甚至破坏生产力的发展。可见，否认生产关系的"反作用"，显然是一种机械唯物论的观点。反之，如果不承认在社会主义条件下生产力仍然具有决定作用，只讲生产关系的反作用，以为不经过生产力的必要的发展，就可以不断改变生产关系，可以称"穷过渡"。这样，必然会脱离实际，破坏社会生产力。这是一种空想，是主观唯心论和形而上学的观点。实践表明，这两种情况都会阻碍和破坏生产力的发展。

三是要研究社会主义上层建筑在发展经济、促进生产力中的作用。恩格斯曾经论述过作为上层建筑的国家权力机构，对于经济发展的三种反作用[①]。在社会主义条件下，国家权力机构等上层建筑对经济发展的作用主要表现在这样几个方面：第一，它帮助和促进社会主义经济基础的形成、巩固和发展。第二，在社会主义经济基础形成的基础上，依靠和利用社会主义经济关系促进生产力的发展，为这种经济关系发挥作用制定一系列的相应的法律、政策和措施。第三，随着社会生产力的发展，及时调整或者改革生产关系中那些不适应生产力发展要求的部分、因素和环节；与此相应，及时调整或者改革上层建筑中那些不适应经济基础发展要求的部分、因素和环节，以便不断地促进生产力和生产关系继续向前发展。如此循环往复，螺旋式地上升，从而将经济

---

① 《马克思恩格斯选集》第4卷，人民出版社1972年版，第483页。

社会一步一步地推向更高的发展阶段①。

七 关于经济规律的理论

1. 关于政治经济学的一般规律

按照马克思主义经济学的传统观念，经济规律有几种类型：为数极少的一切社会形态所共有的经济规律、几种社会形态所共有的经济规律、某一种社会形态所特有的经济规律。笔者现在要提出研究的问题是：到底有多少一切社会形态所共有的经济规律，或者叫做政治经济学的一般规律；这种一般规律同特殊经济规律是什么关系？

恩格斯论述过唯物辩证法的三大规律，即量和质相互转化的规律、对立面的相互渗透的规律、否定之否定的规律。政治经济学有没有这种一般的规律，有多少一般规律？当然，经济学和哲学不同，它们的研究对象和方法虽说有某种交叉，但却有原则区别。从人类社会各种生产方式发生、发展和演变的历史来看，是可以从中抽出若干共同的即一般的规律来的。根据笔者的研究和认识，政治经济学的共同即一般规律，可以归结为五大规律。

（1）生产方式内在矛盾运动即其发生、发展与演变的规律。这同马克思主义关于生产关系一定要适应生产力性质的规律的含义是一致的。只不过概括与表述方法有所不同罢了。

（2）时间节约即经济效益规律。所谓时间节约，包括活劳动和物化劳动时间的节约。时间节约就可以降低消耗，提高劳动生产率。在正常情况下，就可以相应地提高经济效益。这是任何一种生产方式的生产和再生产运动的客观要求，因而也是人们必

---

① 李泽中：《社会主义所有制关系及其发展规律性问题》，上海人民出版社1986年版，第261—264页。

须遵循的一种客观经济规律。

（3）价值规律或社会必要劳动时间规律。也可以区分为狭义与广义的价值规律，就一定意义而言，前者为商品经济所特有的规律，后者则为一切社会形态所共有的规律。恩格斯在论述价值规律问题时指出：“现在的价值是商品生产的价值，但随着商品生产不再存在，价值也就‘变了’，就是说，价值本身还存在，只是形式改变了。……劳动同产品的关系，无论在商品生产以前或以后，都不用价值形式来表现。”① 所谓“价值本身”即价值实体，指的就是“社会必要劳动时间”。在另一个地方又说：“在私有制消灭之后……价值这个概念实际上就愈来愈只用于解决生产的问题，而这也是它真正的活动范围。”② 马克思在谈到价值规律发展变化的趋势问题时也说：“在资本主义生产方式消灭以后，但社会生产依然存在的情况下，价值决定仍会在下述意义上起支配作用：劳动时间的调节和社会劳动在各类不同生产之间的分配，最后，与此有关的簿记，将比以前任何时候都更重要。”③ 这就是说，随着社会生产和生产社会性的发展变化，以及与此相应所带来的所有制关系的变化，“价值本身”即社会必要劳动时间的决定作用，并未消失，但价值规律的功能和表现形式却会发生相应的变化。

20 世纪 50 年代，著名经济学家孙冶方针对过去人们把价值规律视为商品经济范畴的观点，提出了异议。认为，价值规律是社会化大生产的客观规律，因此在社会主义和共产主义条件下仍然存在。说“在一切经济规律中，价值规律是最基础的或第一

---

① 《马克思恩格斯全集》第 36 卷，人民出版社 1980 年版，第 210 页。着重号是我们加的。

② 《马克思恩格斯全集》第 1 卷，人民出版社 1956 年版，第 605 页。

③ 《马克思恩格斯全集》第 25 卷，人民出版社 1974 年版，第 963 页。

条规律"。他把价值规律同时间节约的规律等同起来，认为"时间节约的规律就是社会平均必要劳动量的规律，也就是价值规律"①。在所谓"文化大革命"的序幕中，孙冶方的观点遭到了不公正的批判。首先，孙冶方强调价值规律的客观性和长期性是对的，认为社会平均必要劳动量决定的规律在共产主义条件下仍然会发挥作用的观点，是马克思主义的观点。但不要忽视马克思和恩格斯所肯定的作为商品生产和商品交换的特殊表现形式的价值规律和作为价值实体的社会必要劳动时间的差别。其次，价值规律同时间节约规律既有联系又有区别，两者似乎不应混为一谈。

（4）经济利益规律也是政治经济学的一个普遍规律。经济利益是一定经济关系的集中表现，或者说是一定所有制关系在经济上的实现。任何一种社会经济形态，都存在着一定的相应的经济利益。只不过在不同社会生产方式条件下，具有不同的性质和特征罢了。经济利益是一个整体概念，也是一个独立的经济范畴。它包括人们在一定生产方式条件下的生产、分配、交换和消费诸关系方面的经济利益关系、利益结构或利益体系。经济利益是推动社会经济活动和经济发展的动因。马克思曾经指出："每一个社会的经济关系首先是作为利益表现出来的。"② 又说："人们奋斗所争取的一切，都同他们的利益有关。"③ 无论人们从事社会生产或经济活动，直接就是为了经济利益。在存在着阶级社会的条件下，人们进行的阶级斗争，归根到底也是为了经济利

---

① 孙冶方：《社会主义经济的若干问题》，人民出版社 1979 年版，第 1—15、371—376 页；续集修订本《社会主义经济的若干问题》人民出版社 1981 年版，第 146 页。

② 《马克思恩格斯选集》第 2 卷，人民出版社 1957 年版，第 537 页。

③ 《马克思恩格斯全集》第 1 卷，人民出版社 1956 年版，第 82 页。

益。所以，经济利益是支配着人们的生产斗争，科学实验和阶级斗争，支配着社会经济发展和历史发展的客观规律。研究经济利益问题，就是要研究同一定所有制关系相适应的经济利益关系、利益结构和利益矛盾，以揭示社会经济发展的内在的本质的即合乎规律性的经济联系，谋求获得经济利益的合理的方法和途径。研究一定经济利益和利益关系（包括国家、社会、集团、阶级、阶层和个人的利益关系）及其发展变化的状况和特点，就是关于经济利益的规律或理论。

（5）国民经济结构按比例发展即综合平衡，是政治经济学的一个普遍规律。斯大林曾经提出，有计划按比例发展规律是社会主义特有经济规律。根据各社会经济形态发展的历史经验，从另一种视角来看，我们认为，国民经济结构按比例发展和综合平衡，是各种社会生产方式特别是社会化大生产所共有的经济规律。只不过在不同的社会经济制度下，这个规律具有不同的实现形式和特点罢了。社会生产和再生产运动，总是有一定的比例关系，按一定的比例来进行的。如果比例关系遭到了破坏，生产就会受阻，再生产就不能正常运转。"按比例"与"不按比例"是矛盾的统一。按比例与不按比例、平衡与不平衡的交替运动，是任何一个社会经济形态发展的客观要求或者趋势。众所周知，国民经济各个部门和行业、社会再生产各个环节，是一个互相联系、互相制约的统一整体，也是一种不断运动、发展和变化的过程，它们存在着内在的矛盾和制约，正是这种矛盾的运动，推动着社会经济不断地向前发展。所谓"按比例"不是静止的、绝对的。由按比例到不按比例再到新的按比例，是一种循环往复螺旋上升的运动。随着客观条件的变化，旧的比例关系必然要打破，从而要求建立一种新的比例关系。实践表明，国民经济总是在按比例与不按比例、平衡与不平衡的矛盾运动中得到发展的。

所谓平衡，就是矛盾暂时的相对的解决和协调。旧的平衡被打破，又会要求确立新的平衡。这就是国民经济发展的辩证法。

"按比例"，是社会再生产得以综合平衡的基础和依据。没有一定的合理的比例关系，平衡就缺乏必要的基础。这里所说的比例关系不是单一的，具有一定的综合性。包括国民经济各个部门和行业内部及其相互之间的比例关系，社会再生产各个环节即生产、分配、交换和消费之间的比例关系，总供给与总需求之间的比例关系，包括资金、物资、劳动力和科技人才之间的比例关系。这种种比例关系是否相适应或互相衔接，是任何一种社会经济特别是以生产社会性为基础的国民经济发展的内在的必然联系和要求，是社会经济有效地、高速度地发展的必要条件和保证。当然，在不同社会生产方式下，平衡的性质、范围、程度和方法，会有不同的情况和特点。

国民经济的发展，并不取决于人们的主观愿望和主观需要，而是取决于社会经济发展的客观存在要求与可能条件是否相适应的问题。历史经验表明，国民经济的几种主要比例关系：两大部类的比例关系；农、轻、重的比例关系；生产与建设的比例关系；积累与消费的比例关系。如果不能互相衔接，保持一定的必要的平衡，社会再生产运动就不可能正常地健康地向前发展。可见，国民经济结构按比例发展和综合平衡，是社会再生产运动的一条客观规律。

政治经济学的这些一般规律是以一定的社会生产方式为基础的，是从历代生产方式发展过程内在的客观要求和实践中概括出来的合乎规律性的一般结论。所以，这些规律具有科学性和普遍性。这些规律互相联系、互相制约，鉴于它们各自的地位和作用，共同促进一定生产方式的运行、发展和演变。由于社会生产方式总是一定的具体的历史的范畴，所以这些一般规律在具体的不同的社会生产方式条件下的作用，具有不同的情况和特点。包括作用的形式、性质、范围、程度、实现的方法和途径，都会有所有同。在前资本主义社会条件下，由于社会生产力十分低下，自然经济占统治地位，社会再生产运动比较简单，这些规律的作用大多处于一种较为简单和不发展的状态。随着社会生产力和生产社会化程度的迅速发展，在资本主义社会条件下，形成了庞大的复杂的国民经济体系，商品经济占据了统治地位，社会再生产运动日益复杂化，政治经济学这些一般规律作用的形式和性质发生了显著的变化，作用的范围和程度得到了较为充分的发展。因此，资本主义在几百年发展历史中所取得的成就，远远超过了前资本主义历代社会所获得的一切成就的总和。在中国现阶段社会主义条件下，由于公有制经济在国民经济中占主导地位，这些规律的作用不可避免地会发生新的变化，具有新的特点。

2. 关于社会主义社会的经济规律问题

俄国十月革命以后，对社会主义条件下是否存在经济规律？如果存在，这些经济规律是客观经济条件的产物，还是人们主观意志的产物？经济规律的客观性与自发性是什么关系等问题，存在着主观唯心论和形而上学的观点。20 世纪 20 年代，否认存在经济规律的观点占统治地位。30 年代虽说表面上承认经济规律的存在，但大多认为，是人们"自觉创造规律"，是主观意志的产物。40 年代承认社会主义经济规律同样是客观条件的产物，但仍不承认规律发生作用的客观性或自发性，认为，"经济规律只有通过党和国家有计划组织和指导的群众的自觉活动才能实现"。换句话说，如果离开了人们的自觉活动，规律就不会发生作用了。这当然不是马克思主义观点。50 年代初，斯大林在《苏联社会主义经济问题》一书中，根据社会主义建设的实践经验，对上述问题作出了总结和回答，并且提出和论述了社会主义基本经济规律、国民经济有计划发展的规律，还谈到了社会主义制度下的商品生产和价值规律问题、按劳分配问题等。斯大林逝世后，赫鲁晓夫揭露和批判了斯大林。苏联理论界也对斯大林的一系列理论观点进行了批判，其中包括对社会主义基本经济规律和国民经济有计划发展的规律持否定态度。当然，也有继续支持斯大林关于上述问题的观点的，还有提出修改补充意见的。这些问题，在中国理论界也有所反映。当然，我们对斯大林是有分析的，包括对他有关经济规律问题的理论也是如此。合乎实际的科学的观点予以肯定，错误的观点当然要扬弃，需要继续实践和研究的观点则继续进行探索。

20世纪70年代末，中国在改革开放以来对经济规律问题的研究，有所前进。这种进展，概括起来主要有：

（1）提出和论述了社会主义首要经济规律。随着社会主义生产方式的确立，社会生产的根本目的发生了质的变化，它不再是为了资本家的剥削和利润，而是为了满足社会及其全体成员的需要；与此相应，实现目的的办法和途径也必须同这种新的生产方式相适应。以便使整个社会成员得以逐步地走共同富裕的道路。因此，社会主义生产目的和实现目的途径，就是要通过节约劳动时间（包括活劳动和物化劳动）和有计划地分配劳动时间，生产更多更好的剩余产品，以满足社会及其成员逐步增长的物质文化生活及其全面发展的需要。这是社会主义和共产主义生产方式的首要经济规律或绝对规律。

为什么要以社会主义首要经济规律取代斯大林的社会主义基本经济规律呢？这是我们根据社会主义发展的实践经验，将社会主义基本经济规律同马克思关于以集体为基础的社会首要经济规律的内容，进行比较研究所得出的结论。

斯大林认为，社会主义基本规律的主要特点和要求是，用在高度技术基础上使社会主义生产不断增长和不断完善的办法，来保证最大限度地满足整个社会经常增长的物质和文化的需要①。看来，这种表述存在着一定的缺陷和片面性：第一，这种表述不能反映社会主义生产方式的特性和内在要求；第二，"高度技术"不能显示社会主义生产的特点，不能表明同资本主义生产的区别；第三，这个表述虽说突出了技术在生产中的地位和作用，但要能实现社会主义生产的目的，不仅要有技术，还必须正确处理人们在生产、分配、交换和消费中的关系，必须有适应社会主义生产发展需要的经济管理体制和现代企业管理制度，必须要有企业和职工的主动性和积极性。

马克思在论述节约劳动时间以及有计划地分配劳动时间和满足社会需要的关系问题时指出："以集体生产为前提，时间规定当然照旧保有本质的意义。社会为生产小麦、家畜等等所需要的时间越少，它对于其他生产，不论是物质的生产或精神的生产所获得的时间便越多。和单一的个人一样，社会发展、社会享乐以及社会活动的全面性，都决定于时间节约。一切经济最后都归结为时间经济。正像单个的人必须正确地分配他的时间，才能按照适当的比例获得知识或满足他的活动上的种种要求；同样，社会也必须合乎目的地分配它的时间，才能达到一种符合其全部需要的生产。因此，时间经济以及有计划地分配劳动时间于不同的生产部门，仍然是以集体为基础的首要的经济规律。甚至可以说这是程度极高的规律。"②

以集体为基础的社会首要经济规律，是作为政治经济学一般规律的时间节约即经济效益规律在社会主义生产方式下的特殊表现。

---

① 《斯大林选集》下卷，人民出版社 1979 年版，第 569 页。
② 马克思：《政治经济学批判大纲》第 1 分册，人民出版社 1975 年版，第 112 页。

马克思所论述的这个首要经济规律较之斯大林关于社会主义基本经济规律的内容和表述，比较切合实际、合乎科学性。首先，马克思把整个社会生产视为一个整体，各个部门或品种生产所需时间是相互制约的，任何一个部门或品种对于劳动时间的节约，就会有利于别的部门和品种生产的发展和扩大；其次，马克思把劳动时间的节约同社会和个人的需要与发展直接联系在一起，时间节约对于满足需要是基础和决定性的因素；再次，马克思把劳动时间的节约同集体生产有计划地分配时间联系在一起，这就表明了以集体为基础的社会对于节约劳动时间的必要性和可能性。所以，马克思关于首要经济规律论述的内容，反映了以集体为基础的社会生产过程的内在的本质的联系，揭示了这种生产的基本特征。

　　为什么要选用和确定首要经济规律这个概念？大家知道，任何一种社会生产方式，决不只是一个规律在起作用，而必然是一系列的规律在起作用。这些规律互相联系、互相制约，从整个社会生产和再生产过程，或者从某个方面或环节，决定着生产、分配、交换和消费关系的发展变化，构成一种规律体系，推动着社会再生产运动的循环与周转。这些规律必然会有主有从，有的决定社会生产的总过程，有的决定某一个方面或环节。所以，首要经济规律和其他经济规律，是由它们在社会生产过程中的地位和作用所决定的。

　　衡量或者判断某一个经济规律是否是首要的经济规律，并不取决于人们的主观意愿，而是以这个规律在社会生产过程中的客观地位和作用为依据的。首先，它是否反映这种生产方式的本质特征，反映生产的实质；其次，它是否决定这种社会生产和再生产的总过程，决定生产发展的方向，还是只在某一个方面或环节发生作用；再次，它能否成为这种社会生产发展的根本动力。如果具备这些要求，就可以成为一定生产方式的首要经济规律。根据这些标准，前面论述和概括的"节约时间和有计划地分配劳动时间，生产更多更好的剩余产品，以满足社会及其成员逐步增长的需要"。完全符合这些要求。因而，就可以成为社会主义首要经济规律。社会主义发展的实践经验表明，什么时候遵循这个规律的要求去办，就能推动社会生产全面迅速地向前发展；什么时候脱离或者违背这个规律的要求，社会生产就会停滞不前，甚至要遭受到严重的破坏。如果不能及时纠正，就有可能导致自毁社会主义的严重政治后果。

（2）关于国民经济按比例发展即综合平衡规律。这不仅是社会化大生产发展的一般规律，同时也是社会主义经济发展的一种客观要求。不过国民经济"按比例"发展规律，在社会主义条件下的运行具有它的特点罢了。在资本主义生产方式条件下，社会再生产运动、国民经济发展的比例关系，主要是通过激烈的市场竞争乃至通过经济危机来逐步实现的。随着社会主义生产方式的确立，生产资料的社会主义所有制关系，决定了社会再生产运动和国民经济发展的比例关系，主要是通过计划性和综合平衡来实现的（当然，计划性，要经历一个由不完全不成熟到完全和成熟发展的历史过程）。所谓国民经济发展的计划性，并非人们的主观随意性、而是以社会主义再生产运动中一定的客观比例关系为依据的，人们依据这种比例关系的要求，制定出比较切合实际的国民经济发展计划，用以指导生产和经济建设，并且根据实际经济生活中的发展变化，不断地进行调整和综合平衡，以便求得国民经济全面、迅速和健康地向前发展。列宁曾经指出："经常地、自觉地保持的平衡，实际上就是计划性。"① 社会主义经济的计划性，包含着"按比例"的意思；以一定的客观比例

---

① 《列宁全集》第3卷，人民出版社1972年版，第566页。

关系为依据的计划性，实际上意味着综合平衡。所以，我们这里所说的计划性具有它的科学性，是实现一定的客观比例关系的必要保障。反映了社会主义经济关系发展的内在要求和特点。

斯大林在《苏联社会主义经济问题》一书中，明确提出了"国民经济有计划发展的规律"，同时也用"有计划、按比例发展"或者"有计划（按比例）发展"的概念。几种表述的思路是一致的。起初，经济学界对这个观点持肯定和赞赏的态度。在苏联批判斯大林的"个人崇拜"以后，则引发了对这个问题的争论。总的来说，有三种意见：有根本否定的；有同意的，但对规律的内容和表述提出了一些不同的看法；有部分同意并提出甄别意见的，认为"有计划发展"和按比例发展是两个规律，前者为社会主义特有的规律，后者则为各社会形态共有的规律。中国在实行经济改革以来，特别是在提出建立社会主义市场经济体制的改革目标以来，对这个问题又有进一步的争论和探讨。首先，包括对社会主义经济的性质和基本特征的不同看法，社会主义经济到底是商品经济或市场经济，还是计划经济或者本质上是产品经济，抑或是具有计划经济和商品经济的两重属性。其次，计划与市场是什么关系；两者是否相结合，以及在结合中计划与市场处于什么地位？再者，计划调节和市场调节是什么性质的调节，以那种调节为主，应不应当有计划调节等等。

斯大林关于国民经济有计划发展的规律，不是完全没有理论和实践依据的。问题是同他关于苏联社会主义经济理论体系一样，存在着严重脱离实际的问题。所谓有计划发展，如果不遵循客观比例关系，不讲综合平衡，就会带有主观随意性。因而不能发挥应有的作用。斯大林把苏联所建立的社会主义看成是一种成熟的社会主义，而不是处于马克思和恩格斯关于科学社会主义理论的史前阶段。或者可以称为不发达的社会主义阶段。他所确立的全民所有制理论以及与此密切相关的计划经济体制，是一种一成不变的僵化的概念，没有一个历史发展过程，不认识社会主义经济具有计划性和市场经济两重属性，他把计划经济等同于指令性计划，把市场经济等同于资本主义经济，因而把计划性调节与市场调节看成是根本对立的。这样，就使斯大林关于全民所有制关系和计划经济体制的理论严重脱离实际，缺乏应有的科学性。

我们关于国民经济发展的比例关系与综合平衡规律，正是在总结了社会主义发展实践经验的基础上所作出的概括，反映了社会主义经济发展的客观要求和特点。

（3）提出和论述了关于经济规律体系的问题。在中国的经济体制改革初期，经济学界对经济规律体系问题进行了一定的研究和探讨。如关于社会主义经济规律体系形成的客观基础问题，经济规律体系的内涵及诸规律的关系问题，研究社会主义经济规律体系的意义等问题。总的来说，对这些问题存在着一定的共识，但也有某些不同意见①。

社会发展历史表明，每一种社会生产方式不仅有它特有的经济规律存在和发生作用，同时还有各种或几种社会生产方式存在的共有的经济规律发挥作用。这些规律互相联系、互相制约，或者从社会生产和再生产的总过程，或者从某个方面或环节，决定着生产、分配、交换和消费关系的发展变化，从而构成一种规律体系，共同推动着社会再生产运动的循环与周转。所以，一定社会生产方式运动过程中生产关系的总和，是一定经济规律体系存

---

① 《第二次经济规律体系问题讨论会综述》，载《经济研究》1984 年第 2 期；《全国经济规律体系问题第三次讨论会侧记》，载《经济学动态》1984 年第 12 期；《社会主义经济规律体系探索》，江苏人民出版社 1984 年版。

在和发生作用的基础和条件。

　　关于经济规律体系的内容和范围问题，认识还不完全一致。争论的焦点是否包括生产力发展的规律问题。我们认为，所谓经济规律体系，是指在一定社会经济形态或社会生产方式条件下存在和发生作用的各种规律所构成，其中包括各种社会经济形态所特有的经济规律，各社会经济形态存在的共有经济规律，以及这各种规律相互之间的关系问题。至于是否包括生产力规律的问题，需要具体分析。就一定意义来说，关于经济规律体系的理论是要研究生产力的一般规律，即从一定生产力或运动中生产力与生产关系发展变化的关系中来研究生产力发展的客观要求即规律性，但研究的重点是关于其中生产关系发展变化的规律性。这就要求有个"度"即掌握分寸的问题。至于生产力本身即其内部结构发展变化的特殊规律性，则不属于理论经济学的研究任务，而是属于生产力经济学和技术经济学的研究对象和任务。

　　研究经济规律体系，首先就是要从总体上把握各个经济规律的相互关系。社会主义社会同其他任何社会经济形态一样，决不是每个规律孤立地在起作用，而是一系列经济规律共同发生作用。这各种规律互相联系，互相制约，共同促进社会经济的发展。但由于这各种规律在社会生产和再生产过程中的地位和作用有所不同，有的决定着社会生产的总过程，有的决定再生产的某个方面或者环节，因而在整个规律体系中这些规律必然会有主有从。其次，社会主义特有经济规律同各社会共有经济规律的相互关系，可能呈现两种状况或趋势。一是社会主义特有经济规律要受生产关系一定要适应生产力性质这个共有规律所制约。所谓社会主义公有制经济的优越性，并非指任意的一种公有制关系，而是指同社会生产力状况相适应的公有制关系，才会有优越性。任何脱离实际的生产关系，都不会促进生产力的发展。所以，生产关系的改革或者调整，必然要受这种共有规律的制约，以这个规律的要求为依据。二是有些共有规律要受社会主义特有经济规律的制约，如在社会主义商品经济条件下，作为商品生产的价值规律要同社会主义经济规律连接在一起发挥作用，要受社会主义首要经济规律的制约，为实现社会主义生产目的服务。

（4）关于经济规律和经济机制的理论。怎样认识经济机制，它同经济规律是什么关系，同国家的经济政策有何联系，在社会经济运行中的作用如何？从理论上弄清这些问题，对于我们自觉地运用经济机制为社会主义经济建设服务，推动国民经济协调、持续、健康地向前发展，有着重要意义。

社会主义经济理论过去对经济机制问题，认识和研究很不够。据不完全了解，苏联在20世纪20年代，对"过渡时期"的经济调节机制问题，有过一次小的争论。当时布哈林直接使用了"调节机制"的概念。30年代，兰格在同西方经济学家的论战中，提出了计划模拟市场机制的理论。50—70年代，东欧和苏联经济学界先后对经济机制理论有过一些研究和争论。70年代末以来，中国经济学界在改革开放大潮中，才逐步开展对经济机制理论的研究。目前的认识还有分歧。包括经济机制的含义，经济机制同经济规律的关系，经济机制同经济杠杆的关系，经济机制同经济政策的关系，社会主义经济机制的模式等问题，都存在着不同的看法。

所谓经济机制，一般说来，是指在统一社会生产和再生产过程中，它的各个部门和环节，按照客观经济规律的要求，借以调节经济运行的各种有机结合、相互制约的经济形式和经济杠杆的系列的经济功能，从而使社会生产的各个环节和国民经济各个部门大体上能够互相衔接和协调发展①。

一定的经济机制，是由一定的生产方式发展过程中经济规律的要求所决定的，是一种具有规律性的经济活动。经济规律正是通过一定经济机制的系列功能表现出来的。认识和依据经济规律的要求，充分发挥经济机制的功能，就可以促进社会经济的正常运行和发展；反之，如果脱离或者违背经济规律的要求，违背或者不适当地运用经济机制，就会阻碍或延缓经济的运行和发展。经济机制虽说不能脱离经济规律的要求发挥功能，但它却不同于经济规律。经济规律是关于一定生产方式发展过程中经济现象之间的内在的本质的必然联系，而经济机制则是依据经济规律的要求，调节经济运行的有关具体经济形式、方法和手段及其系列的经济功能。所以，两者既有联系又有区别，不应将它们等同起来。说经济机制就是经济规律。

经济机制同经济杠杆是什么关系？有一种观点认为，经济机制就是经济杠杆。应当说，经济机制包括经济杠杆的功能，但经济机制的口径和范围更宽广一些。经济杠杆是指各种经济手段，诸如价格、成本、工资、利润、利息、汇率、税收、财政等。杠杆本来是指力学中的一种助力器械或工具，经济学借用这个概念，比喻在社会经济生活中，可以通过运用类似力学杠杆原理的有关经济杠杆，来调节社会经济活动。所以，它构成经济机制的有机组成和内容。但经济机制的内容不单是指经济杠杆，它包括社会经济有机体内密切关联的各种组织和"器官"，包括调节整个经济活动的具体经济形式、方法和途径，包括按照经济规律要求运用和发挥有机结合着的各种组织和"器官"的系列功能，

---

① 李泽中主编：《当代中国社会主义经济理论》，中国社会科学出版社 1989 年版，第 405 页。原文载《江西社会科学》1987 年第 2 期。

以促进社会生产各个环节、国民经济各个部门的协调发展。

经济机制同经济政策是什么关系？有人认为，经济机制就是经济政策。这是不切实际的。如前所述，经济机制指的是社会经济机体内部各种相应的组织和"器官"及其调节经济运行和发展的功能。而经济政策则是指国家和政党为指导和调节社会经济活动所制定的有关方针、原则和措施，它的性质是由社会关系的性质所决定的，是为一定的阶级、阶层和社会集团的经济利益服务的手段。当然，经济政策其中也包括反映经济机制要求和功能的政策。但它同经济机制本身的性质是不同的。经济机制属于经济范畴，而经济政策则是指一定经济关系客观要求的主观反映，属于上层建筑的范畴。所以，不应将两者混为一谈。

关于社会主义经济机制的模式问题。有过几种不同的观点和争论：一种观点认为，社会主义经济机制的本质是计划机制的内在调节功能，非计划调节机制只起辅助作用。这是改革开放初期的一种看法。另一种观点认为，社会主义是多种经济机制并存的综合体系，包括计划机制、市场机制和一定的自然经济机制的调节作用。其中认为社会主义经济机制是计划机制和市场机制相结合的观点，带有一定的普遍性。还有一种观点认为，社会主义经济机制是不完全的计划机制和不完全的市场机制相结合。我们认为，后两种认识比较切合实际，因为社会主义经济具有计划性经济和商品经济两重属性。就历史和现状而言，后一种概括似乎更确切一些。

八 关于物质文明、政治文明和精神文明建设关系的理论

在社会主义市场经济条件下，如何处理物质文明、政治文明和精神文明建设的关系，是关系到社会主义生存和发展命运的问题。在社会主义初级阶段，所谓物质文明建设，是要根据

中国现阶段条件下生产力和生产关系的矛盾，解决国家工业化和现代化的问题。政治文明是要根据社会主义基本经济制度的要求，解决政治体制建设和民主化问题。而精神文明建设，则是适应现代化建设的需要，根据经济基础和上层建筑的矛盾，为形成和发展平等、互利和互助的新型社会主义关系，提供必要的服务和政治思想保证。社会主义发展的历史经验表明，必须正确处理三个文明建设的关系，任何时候都不能掉以轻心！我们必须从"我国社会主义现代化建设的总体布局"这个高度，"正确认识社会主义政治文明和精神文明建设的战略地位"。"社会主义政治和精神文明建设的战略地位，决定了它们必须是推动社会主义现代化建设的政治和精神文明建设，必须是促进全面改革和实行对外开放的政治和精神文明建设，必须是坚持四项基本原则的政治和精神文明建设。这就是社会主义政治和精神文明建设的基本指导方针。"① 江泽民在《正确处理社会主义现代化建设中的若干重大关系》的讲话中指出："我们进行现代化建设，无疑要致力于发展生产力，把物质文明建设好。同时，必须把社会主义精神文明建设提到更加突出的地位。要把物质文明建设和精神文明建设作为统一的奋斗目标。始终不渝地坚持两手抓，两手都要硬。任何情况下，都不能以牺牲精神文明为代价去换取经济的一时发展。"②

怎样处理好三个文明建设的关系，怎样搞好政治和精神文明建设？要不断地总结实践经验，研究和掌握社会主义政治文明和精神文明建设的规律性。

---

① 中共中央《关于社会主义精神文明建设指导方针的决议》，人民出版社1986年版，第1—4页。

② 江泽民：《正确处理社会主义现代化建设中的若干重大关系》，人民出版社1995年版。

要搞好政治文明和精神文明建设，首先要了解政治文明和精神文明建设的性质和目的。所谓政治文明和精神文明，是一定经济基础的反映并为其服务。社会主义政治和精神文明也是如此。它是社会主义经济基础的反映，为社会主义经济制度的形成、巩固和发展服务。社会主义政治文明和精神文明已经基本确立。但由于历史和现实的原因，旧的政治残余资本主义和封建的人生观、价值观念、道德和腐朽文化的影响，仍然根深蒂固地存在。过去，我们在政治思想教育等方面，存在着教条主义和简单化的倾向；在改革开放过程中，又出现过忽视或放松政治思想教育的问题，有些人盲目地崇拜西方资产阶级的所谓政治民主以及人生哲学和道德观念，使我们的政治文明和精神文明建设又出现了一些反复和曲折。所以，必须认真总结历史经验，认识和掌握社会主义政治文明和精神文明建设的特点和规律性。

社会主义政治和精神文明建设必须从实际出发，研究社会主义政治文明和精神文明的历史和现状及其发展趋势，正确处理各种关系，包括政治体制中的民主化和廉政建设的关系，包括正确处理思想道德建设中的先进、一般和后进的关系，共产党内先进性教育和党外的关系，近期、中期和长远建设目标的关系等。分别情况，区别对待。否则，就会脱离实际，欲速则不达。共产主义是我们的最高理想和长远目标，而我们现在还处在社会主义初级阶段，政治文明和精神文明建设必须面对这个现实，而不能脱离这个现实。我们既要坚持社会主义发展方向，提倡和鼓励人们发扬社会主义和共产主义精神；又要承认差别，适当照顾差别，照顾多数，帮助后进，以近、中期目标为重点，适当兼顾长期目标。任何脱离实际，操之过急的做法，都是无益的。坚持实事求是的原则，政治文明和精神文明建设，才会具有科学基础和旺盛的生命力。

政治文明和精神文明建设不能脱离物质文明建设，必须正确处理它们之间的关系，使它们互相配合、相互促进。我们必须十分重视物质文明建设，以便为政治文明和精神文明建设提供必要的基础和条件，否则会永远摆脱不了贫困落后的面貌，提高人们的文化科学素质；同样，我们必须坚持不懈地抓好政治和精神文明建设，这样，不仅可以为物质文明建设提供一种推动力，而且可为坚持正确发展方向提供必要的政治和思想保证。所以，我们必须坚持几个文明建设一起抓，把它们作为统一的奋斗目标抓紧搞好。实践表明，如果不搞好物质文明建设，政治文明和精神文明建设就会得不到巩固和发展；反之，如果不搞好政治文明和精神文明建设，就不能保证物质文明建设为社会主义事业服务的发展方向。正确处理三者的关系，对于社会主义事业的发展具有十分重要的意义。同时也是建设社会主义和谐社会的根本条件和保障。

政治文明和精神文明建设必须同发扬社会主义民主相结合，推进经济、政治和社会生活的民主化。高度发扬民主，是社会主义政治和精神文明的重要体现和基本标志。没有民主，就没有社会主义现代化。同样，没有民主，也就谈不上社会主义政治和精神文明。高度民主化，把民主普及到社会生活各个领域，是社会主义事业的一个伟大而崇高的目标。社会主义是以生产资料公有制为基础的，这就为人民当家做主、实现高度民主化，提供了可能和条件。政治文明和精神文明建设的关键，在于教育干部和人民群众。人们的素质包括政治态度、价值观念、道德和文化科学的素质如何，是关系到中国现代化建设、发展人们的新型关系、建设高度民主生活的基础和保证。所以，教育和提高中华民族的政治和思想道德以及文化科学的素质，是社会主义政治和精神文明建设的根本任务。

政治文明和精神文明建设，必须以马克思主义为指导。马克思主义是人类政治和精神文明的结晶和伟大成果。它的政治立场、科学世界观和方法论，开辟了人们在实践中不断认识和追求真理的道路。坚持马克思主义指导，就是坚持从实际出发、实事求是的精神，坚持唯物辩证法。这样，不仅可以把握政治文明和精神文明建设的社会主义方向，同时有助于我们探索和掌握社会主义政治文明和精神文明建设的特点和发展的规律性。实践表明，不搞政治文明和精神文明建设不行；而要搞好政治文明和精神文明建设，不以马克思主义为指导也不行。所以，坚持马克思主义的指导，是关系到政治文明和精神文明建设的成败和社会主义事业兴衰的根本问题。只有坚持不懈地去抓好这项历史任务，才会推动社会主义事业不断地向前发展。

九　关于政治经济学的研究对象和方法问题

政治经济学其中包括社会主义政治经济学的研究对象和方法论问题，到底是什么？国内外经济学界进行了长期的研究和探讨，其中有着一定的共识，但也存在着不少的严重分歧。20世纪80年代以来，在这方面的研究有所进展。在这里，我们着重谈谈中国在政治经济学对象和方法论研究方面，所取得的进展和存在的问题，以利于今后进一步的研究和解决问题。

新中国成立以来，经济学界对政治经济学研究对象，断断续续地在进行研究和探讨。分歧和争论不少。概括起来，主要有下述几种观点：

（1）政治经济学对象是研究生产关系问题。这种观点一直占据统治地位。但在持这种观点的经济学人内部，对于怎样认识生产关系，它的内涵是什么？斯大林关于生产关系的定义是否科学，以及在如何研究生产关系等问题方面，则又存在着不同的看法。

（2）政治经济学的研究对象应当包括生产力，有人还提出要把生产力的研究作为重点，并应放在首位。

（3）政治经济学的研究对象是生产方式，即生产力与生产关系的统一。

（4）政治经济学是研究生产方式及与其相适应的生产关系。这里所说的"生产方式"同第三种观点中所说的"生产方式"，具有不同的含义。它不是生产力与生产关系的统一，而是"介于这两者之间从而把它们联系起来的一个范畴"。它包括两层含义：一是指劳动的方式；二是指生产的社会形式。

关于政治经济学研究对象的上述各种观点，都提出了各自的论据。问题是这些论据的科学性如何？有待进行专门的研究和分析。

对于政治经济学的研究方法，过去进行的专门讨论并不多，主要是结合研究对象和《资本论》的研究方法来进行的。归纳起来，大致有五种观点。

（1）政治经济学和《资本论》的主要研究方法，是唯物辩证法。

（2）《资本论》的研究方法是科学抽象法。

（3）《资本论》的研究方法，是从"现象—本质—现象"的方法。

（4）包括《资本论》在内的政治经济学的研究方法，是逻辑与历史统一的方法。

（5）政治经济学和《资本论》的研究方法，是一个方法论体系或系统科学方法论。

关于政治经济学研究方法的上述几种观点，都程度不同地阐明了各自的理由。在这里，我们暂不作分析和评论。

鉴于政治经济学研究对象和方法论的极端重要性，由于它们关系到学科的性质和研究任务问题，同时也是关系到学科的建设和发展方向问题，所以，我们必须在综合理论篇设立专章，进行全面系统的研究和分析。

第五章

社会主义政治经济学体系在探索和形成

本章的中心内容，是要探讨社会主义政治经济学的科学体系和相关范畴。所谓体系，讲的是一种学科或理论的逻辑结构。它同一定学科的研究对象和方法是分不开的，换句话说，一定学科的体系是由一定的研究对象和方法所决定。这种体系不是某个学者和少数人所能完成的，需要在社会主义实践有一定发展或者相当成熟的基础上，经过经济学界若干代人的探索或者叫做"接力赛"，才有可能逐步完成这个重大的历史任务。所以，我们要通过研究有关政治经济学的历史资料和社会主义发展的状况，来探讨和构思社会主义政治经济学体系。

第一节 关于社会主义政治经济学的结构和体系问题

社会主义政治经济学或政治经济学社会主义部分，这是从两种不同的角度来定义的。就广义政治经济学来说，可称之为政治经济学社会主义部分；狭义而言，则可称为社会主义政治经济学。所以，不应将两者看成是对立的或者互不相容的概念。

社会主义政治经济学经历了一个由否定到肯定和探索的过程。俄国十月革命前后，有些马克思主义政治家和理论家对社会主义政治经济学持否定态度。他们将政治经济学同资本主义条件下的商品经济等同起来，否认在社会主义制度下存在经济规律和研究经济规律的任务。从而得出结论，认为："资本主义商品社会的末日，也就是政治经济学的告终。"（布哈林语）列宁在有关评语中批评了布哈林的这种观点，指出，把资本主义社会的末日说成是政治经济学的告终"不对"。"甚至在纯粹的共产主义社会里不也有 IV + m 和 ⅡC 的关系吗？还有积累呢?"[①] 列宁的评语于 1929 年 10 月公开发表，其时，列宁提出的新经济政策在苏联也取得了一定的成果，这就为研究社会主义政治经济学奠定了某种基础。

　　20 世纪三四十年代，随着苏联社会主义改造任务的基本完成，为社会主义政治经济学的研究进一步提供了条件。苏联先后出版了一批研究社会主义经济理论的专著、教材和论文。其中尼·沃兹涅辛斯基关于《社会主义经济问题》的论文，明确提出了"社会主义政治经济学"的概念，阐明了他的研究对象是关于"社会主义生产方式的发生和发展"，指出社会主义经济的主要矛盾是"先进的社会主义生产方式和相对落后的生产力之间的矛盾"[②]。1936 年，苏共中央通过了《关于改革政治经济学的讲授》决议。1941 年，斯大林就政治经济学教科书的编写工作提出了一些原则性意见和建议。1943 年，《在马克思主义旗帜下》杂志以编辑部名义发表了重要文章，论述了研究对象，认为，社会主义生产方式应当成为政治经济学的最重要的一篇。批判了否认价值规律在社会主义条件下的作用和意义的错误观点。40 年代后期，以奥斯特罗维季扬诺夫为首的编写组，完成了苏

---

　　① 列宁：《对布哈林〈过渡时期的经济〉一书的评论》，人民出版社 1972 年版，第 2、3、49 页。

　　② 《沃兹涅辛斯基经济论文选》，人民出版社 1983 年版。

联政治经济学教科书未定稿的编写工作。1951 年 11 月，为"未定稿"召开了专门的讨论会。1952 年 2 月 1 日，斯大林在阅读了"讨论会"的材料后，发表了十点书面意见，对"未定稿"作了充分的肯定，认为它"比现有的一切教科书高明得多"。斯大林的书面意见以及另外两封信，1952 年以《苏联社会主义经济问题》的书名公开发表。编写组根据斯大林的书面意见，对"未定稿"进行修改后，以苏联科学院经济研究所的名义于 1954 年正式出版了《政治经济学》教科书（第一版）。这本教科书虽说存在着这样那样的问题和缺陷，很不成熟，但它毕竟是社会主义政治经济学史上第一部比较系统的专著。

随着苏联和东欧诸国社会主义的发展，以及社会主义在中国、朝鲜、越南和古巴等国的胜利和发展，社会主义道路出现了多样化的发展状况。这样，就为社会主义政治经济学的研究开辟了广阔的前景。大约在 20 世纪六七十年代，苏联、波兰、南斯拉夫、匈牙利、罗马尼亚和民主德国先后出版了几十种社会主义政治经济学教科书或者专著。当然，苏联出版的种类最多，其中比较有代表性和特点的，除了上述《政治经济学》教科书，主要有查果洛夫主编的《政治经济学教程》（下卷），科兹洛夫主编的《政治经济学》第 3、4 卷和鲁缅采夫主编的《政治经济学》（下卷）。

苏联科学院经济研究所主持的《政治经济学》教科书，是在斯大林和苏共中央直接关注下组织编写的，从 1954 年到 1980 年先后增订过 6 次，具有代表国家级的权威性。中译本由人民出版社出版了修订第一版至修订第三版，另有一种内部出版的增订第四版（1964 年）。修订第一、第三版《社会主义生产方式》（下册）均分两大部分：（甲）从资本主义到社会主义的过渡时期；（乙）社会主义的国民经济体系。修订第二版除了上述两部分，还有一个第三部分：（丙）各人民民主国家的社会主义建设。增订第四版的总体结构，除了第一、二部分，将第三版中"从社会主义逐步过渡到共产主义"和"世界社会主义经济体系"两章，从第二部分分离出来，在它们之前新设"共产主义物质技术基础的建立"一章，作为第三部分。从前四版的体系来看，章节虽说不完全相同，有增有减、有分有合、顺序和观点也有所调整，但总体格局、骨干章节和论述方法，却基本不变。就增订第四版的结构、体系而言，比较定型了。社会主义生产方式由三部分十九章构成。第一部分从资本主义到社会主义的过渡时期，共四章。研究和论述过渡时期的基本特征；如何建立社会主义物质技术基础的问题；关于农业的社会主义改造问题；社会主义生产方式的形成和社会阶级结构的变化。第二部分社会主义的经济制度，共十二章。这是社会主义政治经济学的核心部分，研究和论述的重点。先后分析和论述了社会主义所有制问题，社会主义基本经济规律问题，国民经济有计划按比例发展的规律问题，劳动生产率不断增长的问题，社会主义制度下的商品生产、价值和货币问题，价格、成本和盈利问题，集体农庄的生产经营和经济核算问题，按劳分配规律和工资制度问题，社会主义制度下的商业，国家预算、信用和货币流通问题，社会主义再生产和国民收入及其分配问题。第三部分从社会主义逐步过渡到共产主义，分三章。研究和论述了共产主义物质技术的问题，社会主义生产关系逐步成长为共产主义的问题，世界社会主义经济体系问题。

苏联这部教科书，在社会主义国家曾经一度具有重大影响，成为经济学专业和公共政治课的一种基本教材。随着社会主义实践的发展和经济理论研究的前进，在 20 世纪 60 年代，就有不少经济学家认识到这部教科书存在许多问题和缺陷。就体系问题而言，它的基本框架存在着经济规律排队和专题汇编的问题，在社会主义经济制度这个中心部分的十二章中，约有一半是以规律为章名或骨骼的；它以生产资料公有制作为研究的出发点并展开布局，很难从经济发展过程来揭示现象的内在的本质的联系；它的研究方法不是从生产方式内在矛盾运动过程中来研究生产关系形成、发展和演变的规律性，这样就容易脱离实际，把生产关系变成一种僵化的概念，不能发挥理论的正确指导作用。

查果洛夫主编的《政治经济学教程》，社会主义部分的结构共分五个部分48章，有着一定的特点。第一部分，社会主义生产方式的形成（共8章）。主要论述"过渡时期"的必要性和社会主义改造问题。第二部分，社会主义制度下的生产关系体系，社会主义所有制的经济内容。这是社会主义部分的主体，共七篇25章。第一篇"共产主义生产方式原理"。第二篇"社会主义制度下的商品货币关系"。第三篇"必要产品形式"。第四篇"工作日"。第五篇"社会主义企业的再生产和归企业的产品形式"。第六篇"价格形成"。第七篇"整个社会的再生产及其计划组织方法"。第三部分，世界社会主义经济（共1章）。论述社会主义国际经济联系的形式和发展水平的问题。第四部分，从社会主义向共产主义过渡是社会发展的规律性（共8章）。第五部分，两个体系的经济竞赛（共2章）。这种体系的特点，主要反映在作为社会主义政治经济学主体结构的第二部分。它不是把所有制作为研究的出发点，而是将"社会主义生产的计划性"作为研究的起点。它的主体结构不是按规律排队，而是按照社会主义经济关系的几种不同性质的类型。首先，安排和论述作为共产主义两个阶段都存在的经济关系和范畴；其次，是论述在历史上和社会主义阶段仍然存在的商品货币关系和经济范畴；再次，是分别论述社会主义和共产主义两个发展阶段所特有的经济关系和范畴。至于主体结构前后的几个部分虽说也有所不同，但就其基本思路而言，只不过是大同小异、有简有繁罢了。这个"教程"的体系和结构也很不成熟，但属于同苏联"教科书"的体系有所不同的另一种类型。

科兹洛夫和鲁缅采夫分别主编的两部政治经济学，其中关于社会主义部分总体结构的基本思路是一致的。成为苏联在20世纪七八十年比较公认的体系。科兹洛夫早在1959年就提出了一个《政治经济学（社会主义生产方式）提纲》，这是他后来主编的《政治经济学》第三、四卷即社会主义部分体系的基础。鲁缅采夫主编的《政治经济学》（社会主义部分）体系，同科兹洛夫的体系属于同一种类型，苏联在1977年制定的政治经济学教学大纲就是以这种体系为依据的。我们这里也以鲁缅采夫的体系为代表来进行评介。

鲁缅采夫主编的《政治经济学》下卷，共六篇18章。它的主体结构同上述两种体系相比，具有不同的风格和特点。第一篇社会主义社会经济的建立和发展（共1章）：论述社会主义经济形成和发展的规律性。第二篇社会主义生产过程（共7章）：研究和论述生产资料的公有制，社会主义基本经济规律，有计划按比例发展规律，社会主义制度下的商品货币关系，社会主义经济的计划，劳动生产率不断增长的规律，按劳分配和社会消费基金，社会主义积累和消费问题。第三篇社会主义经济中经济核算体系（4章）：论述经济核算的基础，生产资金的循环与周围，企业生产费用、价格体系，纯收入和财政，农业中的经济核算。第四篇社会主义再生产，社会主义向共产主义的过渡（4章）：论述社会总产品的扩大再生产，商品流通，财政信贷和货币关系，从总体考察向共产主义过渡的规律性问题。第五篇世界经济的两个体系（2章）。第六篇社会主义政治经济学的产生。这种体系试图参照《资本论》的"过程法"，将经济关系的考察和再生产过程、逻辑和历史相结合，较之前两种体系有所前进。但就其研究的出发点即以所有制作为起始范畴，如何同"过程法"的内在逻辑有机结合起来，进行专题和各章结构的安排，却存在不少问题和缺陷，有待进一步研究和商榷。

在中国，社会主义政治经济学也经历了一个研究和探索过程。20 世纪 50 年代，中国主要处于社会主义改造和第一个五年计划建设时期。当时，经济学界结合学习斯大林的《苏联社会主义经济问题》，学习研究苏联《政治经济学》教科书。50 年代末 60 年代前期，北京、上海、湖北和东北等地的一批研究单位和大学组织的编写组，结合中国的实际，编写了十几部社会主义政治经济学教材和专著。总的来说，这些教材和专著在体系和研究方法上有所改进，但多数仍未摆脱苏联教科书框架的影响。其中有两三部（如"湖北本"）较有特色。最具特色的要数经济学家孙冶方主编的《社会主义经济论》（提纲），共八篇 54 章。第一篇社会主义生产关系的建立和发展过程。分 7 章：无产阶级专政是社会主义生产关系产生的前提；资本主义经济变革为社会主义经济的过程；个体经济变革为社会主义经济的过程；社会主义社会生产力和生产关系的矛盾；经济基础和上层建筑的矛盾。第二篇从个别企业的角度考察的生产过程。分 12 章：产品与商品；劳动券与货币；产品生产过程是使用价值与价值的创造过程；劳动时间；劳动生产率；技术进步；协作与分工；社会主义主义的劳动组织；企业经济核算；决定产品价值的社会必要劳动和级差地租；"必要"产品的分配及其形式；"剩余"产品的分配。第三篇流通过程。分 9 章：企业供销；商业；企业的资金循环与周围；固定资金；流动资金；资金周转时间；流通费用；资金使用效果核算；生产价格。第四篇再生产和两大部类之间、部门之间、地区之间的相互关系。共 5 章：社会总产品的再生产和流通，两大部类的相互关系；生产资料优先增长和工业内部比例关系，农业在社会主义再生产中的地位和作用，工业、农业之间和农业内部各主要部门之间的比例关系；社会主义生产的地区分布；劳动力再生产和分配。第五篇社会总产品和国民收入的分配、再分配和使用。共 7 章：社会总产品和国民收入的分配和再分配概论；财政；银行信贷与货币流通；价格；积累和消费；国民经济的计划管理；社会主义再生产的发展速度。第六篇从社会主义向共产主义过渡。分 4 章：共产主义社会发展的两个阶段；共产主义物质技术基础的建立；三大差别的消灭；按劳分配向按需分配的过渡。第七篇社会主义国家的对外经济关系。共 4 章：对外贸易；对外贸易价格、外汇和结算；社会主义国际间的互助合作；社会主义国家内部同帝国主义国家的经济联系和斗争。第八篇马克思主义政治经济学在斗争中成长。共 6 章：对现代资产阶级经济学的批判；对各种反马克思主义经济学的批判；社会主义政治经济学思想史的考察；社会主义政治经济学的对象和方法；经济现象的量与质、统计与经济学、数学方法在经济学中的运用。这部专著的提纲，反映了孙冶方体系的框架结构的全貌。

孙冶方体系很有特色，特别是他的主体结构部分，打破了苏联教科书的框架结构和研究方法。这种体系不搞规律排队和政策汇编，不以所有制作为研究的出发点，而是结合社会主义现阶段条件下的状况和特点，运用《资本论》的"过程法"，以企业这个细胞生产的产品与商品作为起始范畴，来展开专题研究，构造体系。这样，就便于把专题研究同再生产过程的内在逻辑有机地结合在一起，有利于揭示经济现象的内在的本质联系及其发展的规律性。孙冶方提出运用"过程法"来研究社会主义政治经济学，不仅比科兹洛夫和鲁缅采夫早若干年，而且比他们构造的体系更加合乎逻辑和完善一些。可惜，由于当年的社会条件和接连不断的"政治运动"，无法完成《社会主义经济论》这部专著的研究和编写任务。在十年动乱的"文化大革命"中，除了"江青反革命集团"操纵控制的"上海编写组"，可直接编写为其反动政治路线服务的所谓社会主义政治经济学，其他各种研究和学术活动都被迫停止了。

打倒"江青反革命集团"以后，理论界开始进行拨乱反正。1978 年 12 月，党的十一届三中全会总结了历史经验，端正了党的思想路线，提出了"解放思想"的重要任务和改革开放的总方针。经过全社会的拨乱反正，打破了理论"禁区"，研究空气十分活跃，出现了"科学的春天"。随着中国改革开放的逐步深化和社会主义实践的发展，社会主义经济理论和政治经济学的研究进入了一个全新的发展阶段。

20 世纪 70 年代后期至 80 年代初期，经济学界就一系列的理论问题，如按劳分配和资产阶级法权问题、政治与经济的关系问题、所有制结构问题、农村经济体制改革问题、社会主义生产目的和政治经济学研究对象等问题，召开了全国性的理论研讨会，发表了大量的研究论文，澄清了许多被搅乱了的理论观点。提出了一些新观念。与此同时，出版了一批研究社会主义经济理论和政治经济学的文集与专著。其中有老一辈经济学家孙冶方的《社会主义经济若干理论问题》（1979 年）；许涤新的《论社会主义的生产、流通与分配》（1979 年）；于光远的《政治经济学社会主义部分探索》（〈一〉〈二〉〈三〉，1980—1985）；薛暮桥的《社会主义经济论文选》；骆耕漠的《关于社会主义商品货币问题研究》，等等。这些著作理论联系实际，认真总结历史经验，具有一定的学术价值和阶段性的代表意义。此外还出版了若干种高等学校文科教材，如宋涛主编的《政治经济学教程》（1982 年版）；蒋家俊和吴宣恭主编的《政治经济学（社会主义部分）》（通称南方本，1979 年第 1 版，先后出过 5 版）；谷书堂和宋则行主编的《政治经济学（社会主义部分）》（通称北方本，1987年版）。这些教材各具特色。其中南方本的"四环节"分析法、北方本的"过程分析法"，都具有一定的代表性。

全国经济科学"六五"规划确定和组织的六部社会主义政治经济学教科书或专著，在中国社会科学院经济研究所主持召开的 1984 年全国性社会主义政治经济学理论体系学术讨论会以后，于 20 世纪 80 年代后期相继出版了。这次"体系"研讨会，集中了一批有影响的经济学家，集思广益，进行比较研究，在有关体系结构和研究方法上了取得了一定的共识。当然，分歧仍然不小，有的还提出了一些新的思路。对社会主义政治经济学的研究，无疑起到了一定的促进作用①。以下我们着重评价几种类型的专著和教材。

（1）雍文远主编的《社会必要产品论》（1985 年 12 月，上海人民出版社），是一部颇有特色的学术研究性专著。全书共九篇 34 章。第一篇社会主义商品、货币和资金（共 3 章）。研究和论述了社会主义商品、货币和资金的相互关系及资金的运动问题。第二篇社会主义生产过程（共 8 章）。研究和论述社会主义劳动与价值增值过程、社会必要产品与社会主义生产目的、社会需要与社会生产、经济效益、技术进步、企业的性质与职能、生产力配置与经济增长、社会主义积累规律和人口问题。第三篇资金循环、周转和核算（共 3 章）。将生产过程和流通过程统一起来，主要从企业的角度，研究和分析资金的循环与周转以及经济

---

① 　陈胜昌、陈瑞铭等编：《社会主义政治经济学体系集锦》，浙江人民出版社1986 年版。

核算问题。第四篇社会主义扩大再生产（共 4 章）。从宏观经济角度，研究和论述社会主义再生产的类型和实现条件，国民经济的比例关系，经济增长和最优化，国民经济计划和综合平衡，商品流通在社会再生产中的作用及其调节机制问题。第五篇社会主义分配（共 6 章）。研究和分析个人必要产品（V）和公共必要产品（M）的分配过程，通过相应的形式和途径，形成国家、各经济单位和个人的收入，以及这各个方面的经济关系问题。第六篇社会主义消费（共 1 章）。研究社会主义再生产过程中的消费关系、消费结构和消费方式问题。第七篇社会主义国家的对外经济关系（共 3 章）。研究和分析社会主义经济和世界市场、国际分工和国际金融及其发展的规律性问题。第八篇社会主义发展的历史趋势（共 2 章）。研究和分析共产主义发展的阶段性，社会主义国家的历史使命问题。第九篇社会主义政治经济学史（共 4 章）。这部专著的体系和结构，具有一定的特点和独创性。它在第一篇阐明社会主义生产关系产生及其本质特征的基础上，用五个篇幅，从社会主义生产和再生产的四个环节，围绕着社会必要产品这个基本范畴，研究社会主义运行过程及其发展的规律性。对外经济关系篇，只不过是在当代社会条件下国内经济运行在国际范围的延伸。在主体结构部分论述的基础上，安排综合研究社会主义发展历史趋势的篇章，也就成为逻辑发展的必然。这种体系的主体结构部分，由于以"社会必要产品"作为研究的起点和主线，就避免了概念、范畴同经济运行过程相脱节的"两张皮"，有利于揭示社会主义经济关系内在的联系及其发展的规律性。

（2）王珏主编的《必要价值论》（人民出版社 1988 年版），也是一部颇有特色的学术研究性专著。全书共三卷，分别研究和论述必要价值的生产过程、流通过程及其总过程。这部专著以

《资本论》的方法论为蓝本，结合社会主义经济关系的状况和特点，以抽象法和再生产的发展过程构筑它的理论体系。它以自由联合劳动为研究的始点范畴，以必要价值（V＋M）为主线来展开分析。通过对必要价值的生产过程、流通过程以及总过程和各种具体表现形式的分析和论述，展现社会主义的自由联合劳动的发生、发展和完善过程，揭示社会主义制度的优越性和向共产主义过渡的历史必然性。它同《社会必要产品论》的体系既有共同点（如主题和主线），又有一定的区别。

蒋学模和伍柏麟主编的《社会主义政治经济学》（复旦大学出版社 1987 年版），是一部教科书式的专著。全书共四篇 30 章。就其主体结构、始点范畴、主线，以及按"过程法"构造框架而言，同《必要价值论》的体系基本上属于同一类型。第一篇社会主义所有制（共 6 章）。研究和论述所有制和社会主义所有制的含义、社会主义所有制的产生、社会主义全民所有制的性质和形式、社会主义集体所有制、社会主义所有制和非社会主义所有制的共存问题。本篇是王珏体系所没有的。第二篇社会主义生产过程（共 8 章）。研究和论述社会主义劳动、有计划的商品生产、社会主义生产目的、经济效益、生产的组织结构、生产的调节机制、生产中劳动者的就业和个人收入、社会主义经济增长问题。第三篇社会主义流通过程（共 6 章）。研究和论述社会主义商品流通的本质和形式，价格基础，价格体系与价格形式，社会主义的货币流通、信用，社会主义的垄断与竞争问题。第四篇社会主义经济运动的总过程（共 10 章）。研究和论述社会生产总过程中的各类联合劳动、国民收入的创造与核算、国民收入的分配与使用、积累的实现形式与投资管理、消费基金的实现形式和宏观调节、地租及其实现形式、固定资产的补偿及其实现形式、国家的对外经济关系、社会主义的两种再生产问题。我们把蒋、伍体系和王珏体系归并为同一类型，是就其总体框架来说的。至于各篇的具体章节安排和论述，则各有特点和侧重。前者在论述和处理生产力与生产关系、社会主义与共产主义的关系问题上，比较注重辩证法，在总过程篇对各类联合劳动（包括物质生产、精神生产和服务性劳动）在价值产品创造和分配中的经济关系，进行了综合性研究和分析，这也具有它的特色。

关梦觉主编的《社会主义政治经济学研究》（上海人民出版社 1988 年版），是一部学术研究性专著，也有它的某种特色。但就其总体框架而言，同蒋学模体系有类似之处。全书共分五篇20 章。第一篇通论（共 5 章）。研究和论述政治经济学对象和方法，社会主义基本经济的特征和根本任务，社会主义公有制和多种经济形式，社会主义经济体制和中国经济体制改革，建设有中国特色的社会主义经济。着重论述社会主义政治经济学的逻辑起点和理论前提。第二篇社会主义生产过程（共 5 章）。着重研究社会主义生产过程从宏观到微观的重要课题。包括社会主义联合劳动和生产目的、社会主义商品经济和价值规律、社会主义计划经济和计划体制、国家与企业的关系、经济效益问题。第三篇社会主义流通过程（共 4 章）。着重研究搞活流通的现实课题。包括社会主义资金运动、商品流通和市场、货币流通和信用、国家对外经济贸易关系和对外开放等问题。第四篇社会主义生产总过程（共 4 章）。着重研究社会主义分配、再生产和经济发展等重要课题。包括社会主义国民收入分配、按劳分配、社会主义再生产、新科学技术革命和中国经济社会发展战略问题。第五篇后论（共 2 章）。研究和论述社会主义必然发展到共产主义等问题。该书强调理论联系实际的方法，反映现阶段社会主义经济实际过程的逻辑，选定社会主义经济建设面临的重大课题，探讨有中国特色的社会主义经济理论，按"过程法"建立结构体系。

（3）谷书堂主编的《社会主义经济学通论》（上海人民出版社1989年版），是一部颇有特色的学术性专著。它的体系不同于"环节法"或"过程法"，而是按社会主义经济的"本质"、"运行"与"发展"，建立篇章结构。颇有新意。

董辅礽和曾启贤在1984年召开的全国社会主义政治经济体系讨论会上，就提出了按社会主义经济本质所决定的基本理论、社会主义经济运行和经济增长与发展，来构造体系框架的设想。曾启贤主编的《社会主义经济分析》一书，就是按照这种设想来安排框架结构的。他在"社会主义经济分析的经济体系初探"中，对这种理论体系作了分析和说明①。曾、董两位对社会主义经济本质部分的地位和结构的看法，也有所不同。曾是将"本质"部分作为前提假定的，主张论述从简。而董主张将"本质部分"作为重点和理论基础来研究，由于社会主义经济有多种模式，需要从中总结出一些共性的东西，如公有制、经济利益、有计划地发展等，该部分应作为整个体系的基础，否则，社会主义经济的运行和发展就可能出问题。可惜，目前两者均未见成书或正式出版。

（4）厉以宁的《社会主义政治经济学》（商务印书馆1986年版），是一部教材性专著，它的体系也颇有特色。全书共20章，第一、二章研究和论述社会主义经济制度的建立及其基本特征等问题，阐明中国特色的社会主义经济体制。具有导论性质。第三章至十九章，分为六篇：第一篇包括3章，论述国民经济运行；第二篇包括3章，论述企业经济活动；第三篇分2章，分析个人经济行为；第四篇分3章，论述宏观与微观经济的协调；第

---

① 参见《学术月刊》1984年第11期。该文已收入陈胜昌、陈瑞铭合编：《社会主义政治经济学理论体系集锦》，浙江人民出版社1986年版。

五篇分 3 章，论述社会规范与个人行为的协调；第六篇包括 3
章，论述发展战略与发展目标。第二十章经济学的使命。全书重
点研究社会主义经济的运行与发展问题。

在 20 世纪 80 年代前后，还出版了十多部社会主义政治经济
学专著和教材，如林子力的《社会主义经济论》（第 1—2 卷，
经济科学出版社 1985—1986 年版）；卓炯的《政治经济学新探》
（广东人民出版社 1985 年版）；巫继学的《自主劳动论》（上海
人民出版社 1987 年版）；张泽荣的《社会主义劳动的政治经济
学》（中国城市经济社会出版社 1990 年版）；李炳炎的《需要价
值论》（云南人民出版社 1990 年版）。这些著作的体系，程度不
同地各具特色；其中后三部专著为中青年学者所著，其体系各具
一格。具体评价，有待研究政治经济学说史的学者们去进行比较
研究。

综上所述，关于社会主义政治经济学的体系问题，经过中外
学者七八十年的研究、探讨，已经取得了很大的进展和成果，形
成了几种类型的观点或派别。随着社会主义实践的发展和政治经
济学理论研究的深入，还会逐步形成更多的共识或者相互补充。
当然，也不必强求一致。其实，不同类型的体系可以适应不同著
作的要求。如狭义政治经济学与广义政治经济学、教科书与学术
专著结构体系的要求，就应当有所不同。一般说来，第一、二种
方法即"环节法"或"过程法"，比较适合撰写狭义政治经济学
和学术性专著；第三种方法或者"专题方式"，比较适合编写教
材和广义政治经济学，缺点是不便于从社会生产和再生产过程，
来揭示一定生产方式运动中生产关系发生、发展和演变的规
律性。

笔者研究和正在出版的《理论经济学研究与创新》，主要采
用"过程法"。全书共计六篇 42 章，分上、下册出版（第一、

二、三篇为上册）。第一篇为综合理论，分设六章：第一章，研究和分析了马克思主义创始人对于政治经济学的贡献；第二章，论述了政治经济学在马克思主义体系中的地位；第三章，研究了实践中的社会主义及其不同的发展道路（或模式）；第四章，分析了社会主义实践和社会主义经济理论的发展；第五章，论述了社会主义政治经济学体系在探索和形成中；第六章，关于政治经济学对象和方法论问题。第二篇研究社会生产过程及其结构问题。第三篇研究现代流通业和经济全球化问题。第四篇起为下册，研究消费关系和现代服务业问题。第五篇研究社会再生产总过程与循环经济问题。第六篇关于经济学研究与经济时代的变迁问题。这里所研究的理论经济学的框架结构，同《资本论》的框架既有其共性，又有其特点。所谓共性，就是以社会生产和再生产过程作为主体或基本框架。这反映了政治经济学体系的客观要求。因为只有这样，才有可能揭示出社会主义生产方式发展变化的规律性。只不过在不同性质的社会生产方式下，具有不同的状况和时代特点罢了。所谓特点，由于社会生产方式的变迁和时代的发展，在理论体系和框架结构的设置方面，必然会有创新及其一定的特性。这既反映了理论体系的某种继承性，又反映了时代发展的要求和重要特点。这是完全合乎逻辑的（请参见本书的序言）。

第二节　关于社会主义政治经济学的起点范畴问题

在了解了社会主义政治经济学研究的历史和现状以后，需要进一步弄清楚的问题是：它的体系到底从什么经济范畴开始，以什么范畴为贯串全书的"红线"，来研究和阐明社会主义生产方式运动中生产关系发生、发展和变化的规律性。作为起点范畴，在诸范畴中处于什么样的地位，起什么样的作用，应具备什么样的条件？国内外经济界对这个问题的认识还很不一致，需要深入研究。

社会主义政治经济学体系的起始范畴，苏联经济学界曾在长期探讨中，有过各种各样的意见。概括起来大约有十种观点：包括以所有制、计划性、集体性、社会总产品、社会主义产品、直接社会产品、劳动的直接社会形式、社会主义生产社会化、社会效用、需要等分别为起始范畴。比较多的意见集中在所有制和计划性两个范畴上的争论。以苏联《政治经济学》教科书为代表，主张以社会主义公有制作为研究的出发点或起点，认为，这是把从抽象到具体的方法应用于社会主义经济的特点。以莫斯科大学为主的一批经济学家，则主张以"计划性"（或社会生产的计划组织）作为起点范畴。认为，计划性"是社会主义生产方式的普遍形式"，"是社会主义经济最抽象的范畴"[①]。这些观点并不成熟，有待于进一步研究。

中国经济学界对社会主义政治经济学的起点范畴，进行了多方面的研究，认识也很不一致。主要有以下几种观点：

（1）以社会主义所有制为起点范畴。这种观点起初可能受苏联的影响。但直到现在，仍有一些学者坚持这个观点。许涤新认为，《资本论》"从商品关系，从劳动力的商品化去开始其对于资本主义生产方式的分析，实质上也就是以生产资料的资本家所有制去开始其对于资本主义生产方式的分析。马克思的这一提示，使我们更加坚信：对于社会主义生产方式的分

---

① 章良猷：《苏联六十年来社会主义政治经济学若干问题的争论》，载《建国以来社会主义经济问题争鸣》，中国财政经济出版社。

析，必须从生产资料的社会主义公有制开始。"① 在苏州讨论会发言时有人谈到，从生产资料公有制开始，就是从生产资料所有制的变革开始。蒋学模同意以社会主义所有制作为分析的出发点，认为："离开了社会主义所有制，社会主义的经济关系和经济运动规律就无法说明。"但他认为："分析的出发点同始点范畴应该是有区别的。始点范畴应是分析一定社会经济运动过程开始的那个范畴，而由于任何社会的经济运动总是从生产开始的，所以分析一定社会生产过程开始的那个范畴，才是始点范畴。"② 关梦党等人则主张以社会主义公有制作为逻辑的起点。

（2）以产品或商品为起点范畴。孙冶方认为，社会主义产品也就是社会主义商品。分析社会主义经济应从产品或者商品开始。他在《社会主义经济论大纲》中指出：生产关系是物质财富生产过程中人与人之间的关系。在社会主义条件下，财富由产品或商品组成，同商品在资本主义条件下是资本主义财富的细胞一样，产品是全民所有制经济由以组成的细胞。产品关系是社会主义的代表关系，体现了社会主义经济的本质。因此，如同马克思对资本主义生产过程的分析是从构成资本主义财富的细胞——商品——开始的一样，也要从构成社会主义财富的细胞——产品或商品——开始。雍文远也认为："社会主义政治经济学以社会主义劳动产品，即以公有制为基础的商品，作为始点范畴，是较为适当的。""至少有以下两个方面的好处：第一……在社会主义条件下，商品仍然是社会财富的细

---

① 许涤新：《论社会主义的生产、流通与分配》，人民出版社1979年版，第9页。

② 蒋学模：《我们这本教材的理论体系》，载《社会主义政治经济学理论体系集锦》，浙江人民出版社1986年版。

胞，它包含着社会主义经济矛盾的胚芽。我们从分析社会主义商品开始，有利于有层次地展开对矛盾的分析。第二，社会主义许多经济范畴和规律是在社会主义商品经济的基础上发生作用的，从分析社会主义商品开始，有利于探索社会主义经济运行的客观规律，有利于对计划经济与商品经济如何结合，以及由此产生的社会主义经济的不同模式进行比较研究。"① 黄赤锋则从矛盾的同一性来论述社会主义政治经济学必须从商品开始。认为：矛盾的同一性，是矛盾运动的出发点、经过点和归宿点，对矛盾同一性的分析是马克思政治经济学的基本方法。从所有制出发建立理论体系，就是从差异和具体出发；违反了矛盾的同一性的原理，是不可取的。在商品经济条件下，商品始终是无差异的劳动创造的财富的表现形式，是最单纯、最基本的经济元素。既然社会主义经济仍然是商品经济，只有从作为劳动表现形式的商品分析开始，才能从社会主义自身所包含的差异的考察中认识社会主义经济规律，才能建立社会主义部分的科学体系②。

（3）以劳动为起点范畴。但具体论述又有所不同，有的用"社会主义劳动"，有的用"自由联合劳动"，有的用"自主劳动"，有的用"社会劳动"，有的用"企业劳动"。主张以"社会主义劳动"作起点范畴的理由是：第一，它同作为资本主义经济细胞的商品的特点有一定的相似之处，是社会主义社会一种最简单、最基本、最常见的关系，也是最简单的经济范畴；第二，它和商品作为剩余价值所赖以产生的前提和条件一样，是社

① 雍文远：《社会主义政治经济学理论体系之我见》，载《社会主义政治经济学理论体系集锦》，浙江人民出版社 1986 年版。

② 黄赤锋：《矛盾的同一性与社会主义政治经济学的起点——试论分析社会主义生产关系应从商品开始》，载《学习与探索》1983 年第 4 期。

会主义经济效益所赖以产生的根本前提和条件，它反映着社会主义经济以公有制为基础的社会利益、集体利益和劳动者个人利益的根本一致，从而反映着社会主义经济的根本性质和要求；第三，它作为经济范畴，也是可以分析的，是抽象劳动与具体劳动的统一①。王珏主张以自由联合劳动作为体系的出发点。认为，自由的联合劳动是代替雇佣劳动而产生的。自由的联合劳动发生、发展的过程，也就是社会主义发生、发展的过程。社会主义的自由联合劳动又和共产主义的自由联合劳动有着原则的差别。社会主义存在着国家和企业两个层次的联合劳动；共产主义阶段只存在社会范畴一个层次的联合劳动。从两个层次向一个层次的自由联合劳动的过渡过程，也就是社会主义向共产主义过渡的过程。因此，把自由联合劳动作为理论体系的出发点，不仅可以把逻辑发展的起点和历史发展的起点统一起来，而且也能够把起点范畴本身的一般性和特殊性统一起来，为我们分析社会主义经济以及向共产主义经济的发展，提供一个坚实的基础。这样，就能够一方面避免从生产资料公有制出发的片面性，另一方面也可以避免从劳动一般出发的空洞性②。蒋学模由于把分析的出发点同始点范畴区别开来，也主张社会主义经济运动的始点范畴是联合劳动。他认为，资本主义的生产过程，是从货币变为资本开始的。同样，社会主义的生产过程，是在劳动者作为生产资料的主人联合起来共同占有生产资料以后才开始的，所以，社会主义经济运动的始点范畴应是联合劳动。社会主义的生产过程是多层次

---

① 黎干等：《经济效果、经济效益和政治经济学（社会主义部分）》，载《经济科学》1983 年第 2 期；《以经济效益为中心建立社会主义政治经济学的科学体系》，载《经济问题探索》1983 年第 7 期。

② 陈胜昌、陈瑞铭编：《社会主义经济学理论体系集锦》，浙江人民出版社1986 年版，第 25—26 页。

联合劳动的劳动过程和价值创造过程的统一；社会主义的流通过程的实质是联合劳动的交换过程；社会主义经济运动的总过程是物质生产领域、各种服务领域的联合劳动互助合作，共同创造社会主义物质文明和精神文明的过程①。巫继学则主张"应当以自主劳动的简单的、一般的、初始的形式——劳动一般为始点"。他认为，作为始点的劳动一般，与社会主义劳动不是一回事。它们是一般和特殊的关系。劳动一般或劳动之所以成为始点范畴。第一，它是社会主义经济体系中最抽象的范畴，具备了作为始点的抽象范畴所规定的诸特征：即它是最简单的、最一般的、始初的范畴。第二，它是社会主义经济体系中直接的"存在"，是客观的经济关系，因而具备了作为始点的抽象范畴的客观存在性。第三，它是社会主义社会的"细胞"，包含了一切尚未发展的全部经济关系的萌芽，成为社会主义财富表示的第一个范畴，显示了社会主义生产方式的本质特征②。古木认为，应以社会主义企业劳动为起点。企业劳动是社会主义的经济细胞，可以揭示社会主义经济的许多重要特征。从企业劳动入手分析社会主义生产关系，有利于从抽象到具体地建立社会主义政治经济学体系③。

（4）主张从分析企业开始。宋涛认为，《资本论》对于资本主义经济的研究是从个别企业开始的。同样，社会主义社会也存在许多企业和经济部门，研究人们的生产关系发展的规律，也应当从分析个别企业内部人们的生产关系发展的规律，从分析一个企业经济发展的规律开始。在社会主义条件下，劳动者是在一定

---

① 陈胜昌、陈瑞铭编：《社会主义政治经济学理论体系集锦》，浙江人民出版社 1986 年版，第 159—160 页。

② 巫继学：《自主劳动要义》，上海人民出版社 1987 年版，第 64—69 页。

③ 古木：《运用〈资本论〉的方法，建立政治经济学社会主义部分的科学体系》，载《青海社会科学》1982 年第 2 期。

的企业里劳动，这是人与人结成生产关系的开始。在个别企业的基础上，各种经济规律已经开始发生作用，如社会主义基本经济规律、按劳分配规律、有计划规律、价值规律等，而且，所有企业的生产和再生产过程联结着的各企业之间的流通交换过程，以及分配和消费过程，就是社会经济的发展过程。我们只有在对这些过程和趋势的研究中，才能把握经济发展的规律性①。项裕太也认为，企业是社会主义经济结构的细胞形态，应该成为政治经济学社会主义部分分析的始点。社会主义已经是一个开始由社会有计划控制生产过程的社会形态，我们不必从财富的细胞形态即商品开始研究，而可以直接从社会主义生产的细胞形态即企业入手。企业包含着社会主义经济的基本关系，是综合研究社会经济结构的基础②。

（5）主张以消费需要作为体系的起点范畴。尹世杰认为，消费关系是生产关系的一个方面，是政治经济学的研究对象。应该以消费需要作为起点。因为：第一，一切经济活动都是从需要开始的。而在社会需要中，消费需要是起初的需要，直接的需要；消费资料的生产，是一切人类生存的第一个前提。在社会主义社会，根据社会主义生产关系的本质要求，是从满足人民的需要出发来安排社会再生产，因而社会主义政治经济学逻辑的起点应该是消费需要。第二，以消费需要作为起点范畴，体现社会主义生产目的，体现社会主义基本经济规律的作用，体现社会主义经济运动最本质的要求。第三，从社会经济运动和调节的机制来说，实际上也是从消费需要开始的。在社会主义社会，社会需

---

① 宋涛：《政治经济学社会主义部分一个需要研究的问题》，载《经济研究》1979 年第 9 期。

② 项裕太：《企业的自主权益及其客观依据》，载《江汉论坛》1979 年第 3 期，第 10—12 页。

要，是调节社会总劳动分配的主要依据和出发点。各种调节机制，包括计划、价格等，都应服从于社会需要。因而以消费需要作为逻辑的起点，符合社会主义经济运动的历史进程[①]。

　　什么样的经济范畴能够成为社会主义政治经济学体系的起点范畴，这并非任何一种范畴可以承担此重任的，它需要具备一定的条件：第一，这种范畴必须具有母体范畴的地位和作用，有关其他范畴是由它分解、裂变或者演绎而来的。这种分解或者裂变，能够反映我们在生产中的相互关系及其发展变化的趋势。第二，这种范畴必须能够反映社会生产和再生产运动的特点和要求，经济学研究生产、分配、交换和消费关系，说到底，无非是关于 C、V、M 诸方面关系的结合与分解，从而正确认识、掌握和适当处理 C、V、M 的关系，以及与此有关的人们之间的经济利益关系及其发展变化的规律性。第三，在方法论上要能体现政治经济学的特点和要求，即符合从抽象到具体、从简单到复杂的研究方法，体现逻辑与历史的统一性。如果能够将这些条件和要求作为确定起点范畴的标准或依据，人们就可能逐步取得共识。

　　根据确定起点范畴的几个条件和要求，在上述五种观点中，第一、二、三种观点，即所有制、商品和劳动三个范畴，程度不同地具备成为起点范畴的条件和要求，第四、五两种观点特别是第五种观点则只是从一定的侧面反映了这种条件和要求。就前三种观点而言，所有制和劳动两个范畴，又不像商品范畴那样，能更全面直接地反映起点范畴的条件和要求。所有制范畴在一定程度上类似母体范畴。可以反映方法论的要求，但却不能直接地反映社会再生产运动的特点和要求，不便于从社会再生产过程中揭示社会经济发展变

---

　　① 尹世杰：《从消费来看政治经济学社会主义部分的体系》，载《社会主义政治经济学理论体系集锦》，浙江人民出版社 1986 年版。

化的规律性。劳动作为起点范畴同所有制范畴大体上相类似。就生产资料同劳动相结合而言，这是所有制关系的具体化或者延伸，仍然具有所有制的性质。就劳动作为一般概念而言，它是一种抽象；不像商品范畴那样，缺乏一种承担者，不能直接就商品结构 C、V、M 的关系展开分析，与此相应，不能就人们与此有关的经济关系展开分析。所以，劳动作为起点范畴，隔了一个层次，似乎并不理想。无论就理论和实践来看，商品、产品作为社会主义政治经济学体系的起点范畴，仍然是一种最理想的母体范畴，它能反映再生产运动的特点和要求，符合经济学的方法论。由于社会主义经济仍然是一种商品经济，尽管社会主义经济具有两重属性，但商品仍旧可以成为包括价值、价格、成本、利润等一系列经济范畴的母体范畴，通过社会再生产运动，在逻辑的行程和叙述的顺序上可以从一种经济范畴分解或演变为另一种经济范畴。与此相应，从一种经济关系演变为另一种经济关系，从抽象到具体、简单到复杂，逐步地展开分析和上升到逻辑的终点，在理论形态上将社会主义生产关系及其发展变化的特点和历史趋势，揭示出来。所以，商品作为起点范畴，具有它的特点和优点，而又可以避免所有制和劳动作为起点范畴的那种弱点和缺陷。

《资本论》的体系之所以从商品研究开始，就因为商品是资本主义生产关系逻辑和历史的起点。在资本主义社会，一切产品都是商品，就连工人的劳动力也是商品，商品成为资本主义的"经济细胞"或者"元素"，社会财富表现为"庞大的商品堆积"。同时，商品也是资本主义生产关系的历史起点。商品生产的历史虽说早于资本主义生产，但资本主义生产是商品生产在一定历史条件下发展的必然产物和结果。把商品作为资本主义政治经济学体系的起点范畴，就有可能逐步展开对货币、资本、不变资本、可变资本、剩余价值、利润等一系列经济范畴及其所体现的资本和雇佣劳动的关系进行研究和分析，从而揭示资本主义产生、发展和变化的规律性。马克思正是通过研究资本的生产过程、资本的流通过程和资本主义生产的总过程，揭示了资本主义经济运动的实质及其发展变化的历史趋势。如果离开了商品这个经济范畴，就无从认识和掌握资本主义经济运动的规律性。

　　社会主义政治经济学体系依照社会再生产运动过程来构造体系结构，仍然需用商品（确切地说具有产品和商品两重属性）作为研究的起点范畴，反映了现实社会主义经济关系发展的状况和客观要求。众所周知，中国是在资本主义很不发达的历史基础上，进行社会主义革命和社会主义建设的。在无产阶级和劳动人民掌握政权以后，可以适当进行社会主义改造，建立社会主义经济，但根本不具备确立单一社会所有制经济的条件，不具备淘汰即商品消亡的条件，经过约半个多世纪的发展，中国仍然处于社会主义的初级阶段。我们的社会主义经济仍然具有两重属性。社会的所有制结构是以社会主义所有制为主体的多种经济成分的所有制结构，国民经济是一种具有计划性的商品经济，经济体制仍然属于社会主义市场经济体制。所以，商品生产、交换、分配和消费，仍然是社会主义经济发展过程的客观要求，商品仍然具备作为理论体系研究起点范畴的条件。即使社会主义发展到了完全成熟的阶段，即使商品进入了它的消亡境界，商品作为产品的属性仍然存在，产品仍然具有使用价值和社会必要劳动价值（也可以称之为"模拟价值"）这样两重属性。这就是商品具有两重属性所不可替代的优点。所以，社会主义经济作为具有计划性的商品经济或社会主义市场经济，同资本主义商品经济或市场经济既有联系又有原则性区别，同共产主义高级阶段的产品经济既有联系也有原则区别。可见，运用"过程法"，把具有产品属性的商品作为社会主义政治经济学研究的起点范畴，是由社会主义经济关系的状况和特点所决定的，不应把这种方法说成是照搬《资本论》，其实只不过是两种商品经济存在着它们的共性罢了。

第三节 关于社会主义政治经济学的"红线"问题

贯串全书的"红线"即主轴线，同研究对象和体系结构、同起点范畴是密切相关的问题。当社会主义政治经济学的总体框架和起点范畴确定以后，体系的内部结构即各个篇章如何联结和沟通，怎样由起点范畴逐步展开各个层次和篇章结构的分析，换句话说，用什么"红线"把各个有机组成部分贯串衔接起来？20世纪80年代，还提出了用什么经济范畴作为衔接体系结构的基本经济范畴问题。经济学界就这一类问题进行了广泛的研究和探索，有共识，也有分歧。过去的苏联经济学界没有对这个问题进行专门研讨。就中国经济学界的研究情况来看，主要有如下几种观点：

（1）主张用社会主义基本经济规律作为社会主义政治经济学的"红线"。于光远在《最大限度地满足社会需要是政治经济学社会主义部分的一个中心问题》一文中谈道：任何社会的生产，都是能够用来满足需要的物质资料的生产。但是在不同的社会制度下，生产的目的是不一样的。在社会主义制度下，最大限度地满足社会需要本身，就是生产的目的。换句话说，如果剩余价值的生产是政治经济学资本主义部分的一个中心问题，那么最大限度地满足社会需要就是政治经济学社会主义部分的一个中心问题。如何把社会主义生产的目的，同社会主义经济的各个主要方面、主要过程结合起来研究，是贯串在整个社会主义生产中的一根"红线"[①]。蒋学模在《我们这本教材的理论体系》一书中

---

① 于光远：《政治经济学社会主义部分探索》（一），人民出版社1980年版。

指出：所谓"红线"，即贯串于整个经济运动过程，衔接生产过程、流通过程和经济运动总过程的东西。它应该是通过经济规律和经济范畴表现出来的。在政治经济学的资本主义部分，这样的经济规律是剩余价值规律，这样的基本经济范畴就是剩余价值。在社会主义政治经济学中，大家比较一致的意见是，社会主义基本经济规律是支配社会主义经济运动一切方面和各个环节的经济规律。但是对于社会主义基本经济规律的表述以及体现社会主义基本经济规律作用的基本经济范畴，大家的意见很不一致。我们认为，社会主义联合劳动创造的价值产品（V + M），可以成为这样的基本经济范畴[1]。按照这段话的逻辑，蒋氏是把联合劳动所创造的价值产品（V + M）看成是社会主义基本经济规律的。这同于光远关于基本经济规律的含义有所不同。这是一个需要研究的问题。

与此相关，有的主张将社会主义基本经济规律同社会主义基本矛盾结合在一起，作为社会主义政治经济学的"红线"。

（2）主张用经济效益作为贯串社会主义政治经济学体系的"红线"。孙冶方在 20 世纪 60 年代初提出了这个观点。他在《社会主义经济论（初稿）的总的意见》中指出，社会主义政治经济学的"红线"应当是以最少的社会劳动消耗，有计划地生产出更多的满足社会需要的产品；即以最小的费用取得最大的经济效果。这体现了社会主义生产目的，体现了马克思所说的节约时间以及在各个生产部门中有计划地分配时间，是以集体生产为基础的首要的经济规律的思想[2]。曾启贤在《社会主义经济分析

---

① 陈胜昌、陈瑞铭编：《社会主义政治经济学理论体系集锦》，浙江人民出版社 1986 年版，第 160 页。

② 孙冶方：《社会主义经济论》（初稿），载《经济研究》1983 年第 6 期。

的体系初探》一文中认为，孙冶方的新体系中最重要的贡献在于提出一条分析社会主义经济的中心"红线"或主线。但又认为，采用与孙冶方不同的程序和体系，也可以贯彻这条"红线"。把社会需要及其满足、劳动时间的节约和劳动时间的有计划分配三个基本因素之间的互相依存、互相制约，作为社会主义经济运动的轴心或主线。抓住这个主线，通过分析不同层次的经济运动过程，就能展开并揭示社会主义经济运动的全貌。在谈到确定这条主线的依据时指出：第一，它是马克思预测的未来社会的客观必然性，被称为"首要的经济规律"。第二，经历了六十多年的社会主义经济实践，它确实是社会主义经济中存在的客观必然联系。第三，这种必然联系是以共同生产为前提，因而是定了社会主义和共产主义的性的。第四，这种客观的必然联系中包含的三个方面的因素，都是可以量化的，便于进行量的分析①。

（3）主张将剩余劳动或自主劳动作为贯串社会主义政治经济学的轴心。许涤新认为，社会主义企业的劳动群众在生产过程中为国家为社会所提供的剩余劳动（或剩余劳动产品），应该成为社会主义生产过程中的一个中心问题②。巫继学则认为，自主劳动应该成为社会主义经济体系的轴心。说资本作为资本主义社会中占统治地位的经济范畴，是资本主义社会经济体系的轴心。在社会主义社会，社会经济结构发生了根本变化。社会主义社会消灭了资本，使劳动成为自主劳动。自主劳动作为社会主义社会中占统治地位的经济范畴，成为社会主义经济体系的轴心。劳动的政治经济学，应当紧紧抓住自主劳动这一劳动者之间的基本经

①　曾启贤：《社会主义经济分析的体系初探》，载《社会主义政治经济学理论体系集锦》，浙江人民出版社 1986 年版，第 183—184 页。

②　许涤新：《有关社会主义经济学的几个问题》，载《学术月刊》1979 年第 2期。

济关系，以此作为理论体系结构依以旋转的轴心关系，从而研究社会主义经济运动的总过程，探索社会主义经济关系形成、发展和为更高一级经济关系所取代的过程，从而最终揭示社会主义经济运动的规律[①]。

（4）用社会必要产品或必要价值范畴作为理论体系的核心或主线。雍文远主编的《社会必要产品论》一书指出，社会主义基本经济范畴，或者说社会主义经济运转的核心，不能抽象地从议论社会主义生产目的来求得答案。把斯大林关于社会主义基本经济规律表述中所谈到的生产目的，说成就是社会主义经济的基本范畴和运转的核心，这种认识不能认为是充分的。正如抽象地谈论资本主义的生产目的，而没有提出剩余价值这个基本经济范畴是不够的。认为社会主义基本经济范畴或社会主义经济运转的核心，只能是社会总产品扣除 C 以后的那部分产品（V + M）。作为社会主义基本经济范畴的这部分产品，我们把它叫做社会必要产品。这个新经济范畴，反映了生产关系的根本变化。在社会主义社会，由于人民的根本利益的一致性，所以社会必要产品才能够又成为社会主义经济运转的核心。正因为"社会必要产品"在社会主义经济中处于这样重要的地位，是社会主义政治经济学最基本的经济范畴，所以把它定为本书的书名[②]。王珏主编的《必要价值论》则认为，必要价值是社会主义经济理论体系的中心范畴即主线。他认为，确定中心范畴要考虑三个主要条件：①它能体现社会主义经济发展的主要矛盾；②它能反映社会主义生产的直接目的；③它是自始至终贯串整个理论体系的"红

① 巫继学：《自主劳动论要》，上海人民出版社 1987 年版，第 26—27 页。

② 雍文选主编：《社会必要产品论》，上海人民出版社 1985 年版，第 10—13 页。

线"。从这些条件来看，能体现社会主义经济运动的中心范畴，应该是必要价值，联合劳动者新创造的价值（V + M）。它是我们建立理论体系的主线，贯串于生产、分配、交换和消费的各个领域之中①。

（5）以社会主义物质利益作为贯串全书的重要线索。谷书堂、宋则行主编的《政治经济学（社会主义部分）》认为，政治经济学把生产关系作为自己的研究对象，而生产关系的核心是生产资料公有制基础上形成的国家、集体和个人三者的利益关系。根据这种认识，该书将三者的物质利益关系的分析，作为贯串全书的重要线索，并按照生产过程、流通过程、再生产过程的顺序来展开论述。安排体系结构②。

综上所述，这各种观点既有某种共同点或者是相近似的地方，又有一定的区别。所谓共同点或相似之处，几乎每种主张都将贯串全书的主线或"红线"，直接间接地或者说程度不同地同社会主义基本经济规律联系在一起。所谓区别，即各种主张有自己的概念和侧重点，同时又对社会主义基本经济规律的内容表述和概括有所不同。这各种主张都程度不同地阐明了自己的依据，当然不必强求一致，但毕竟存在着论据是否充分和中肯的问题。

根据我们的认识和研究，用社会主义首要经济规律作为贯串社会主义政治经济学体系的"红线"，比较切合实际、比较科学。这个规律是根据马克思关于"以集体为基础的社会的首要经济规律"的思想，结合实际经验概括出来的。其内容可表述

---

①　王珏：《〈社会主义经济的理论分析〉体系简述》，载《社会主义政治经济学理论体系集锦》，浙江人民出版社1986年版，第26—27页。

②　谷书堂、宋则行主编：《政治经济学（社会主义部分）》，陕西人民出版社2003年版；谷书堂：《从实际出发建立较为合理的体系》，载《社会主义政治经济学理论体系集锦》。

为：节约劳动时间和有计划地分配劳动时间，生产更多更好的剩余产品，以满足整个社会成员逐步增长的物质文化生活及其全面发展的需要，是社会主义和共产主义生产方式的首要经济规律或绝对规律。

社会主义首要经济规律为什么能够成为贯串全书的"红线"？概括地说，是由它在社会主义生产和经济发展过程中的地位和作用所决定的。社会主义生产方式的运动同其他生产方式一样，不只是一个规律在起作用，而是有关的一系列的规律在起作用。这各种规律互相联系、互相制约，从整个社会生产和再生产过程，或者从某个方面或环节，决定生产、分配、交换和消费诸关系的发展变化，构成一定的规律体系。其中必然会有主有从，有的决定社会生产的总过程，有的决定某一个方面或环节。所以，首要规律和其他规律，是由它们在社会生产和经济发展过程中的地位和作用所决定的。社会主义首要经济规律，是社会主义生产方式运动的内在的本质的必然联系，反映了社会主义生产和经济发展的客观要求，具有决定性的地位和支配作用。具体来说，首先，它反映了社会主义生产方式的本质特征，决定了社会主义生产的目的即实质；其次，它反映了社会主义生产过程的内在联系和客观要求，决定着社会主义生产和再生产的总过程及其发展方向；再次，满足社会及其成员逐步增长的物质文化生活及其全面发展的需要，始终是社会主义生产发展的根本推动力。这些特性，正是它之所以成为社会主义生产方式首要经济规律的条件，同时也是它能够成为社会主义政治经济学"红线"所必需具备的条件。将社会主义首要经济规律同作为研究起点范畴的商品（产品）结合起来，通过社会主义的生产和再生产过程，就可以逐步展开各个领域和环节的研究，从而揭示社会主义经济发展变化的规律性。

第六章

社会主义政治经济学的研究对象和方法问题

关于政治经济学的研究对象，其中包括：社会主义政治经济学的研究对象是什么，或者说它有什么特点？怎样认识和掌握它的研究方法？它的理论结构或科学体系应当怎样安排？国内外经济学界进行了长期的研究和探索，取得了一定的成果，特别是在一些专题研究方面，有了较深的进展，苏联十月革命前后，关于政治经济学命运问题的辩论，早已得到解决。随着社会主义经济建设的前进和经济体制改革的逐步开展，中国经济学界在社会主义政治经济学的研究方面又有所前进。但由于社会主义社会的历史还不长，特别是现有的社会主义国家是在资本主义不发达的条件下进行社会主义革命和经济建设的，社会主义生产方式还很不成熟，目前还处于初期发展阶段。所以，社会主义政治经济学的研究，也处于它的初期发展阶段，还不完全具备形成科学体系的条件和实践经验。目前，社会主义政治经济学的科学体系尚在探讨中。它的完成或基本完成，一方面需要有社会主义实践的进一步深入的发展；另一方面，需要经济学家们经历一场"接力赛"，即需要有若干代经济学家持续不断地努力，去全面、系统地总结社会主义社会的实践经验，从而才有可能全面地认识和揭示社会主义生产方式及与之相应的经济关系运动的规律性。

本文结合中国经济学界关于社会主义政治经济学对象和方法

问题的争论，进行一些研究和分析。

第一节　关于政治经济学的研究对象与创新

新中国成立后，中国经济学界时断时续地研究了政治经济学对象问题。比较集中的讨论有两段时间，一是在 20 世纪 50 年代末 60 年代初；二是在打倒江青反革命集团以后。目前的研究，正在进入一个新的发展阶段。

在斯大林的《苏联社会主义经济问题》发表以前，中国老一辈经济学家对政治经济学的研究对象发表过一些意见，如王学文认为，政治经济学是研究人类社会一定历史发展阶段的生产关系的科学，但并不排除对生产力的研究，甚至还提到过"政治经济学是以生产方式为对象的"[①]。在《苏联社会主义经济问题》发表以后，直到 20 世纪 50 年代末，就公开发表的有关经济学著作来看，总的说是接受斯大林关于"政治经济学的对象是人们的生产关系，即经济关系"的定义。

1959 年，平心在他的有关生产力理论的论文中，提出了"政治经济学不单是研究生产关系的科学，它同时需要研究社会生产力的变化与发展规律"[②]。并且提出了政治经济学的译名问题。说"为了解除人们对于这门科学的性质的误解，不如简译为经济学"[③]。当时，由于"左"倾路线的干预，使平心的生产力理论受到了不公正的批判。当然，另一方面，也包含有经济学界对生产力理论和政治经济学对象问题的不同观点的争论。所

---

① 王学文：《政治经济学教程绪论》，《人民日报》1949 年 10 月 9 日至 1950 年
1 月 3 日。

② 平心：《再论生产力性质》，载《学术月刊》1959 年第 9 期。

③ 平心：《关于生产力性质几个问题的发言》，载《学术月刊》1960 年第 4 期。

以，当年的这场辩论具有两重性。

1961年，由于中国政治经济形势的变化，中央在提出关于国民经济"调整、巩固、充实、提高"的八字方针的同时，重申贯彻"百家争鸣"的方针。因而在政治经济学研究对象方面，展开了进一步的讨论。除了上述观点的争论，还提出了政治经济学的对象是生产方式的问题。这实际上是1959年讨论的延续。所以，可以将其归并为一个时期。

十年动乱时期，整个理论研究工作中断了。在打倒江青反革命集团以后，随着党的马克思主义路线的恢复和社会主义建设事业的开展，为经济理论研究工作开创了新的局面。因而在政治经济学对象问题的研究方面，又展开了进一步的深入的探讨。在原有讨论的基础上，有的提出要把生产力的研究放在政治经济学的首位；有的提出政治经济学的对象是生产方式及其相应的生产关系，这里所说的"生产方式"是作为生产力与生产关系的中间环节提出来的。此外，还提出了要研究社会主义经济运行机制的问题。

下面就政治经济学研究对象的几种主要观点，进行综述和分析。

1. 政治经济学的对象是研究生产关系

这种观点在中国经济学界一直占统治地位。但在持这种观点的学派内部，对于怎样认识生产关系，它的内涵是什么，如何研究生产关系等问题，又存在着不同的看法。

在20世纪50年代初中期，斯大林的《苏联社会主义经济问题》一书，对中国经济学界的影响是很大的。对其中关于政治经济学的对象是生产关系的定义，总的来说是赞赏的。1956年，于光远在《政治经济学社会主义部分研究什么》一文中说："政治经济学要研究的就是生产的社会方面，研究生产关系。"在

"揭示社会主义生产关系的实质"等方面，斯大林的《苏联社会主义经济问题》，"替我们解决了许多重要问题，为我们指明了社会主义的基本经济规律，有计划和按比例发展的规律，按劳分配规律等等。""要在对社会主义生产关系实质的了解的基础上，对社会主义制度下的经济生活、经济运动和发展的过程，从各方面展开来进行更加深刻的研究，来丰富我们对社会主义制度下经济运动规律性的认识，使我们能够更好地进行经济建设，推动社会主义社会向前发展。"①

在苏共二十大提出反对个人迷信的问题以后，苏联经济学界对斯大林的经济理论提出了许多批评意见。中国经济学界对斯大林的一些经济理论观点也开始有所考虑。在政治经济学对象问题上提出了一些异议，对斯大林关于生产关系的含义也有着不同的看法。

斯大林将作为社会主义政治经济学对象的生产关系概括为三项内容，即"（甲）生产资料的公有制形式；（乙）由此产生的各种不同社会集团在生产中的地位以及它们的相互关系，或如马克思所说的，互相交换其活动；（丙）完全以它们为转移的产品分配形式"②。尽管斯大林申言他的概括同恩格斯关于生产关系的定义是一致的，但事实上却是有所不同的。

中国经济学界在 20 世纪 50 年代末 60 年代初，在关于政治经济学对象的讨论中，对于生产关系的内容，大多数不同意斯大林的概括，而是沿用马克思和恩格斯的提法。如王学文在谈到生产关系的内容时指出：作为政治经济学"对象的生产关系，是

---

①　于光远：《政治经济学社会主义部分探索》（一），人民出版社，第 3、14 页。

②　《斯大林选集》下卷，人民出版社 1979 年版，第 594—595 页。

广义的生产关系，即经济关系，其中包括狭义的生产关系，流通关系，分配关系与消费关系"①。

李泽中则是从生产资料的所有制和再生产过程的四个环节来说明生产关系的内容的。他认为："生产资料的所有制关系有广义与狭义之分。广义的所有制关系同生产关系的范围是一致的，它构成一定社会经济形态的特征。所有制关系寓于生产、分配、交换和消费关系之中；换句话说，没有脱离生产诸关系的所有制关系，同样也不存在不体现所有制关系的生产、分配、交换诸关系。""狭义所有制关系则是指生产资料归谁所有，由谁支配和使用。一定的所有制关系是一定的生产关系的基础，生产诸关系的性质是由所有制的性质所决定的。"②

20世纪60年代初，张闻天在《关于生产关系的两重性问题》一文中，提出了生产关系具有两重性的观点，即"直接表现生产力的生产关系方面和所有制关系方面"。所谓"直接表现生产力的生产关系，是指人们为了进行生产，依照生产技术（即生产资料，特别是生产工具）情况和需要而形成的劳动分工和协作的关系。这就是马克思所讲的，人们'以一定的生产方式联合起来进行共同活动并互相交换其活动的关系'的一个方面。……一个社会的生产力愈发展，则它的劳动分工和协作的关系愈是复杂化。……对如此错综复杂的生产关系，马克思根据生产和再生产的总过程，把它们分解为四个方面，即生产、分配、交换和消费"。即"生产一般"。它有两个重要特点：永久性（或继承性、连续性）和易变性（或灵活性、进步性）。它总是

①　王学文：《"资本论"的研究对象》，载《经济研究》1961年第1期。

②　李泽中：《略论生产资料所有制的问题（兼同苏绍智同志商榷）》，载《新建设》1965年第11、12期合刊。

促进着生产技术的进步，同时也总是跟着生产技术的进步而改变着它的关系。但"生产关系一般只有在生产关系特殊中才能存在"。"生产关系一般是内容，而所有制关系是形式。"所有制关系的特点，一是它的暂时性（历史性），二是相对稳定性（保守性）。上述两方面的对立统一关系，就是生产关系的两重性①。

张闻天根据生产关系两重性的理论，认为，政治经济学的研究对象，是生产关系内在矛盾的规律，即表现生产力的生产关系和所有关系的对立统一的规律。从生产和再生产过程中研究生产关系的内在矛盾，应该是社会主义政治经济学的任务。社会主义生产的全民性和两种所有制的矛盾关系，工人和农民之间的矛盾关系，不就是社会主义生产关系的内在矛盾吗？社会主义政治经济学的研究，脱离生产和再生产过程，脱离表现生产力的生产关系，就会使它简单化和片面化，就会使它失去内在运动的源泉，使它不可能正确反映社会主义经济运动的客观规律②。

打倒江青反革命集团以后，孙冶方在《论作为政治经济学对象的生产关系》一文中，对斯大林关于政治经济学对象和生产关系的定义正式提出了批评。他主要从生产资料所有制和交换两个方面分析了定义的不科学之处。认为，斯大林定义与恩格斯定义的不同点之一，是"没有交换这一项"。斯大林曾对没有用恩格斯定义中的"交换"一词作过解释，说通常把"交换"了解为商品交换，这就会引起误会。同时认为，恩格斯用"交换"一词所指的内容已包含在他的定义中。孙冶方认为，斯大林的解释不能成为他删去"交换"两字的理由。（1）不能因为一般人都把"交换"和"商品交换"混淆，就在科学定义中去掉"交

① 张闻天：《关于生产关系的两重性问题》，载《经济研究》1979 年第 10 期。
② 同上。

换"。（2）不把交换单列出来，而把它作为直接生产过程中人与人之间的关系的一个项目，正是恩格斯批判过的杜林的观点。（3）斯大林在定义中去掉交换一项，正是在实践中否定流通而搞实物配给的反映。所以，斯大林定义用直接生产过程中人与人之间的关系来代替交换过程中人与人之间的关系，从而实际上否定了独立的流通过程。另一个不同点是，斯大林把生产资料所有制作为生产关系的一项内容单列出来。孙冶方认为，这是根本错误的。（1）财产关系（或译作所有制关系或所有制形式）只是生产关系的法律用语，而政治经济学是研究生产关系的，既不是研究它的法律形式，更不是研究它的法律用语的。（2）生产关系的全部内容也就是所有制形式或财产形式的全部经济内容。可见，在生产关系中，除了恩格斯所说的生产、交换和分配这三项内容之外，再加列一项所有制形式，那就不仅是毫无意义的，而且是有害的同义反复。所以，孙冶方认为，斯大林关于政治经济学对象的定义，不是在恩格斯定义基础上的前进，而是一种倒退①。

孙冶方对斯大林的上述批评观点发表以后，引起了经济学界的广泛注意，赞同和反对的观点都有，也有部分同意的。在赞同者中，有的还对孙冶方的观点作了补充或发挥。如洪远朋认为，斯大林的定义比马克思的定义少了很多内容："没有生产"，"没有产品交换和商品交换"，"没有生产资料的分配和劳动力的分配"。同时又片面强调了一些东西。如把生产资料所有制和人们在生产中的相互关系单独列出来②。马树方等人则不同意孙冶方

---

① 孙冶方：《斯大林关于生产关系的定义问题》，载《经济研究》1979 年第 8 期。

② 洪远朋：《应该恢复马克思的定义——也谈作为政治经济学对象的生产关系》，载《学术月刊》1979 年第 10 期。

对斯大林的批评意见，认为，斯大林和恩格斯只是从不同角度给生产关系下定义，恩格斯是从社会再生产的横的方面来说明经济学的研究对象的，斯大林只不过是从纵的方面对恩格斯的定义进行归纳。斯大林定义不仅包含了恩格斯定义的内容，而且突出了生产资料所有制的重要性。因此认为是前进而并非后退①。

斯大林关于生产关系的定义和政治经济学的对象是不包括消费关系的。在 20 世纪 50—60 年代的讨论中，虽然也涉及过消费关系问题，但真正正视和比较系统地研究这个问题，却是在打倒江青反革命集团以后。这些年来，发表了不少研究消费问题的文章和专著，主张把消费关系作为政治经济学研究对象的呼声愈来愈高，但不同意这种主张的观点仍然存在。

在主张把消费列入政治经济学对象的经济学家中，尹世杰、曾启贤的观点具有一定的代表性。尹世杰先后发表了《论消费关系》等一系列论文，并主编了《社会主义消费经济学》，系统地论证了消费应当成为政治经济学对象不可或缺的有机组成部分，以及政治经济学和消费经济学研究消费的联系与区别。他在《从消费来看政治经济学社会主义部分的体系》一文中，对消费关系是政治经济学的研究对象，作了比较集中的概括。主要依据有三条：

第一，生产、交换、分配、消费，是一个统一的有机的整体，相互依存，相互促进。消费是这个整体中的一个环节，是再生产的一个内在要素。生产、交换、分配既然反映生产关系，消费也必然反映生产关系。

第二，消费领域本身，也直接体现出社会生产关系。在资本

①　马树方：《生产关系应当包括哪些方面——与孙冶方同志商榷》，载《经济研究》1979 年第 12 期。

主义社会，消费水平的差别反映阶级差别。即令在社会主义社会，不同消费者、不同居民集团消费水平的差别，也反映他们在社会再生产中的地位，反映生产关系。消费结构的差别也是如此。消费方式，就是人们在消费过程中的相互关系。

第三，生产关系总是表现为物质利益关系，而这种物质利益关系，最终要通过消费来实现。在社会主义社会，消费是生产资料公有制的最终实现，是按劳分配所得到的物质利益的最终实现。消费还体现消费资料的占有关系。

尹世杰据此得出结论说：消费关系是生产关系的一个方面，应该是政治经济学研究的对象。如果把消费排斥在政治经济学对象之外，我们分析社会经济运动时，就看不出生产、交换、分配、消费四个环节之间的相互作用，看不出社会经济的全貌。在政治经济学理论上就有许多问题说不清楚了①。

曾启贤在《浅论消费和储蓄》一文中指出：马克思主义政治经济学本来具有重视消费问题研究的传统。马克思和列宁特别重视从再生产过程研究消费。他还引述了列宁在《市场理论问题述评》中的两段话，即"'社会消费能力'和'不同生产部门的比例'——这决不是什么个别的、独立的、彼此没有联系的条件。相反地，一定的消费状况乃是比例的要素之一"。"生产消费（生产资料的消费）归根到底总是同个人消费联系着，总是以个人消费为转移的。"② 据此他认为，作为社会主义政治经济学，在以满足人们需要为目的的社会主义再生产过程中，消费应当作为一个关键性环节来研究③。

---

① 陈胜昌、陈瑞铭编：《社会主义政治经济学理论体系集锦》，浙江人民出版社 1986 年版，第 36—37 页。

② 《列宁全集》第 4 卷，人民出版社 1972 年版，第 44 页。

③ 曾启贤：《浅论消费和储蓄》，载《中国社会科学》1993 年第 4 期。

　　骆耕漠则不同意把消费作为政治经济学的研究对象。他说："马克思在《〈政治经济学批判〉导言》里，曾经讲到生产、分配、交换、消费这四个环节，好像政治经济学还要研究消费。我看马克思的那些分析，并没有这样的意思。马克思在那里（《马克思恩格斯全集》第 46 卷（上），第 27—32 页），主要是讲消费反转来对生产也有影响，实际是讲市场，社会需要对生产有制约作用。产品生产出来后，通过公共的或私人的交换渠道，进到最后的消费领域，人们如何消费它，这是个人的生活方式问题，不属于政治经济学的研究范围。至于生产资料生产出来后，如何回到生产领域中去消费，这是交换和再生产问题。"①

　　2. 政治经济学的对象应当包括生产力，有的还提出要把生产力的研究放在首位

　　在 20 世纪 50 年代末 60 年代初关于政治经济学对象的讨论中，平心提出了政治经济学不仅要研究生产关系，同时也要研究生产力。他先后写了"十论生产力性质"等文章，形成了他的生产力理论。其中包括生产力的两重性，生产力发展的内在动力及其规律性，生产关系只有适合生产力发展规律时才能推动生产力发展，等等。政治经济学要研究生产力，是他论证的出发点和落脚点。

　　平心认为，生产力具有两重性，这是生产力内部存在矛盾的客观依据。他说："生产力性质乃是在一定历史阶段生产力的物质技术属性和社会属性的总和，同时又是生产力的一般强变性和特殊强变性的综合。"所谓社会属性，是指"一定历史阶段劳动者的社会地位，生活面貌与精神机能，一般的劳动性质，生产的

---

　　①　骆耕漠：《资本主义的对象和方法》，载《经济学集刊》1982 年第 2 期。

社会性质，劳动组织性质，生产资料使用的目的性质与社会作用，生产力诸因素新陈代谢的特点以及生产力变化和发展的各种社会条件，所有这一切综合起来，规定着一定社会经济形态的生产力的社会属性。"①"生产力的物质技术属性主要是反映生产过程中的自然力变化，而它的社会属性则主要是反映生产过程中人们自身的变化。生产力的一般强变性，主要是指生产力在各个历史时代催促社会转变与发展的一般物质动因，它的特殊强变性则是指生产力运动在一定经济形态中适合于当时生产需要和引起社会转变与发展的特殊作用。"②

平心在区分生产力两重性的基础上，强调生产力有自身相对独立的内部联系和结构。这种内部联系包括物与物的联系、人与物的联系和人与人的联系，这三种联系同生产关系是有密切关联而又有显著区别的。生产力的三种联系是直接与自然发生关系，为生产使用价值的活劳动服务的，在生产过程中运动变化最迅速，而且可以互相转化，但它们一般不随生产关系的变革而消亡③。根据生产力的两重性和它的内部联系和结构的观点，平心认为生产力的发展有其内在动力和运动规律。他说："生产力的发展是服从它自己的运动规律的，生产关系只有在它和这种规律相适合而不是相抵触的时候，才能够对生产力起强大的推动作用；但是生产关系不能越过这种规律的活动范围来推动生产力前进。"又说："生产力和生产关系在社会发展过程中各自起的作用是不平行的，而是经常表现为主要和从属的关系。这种关系虽然在一定条件下可以互相转化，但决定

---

①　平心：《论生产力问题》，三联书店 1980 年版，第 29、60—61 页。

②　同上书，第 40 页。

③　同上书，第 280—282 页。

社会发展的最后的基本的力量是生产力，而不是生产关系。忽视这个出发点，把两者当作完全平行的力量看待，就不免陷于生产力决定生产关系，生产关系又同样决定生产力的循环论中去。"①

平心根据他对生产力性质问题的研究，得出结论说："政治经济学不单是研究社会生产关系的科学，它同时需要研究社会生产力的变化与发展规律，使之不仅为阶级斗争服务，而且为生产实践服务。"又说，"不论从马克思主义经典有关经济学的研究任务的指示看，从宏观的社会经济发展规律来看，从社会主义经济的建设需要来看，从经济学的发展远景来看，都无法得出经济学只研究生产关系而不研究生产力的结论。"②

平心的生产力性质诸论发表后，引起了一场辩论，陆续发表了一批商榷文章。诸如认为，生产力两重性是混淆了生产力和生产关系的内容，关于生产力的运动规律实际是生产关系的规律，政治经济学要研究生产力是混淆了研究方法、范围和对象问题，也有的认为，平心的生产力理论可作为生产力经济学的对象，等等。

打倒江青反革命集团以后，在政治经济学对象问题的探讨中，平心的观点受到了赞同。孙冶方和匡亚明为平心《论生产力问题》文集作序，予以称赞。在生产力作为研究对象方面，熊映梧比平心更前进了一步。他认为："一切经济科学不仅要研究生产力，而且要把它放在首位，然后在此基础上进一步揭示生产关系和生产力统一运动的规律。"③

---

① 平心：《论生产力问题》，三联书店 1980 年版，第51—53 页。
② 同上书，第49、91 页。
③ 熊映梧：《生产力经济概论》，黑龙江人民出版社 1981 年版，第1 页。

经济科学（包括政治经济学）为什么要把生产力作为研究对象，并且要放在首位呢？熊映梧分两个层次各谈了三条理由。

关于生产力作为对象的问题"第一，马克思恩格斯从来没有把政治经济学研究的对象局限于生产关系。马克思恩格斯的全部著作证明了这个论断。""第二，马克思在《资本论》这部典范性的巨著中，始终是把生产力作为研究一切经济问题的出发点和归宿点。""第三，社会实践一再证明，观察和处理一切经济问题，必须首先对生产力状况进行周密的调查研究；问题解决得是否合理，要根据有利还是不利于生产力的发展来检验。"①

理论经济学要把生产力作为首要研究的对象，熊映梧也谈了三条：第一，按照"经济结构层次论"，只有首先认识了生产力发展的规律，才有可能进一步揭示生产关系变化的规律和再生产运动的规律。第二，在两类社会经济发展的历史长河中，数千年阶级社会只是短暂的一个阶段。人类经常的经济活动，更多的是合理地组织生产力，以求创造丰富的物质产品和精神产品，如果不光是看到阶级斗争存在的时期，而是纵观全部历史，强调首先研究生产力不是很自然的事情吗？第三，我们是立足于社会主义时代来探索经济问题的，面临的基本任务是建设高度的物质文明和精神文明的社会主义国家。因此，更多地研究一些生产力经济问题是理所当然的②。

为了论证要把生产力的研究放在首位，熊映梧还提出了生产力具有"现实性"、"社会性"、"整体性"和"历史继承性"的观点，以此作为他立论的依据③。

---

① 熊映梧：《生产力经济概论》，黑龙江人民出版社 1981 年版，第 9—14 页。
② 同上书，第 24 页。
③ 同上书，第 33—34、36—37、41—42、44—49、51—52 页。

奚兆永、陈秀山等人不同意熊映梧要把生产力的研究放在首位的观点。奚兆永认为，熊映梧是误解了马克思关于"面前的对象，首先是物质生产"的含义，同时也误解了《资本论》序言中关于"本书研究的对象那段话的内容"①。陈秀山也不同意熊映梧对马克思、列宁关于研究对象的观点。认为马克思、列宁对政治经济学对象的看法是一致的，都是生产关系。而并非像熊映梧所指出的那样，马克思、恩格斯观点中包括生产力，列宁则排斥了生产力的研究②。

3. 政治经济学的对象是生产方式

新中国成立初，主张政治经济学对象是生产关系的人，个别的也同时提生产方式。在 20 世纪 60 年代初的讨论中，主张研究对象是生产方式的观点有所发展，构成一种观点。

方文在《马克思列宁主义政治经济学的对象是社会生产方式》一文中，比较系统地谈了他的看法。他认为，"政治经济学的对象应当是社会生产方式"。但这"并不是孤立地去研究生产力和生产关系，而是在生产力与生产关系的统一和斗争中研究生产方式"。方文引述了经典作家关于政治经济学对象的话作为自己的论据。说马克思在《资本论》序言中，把研究对象确定为"生产方式以及和它相适应的生产关系和交换关系"。恩格斯在《反杜林论》中，认为，是研究"人类社会中支配物质生活资料的生产和交换的规律的科学"。据此认为，政治经济学是对生产力、生产关系和生产力与生产关系的矛盾三者研究的合一，这就是生产方式。说政治经济学所研究的规律本来就不单是生产关系

---

① 奚兆永：《评"经济科学要把生产力的研究放在首位"的主张》，载《江汉论坛》1980 年第 6 期。

② 陈秀山等：《评〈政治经济学要把生产力的研究放在首位〉》，载《经济理论与经济管理》1981 年第 2 期。

的规律，如按比例发展规律、劳动生产率不断增长的规律等等，它们虽说体现一定的生产关系，受生产关系的影响，但其本身毕竟是生产力发展的规律。

方文还从哲学的角度、从社会存在和社会意识、经济基础和上层建筑、生产力和生产关系之间的矛盾和学科的关系，论述了政治经济学同历史唯物主义和政治学的对象不同，它是研究物质生活领域中所特有的矛盾，亦即生产力与生产关系之间的矛盾。他还不同意田光从"上层建筑—生产关系—生产力"公式中联系两头研究中间的观点，认为这是把两对矛盾平列起来，实际上是将历史唯物主义和政治经济学的研究课题混杂在一起①。

宋承先等人也赞同生产方式是对象。他说，只要把生产力作为生产方式的一个侧面，联系生产关系来考察生产力，生产力就具有社会属性。资产阶级政治经济学则抹煞这种社会属性。在生产方式内部研究生产力和生产关系的矛盾，应作为马克思主义政治经济学的研究对象。②

刘诗白、谷书堂等人不同意方文的观点。谷书堂在《政治经济学的对象与生产关系》一文中指出：决定政治经济学对象的特有矛盾只能是生产关系内部的矛盾，而生产力与生产关系的矛盾则是历史唯物主义研究的对象。诚然，在《资本论》中，"马克思还分析了协作、分工和手工制造业，以及机器与大工业等问题，详尽地阐述了在资本主义条件下，劳动生产率发展的三个阶段。然而这并不意味着《资本论》的对象就是资

---

① 方文：《从社会基本矛盾来研究政治经济学对象》，载《经济研究》1961年第 7 期。

② 宋承先：《也谈我对生产力问题的两点认识》，载《经济研究》1962 年第 8 期。

本主义生产方式，或者是生产力。马克思在这几章的着眼点与其说是劳动生产率本身，毋宁说是为了揭示资本主义剥削关系的发展过程，它如何把社会的劳动生产力变成资本的生产力。"这说明《资本论》"并没有脱离生产力孤立地研究生产关系，而是把生产力作为研究生产关系发展变化的物质前提给以应有的注意。"① 刘诗白认为，方文是把研究对象和研究范围混为一谈了。政治经济学联系生产力与上层建筑研究生产关系是为了探明生产关系的内在规律，并非为揭明生产力与上层建筑的规律性②。

4. 政治经济学是研究生产方式及与其相适应的生产关系

经济学界对生产方式的含义以及如何研究生产方式的问题，有两种不同的认识和理解。这里所说的"生产方式"同第三种意见中所说的"生产方式"，具有不同的含义。

1979 年，马家驹在《生产方式和政治经济学的研究对象》一文中，提出了自己的见解。他认为，按照马克思在《资本论》中的规定，政治经济学所要研究的是历史发展各个阶段上特定生产方式及其相应的生产关系。这个规定是把生产方式列在对象的首位。但"马克思所讲的生产方式并不是生产力和生产关系的统一把这两者包括在自身之内，而是介于这两者之间从而把它们联系起来的一个范畴"。马克思所讲的生产方式有两个含义："第一，它是指劳动的方式；第二，它又是指生产的社会形式。"他说，"作为劳动方式的生产方式……指的是劳动者在劳动过程中相互结合的方式以及他们使用劳动资料的方式"。它"同生产

---

① 谷书堂：《政治经济学的对象与生产关系》，载《新建设》1962 年第 8 期。
② 刘诗白：《论马克思列宁主义政治经济学的对象》，载《经济研究》1961 年第 10 期。

力的关系是异常密切的。它直接由生产力发展的水平首先是由劳动资料的性质和状况所决定的"。"作为生产的社会形式的生产方式，是同任何生产过程不单纯是劳动过程，同时又是一个具有特殊的社会规定性的过程这一方面相联系的。从广义来说，也就是社会经济形态或社会经济结构。"它"是同生产关系密切联系着的。可以说，生产关系就体现在生产的社会形式当中，生产采取什么样的社会形式也就有什么样的生产关系"。在谈到两者的关系问题时指出："同一种劳动方式可以存在于不同的所有制关系下面，为不同性质的经济所利用。与此同时，同一社会经济形态在其自身发展的不同时期又可以先后和不同的劳动方式结合在一起。但是，另一方面又必须看到，一定的劳动方式和一定的社会形式之间确实又存在着一种历史必然的统一关系，并且归根到底还是作为劳动方式的生产方式决定着作为生产的社会形式的生产方式，而劳动方式的根本变革又总是要以生产资料或劳动资料的变革为前提。""这两者的对立统一关系，虽然并不直接等同于生产力与生产关系的对立统一关系，但是实际上反映着后者。也可以说，生产力和生产关系的矛盾集中地表现在劳动方式和生产的社会形式之间的矛盾上面。"①

马家驹根据上述认识，认为按马克思的原意理解，政治经济学所要研究的，"就是要结合劳动方式的研究去研究生产的一定社会形式和借这种形式体现出来的生产关系。"政治经济学社会主义部分的对象也不例外②。

陈招顺等人在《从生产方式的含义论及政治经济学的研究

---

① 马家驹：《〈资本论〉和政治经济学社会主义部分的研究》，贵州人民出版社1984年版，第100—109页。

② 同上书，第111、119页。

对象》一文中也说："生产方式是生产力和生产关系相互联系相互作用的中间阶段和中间环节。一定的生产力状况是一定的生产方式得以建立的基础，而一定的生产方式又是一定的生产关系得以产生的依据。"又说："劳动力和生产资料不能成为政治经济学的研究对象。但是，如果不研究生产力，也就不能说明生产关系的产生和变化。"这是一种矛盾。"生产方式概念的出现意味着这个矛盾的解决。"认为，《资本论》序言中关于研究对象的论述，正是马克思生产力—生产方式—生产关系理论体系的概括①。

杨长福则不同意把生产方式作为政治经济学的对象。他认为，马克思使用生产方式一词，在不同场合具有不同含义，这种多义词是不能笼统地作为政治经济学研究对象的。政治经济学的研究对象只能是生产关系，如果不是这样，马克思的《资本论》就不可能完成揭露资本主义生产关系必然灭亡的任务②。

综上所述，关于政治经济学研究对象的几种观点，都有各自的一定依据，问题是这些依据的科学性如何？总的来说，无论哪种观点，在要研究生产关系这一点上，都有一致性。在要联系生产力来研究生产关系方面，如果撇开不同的用语和角度，也有某种共同点。问题是，在政治经济学的对象中，生产力到底处于什么样的地位，应不应该作为研究对象；是把生产力研究放在首位，还是联系生产力研究生产关系；是把作为生产力与生产关系对立统一的生产方式作为研究对象，还是只以生产关系为对象，或者是结合劳动方式去研究生产的社会形式以及借此形式去研究

---

① 陈招顺：《从生产方式的含义论及政治经济学的研究对象》，载《财经研究》1983 年第 4 期。

② 杨长福：《关于政治经济学对象的几点商榷》，载《经济研究》1981 年第 1 期。

生产关系？在这些问题上都存在着分歧。

在 20 世纪 60 年代讨论政治经济学对象问题时，笔者也属于第一种观点，主张政治经济学研究生产关系，但要联系生产力和上层建筑来研究生产关系。当时笔者在一篇有关研究对象问题的文章中谈到，"马克思主义的政治经济学是研究人类社会生产关系发展规律的科学。当然政治经济学不是孤立地研究生产关系，而是从生产力与生产关系、经济基础与上层建筑的矛盾中来研究生产关系。离开生产力与生产关系、经济基础与上层建筑的矛盾关系来研究生产关系，是形而上学的研究方法，而不是马克思主义的唯物辩证法。"[①]

政治经济学联系生产力和上层建筑研究生产关系，总的说来并不错。学科的区分，就是根据学科的研究对象所具有的特殊矛盾来确定的。政治经济学对象同它所要完成的根本任务和所要解决的矛盾是分不开的。联系生产力研究生产关系，有可能认识和掌握一定生产方式的经济运动规律。同时也可以从马克思主义经典著作中找到理论根据。但从实践来看，只提研究生产关系，容易出现一种片面性，脱离生产力或者说孤立地研究生产关系，以致为制定不适当的经济政策提供了依据。在中国社会经济生活中就曾多次出现过这种情况。在社会主义改造和社会主义建设中，有时不顾生产力发展的实际状况和要求，一味强调不断变革或者调整生产关系，结果给社会经济生活带来了严重的后果。这种情况表明，政治经济学对象只提研究生产关系，似乎显得还有所不够，应当从理论上作出更精确的概括。

---

① 陈泽连：《评平心先生关于政治经济学研究对象的论点》，《光明日报》经济学专刊，1960 年 11 月 28 日。当年，陈吉元、周叔莲与笔者合作写有关于生产力、生产关系和研究对象等三篇文章，生产力和生产关系方面的文章是由陈、周两位执笔的，"研究对象"一文是由笔者执笔的。

　　关于第二种观点，即政治经济学要把生产力作为研究对象甚至放在首位的问题。一般来说，政治经济学是要研究生产力的。但到底把生产力放在什么地位，从什么角度和怎样研究生产力？按照有关学科分工的要求和任务，就要掌握分寸了。主张要专门研究生产力内部矛盾和运动规律，或者要把生产力的研究作为重点，这似乎已经超越了政治经济学的界限。如果把这种研究作为生产力经济学的对象和任务，倒是比较适当的。政治经济学和生产力经济学应当有严密的分工，这是由它们各自的任务所决定的。政治经济学要研究生产力与生产关系，但重点在生产关系方面；生产力经济学也要研究生产力与生产关系，但重点在生产力方面。由于它们同属经济科学，所以在研究对象方面有着某种共同性；但它们在同一科学体系中所处的地位和层次不同，必然要有分工和重点。这样才能体现出各自的特点和科学性。

　　关于第三种观点，即以生产方式为研究对象的问题。就某种意义来说，政治经济学要研究生产方式。但不是一般地、平行地研究生产方式的两个方面，而是重点研究一定生产方式运动中的生产关系；否则，它同历史唯物主义就难于区分了，主张作为政治经济学对象的生产方式，是对生产力、生产关系和生产力与生产关系的矛盾三者研究的合一。这种表述似乎不能反映出政治经济学的特点。政治经济学同历史唯物主义的研究对象应当具有原则的区别。后者是关于人类社会历史发展的最一般规律的科学，它是从社会生活的整体上，即从社会生产力与生产关系的矛盾以及由此所决定的经济基础和上层建筑的矛盾运动中，揭示出社会历史发展的一般规律性；而政治经济学则与此不同，它是从社会生活的某个方面或领域，即从社会经济生活或物质生产领域研究和揭示一定生产方式中生产关系发展变化规律的科学。恩格斯在

《反杜林论》一书中指出："政治经济学，从最广的意义上说，是研究人类社会中支配物质生产资料的生产和交换的规律的科学。"在对生产和交换方式同分配方式的关系进行分析以后又说："政治经济学作为一门研究人类各种社会进行生产和交换并相应地进行产品分配的条件和形式的科学，——这样广义的政治经济学尚有待于创造。"① 恩格斯在《卡尔·马克思〈政治经济学批判〉》一书中，针对在资产阶级经济学家头脑中引起过混乱情况的问题时指出："经济学所研究的不是物，而是人和人之间的关系，归根到底是阶级和阶级之间的关系；可是这些关系总是同物结合着；并且作为物出现；诚然，这个或那个经济学家在个别场合也曾觉察到这种联系，而马克思第一次揭示出它对于整个经济学的意义，从而使最难的问题变得如此简单明了，甚至资产阶级经济学家现在也能理解了。"② 恩格斯的这三段话，对政治经济学的研究对象是什么，讲得很清楚。

关于第四种观点，即要结合劳动方式去研究生产的一定社会形式和借这种形式体现出来的生产关系。此种观点认为，这样解释才符合马克思在《资本论》序言中关于研究对象的原意。这种理解虽说有一定的道理，但未必就是马克思的原意。

我们认为，生产方式具有两重含义，如同生产关系具有两重含义一样，即有广义和狭义之分。狭义的生产关系是指人们在社会直接生产过程中的生产关系，广义的生产关系则是指包括社会生产、交换、分配和消费关系在内的生产关系。生产方式也是如此。狭义的生产方式是指社会直接生产过程中的生产方式，它一方面体现人们在社会生产中的分工、协作形式或关系，同时又体

---

① 《马克思恩格斯选集》第 3 卷，人民出版社 1972 年版，第 186、189 页。
② 《马克思恩格斯选集》第 2 卷，人民出版社 1972 年版，第 123 页。

现着人们相互之间的关系；广义的生产方式是指包括社会直接生产过程、流通过程和再生产总过程在内的生产方式，它又可分为社会直接生产过程中的生产方式、流通过程中的交换方式、分配过程中的分配方式和消费过程中的消费方式，这是作为一定社会经济形态的生产方式。狭义生产方式是广义生产方式的基础或决定因素，有什么样的生产方式，就会有什么样的交换、分配和消费方式。

马克思所使用的生产方式具有几种含义，有的地方是指狭义即直接生产过程中的生产方式，有的是指广义即整个社会生产方式，也有的时候交叉使用。马克思在《〈政治经济学批判〉序言》中所讲的生产方式是指广义即社会生产方式。他在叙述研究政治经济学的经过时说："我所得到的、并且一经得到就用于指导我的研究工作的总的结果，可以简要地表述如下：人们在自己生活的社会生产中发生一定的、必然的、不以他们的意志为转移的关系，即同他们的物质生产力的一定发展阶段相适合的生产关系。这些生产关系的总和构成社会的经济结构，即有法律的和政治的上层建筑竖立其上并有一定的社会意识形态与之相适应的现实基础。物质生活的生产方式制约着整个社会生活、政治生活和精神生活的过程。"在谈到社会变革的根据问题时又说：我们"必须从物质生活的矛盾中，从社会生产力和生产关系之间的现存冲突中去解释。……大体说来，亚细亚的、古代的、封建的和现代资产阶级的生产方式可以看做是社会经济形态演进的几个时代。"① 这几个地方所讲的生产方式，都是指的社会生产方式。马克思在作为《政治经济学批判》续篇的《资本论》这部著作中，两种含义的生产方式都使用，但许多地方是作为资本直接生

---

① 《马克思恩格斯选集》第2卷，人民出版社1972年版，第82—83页。

产过程中的生产方式来使用的，在作为广义生产方式使用时，有时还加上某种定语，如"整个"资本主义生产方式等等。马克思在《资本论》序言中所讲的"本书研究的，是资本主义生产方式以及和它相适应的生产关系和交换关系"①。指的就是资本主义直接生产过程中的生产方式，这里所说的生产关系则是指的社会生产过程中的生产关系。看来，这样理解才比较切合《资本论》研究的实际，并且完全合乎逻辑。如果把马克思所讲的生产方式说成是指"劳动的方式"和"生产的社会形式"这样两个含义，那么，对马克思所使用的两种口径的生产方式就无法作出说明和加以运用了。

以上对中国经济学界关于政治经济学研究对象的几种主要观点，进行了一些初步分析，从不同的角度表明了我们的看法。现在再就我们的观点作一些概括性的集中的论述。根据中国社会主义建设的实践经验以及我们对政治经济学的进一步研究，我们认为，政治经济学是关于一定社会生产方式运动中生产关系发生、发展和变化规律的科学。社会主义政治经济学也是如此。它的根本目的就是要揭示社会主义社会的经济运动规律，为党和国家制定经济方面的路线和政策提供理论依据。

政治经济学首先，从一定生产方式运动中研究生产关系，这就表明它是要从生产力及其社会形式的关系中，即从生产关系同生产力状况是否相适应的角度研究生产关系；一定的生产关系是在什么样的物质技术基础上产生的，如何正确处理新型生产关系内部的生产、交换、分配和消费关系才能适应和促进生产力的发展，随着生产力的发展，生产关系内部的关系有了什么变化和发展，怎样由相适应变为不相适应而成为生产力发展的障碍，从而

---

① 《马克思恩格斯全集》第 23 卷，人民出版社 1972 年版，第 8 页。

需要进一步调整或者变革生产关系。揭示一定社会生产方式运动中生产关系发展、变化的规律性，以指导人们从事社会经济活动，是政治经济学的一项基本任务。政治经济学从一定生产方式中研究生产关系发展变化的规律，既不是一般地研究生产方式或者把生产方式当成研究的重点对象，又不至于脱离生产方式的运动来研究生产关系；既可以避免脱离或者忽视社会生产力的作用而孤立地研究生产关系，又不至于离开政治经济学的任务而去研究生产力。这样，政治经济学既可以同历史唯物主义的研究对象严格区别开来，又可以同生产力经济学适当地加以区别。从而能更好地反映政治经济学的特点，更精确地表明政治经济学的研究对象以及如何进行研究的问题。对于社会主义政治经济学来说，就能更好地揭示社会主义经济运动的规律，为社会主义建设事业服务。

其次，政治经济学研究一定生产方式中生产关系发展变化的规律，同马克思主义经典作家关于政治经济学的思想体系是一致的。就《资本论》而言，马克思的研究对象，重点就是关于资本主义生产方式运动中的生产关系，其目的在于揭示资本主义社会的经济运动规律。从《资本论》的体系和结构来看，第一卷是"资本的生产过程"。这是劳动过程和价值增值过程的统一。马克思正是通过对资本直接生产过程中生产方式的分析，揭示了资本和雇佣劳动的关系，从而揭示了剩余价值的生产问题。这是资本主义生产方式的绝对规律。也是资产阶级经济学家无法解决的难题。第二卷是关于资本的流通过程。通过对资本主义交换方式的分析，揭示了剩余价值的实现问题。第三卷是资本主义生产的总过程。研究和揭示了剩余价值的分配问题。第四卷是探讨经济学的理论史。可见，《资本论》的中心内容或"红线"，是关于剩余价值的理论。所以我们说，马克思通过资本的生产和再生产过程，探讨和揭示了资本主义生产关系形成、发展和变化的规律性。

这里有两点需要说明：第一，《资本论》是研究整个资本主义生产方式，但又把马克思在"序言"中所要研究的"资本主义生产方式"说成是资本生产过程中的生产方式，岂不是矛盾吗？其实并不矛盾。因为资本的生产过程是基础、是决定因素，而与此相适应的交换方式和分配方式是由生产方式所决定的。通过对资本生产过程中的生产方式的分析，就可以揭示雇佣劳动与资本的关系，揭示剩余价值的来源。而流通过程和总过程，只不过是论证剩余价值的实现和分配问题。所以，把马克思在"序言"中所说的"资本主义生产方式"，理解为资本生产过程中的生产方式，是完全合乎逻辑的。第二，既然《资本论》是在资本主义生产方式运动中研究生产关系，为什么马克思在"序言"中关于研究对象的概括不提分配关系？这是由资本的生产关系和交换关系在生产关系总和或体系中的地位所决定的。在马克思看来，"分配关系在本质上和生产关系是同一的，是生产关系的反面。"① 有什么样的生产关系，就有什么样的交换关系，有什么样的生产关系和交换关系，就有什么样的分配关系。所以，马克思没有把分配关系单列出来并非说不要研究分配关系，而是在生产关系中已经包含或者说体现了分配关系。恩格斯在《反杜林论》中探讨和概括政治经济学对象问题时，就是分前后两个层次来叙述的。首先，分析了政治经济学所要研究的是社会生产中的生产和交换的规律，其次，才把与这种生产和交换相应的产品分配问题概括进来②。

---

① 《马克思恩格斯全集》第 25 卷，人民出版社 1974 年版，第 993 页。
② 《马克思恩格斯选集》第 3 卷，人民出版社 1972 年版，第 186—187 页。

所有这些情况表明，马克思主义政治经济学的研究对象，是关于人类社会生产方式运动中生产关系发生、发展和变化规律性的科学。社会主义政治经济学也是如此。

第二节　政治经济学的研究方法论

中国经济学界对政治经济学的方法问题专门讨论的不多，对社会主义政治经济学的方法议论得更少，主要是结合政治经济学对象的研究，或是结合《资本论》研究方法的讨论，进行了一些论述。就《资本论》的研究方法来看，大家的认识也不大一致。《资本论》的主要研究方法是什么，有的认为，是唯物辩证法；有的认为，是抽象法；有的认为，是从现象到本质再到现象的方法；有的认为，是逻辑与历史统一的方法；有的认为，是系统方法论。此外还涉及数量法的问题。

下面就这些观点进行介绍和分析，然后谈谈我们的看法。

《资本论》是马克思的最主要、最系统、最完整的经济理论巨著。它虽说是研究资本主义的政治经济学，但在《资本论》中所确立的关于研究对象和方法的理论，却具有它的代表性。即无论对广义还是狭义政治经济学来说，都是适用的，只不过对于其他部分的政治经济学在具体运用中具有不同的情况和特点罢了。所以，了解和掌握《资本论》的研究方法，对于研究社会主义政治经济学具有重要意义。

关于《资本论》的研究方法，主要有五种观点。

1. 《资本论》的主要研究方法是唯物辩证法

持这种观点的同志在对唯物辩证法和其他有关方法的关系方面，意见又不大一致。王亚南认为，马克思研究资本主义关系的基本方法是唯物辩证法，而抽象到具体、分析与综合、历史与逻辑、归纳与演绎等方法，则是从属于唯物辩证法的方法，它们是在辩证法的指导下作为一种认识事物的辩证要素而起作用的。只有唯物辩证法才是《资本论》的方法论的"精神实质"，不能用"辩证法以外"的方法来取代辩证法，以致导向对《资本论》方法论的精神实质的错误认识①。

刘景泉则认为，作为《资本论》研究方法的唯物辩证法包括八项内容：（1）观察的客观性；（2）从相互联系中认识事物；（3）用运动、发展、转化的观点考察问题，（4）对立统一法；（5）分析与综合；（6）从现象到本质，从抽象到具体；（7）否定之否定；（8）从量到质和从质到量的质量互变原则。从而把王亚南排除在辩证法以外的一些方法，纳入为辩证法的内容。并且反对把《资本论》中某种方法如从抽象到具体的方法，说成是《资本论》的整个方法的观点，认为，这是以偏概全。他说，如果要确定《资本论》方法论的核心，则应为"对立统一的方法"。只有它才是唯物辩证法的核心②。

张熏华的看法又有所不同，认为，《资本论》的研究方法是唯物辩证法，但它是通过一些具体分析方法体现出来的，如资本形态运动分析法、数量分析法、矛盾分析法，等等③。这同那种把《资本论》中的各种方法都看成是唯物辩证法的内容或组成部分的观点，是有所不同的。他实际上是将唯物辩证法以及它在经济学中的运用作了区分。

---

① 王亚南：《〈资本论〉的方法》，载《经济研究》1962 年第 2 期。
② 刘景泉：《也谈关于〈资本论〉的方法——对吴传启和王亚南同志争论的商榷》，《光明日报》1963 年 5 月 31 日。
③ 张熏华：《辩证法在〈资本论〉中的应用》，载《学术月刊》1980 年第 7 期。

2. 《资本论》的研究方法是科学抽象法

在赞同《资本论》的研究方法是科学抽象法的观点中，对何谓抽象法以及从抽象到具体、具体到抽象的内容和性质问题，认识上也有差别。林子力、马家驹等人认为，抽象法是"包括从具体到抽象和从抽象到具体两个过程都在内的完整的抽象法"。他们的论据是，"当人们对一个社会经济制度进行研究时，首先遇到的往往是一些比较具体的复杂的范畴，因为只有它们才是在实际经济生活中可以感觉到的；经过科学的分析以后，往往又能得出一些比较抽象的、简单的范畴。只有当人们发现这些抽象的、一般的东西之后，才能从这些抽象的、一般的东西出发，一步一步地回到具体的、复杂的关系中去，对这些关系作出科学的说明。"他们还从人口或国家到阶级、雇佣劳动和资本；然后，再回到"人口或国家上去"，论证研究方法应当从具体到抽象和从抽象到具体的顺序的正确性①。

吴传启在《从抽象上升为具体是辩证的认识方法》一文中所阐述的观点同上述看法有所不同，认为马克思的科学抽象法是"从抽象上升到具体的方法"。"所谓由抽象上升为具体，就是认识中由简单到复杂，由低级到高级的过程，也就是认识运动的辩证法。由于任何事物的发展，无不表现为一个由简单到复杂，由低级到高级的发展过程，因此，作为反映事物的逻辑认识过程，也必须是一个同样的辩证发展过程。"所以，"从抽象上升到具体的方法就是辩证法，因而是马克思应用于《资本论》的基本逻辑方法。"②

---

① 林子力、马家驹等：《关于政治经济学社会主义部分的方法问题》，载《新建设》1957 年第 6 期。

② 吴传启：《从抽象上升到具体是辩证的认识方法》，载《哲学研究》1962 年第 4 期。

王亚南不同意这种观点。首先，认为从抽象到具体的方法不等同于辩证法，而是"辩证法以外"的方法。他说："在辩证逻辑中从抽象上升为具体的逻辑方法，是有很大局限性和片面性的。"在马克思主义哲学出现之前，这种方法就已成为资产阶级的乃至更早的哲学家的认识手段，它之所以具有辩证的性质，是因为它从属于辩证法。只有在辩证法的统筹指导下，它才会有利于科学研究。其次，由抽象到具体的方法只是作为历史的逻辑方法在应用中的具体体现，离开了历史的逻辑，这种方法就会变为由概念到复杂的概念，由范畴到更多规定性的范畴的纯抽象范围的逻辑推演①。

林京耀等人又不同意王亚南的观点。认为"从抽象上升到具体和其他等等逻辑方法都是认识的辩证法"，是客观辩证法在人们思维中的反映。因此，它们应该是《资本论》中运用的基本逻辑方法，是辩证方法的不同表现。如果否认从抽象上升到具体等逻辑方法是辩证法的有机组成部分，是它之外的方法，辩证法就变成空洞无物的虚饰了②。刘景泉则认为，从抽象到具体是《资本论》辩证方法中的一个方法，而不是根本方法，根本方法应该是对立统一法③。

胡钧从另一个角度不同意吴传启的观点，认为，从抽象到具体不是研究方法而是叙述方法。说研究的方法就是从具体到抽象的过程，而叙述的方法则是从抽象到具体的过程。研究的方法是从实际出发，从感性认识上升到理性，从现象到本质，从简单到

---

① 王亚南：《再论〈资本论〉的方法》，载《哲学研究》1963 年第 3 期。

② 林京耀、陈筠泉：《对王亚南同志〈再论"资本论"的方法〉一文的商榷》，载《哲学研究》1983 年第 4 期。

③ 刘景泉：《也谈关于〈资本论〉的方法——对吴传启和王亚南同志争论的商榷》，《光明日报》1963 年 5 月 31 日。

复杂，因此，可归结为从具体到抽象。叙述的方法则是用所研究的成果，再从理论上表述出来以反映客观现实。这实际上即是从抽象到具体，所以，它正好和研究方法的程序相反，是从本质到现象，从简单到复杂①。王学文又不同意胡钧的这种区分，认为研究方法既包括从具体到抽象，又包括从抽象到具体，由此才能由经济现象出发，逐步深入到经济的本质，再由经济本质，逐步认识到经济观象，了解到本质与现象的内在联系。所以，不能因为叙述方法只采用从抽象到具体的逻辑程序，就机械地认为，研究方法只能采用从具体到抽象的逻辑程序②。

张维达认为，科学抽象法是政治经济学研究中唯一正确的方法，也同意区分研究方法和叙述方法。说科学抽象法，是从大量的社会经济现象中抽去其外部的、偶然的、非本质的联系，而得到其内部的、必然的、本质的联系的方法。他引用马克思在《资本论》序言中的话，即分析经济形式，既不能用显微镜，也不用化学试剂。两者都必须用抽象力来代替。借以说明政治经济学的方法必须是抽象法。他也认为，研究方法和叙述方法不同，它是从具体到抽象，从现象到本质的认识方法；叙述方法则是从抽象上升到具体，从本质说明现象的逻辑方法③。

田光也不同意胡钧和张维达的观点，认为，研究方法和叙述方法是密不可分的，同时认为，正确的方法不是从具体开始，而是从抽象到具体。他说："研究方法系指经济学家怎样由客观到

　　①　胡钧：《怎样理解从抽象上升到具体的方法——和吴传启同志商榷》，载《新建设》1963 年第 4 期。

　　②　王学文：《谈谈〈资本论〉由抽象到具体的方法》，载《江汉学报》1983 年第 8 期；《哲学研究》1964 年第 1 期。

　　③　张维达主编：《政治经济学教科书（资本主义部分)》，吉林人民出版社1981 年版。

主观，再由主观到客观循环往复地分析各种经济形式，探寻它们的内在联系。"在安排范畴次序的叙述过程中，"也必须循环往复地由客观到主观，再由主观到客观，继续弄清各种经济形式各自的规定性究竟是复杂还是简单"。所以，研究方法和叙述方法是密切相连的。"研究过程往往只能大体上弄清经济形式各自的规定性，对它们的进一步弄清往往是在叙述过程中完成的。并不是完完全全研究好了，然后再叙述；而是边研究，边叙述；在研究中叙述，在叙述中研究。""甚至可以说，研究就是叙述，叙述就是研究。"他认为，科学上正确的方法，不是从具体到抽象，应该是"从抽象到具体"。从具体开始，例如从人口开始之所以错误，是因为如果抛开构成人口的阶级，人口就是一句空话；如果抛开这些阶级所依据的因素，如雇佣劳动、资本等，阶级也是一句空话；如果没有交换价值、货币等，雇佣劳动和资本就什么也不是。从抽象开始，例如从交换价值、货币等开始，之所以正确，是因为交换价值、货币等是雇佣劳动、资本等的前提，雇佣劳动、资本等是阶级所依据的因素，阶级又是构成人口的。所以，从交换价值、货币等开始，就可以依次说明雇佣劳动、资本、阶级和人口。

田光不同意"从具体出发就是从实际出发"，从抽象到具体的方法则不是从实际出发的说法，认为，这是把具体和抽象两种根本不同的含义混淆了。在由特殊到一般，再由一般到特殊这两个认识过程中，都有具体和抽象，它们在这两个认识过程中的地位和作用是不同的。"在由特殊到一般、再由一般到特殊的认识过程中，客观事物是第一性的，主观思维是第二性的。"而"政治经济学中的从具体到抽象的错误叙述顺序和抽象到具体的正确逻辑结构，整个地属于主观思维这个第二性的领域。它们都是在由客观到主观、再由主观到客观的循环往复中形成的。判断它们错误和正确的标准在于：它们是否符合客观世界中复杂事物和简单事物的真正联系。"正因其如此，在对反映客观现实的概念、范畴的认识比较肤浅和表面化时，叙述的顺序错误地由具体到抽象。而在对反映客观事物本质的较深概念、范畴有比较清楚的认识时，叙述顺序才能正确地由抽象到具体①。

姚森也认为，不能把政治经济学方法论中的"具体"，理解为感性认识意义上的"具体"。从马克思主义政治经济学逻辑安排方面看，"抽象"和"具体"都是理性认识这一层次的范畴。当然，在理性认识这一层次的诸概念中也会有一定程度的区别，"人口"、"国家"等概念比较具体，而"货币"和"价值"则比较抽象②。

刘诗白认为，《资本论》中的抽象法有两大内容：第一，从实在和具体开始，从实践经验和实际材料出发，进行逻辑思维与理论分析，"从不纯的复杂的经济现象——'混沌的表象'，提炼出简单的、高度抽象的概念"。第二，抽象上升。从上述提炼出的抽象概念出发，"加上与之相互联系的新一层关系的规定性，得出更具体的，即次一级的抽象范畴，如此进一步上升，加上更加具体的规定性，得出更具体的，再次一级的抽象范畴。这个上升的终点，便是一个拥有许多规定性的，丰富的，有血有肉的具体。"说"《资本论》的抽象法的特色，在于从抽象上升到具体。"因为"从具体到抽象，只是抽取与把握现实的生产关系的抽象规定；这个抽象规定内容稀薄，因而只是揭示了所考察的对象的一个框架，还不能反映对象现实的丰富的规定"。

---

① 田光：《论从抽象上升到具体——马克思〈《政治经济学批判》导言〉研究》，载《中国经济问题》1983 年第 1 期。

② 姚森：《略论〈资本论〉中的研究方法》，载《马克思经济理论探索》，上海人民出版社 1983 年版，第 204—210 页。

　　刘诗白论述了《资本论》的科学抽象法，又是逻辑的方法。从具体到抽象是运用分解上的抽象力，从抽象到具体则是运用综合上（也包括归纳与演绎）的抽象力。这种"逻辑思维或理论分析的方法，乃是马克思批判地继承旧的思辩哲学，特别是黑格尔哲学的逻辑思维的方法，并把它创造性地运用于政治经济学研究之中"。他不同意那种认为，从具体到抽象意味着从现象到本质，因而是研究方法；而从抽象上升到具体则仅仅是一种叙述方法的观点。认为，从"抽象上升到具体，既是叙述方法，也是研究方法"。而从具体到抽象只是研究的"初阶"，只能得到内容稀薄的抽象框架，这只是用来供进一步去填充以具体的规定、以再现出所要考察的现实经济关系。研究的这个阶段成果尚未出现。理论的真正成果出现在抽象到具体的上升阶段。并且论述了这一阶段的层次和过程①。

　　段若非对抽象法提出了异议，他认为，马克思在《资本论》中所谈到的"抽象力"并非抽象法。抽象力是指人们进行抽象思维活动的一种能力，这对不同的人来说是不同的。所以，把这种因人而异的能力说成是一种科学方法是不妥的。说运用"抽象力"，对社会经济现象进行分析，其目的在于"舍象"掉与研究对象的本质联系无关的因素，这同"抽象"的意义大不相同。所以，把通过"舍象"所得到的纯经济形态说成是"抽象的"经济形态，也是不对的，当然，也不能说在"舍象"掉无关的因素的纯粹经济形态上进行考察的方法是"抽象法"②。

　　对抽象法能否直接用于社会主义政治经济学的研究，也有两

---

　　①　刘诗白：《论〈资本论〉中的科学抽象法》，载《学术月刊》1983年第2期。

　　②　段若非：《抽象力、抽象思维过程及其他——关于政治经济学方法的几个问题》，载《晋阳学刊》1981年第2期。

种不同的意见。张朝尊认为："现阶段的政治经济学社会主义部分理论体系的研究不应当运用从抽象到具体这个方法。因为，社会主义经济理论的形成发展不同于《资本论》，目前还不可能探讨社会主义发展的一般规律，各国社会实践都必然有其民族特色。所以，只有从实际出发才可能取得成就……不能在头脑中进行抽象。"① 吴宣恭不同意这种意见，认为，研究社会主义经济理论的科学体系，必须运用从抽象上升到具体的方法。认为考察社会主义生产方式，可以先舍象掉一些较为复杂的规定性，从简单逐步向复杂发展，然后在不同的逻辑层次上加入相应的复杂规定性进行研究。最后，在一个具有多种规定性的具体形式（总过程）中再现客观经济关系的全貌。这样就能保证经济范畴体系本身的内在结构有一个正确的逻辑顺序，从而由前一个范畴中合乎逻辑地引申出后一个范畴，形成范畴之间的辩证转化和逻辑运动。所以，不妨首先假定社会主义公有制最一般的规定性，如共同劳动、共同占有等关系为第一前提，在这里考察社会主义最本质的经济关系，然后，在相应的层次上以研究所有制内部形式的变化为中介引申出商品经济形式。这样可以使理论分析进入到现阶段社会主义经济复杂的多层次的内部结构之中，而不是把它们当作两个不同的历史发展阶段来考察②。

荣敬本从另一种角度谈到了应用《资本论》方法研究社会主义经济理论的问题。认为，马克思在《资本论》中作了经济机制与模式的分析。研究社会主义经济模式和经济机制，实际上就是在社会主义经济理论中运用从抽象逐步到具体方法的重要

---

① 张朝尊：《全国社会主义政治经济学体系讨论会简报》1984 年第 9 期。
② 吴宣恭：《全国社会主义政治经济学体系讨论会简报》1984 年第 9 期。

体现①。

3. 《资本论》的研究方法是从"现象—本质—现象"的方法

戴述西从现象和本质的关系，论述了《资本论》的研究方法是"现象—本质—现象"的方法。他认为，马克思写作《资本论》的目的，就是揭示以颠倒和歪曲的形式表现出来的现象、假象，发现资本主义生产关系的本质及其运动的规律。因此，在《资本论》的方法中，就有一个正确处理现象和本质的相互关系问题。马克思处理这种关系的方法论原则就是：从当前直接存在的现象出发，探寻隐藏在现象后面的内在本质，在纯粹的、理想的、平均的形式中，研究和分析这种本质，弄清资本运动的内部机制；然后，经过必要的中介环节，一步一步地去分析和说明现象的表面运动。简单地说，这就是现象—本质—现象的方法，或者说存在—本质—现象—现实的方法。在这里，起点（出发点）和终点（归复点）是相同的。或者说，起点是抽象的终点，而终点则是具体的起点。因此，整个认识过程呈现为一个圆圈。在《资本论》中，马克思从作为货币前提的商品开始，即从当前的直接存在（商品）开始，到资本本身变成商品（生息资本）结束，呈现为一个完整的大体系大圆圈。其中，一些独立的完整的部分又形成一些小体系小圆圈。这样，就有两个完整的圆圈：一个是商品圆圈；一个是资本圆圈②。

黄泰岩则从范畴叙述方法的角度，论证了《资本论》中的现象—本质—现象的方法。认为马克思从价值到交换价值的叙述方法，不等于从抽象上升到具体的叙述方法，这是截然不同的两

---

① 荣敬本：《用〈资本论〉的方法研究社会主义经济理论》，载《经济研究》1983 年第 6 期。

② 戴述西：《〈资本论〉中关于现象—本质—现象的方法》，载《湘潭大学学报》1985 年第 1 期。

种叙述方法。马克思对价值——交换价值，剩余价值——利润的叙述方法不是采用从抽象上升到具体的叙述方法，而是对范畴的叙述。对范畴的叙述不同于对理论体系的叙述。理论体系的叙述是以建立科学的理论体系为目的，因而它要采用从抽象上升到具体的方法。范畴的叙述，是以揭示范畴本身的本质（内容）并用本质来说明现象（形式）和揭示范畴的内在矛盾为目的。目的不同，采用的方法也就不同。范畴的叙述就是把对范畴的分析成果叙述出来，其过程是：（1）通过现象抓事物的本质；（2）说明本质为什么必然表现为现象；（3）揭示事物的矛盾运动，理解范畴向其对立面的转化。所以，"范畴的叙述形式就表现为现象（形式）—本质（内容）—现象（形式）。"对范畴的叙述之所以要从现象开始，"首先是因为事物的本质是通过现象表现出来的……其次是事物的本质是一个超感觉的没有形体的东西。所以对范畴的叙述不能从本质开始，而只能从可感知的现象（形式）开始。"由此他得出结论说："从抽象上升到具体的方法只是从思维如何把握具体，如何建立理论体系的骨架的角度来表明马克思的叙述方法，但这并不是……《资本论》中叙述方法的全部原则"，此外还包括范畴的叙述方法①。

4. 包括《资本论》在内的政治经济学的研究方法是逻辑与历史统一的方法。这种观点在中国理论界一直占统治地位，但也有个别同志提出了异议

在政治经济学教材和研究《资本论》的论著中，认为，逻辑与历史相一致是马克思主义经济学的重要方法的论据，主要有两点。一是根据恩格斯在《〈政治经济学批判〉导言》中的一段

---

① 黄泰岩：《试论〈资本论〉的叙述方法》，载《经济理论与经济管理》1984年第5期。

话，"对经济学的批判，即使按照已经得到的方法，也可以采用两种方法：按照历史或按照逻辑。……因此，逻辑的研究方式是唯一适用的方式。但是，实际上这种方式无非是历史的研究方式。"[①] 这段话被人们视为对《资本论》的研究方法的经典性总结。如王亚南认为，可以从《资本论》中的每一个范畴的演进顺序中得到资本主义经济发展的相应的历史顺序。以此来印证恩格斯的结论。说事物的实际历史发展的起点，就应当是思想的逻辑进程的起点，逻辑的东西只是客观历史的反映[②]。二是从商品—货币—资本—剩余价值—利润—平均利润—地租等一系列经济范畴的递进，反映了资本主义生产关系发展的历史进程，来加以论证。

沈佩林在《〈资本论〉中范畴的逻辑顺序和历史顺序问题》一文中，对上述观点提出了质疑。指出，那种认为《资本论》贯彻了"逻辑顺序与历史顺序相一致"的观点，在进行论证时存在两种倾向：首先，忽略了马克思本人在《〈政治经济学批判〉导言》第三节"政治经济学的方法"中关于逻辑顺序和历史顺序所做的阐述。沈佩林引用马克思论述资本和土地所有制的关系一段话为依据，认为，历史上土地所有制出现在前，而马克思在研究资本主义生产方式时却把资本放在土地所有制之前加以展开。认为："不懂资本便不能懂地租，不懂地租却完全可以懂资本。资本是资产阶级社会的支配一切的经济权力。它必须成为起点又成为终点，必须放在土地所有制之前来说明。"并引述了马克思的如下结论："因此，把经济范畴按它们在历史上起决定

---

①　《马克思恩格斯选集》第 2 卷，人民出版社 1972 年版，第 122 页。

②　王亚南：《〈资本论〉的产生，其性质、其结构及其研究方法》，载《厦门大学学报》1956 年第 2 期。

作用的先后次序来安排是不行的、错误的。它们的次序是由它们在现代资产阶级社会中相互关系决定的，这种关系，同看来是它们的合乎自然的次序或者符合历史发展次序的东西恰好相反。问题不在于各种经济关系在不同社会形式的相继更替的序列中在历史上占有什么地位，更不在于它们在'观念上'（蒲鲁东）（在历史运动的一个模糊表象中）的次序。而在于它们在现代资产阶级社会内部的结构。"①

其次，认为，主张"逻辑与历史一致"观点的人在结合《资本论》举例说明问题时，流于简单化，只是指出"从研究商品开始，进而研究货币和资本"。说他们只看到第一卷第一章"价值形态"一节中从简单到复杂的"逻辑的进程和历史的进程基本一致"，而没有看到《资本论》中大量存在的逻辑和历史并不一致的地方。从《资本论》的总体结构来看，第一卷考察资本的直接生产过程，第二卷是流通过程，第三卷是总过程。这个总的结构，决不是历史发展关系的反映，而是对同时存在的资本主义生产方式内部结构的解剖。并且列举了第一卷至第三卷的篇、章结构安排的次序，认为，所谓逻辑与历史的一致并不存在。

沈佩林还认为，人们常引用恩格斯关于逻辑与历史相一致的方法来论证《资本论》的方法是错误的。认为，恩格斯所说的这种方法是对《政治经济学批判》的评价，而并非是对《资本论》的评价。马克思在《政治经济学批判》中仅仅考察了商品和货币，而没有考察资本，也没有考察资本主义生产关系中大量同时并存的现象，恰恰是这些现象没有办法按照历史顺序来安排。同时认为，即使在《政治经济学批判》一书中，恩格斯也

---

① 《马克思恩格斯全集》第 12 卷，人民出版社 1962 年版，第 758 页。

指出了逻辑与历史不尽一致的情况。

综上所述，沈佩林的结论是："在《资本论》的方法中，并没有把逻辑顺序和历史顺序相一致当作一条原则来加以贯彻"，它并不是《资本论》的辩证法的一个不可分割的部分。"逻辑和历史相一致的论点，实际上就是说逻辑等于历史，这是对马克思的方法做了黑格尔主义的歪曲。"①

田光不同意沈佩林的上述观点，认为，研究《资本论》的逻辑与历史一致的问题，必须区分三种历史：资本主义社会本身的历史、资本主义社会形成的历史、前资本主义社会的历史。前两项有较多共同点，同前资本主义社会史有较少共同点。《资本论》研究的主体是资本主义社会本身。所谓《资本论》的逻辑与历史的一致，无非是政治经济学资本主义部分的逻辑与历史的一致。由此，"《资本论》的逻辑与历史的关系可归结为三方面：第一，《资本论》的逻辑与资本主义社会本身的历史必然一致。第二，《资本论》逻辑的某些方面，又与前资本主义社会史，资本主义社会形成史一致。第三，《资本论》逻辑的另一些方面，与前资本主义社会史，资本主义社会形成史不一致。"认为，明确了这个问题，就能合理解释恩格斯关于"逻辑与历史相一致"的方法同马克思所说"把经济范畴按它们在历史上起决定作用的先后次序来排列是不行的"两种观点。他们是从不同角度研究问题的，恩格斯是就《资本论》的"逻辑与资本主义社会本身的历史一致"而言，摆脱了对历史"起扰乱作用的偶然性"因素。这样，两种观点就可以统一起来。

田光论述了《资本论》中范畴的逻辑顺序，是按照范畴在

---

① 沈佩林：《〈资本论〉中范畴的逻辑顺序和历史顺序问题》，载《中国社会科学》1981 年第 2 期。

资本主义社会本身历史上的先后顺序排列的。（1）第一卷第一篇考察商品和货币，从第二篇到第三卷第五篇考察资本，第三卷第六篇考察现代土地所有制（第七篇《各种收入及其源泉》是对后三卷的总结），这个总的结构，是按照商品、货币、资本和现代土地所有制在资本主义社会史上的先后顺序排列的。（2）第一卷《资本的生产过程》，第二卷《资本的流通过程》，第三卷《资本主义生产总过程》，这个结构也是按照它们在资本主义社会历史上的先后顺序排列的。它同上述四大范畴是两种角度不同的基本逻辑序列，它们是结合在一起的，共同组成《资本论》的总体系。（3）在资本这个中心范畴的领域内，存在着产业资本到商业资本、生息资本的历史顺序。（4）在资本的基本形式——产业资本的领域内部，产业资本的生产过程、流通过程和生产总过程之间，同样存在着和上述三大过程之间类似的相互关系和历史先后性。（5）在产业资本的生产过程中，存在着从孤立的生产过程到再生产过程的历史顺序。（6）在产业资本的流通过程中，货币资本循环、生产资本循环和商品资本循环之间，资本循环和资本周转之间，分别存在着历史先后。（7）在产业资本的生产过程中，利润一般在历史上早于平均利润。由此，田光认为，逻辑与历史一致原则是政治经济学的基本方法论原则之一，《资本论》彻底贯彻了这一原则。它实际上是辩证唯物主义和历史唯物主义基本原则——理论与实际相一致的原则的运用。理论不符合它所反映的实际，就表明理论有错误；理论的逻辑不符合它所反映的实际的历史，也表明逻辑有错误[1]。

　　姚森在《略论〈资本论〉中的研究方法》一文中，认为，既存在"逻辑与历史相一致"之处，又存在"逻辑与历史不相

---

　　[1]　田光：《资本论的逻辑与历史问题》，载《中国社会科学》1981 年第 2 期。

一致"之处。所以，不应认为逻辑与历史相一致是《资本论》中前后一贯的一个原则，但也不能认为那些逻辑与历史相一致之处就是错误的。较妥当的提法应是："逻辑的方式与历史的方式大体相一致。"在谈到《资本论》的方法论原则时，认为，"逻辑的方式是唯一运用的方式"，也是唯一的原则。各种范畴必须按照逻辑的原则、而不是按照"逻辑与历史相一致的原则"来安排顺序①。

5. 包括《资本论》在内的马克思主义政治经济学的方法，是一个方法论体系或系统方法论，但对系统方法论也有不同的看法

古克武在《马恩政治经济学方法论体系的内容》一文中谈到，政治经济学的方法不是许多具体方法的总和，而是一个方法论体系。他论述了应从四个方面来把握方法论体系。（1）政治经济学方法的前提。这种方法论不能先验地确定，必须面对客观世界，从要认识和研究的对象出发，必须以明确政治经济学的对象为直接前提。（2）政治经济学方法的基础。研究对象确定以后，就是如何认识对象的问题。认识对象的方法，取决于对象自身的运动规律。"唯物史观作为政治经济学的方法论的基础，它所规定的政治经济学的根本性方法是：政治经济学必须从现时的生产力性质去考察社会经济关系的性质；必须从社会关系各方面的辩证关系中去把握生产关系的总和；必须从生产力的发展和改变去寻求一定的社会经济关系产生、发展、消亡的规律。"（3）政治经济学理论体系的建立方法。马克思说"历史上有过两种方法，从而有两条建立政治经济学理论体系的道路。这两种

---

① 姚森：《略论资本论中的研究方法》，参见陶大镛主编：《马克思经济理论探索——纪念马克思逝世一百周年学术论文集》，上海人民出版社1983年版。

方法：一是从具体到抽象，一是从抽象到具体。"第一条道路所得出的只是个别的、孤立的范畴，不能把握总体，建立科学体系，只有走第二条道路，才使他们的各种经济学体系开始出现。

（4）政治经济学研究问题和说明问题的一系列具体方法①。

马卫刚从系统科学的角度，论述了《资本论》的方法论体系。认为《资本论》的范畴分析方法论，从根本上说是唯物史观指导下的系统科学方法论。它要求不能孤立考察单个经济范畴，而要在诸范畴相互之间的普遍联系中，把握每个经济范畴的规定性。例如《资本论》的始点，商品范畴的科学性，在于通过分析，在逻辑上以货币为媒介，在一定条件下引申出主体范畴（资本）并导致中心范畴的产生。始点范畴是历史起点和逻辑起点的统一，历史起点具有一般性、继承性和发展性，逻辑起点必须是一个最简单、最抽象、反映经济细胞这种性质的经济具体物，历史起点决定逻辑起点。从这里出发将导致一系列相应经济范畴的产生，最终形成一个科学的逻辑体系。马克思建立《资本论》的范畴体系的三大逻辑原则充分体现出系统科学的思想，它是整体性原则、发展性原则和一贯性原则。整体性原则要求理论以主体范畴为逻辑支柱，按照诸范畴与它的关系安排各个经济范畴的逻辑位置，使科学成为一个"辩证地分解了的整体"。发展性原则要求理论中心范畴运动的过程为逻辑线索，以经济范畴自身的两重性为逻辑动力，以范畴之间相应转化的条件为逻辑中介，并以此作为划分逻辑层次的标志，正确排列逻辑顺序，始终坚持两重性分析。一贯性原则要求逻辑运动建立在共同的理论前提下，以避免前后矛盾和循环论证。《资本论》中这些系统科学

_____

① 古克武：《马恩政治经济学方法论体系的内容》，载《江淮论坛》1983年第1期。

思想，是研究社会主义经济理论体系的基本方法论①。

刘勇的看法则有所不同，认为，不应该把《资本论》的方法论体系原则，简单地和现代系统结构思想画等号。因为《资本论》的方法论体系，是马克思所独有的结构方法和历史方法的统一。马克思在《〈政治经济学批判〉序言》中关于经济结构的原理，在《资本论》中得到了极大的丰富和发展，并成为马克思政治经济学方法论的一大特征。他论述了社会经济结构不同的具体历史形式和共同点。认为任何社会经济结构都有两个共同点：第一，"在一切社会经济结构中都有一种一定的生产决定其他一切生产的地位和影响。因而它的关系也决定其他一切关系的地位和影响。"而这就是所有制关系。第二，一切社会的经济结构都是该社会生产关系总和的统一体。他认为，马克思上述经济结构思想中的核心点，是强调社会经济结构轴心关系，这是和现代系统结构思想的不同之点。同时还认为，马克思对结构的分析运用了历史的方法。"在考察一切社会经济结构的时候，马克思从来不像现代结构主义者那样，把社会经济结构当做某种固定不变的模式。相反，他始终认为，一切社会经济结构都是活生生的，处于永恒的历史发展过程之中。"是一种"动态结构"。作为分析经济结构的两种基本方法，各有优点。结构方法的优点在于，"它首先，能够从社会经济形态的最本质的联系（结构联系）来把握客体；其次，它还提供认识社会经济形态历史的可能性。因为对社会经济结构的认识，决定着社会的真正科学的历史分期。"历史方法的优点，是"由于它是按一定的时间顺序，按历史表现的社会经济形态的具体结构，来阐明该客体发展的不

---

① 马卫刚：《资本论的方法论体系》，参见《全国社会主义政治经济学体系讨论会简报》1984 年第 12 期。

同阶段，因而它能够认识社会历史运动的全部丰富内容。"两种方法不是互相排斥而是"辩证统一"的。"从方法论角度看，上述两种方法各有自己的特点和认识手段，两者都在认识中反映了社会的某些确切方面。为了勾画社会经济结构的完整图画，在理论分析中必须把历史的方法和结构的方法紧密结合起来。"①

此外，有些同志还就《资本论》的数量研究方法进行了分析。首先，就《资本论》中数量研究方法的内容及其地位问题进行了论述。张维达在研究《资本论》中运用定量分析方法问题时说，这决不是外加的、可有可无的，而是一种内在的要求，有其必然性。第一，运用定量分析法是由政治经济学对象的性质所决定的。因为作为研究对象的经济关系不仅有质的方面，还有量的方面。对量的分析不仅仅是对质的分析的补充，而且是经济关系分析中必不可少的方面。第二，定量分析法是唯物辩证法的具体运用。马克思按其辩证唯物主义认识论研究经济关系，运用的是科学抽象法。而在《资本论》中沿着从抽象上升到具体的逻辑行程，根据唯物辩证法对一系列经济范畴进行分析时，不仅运用对立统一规律考察其构成要素和对立面统一及其矛盾运动，而且运用质量互变规律考察其质和量两个方面的规定及量变到质变的发展。关于定量分析法的内容，他概括了五点：（1）量的规定性分析；（2）数量界限分析；（3）等式关系数量分析；（4）函数关系数量分析；（5）图表计算分析②。

其次，如何在社会主义政治经济学中运用《资本论》的数量分析方法。易培强认为，可从三个方面来进行：（1）把对经

---

　　① 刘勇：《马克思的社会经济结构理论及其方法论意义》，载《中州学刊》1983 年第 3 期。

　　② 张维达：《学习马克思〈资本论〉中定量分析方法》，载《吉林大学社会科学学报》1983 年第 3 期。

济的质的研究和量的研究结合起来；（2）要注意决定事物性质的数量界限，努力探寻和把握事物的最佳量；（3）要重视总的量变中的部分质变，注意经济发展过程的阶段性①。张维达认为，他关于定量分析的上述五点内容，都有助于社会主义经济理论的分析②。

综上所述，关于政治经济学研究方法的几种观点，都程度不同地阐明了各自的理由。至于这些理由的科学性如何，需要人们作出自己的判断，这是各种观点能否成立的关键。在遵循辩证唯物主义原则的问题上，看来各种观点的基本认识大体上是一致的。对唯物辩证法同抽象法等的关系问题，有的认为，两者是指导与从属关系，有的认为后者是唯物辩证法的具体运用。这也是同中有异或者异中有同的。有些观点从表面或表述上看，似乎有所不同，但实际上则有其一致性。关于现象—本质—现象的方法和抽象法就是如此。从现象到本质，从本质再回到现象，实际上意味着运用抽象法。当然，上述各种观点之间，以至在同一种意见内部，分歧是不小的。争论的焦点是，唯物辩证法在政治经济学方法论中究竟处于什么地位，政治经济学的研究方法有没有自己的特点或相对独立性，唯物辩证法能否取代政治经济学的研究方法？上述各种分歧的存在，同人们对马克思主义政治经济学方法论的正确认识和研究的程度是分不开的。这是一点总的看法。

关于第一种观点，即《资本论》的主要研究方法是唯物辩证法。这种看法过于笼统和一般化。既不能同哲学的研究方法相区别，又不能反映《资本论》作为政治经济学本身所具有的研

---

① 易培强：《质与量辩证法和社会主义建设》，载《求索》1983 年第 1 期。

② 张维达：《学习马克思〈资本论〉中定量分析方法》，载《吉林大学社会科学学报》1983 年第 3 期。

究方法的特点，所以不能真实地说明问题。马克思在谈到政治经济学的研究方法问题时指出："分析经济形式，既不能用显微镜，也不能用化学试剂。两者都必须用抽象力来代替。"[1] 这就说明了政治经济学的方法同它的研究对象是密不可分的。那么，在政治经济学研究中，抽象法同唯物辩证法是一种什么关系？有的认为，两者是指导和从属关系；有的认为，抽象法是唯物辩证法的一项内容；有的认为，抽象法是唯物辩证法的反映或具体运用。我们认为，唯物辩证法是马克思主义政治经济学方法论的指导思想或基础，而抽象法是在它的指导下从事政治经济学研究的基本方法。这就是说，在经济研究中所进行的抽象不是任意的，而是以唯物辩证法作基础的，否则，就不可能有科学的抽象。但唯物辩证法又不可能取代抽象法，因为抽象法是分析经济形式，从而得出各种必要的概念或范畴所必需的方法。这样，才能反映或体现政治经济学研究方法的特点。

　　关于第二种观点，即《资本论》的研究方法是科学抽象法。这种认识反映了作为政治经济学的《资本论》的研究方法的特点。但抽象法同唯物辩证法和其他有关方法是什么关系，不明确。政治经济学的方法论是一种体系，各有关方法在这个体系中具有各自的地位和作用，它们互相联系、互相补充，有主有从。抽象法固然是经济学研究的基本方法，但它必须以唯物辩证法作基础，这样才能得出和客观事物的实质相符合的抽象。所以，决不能把抽象法看成是任意的、可以脱离唯物辩证法的研究方法，应当从方法论体系中来把握它。至于抽象法是包括从具体到抽象、从抽象到具体两个阶段，还是其中的一个阶段？认识不一。我们认为，作为政治经济学的主要研究方法，应当包括两个阶段

---

①　《马克思恩格斯全集》第 23 卷，人民出版社 1972 年版，第 8 页。

在内。人们在考察经济运动过程中，首先，通过分析各种经济形式，排除那些偶然的、次要的因素和假象，揭示它的内在的本质关系，从而才能掌握经济运动的规律性。其次，又从抽象回到具体，即依据对经济运动规律的认识，用来指导实践，并从实践中检验、校正人们的认识，补充和发展人们的认识。这是统一认识过程中的两个互相区别而又互相联系、互相补充的不同发展阶段。所以，不应当把一种完整的研究方法割裂开来或对立起来。

关于第三种观点，即《资本论》的研究方法是从现象—本质—现象的方法。这是一种比较朴实的说法。虽说并不错，但不够完善。这究竟是一种什么方法，或者说是个什么概念？在理论上似乎不大明确。其实它应当属于抽象法的内容。然而，持这种观点的同志却把它同抽象法区别开来、并列起来。

关于第四种观点，即逻辑与历史相统一的方法。这讲的是思维过程同历史过程的关系问题。在关于这个问题的争论中，有一种观点认为，在《资本论》的研究方法中，马克思"并没有把逻辑顺序和历史顺序相一致当作一条原则"，甚至认为"相一致"的观点"是对马克思的方法做了黑格尔主义的歪曲"。这种看法显然是不对的。按照唯物辩证法的观点，所谓逻辑与历史相统一的方法，是指逻辑思维必须同历史发展的基本进程即主流相类似或一致，而不能违背这个基本进程。这就是说，政治经济学的研究，是把社会生产方式发展过程中那些偶然的、暂时起作用的因素，即历史发展过程中的反复和曲折排除在外的。这也是一种抽象。如果离开了这种抽象法，就会陷入混沌世界，无从探索和掌握一定社会生产方式发展的规律性。这正是马克思主义认识论中逻辑必须与历史相结合的依据所在。正如恩格斯所说，"逻辑的研究方式是唯一适用的方式。但是，实际上这种方式无非是历史的研究方式，不过摆脱了历史的形式以及起扰乱作用的偶然性而已。"①

关于第五种观点，即《资本论》的研究方法是一个方法论体系或系统方法论。说政治经济学的方法是一种方法论体系是对的。但就其内容来看，似乎不大明确或者没有抓住重点。所谓政治经济学方法论体系的内涵是什么，各有关方法在这个方法论体系中的地位和作用如何，或者说政治经济学的主要方法同唯物辩证法和其他各种方法的关系如何，它们是怎样构成一种方法论体系的？这些问题都得不到回答。因而不能说明问题。至于把马克思关于《资本论》的方法论同 20 世纪所形成的系统论等同起来，是没有什么根据的。所谓系统论，是关于用系统观点作为一种分析思考问题的方法，是现代科学方法论的一种新流派。它讲求整体性原则，相互联系原则，有序性原则和动态原则。而马克思主义政治经济学的方法论，则是基于它的研究对象、任务和体系结构所确定的一种方法论体系。两者虽说有某些相类似之处，但无论从它们的形成、内容和体系来看，却都有着原则区别。所以不应将它们混为一谈。

马克思主义政治经济学方法论，不是指个别的、孤立的方法，而是关于一定方法论的思想体系。各个学科特别是社会科学的方法论，既密切联系，又互相区别，具有各自的特点。所谓联系，这就是说各个学科必须以唯物主义的辩证法作基础；所谓区别或特点，则是指在唯物辩证法作基础或指导下，一定学科所特有的研究方法。如果离开了唯物主义的辩证法，这种方法论便缺乏应有的科学基础；如果离开了一定学科所特有的研究方法，就无所谓学科的区分了。所以，方法论必然是反映一定学科内容和特点的关于研究方法的思想体系。

---

① 《马克思恩格斯选集》第 2 卷，人民出版社 1973 年版，第 122 页。

政治经济学方法论包括什么内容，为什么必须以唯物辩证法作基础或指导？

政治经济学的方法论，包括唯物主义的辩证法、抽象法、分析和综合、演绎和归纳、逻辑方法和历史方法等。这各种方法在方法论体系中所处的地位和作用有所不同，它们既相互联系、互相制约，又互相补充，构成一种体系，共同完成政治经济学这门学科所要完成的历史任务。

在政治经济学方法论体系中，以唯物辩证法作基础或指导。唯物主义的辩证法是马克思主义的认识论。它要求历史地考察自己的对象，研究并概括认识的起源和发展。就政治经济学而言，它要求对每一种生产方式或社会经济形态进行历史的、具体的分析，这样，才有可能了解各有关生产方式或社会经济形态的状况和特点，探讨它们运动的规律性。恩格斯曾经说过："马克思对于政治经济学的批判就是以这个方法作基础的（按指辩证法），这个方法的制定，在我们看来是一个其意义不亚于唯物主义基本观点的成果。"① 政治经济学的研究，如果不以唯物辩证法作基础，就不可能得出科学的结论，因而，就不可能认识和掌握社会经济运动的规律。

抽象法是政治经济学研究的主要方法。所谓抽象法，就是人们用思维形式反映出已经存在于事物内部的共同内容即本质关系。按照唯物辩证法的要求，抽象法不是一种任意的行为，不是空洞的抽象，而是和事物的实质相符合的抽象，是和人们对客观世界认识"深化相符合的抽象"。所谓经济范畴，就是对一定经济关系的抽象。经济学如果离开了抽象法，就得不出一定的概念或经济范畴，因而就不可能建立一门独立的、完整的、科学的经

---

① 《马克思恩格斯全集》第 13 卷，人民出版社 1962 年版，第 532 页。

济学体系。列宁在谈到抽象法的意义时指出："一切科学的（正确的、郑重的、不是荒唐的）抽象，都更深刻、更准确、更完全地反映着自然。"① 当人们的思维从具体的东西正确地上升到抽象时，它才能排除那些偶然的、曲折的、虚假现象的干扰，从而符合或接近真理。

　　分析和综合、演绎和归纳的方法，同抽象法也是密不可分的，它们互相联系、互相补充。没有分析就没有综合；同样，没有演绎就没有归纳。这些都是属于辩证法的要素，是研究和认识事物不可缺少的方法。分析和综合同抽象法往往是结合在一起予以运用的。人们在对经济现象进行研究和抽象的过程中，需要运用分析和综合的方法。科学的抽象，离不开分析和综合。否则，就得不出必要的结论，形成一定的概念或范畴。马克思曾经指出："分析经济形式，既不能用显微镜，也不能用化学试剂。两者都必须用抽象力来代替。"② 这就表明了分析和综合同抽象法的关系。

　　关于逻辑和历史统一的方法，是从另一个角度即逻辑与历史的关系，来阐明政治经济学的方法论，这同样反映了唯物辩证法的认识论的要求。所谓逻辑，是关于一切事物发展规律的学说，即关于客观世界以及对它的认识的发展规律的学说。马克思主义讲逻辑主要是指辩证逻辑。它同纯粹的形式逻辑不同，不满足于把各种不同的判断和推理的形式列举出来和互不关联地排列起来。相反，它必须由此及彼地推出这些形式，并阐明如何从低级形式发展到高级形式。就政治经济学来说，逻辑方法不是任意的推理，必须与历史方法相统一。总的看来，社会历史的发展，各

---

① 《列宁全集》第 38 卷，第 88、181 页。
② 《马克思恩格斯全集》第 23 卷，人民出版社 1972 年版，第 8 页。

个社会经济形态的更替，每一种社会经济制度的发生、发展和灭亡，都是按照一定的规律、归根到底是按照生产关系一定要适应生产力性质的规律的要求来进行的。所以，对于一定的社会经济制度、经济范畴的出现，同它们在历史发展中的顺序应当是一致的。历史从哪里开始，思维进程也应当从哪里开始，但在社会历史发展的具体实践中，有时是跳跃式地和曲折地前进的，如果处处必须跟随着这种具体实践，那就不能摆脱各种具体的历史形式以及那些起扰乱作用的偶然性，就会打断人们的思维进程。所以，必须运用逻辑的方法。

综上所述，马克思主义政治经济学的研究方法是一种体系。这各种方法在方法论中所处的地位和作用不同，它们互相联系、互相补充，构成一种体系，共同完成政治经济学的任务。前面关于研究方法的几种观点的争论，虽说每个观点都从某个侧面对某种方法作了一定的论证，但却没有全面、系统地考察问题，把这些本来互相联系、互相补充的方法对立起来，孤立看待，或者把彼此的地位和作用颠倒过来了，得出了不恰当的结论。致使认识长期得不到统一。这就表明，关于政治经济学的方法论问题，对于研究者本身不仅有一个认真学习的问题，同时有一个需要解决的思想方法问题。这一类问题如果不解决，就很难统一人们的认识，就不能把政治经济学的研究推向一个新的发展阶段。

正确认识和掌握政治经济学的方法论，对于社会主义政治经济学的建立和发展具有重要意义。

社会主义政治经济学作为广义政治经济学的组成部分，它们的方法论是共同的。但由于社会主义经济制度的不同，社会主义政治经济学的根本任务不同，以及由此所决定的理论体系即科学结构也会具有一定的特点，因而社会主义政治经济学的研究方法也就必然会带有自己的特点。

首先，就社会经济制度来看，无论是奴隶社会、封建社会还是资本主义社会，它们的经济制度都是以特定的私有制关系为基础的，而社会主义经济制度则是以生产资料公有制为基础的，所以，社会主义政治经济学的任务就会不同。比如马克思的《资本论》是研究资本主义生产方式形成、发展和灭亡的规律性。它的根本任务是要通过价值增值过程，揭示资本和雇佣劳动的关系，揭示资本主义生产方式内在矛盾发生、发展和激化的过程，从而阐明无产阶级的历史使命。马克思主义关于资本主义政治经济学的研究方法必须为此而服务，自然要反映这种要求和特点。社会主义政治经济学是要研究社会主义生产方式形成、巩固、发展和渐渐地成长为共产主义生产方式的规律性。我们一方面要研究改造各种私有制经济的规律性；同时要研究建设新的经济关系的规律性，要研究和掌握社会主义经济的运行机制。社会主义政治经济学的研究方法必然要为此服务，因而要反映这种要求和特点。

其次，我们研究社会主义经济运动的规律性，不仅要研究社会化大生产活动的共同规律性，同时要研究在社会主义经济条件下社会化大生产的特点，即研究社会主义生产和再生产运动规律的特点，其中包括对社会主义商品经济的研究，不仅要研究社会主义商品生产和流通的共性，同时要研究社会主义商品生产和流通的特点。社会主义政治经济学的研究方法必然要反映这种要求因而具有它的特点。

再次，对社会主义经济运动的研究，不仅要进行定性分析，同时要进行定量分析，始终把定性分析和定量分析紧密结合在一起，研究量变、部分质变和质变的关系。这样，我们才能依据生产力和生产关系的不同发展状况，研究和区分社会主义的不同发展阶段及其运动的规律性。所以，数量分析方法较之过去具有更加重要的意义。

所有这些事例表明，由于社会主义政治经济学的研究对象和任务的变化，必然要给它的研究方法带来相应的特点。

第二篇

社会主义生产过程及其经济结构问题

　　本篇研究社会主义生产过程中的内部经济结构问题。这是整个国民经济和社会再生产的基础和出发点。共设十一章，即：社会生产总论；企业生产；农业部门生产；工业部门生产；海洋业开发与生产；现代交通运输业；现代科学技术及其产业化；关于现代文化产业的发展问题；生态经济与环境保护产业；国民经济结构和综合平衡；国民经济发展战略和发展模式问题。通过这各方面的研究，揭示人们在社会生产过程中的联系和关系，认识和掌握各种关系发展变化的特点和规律性。从而，推动社会主义生产和经济的全面协调和持续发展。

第七章

社会生产总论

本章的中心内容，是要从总体上阐明直接生产过程在社会再生产中的地位和作用。直接生产过程是社会再生产运动的起点和基础。如果离开了直接生产过程，所谓社会再生产运动就无从谈起。社会再生产运动包括国民经济各个部门、行业和企业的经济结构问题，同时包括两种循环，即企业再生产的小循环和国民经济范围的大循环。通过研究社会再生产过程中各种结构和各个层次及其相互关系的性质和特点，揭示社会主义首要经济规律及其运行机制。

社会生产有广义与狭义之分。狭义生产是指直接生产过程的生产；广义生产包括生产、流通和消费诸过程在内。社会劳动也是如此，有广义和狭义之分。狭义的生产劳动是指直接生产过程中的劳动，即生产剩余价值或剩余产品的劳动；广义的生产劳动包括社会再生产过程中各个环节的劳动在内。经济学界在生产劳动与非生产劳动方面长期争论不休，同没有区分广义与狭义的生产劳动是分不开的。

第一节 产品两重性：社会再生产运动的两种循环

产品的生产，是人类社会生存和发展的基础。经济学的研究，离不开产品的生产和再生产运动，离不开探讨 C、V、M，在社会各阶级、阶层、集团和生产者之间的组合与分解及其发展变化的规律性。只不过在不同社会和生产方式条件下，具有不同的性质和特征罢了。在中国现阶段的社会主义条件下，产品具有两重性，即仍然具有商品的属性。在原始社会和未来的共产主义社会，产品则不具有商品的属性。在资本主义社会条件下，就经济学意义而言，产品不是产品而是商品。社会主义产品的商品属性，是由现有社会主义生产方式的状况和特点所决定的，归根到底，是由社会主义经济的不完全、不成熟性所决定的。列宁在俄国十月革命初期，曾试图取消商品货币关系，直接过渡到马克思所设想的社会主义社会。后来从实践中认识到，当时根本不具备马克思所要求的那种条件。于是便提出和实行了新经济政策，来指导社会经济生活及其发展，获得了良好的社会经济效果。在苏联实现农业集体化和初步工业化以后，斯大林虽说没有完全否定商品生产和价值规律的作用，但他并未正确认识在苏联经济不发达的社会主义条件下商品经济的地位和作用。结果束缚和危害了国民经济迅速和健康地发展。中国在商品经济问题上也走了一段曲折的大弯路。起初，基本上持斯大林的观点，后来还倒退了一步。在"左"倾思想占上风、特别是在"文化大革命"期间，把商品经济说成是资本主义的东西，把社员的自留地、家庭副业和集市贸易，当做资本主义尾巴一割再割。20 世纪 70 年代末期，中国党和政府经过拨乱反正，总结了社会主义发展的历史经验，恢复"实事求是"的思想路线，确立了改革开放的总方针。在这个基础上，逐步认识到中国的社会主义还处于它的初级阶段；与此相应，明确了商品经济的充分发展是社会经济发展不可逾越的历史阶段。根据改革开放的实践经验，先后提出了社会主义经济是在公有制基础上的有计划的商品经济和社会主义市场经济理论。这样，就使社会主义生产和经济置于客观经济规律的基础之上。从而促进了中国国民经济持续、快速和健康的发展。

由此可见，认识社会主义生产仍然是一种商品生产，产品仍然具有商品的属性，经历了一个反复和曲折的过程。从理论上弄清这个问题，具有重大的现实意义和深远的历史意义。

所谓社会主义生产及其产品的商品属性，这是一个总的概括。而产品或商品总是具体的、分类的。按部门或类型分，有农产品（其中又分粮、棉、油、畜产品、水产品、林业产品等）、工业品（其中又分机、电、机械、家用电器、纺织品等）等。按产品用途分，有供生产用的生产资料和供消费用的消费资料两大部类产品；还有为生产和消费提供服务的劳务产品。这样，就会形成各种产品结构和产业结构。两大部类的比例关系，就构成一种产业结构。农业、轻工业和重工业生产部门之间的比例关系，也是一种产业结构。还有部门内部的产业结构。资产阶级经济学从另一个角度考察和分类，则有第一次产业、第二次产业和第三次产业之分。农业定为第一次产业，工业为第二次产业，商业和服务业为第三次产业。总的来说，三次产业的划分有其客观需要，具有一定的科学性。但在具体分类方面也存在某种缺陷，或者有待进一步研究。如将采矿业划归第一次产业、将运输业划为第三次产业等，似乎并不合理。所以，关于三次产业的内容和界定，尚需进一步研究和斟酌！

经济学界有人企图用三次产业的划分来否定或者取代马克思关于两大部类的划分，也有的根本不同意三次产业的划分。看来，这两种观点都带有一定的片面性。其实，两种分类法各有其特点和作用，可以相互补充。关于两大部类的划分，是马克思在研究简单再生产和扩大再生产的关系及其发展变化的规律性问题时提出来的。而三次产业的划分，是由于随着社会生产力和工农业生产的迅速发展，许多为生产和生活提供服务的项目和劳动，逐步从生产领域和家庭生活中分解出来，发展壮大起来，成为一种重要的独立的部门和行业，因而使三次产业的划分成为一种客观需要。这样，有利于研究第一、二、三次产业的比例关系和结构，有利于研究国民经济发展变化的历史趋势。

商品生产仍然是社会主义再生产运动的起点。社会主义再生产运动包括两种循环，即国民经济领域的大循环和企业再生产的小循环。企业再生产的小循环是基础，国民经济的大循环是条件和保障。企业有各种不同的性质和类型。概括地说，有生产性企业，流通性企业，运输性企业和消费、服务性企业；而生产企业中又有农业生产企业和工业生产企业等各种不同的类型。这各种企业互相联系、互相制约，通过市场彼此提供服务，形成企业的再生产运动。企业再生产的小循环能否周而复始地运行，离不开国民经济的大循环及其发展状况。如果国民经济的大循环出了问题，其中包括两大部类或农业、轻工业和重工业的比例关系失衡，甚至遭受严重破坏，那么，企业再生产的小循环就会受阻，甚至造成企业破产。同样，国民经济的大循环也离不开企业的小循环。如果离开了企业这个基础，国民经济的大循环就成了"无源之水"、"无本之木"。如果企业的小循环受阻，国民经济的大循环也就会停滞不前，甚至会受到严重的破坏。所以，两种循环是互相联系、互相制约的，它们通过市场连接在一起，共同形成社会再生产运动。

怎样认识社会主义再生产运动实现的形式和途径，或者说，社会主义再生产的两种循环为什么要通过市场来实现？这种市场是一种什么样的市场？

一般说来，社会再生产运动可以通过多种形成或途径来实现。一种是通过统一的计划调拨来实现，这原则上是一种排斥市场的计划形式。过去苏联型传统社会主义基本上属于这种类型。一种是通过自由市场竞争来实现，这原则上是排斥计划性的市场形式和途径。这是资本主义的传统。在社会主义初级阶段条件下，社会再生产运动既不具备完全实行计划调节的条件，也不能完全依靠单纯的市场自发性调节来完成再生产运动。实践表明，上述两种形式和途径，都是脱离中国现阶段的社会经济实际状况的。由于社会主义条件下的生产仍然是商品生产，产品只有通过市场交换才能实现；所以，企业的再生产运动必须通过市场这种形式和途径，才能周而复始地来进行。但就国民经济领域再生产的大循环而言，各个部门和行业的经济活动，如何互相衔接、协调地进行，既不能离开市场的经济活动，又必须有一种总体计划来协调和平衡市场的供求关系，或者叫做在国家宏观调控的指导下来协调市场的经济活动，以克服市场的自发性和盲目性。否则，就会造成商品的积压和浪费，不利于资源的合理配置，不利于社会再生产运动持续和健康地向前发展。所以，在社会主义商品生产条件下，国家通过宏观调控来指导和调节市场供求关系，市场引导企业的行为和经济活动，反映了社会主义再生产运动的客观要求和规律性。

第二节　社会主义生产中的各个层次及其相互关系

我们在这里所要研究的重点，是关于人们在直接生产过程中的关系；而且是以社会主义全民所有制经济为代表或者主体来进行的。

所谓全民所有制经济指的是一种社会经济关系，意味着生产资料同联合劳动者在一国的社会范围内相结合；通过其内部的几个不同层次和环节，既有分工又相互协调；既有分权又具有统一性。这各个层次或者环节，按照它们在体系内部和社会再生产过程中的地位和作用，划分和确立各自相应的经济职能、权力、责任和经济利益关系，共同构成一种纵横交错的复杂的经济体系。所以，全民所有制经济是一种包括其内部经济结构、经济体制以及与其相应的经济政策和法制的综合经济体。实践表明，斯大林关于社会主义全民所有制经济的理论过于简单化和脱离实际，因而不能发挥它应有的优越性。

全民所有制经济是一种庞大的经济体系，包括国民经济各个部门和行业内部及其相互关系，包括全国各个地区和城乡内部及其相互关系，存在着中央与地方、国家与企业若干层次和社会再生产各个环节及其相互关系，它们既有分工又互相协调，共同完成发展生产和经济的任务。从总体上说，这各个层次和环节，共同成为全民所有制经济的代表，他们都是主人。具体来看，由于各个层次和环节的地位和作用有所不同，它们各自享有的权利和承担的责任或者义务就会有所不同。国家（社会）作为全民所有制经济的最高层次和综合层次，是生产资料的主体和总体代表者，享有同这种地位和作用相应的经济职能、权力、责任和利益。国家（社会）依据社会生产力的发展状况以及全民所有制经济本身发展的状况和客观要求，具有制定全民所有制经济在生产、分配、交换和消费诸方面发展的总方针和总政策，制定发展战略和指导性计划，确定全国生产力布局和产业结构，协调和综合平衡，对地区、行业和企业进行严密的审计和监督等经济职能。这是维护和发展全民所有制经济所必需的。部门或行业作为国家和企业之间的中观层次，具有承上启下和局部平衡的作用，应根据国家的有关方针政策和发展战略，结合本部门或行业的情况和特点，制定部门和行业发展的方针政策、发展战略、确定生产力布局和部门内部的产业结构、审计和监督、协调和服务等。

这是部门和行业发展所必需的。就地域而言，作为中观层次，还有经济协作区及其职能的划分问题。企业作为一种经济联合体，是全民所有制经济的基层单位和基础，是社会生产和再生产的基础和基本环节，具有资产保值增值的作用。企业作为全民所有制经济的有机组成部分和生产经营的主体，是这个体系和结构中的一个基本层次，不能被排斥于所有制关系之外，也不能看成是一种被拨弄的"算盘珠"，应当享有作为生产资料所有权体现的占有、支配和使用权，即对本企业范围的生产资料具有直接代表权和直接决策权，以及与此相应的生产经营权和企业收益的分配权。总之，有关企业的简单再生产和在自留（自筹）资金范围内扩大再生产的权利和职能，都应掌握在企业手里。这是发挥企业的主动性和积极性所必需的，是企业生存和发展所必需的，也是全民所有制经济生存和发展所必需的。如果离开了企业这个基础的主动性和积极性，离开了企业这个基本层次的地位和作用，没有企业的发展、壮大，所谓全民所有制经济就会成为"空中楼阁"。所以，正确认识和处理全民所有制体系内部的经济关系和经济结构，是调动各方面的主动性和积极性，发挥全民所有制经济的"合力"和优越性的根本条件和保证。

按照传统全民所有制理论，国家既是生产资料的所有者，又是生产经营者，企业的地位和作用被否定或者说被埋没了，职工只是一种名义上的"主人"。企业和职工的地位长期成为一种不是问题的问题。中国在经济改革中提出了在全民所有制内部实行所有权与经营权"分离"的问题，即所有权归国家、经营权归企业；说职工是劳动者（有的经济学家甚至说成是"雇佣"劳动者）。于是形成了"三位一体"的新公式。从现象和实用的观点来看，企业从"附属物"到被承认为"经营者"，这显然是一种进步。但从本质上说，并未摆脱传统全民所有制观念的框框和束缚。其实，这种划分并不确切、不科学，不符合全民所有制经济的性质和特征。

无论是主张生产资料的所有权和经营权统一归国家，还是实行"两权分离"的观点，都关系到如何正确认识全民所有制经济的问题。首先，要认识和了解全民所有制是一种经济体系，其内部各个层次和环节是相互联系和制约的，缺一不可。从总体上看，它的各个层次和环节，包括国家（社会）、部门（行业）、企业和职工群体，共同构成全民所有制的代表者，都是主人。国家（社会）在这个体系中的最高层次和综合层次的地位与作用，决定了它是生产资料的主体，具有对宏观领域的经营决策权和对分配关系的总决策权，但它不能越俎代庖，包办地区和企业的事。实践表明，它也包办不了。企业作为全民所有制的基层单位和基础，决定了它是生产经营的主体，企业和职工同样构成这个统一经济体系的共同所有者，对本企业范围的生产资料和生产经营具有直接代表权和直接决策权。所以，传统全民所有制理论把企业当成"附属物"；在经济改革中又想要用企业的生产经营决策权，来"否定"或取代国家在宏观领域的经营决策权的观点，显然是不切实际的，不符合全民所有制经济发展的规律。

其次，全民所有制经济同私有制经济不同。全民所有制作为社会主义公有制经济的一种基本形式，其生产资料同联合劳动者是综合的、统一的。全民所有制体系内部的各个层次或者环节，无论是国家（社会）和企业，既是生产资料的共同所有者，又是生产、分配、交换和消费诸关系的参与者和决策者，只不过要依据它们所处的地位和作用，进行适当的分工和分权罢了。不能说，只有国家或社会是所有者，企业和职工就不是所有者、不是生产资料的主人；同样，也不能说只有企业和职工是生产经营者，国家（社会）可以被排斥于生产经营关系之外。全民所有制体系内部各个层次，国家

（社会）与企业、宏观与微观、整体与局部、大循环与小循环，它们互相联系又互相制约，谁也离不开谁，又矛盾又统一。如果离开了国家（社会）和企业这两个基本层次在宏观和微观领域职能的正常发挥，难道还会有什么全民所有制经济的生产和再生产运动的健康发展吗？可见，在全民所有制经济内部，只存在适当的必要的分工与"分权"，而不存在所有权与经营权的根本"分离"问题。私有制经济则不然。生产资料的私有制性质，决定了生产经营方式的多样性，从而决定了生产资料的所有权和经营权的分割性。特别是资本主义大私有制经济，生产资料同劳动者是分离的，由于工人没有生产资料，只有出卖劳动力给资本家才能从事劳动，这就决定了工人的雇佣劳动者的地位。大私有制和利润原则，决定了生产资料的所有权和经营权完全可以分离。比如地主的土地可以自己雇工经营，也可以出租给农业资本家去经营；货币资本家可以自己雇工办工厂，也可以将货币贷给企业家去从事经营。无论采用什么经营方式，只要能获得相应的利润，所有权在经济上得到实现就行了。

综上所述，生产资料所有权和经营权的关系如何，是"结合"还是"分离"，并非人们的主观意志所决定的，而是由所有制的性质所决定的。资本主义私有制以及生产资料同劳动者分离的特点，决定了生产资料经营方式的多样性，这就表明了所有权和经营权是可以完全"分离"的。全民所有制经济的公有性及生产资料同联合劳动者相结合的特点，这就决定了生产资料所有权和经营权的不完全"分离"性。联合劳动者既是生产资料的共同所有者，又是生产资料的共同经营者，不具备"两权分离"的完整性。只有在"过渡时期"和特殊情况下，可以例外。从理论上弄清这个问题，对于正确处理全民所有制内部的经济关系，对于全民所有制经济的健康发展，具有重要意义。

如何正确处理全民所有制经济内部人们在生产中的关系，应遵循哪些原则？这是传统全民所有制理论没有解决的问题。

由于传统全民所有制理论视全民所有制经济为单一经济结构，实行中央集权型经济体制，不承认它仍然具有商品经济的属性、只具有商品的"外壳"，企业不是具有一定独立性的生产经营主体，而是一切行动听从国家政权机构指挥的"附属物"，财政上由国家实行统收统支，企业没有任何分配权和局部经济利益，因而就将全民所有制内部人们在生产中的关系看得非常简单、非常单纯，说是像玻璃板一样"一目了然"。实践表明，这种说法是完全脱离实际的。只承认国家的一种积极性（其实这种积极性也是要大打折扣的），不承认部门、地方和企业的多种积极性。全民所有制内部长期存在的种种问题和矛盾，总是得不到合理的解决，因而不能发挥全民所有制经济应有的优越性。

要处理好全民所有制经济内部的关系，必须依据现阶段社会生产力的状况以及由此所决定的全民所有制经济发展的阶段性而定。一般说来，社会生产力的发展状况，是决定生产关系发展状况的物质技术基础和条件。因而在处理全民所有制经济的关系问题时，决不能脱离社会生产力的状况。否则，就会脱离实际，犯主观主义的错误。这是处理全民所有制经济内部关系的一个总的原则和要求。

具体来说，要正确处理全民所有制经济内部人们在生产中的关系，现阶段必须遵循如下一些原则：

（1）要遵循社会分工和工农业合理布局的原则。应根据自然资源、人口分布、交通运输和市场条件，在全国各个地区进行科学分工和工农业生产的合理布局，不搞"大而全"、"小而全"，实行优化组合，讲求经济效益，避免不必要的重复建设和资源浪费。这是从全局观念出发，正确处理地区之间的关系和矛盾，实现社会再生产良性循环的基础和条件，也是全民所有制经济的性质和要求所决定的。

（2）必须遵循"等价交换"的原则。这是由全民所有制经济的不完全不成熟性所决定的。所谓不完全、不成熟性：第一，社会尚未占有一切基本生产资料，还存在着以公有制为主体的多种经济成分；第二，全民所有制关系本身还保留着一些旧的"残余"和"痕迹"，其中包括职工入股"分红"等；第三，全民所有制经济各个部门、地区、企业和职工之间，在根本利益一致的基础上还存在着局部利益和职工个人利益的差别；第四，全民所有制经济仍然具有商品经济的属性；第五，现阶段的全民所有制经济还采取国家所有制形式。所以，在处理全民所有制经济内部的生产关系中，仍然必须遵循商品经济和等价交换的原则，不搞无偿调拨，要合理竞争、互利互助。这样，才能厉行节约、提高劳动生产率、讲求经济效益，使企业的生产得到补偿和增值。以利于发挥各方面特别是企业和职工的积极性。

（3）必须坚持经济利益的原则。在现阶段全民所有制经济体系内部各个层次之间，存在着经济结构和经济利益的差别。对于中央与地方、部门或行业和企业之间的经济利益，必须兼顾，不能只顾一头。既要有中央的整体利益，又要承认地方的利益；既要有部门或行业的利益，又要承认企业的利益。承认全民所有制经济内部经济结构的差别，是承认局部或集体利益差别的保障；承认企业利益差别，是坚持职工按劳分配原则的保障。这样，才能正确处理全民所有制内部的生产关系，调动各种积极性，形成一种"合力"，促进全民所有制企业的生产和整个经济良性循环和迅速不断地向前发展。

综上所述，在遵循这各种原则的基础上，处理好全民所有制经济内部经济结构和人们在生产中的关系，通过必要的适当的宏观调控与市场调节相结合的办法和途径，就可以实现企业生产和社会再生产的良性循环。

第三节　社会主义生产目的和社会主义首要经济规律

任何一种社会生产，总有它的一定的生产目的。这种生产目的，是由一定的生产方式所决定的，是这种生产方式内在的本质的必然联系。社会主义生产也是如此，只不过生产目的具有不同的性质和特点罢了！

在社会主义条件下，由于社会主义生产方式是建立在生产资料公有制基础之上的，它同以私有制为基础的资本主义生产方式具有根本不同的性质，两者的生产资料同劳动相结合的方式不同，所代表的经济利益不同，所以，它们的生产目的也就根本不同。在这里，由于生产资料同联合劳动者是在社会和经济联合体的范围内（当然，这里有一个由不完全不成熟到完全和成熟发展的历史过程）相结合的，劳动者已经成为社会和生产资料的主人，这就决定了社会主义的生产目的不可能再是为资本家的利益服务，而必然是为社会和经济联合体及其成员的利益服务的。实践表明，社会生产目的并非由人们的主观愿望所决定的，而是受一定的社会生产方式所制约的。

关于社会主义生产目的的含义问题，斯大林在《苏联社会主义经济问题》一书中曾经有过一种概括，认为："保证最大限度地满足整个社会经常增长的物质和文化生活的需要（有时候用'人及其需要'），就是社会主义生产的目的。"[①] 经济学界对此有不同的看法。有赞同的；也有补充修改的意见，如认为

---

① 《苏联社会主义经济问题》，《斯大林选集》（下卷），人民出版社 1979 年版。

"满足整个社会的需要"比较笼统，没有区分"直接"和"间接"地满足人们的需要，没有区分"中间目的"和"最终目的"，等等。看来，这一类意见未必中肯。

按照马克思、恩格斯的观点，社会主义生产目的的内容应当包含两层意思：在社会占有生产资料的基础上，通过发展社会生产，保证每个社会成员物质文化生活的合理需要日益得到满足；保证人们的自由和全面发展的需要①。这就充分揭示了社会主义生产的实质。

马克思主义讲社会主义生产目的，是从总体上或者本质上来说的，作为一种理论原则和发展方向。由于社会主义要经历若干发展阶段，社会主义经济要经历一个由不完全、不成熟到完全和成熟发展的历史过程，构成社会主义物质技术基础的社会生产力，不可能很快地就会提高到保证满足人们的物质文化生活及其全面发展所需要的物质财富和精神财富的程度，所以，社会主义生产目的实现的程度，也要经历一个长期发展的历史过程。随着社会主义生产方式的形成、巩固发展和渐渐成长为共产主义，社会生产目的也就会经由保证社会全体成员的一般或基本生活需要发展到比较丰富的需要、再发展到人的自由和全面发展的需要这样几个互相衔接而又互相促进的发展阶段，才能逐步得以实现。比如就中国社会主义初级阶段的情况而言，需要经历三大步骤大约一百年左右的时间，才能从"温饱型"发展到"小康型"，再发展到目前中等发达国家的生活水平。至于"富裕型"和人的自由与全面发展的需要，则属于社会主义初级阶段以后所要继续完成的历史性任务。

认识和了解社会主义生产目的的实现有一个长期发展的历史

---

① 参见《马克思恩格斯选集》第3卷，人民出版社1972年版，第42、322页。

过程，研究社会生产目的在不同发展阶段的特点和要求，有利于我们正确处理生产和生活、积累和消费的关系。所谓需要，指的是根据客观可能的需要，而不是脱离实际或者超越现有生产力状况和客观经济条件的需要。这样，才会使社会生产和社会生活需要互相促进、协调地健康地向前发展。

社会主义生产目的即保证"需要"，同利润是一种什么关系？经济学界存在着不同的看法。有一种观点把"满足需要"同利润对立起来。看来，这是一种误会。这里有两个问题应当弄清楚。首先，在不同商品生产条件下，利润存在着不同的性质和特点。无论是简单商品生产、资本主义商品生产还是社会主义商品生产，由于它们的生产关系的状况和特点不同，反映这各种生产关系实质的利润的特性也就会有所不同。比如资本主义商品生产是以资本主义私有制为基础的，生产资料同劳动者是分离的。所以，利润作为雇佣者的剩余价值的转化形态，具有剥削的属性。社会主义商品生产则不然，它是以生产资料公有制为基础的，生产资料同联合劳动者是结合的，职工既是劳动者又是生产资料的共同主人。反映社会主义生产关系实质的利润，虽说仍然是职工剩余劳动的产物，但却不再具有剥削的属性。其次，利润是作为社会主义生产的目的，还是实现目的的手段？这是两个既有联系又有原则区别的问题，不应混为一谈。作为社会主义生产的总体目的到底是什么，是"社会需要"，还是利润？如果说是为了追求利润，它不是同资本主义的生产目的无从区分了吗？说利润不是社会主义生产追求的目的，这并非说我们的企业可以不讲利润、可以忽视利润。如果是这样，怎么会保证"满足需要"？难道可以"画饼充饥"吗?! 所以，要能保证"需要"，就必须有利润。人们的需要不仅是一次的需要，而且是逐步增长的、全面发展的需要。这就不能没有剩余产品、没有利润、没有积累！如果没有利润和积累，就谈不上扩大的、全面发展的需要。"左"倾路线时期，正是在社会主义生产目的和实现生产目的的手段这样两个问题上，混淆不清。没有利润和积累，似乎也可以保证"需要"！其实，马克思恩格斯在《共产党宣言》中早就阐明了这问题的性质，指出："在资产阶级社会里，活的劳动只是增值已经积累起来的劳动的一种手段。在共产主义社会里，已经积累起来的劳动只是扩大、丰富和提高工人的生活的一种手段。"可见，生产目的和实现目的的手段，是两个既有联系又有区别的问题。

在弄清了社会主义生产目的的性质以后，必须进一步研究如何实现这种生产目的的问题。如前所述，社会主义生产目的既然是由社会主义生产方式的特性所决定的，因而实现这种目的形式和途径必然要体现这种生产方式的性质和要求，同这种生产方式相适应。

关于如何实现社会主义生产目的的问题，斯大林曾经有过一种论述和概括，认为："在高度技术基础上使社会主义生产不断增长和不断完善，就是达到这一目的的手段。"经济学界对这种表述也有着不同的看法。斯大林强调技术在生产中的地位和作用是对的。但作为实现社会主义生产目的的办法和途径，单讲技术这方面的因素是不够的，必须依靠多方面的因素综合地起作用。要能满足人们逐步增长的物质文化生活及其全面发展的需要，不仅要有先进技术，还必须正确处理人们在生产、分配、交换和消费诸方面的关系，必须有适应社会主义生产发展要求的经济体制，必须提高职工的素质及其主动性和积极性，必须有企业的科学管理和创新。总之，必须能够同充分发挥社会主义经济制度的优越性联结在一起。可见，斯大林的表述有着一定的片面性和局限性。

社会主义生产目的是一个总的概念，它不是为了满足少数人或部分人的需要，而是为了满足整个社会成员逐步增长的物质文化生活及其全面发展的需要，这就要求整个国民经济必须全面、协调和持续地向前发展，因而就必须寻求反映社会主义生产方式特性和发展要求的办法和途径，才能保证这种需要得以实现。马克思在研究劳动时间节约和满足社会需要的内在联系和规律性问题时指出，以集体生产为前提，时间规定当然照旧保有其本质的意义。社会为生产小麦、家畜等所需要的时间越少，它对于其他生产，不论是物质的生产或精神的生产所获得的时间便越多。和单一的个人一样，社会发展、社会享乐以及社会活动的全面性，都决定于时间节约。一切经济最后都归结为时间经济。正像单个的人必须正确地分配他的时间，才能按照适当的比例获得知识或满足他的活动上的种种要求；同样，社会也必须合乎目的地分配它的时间，才能达到一种符合其全部需要的生产。因此，时间经济以及有计划地分配劳动时间于不同的生产部门，仍然是以集体为基础的社会首要的经济规律。甚至可以说，这是程度极高的规律。①

马克思的这段论述，实质上揭示了以生产资料公有制为基础的社会主义社会的首要经济规律。节约劳动时间和有计划地、合乎目的地分配劳动时间于国民经济各个部门，生产更多的合乎社会发展种种要求的产品，以满足整个社会成员逐步增长的物质文化生活及其全面发展的需要，之所以成为社会主义社会的首要经济规律，首先，是由于它反映了社会主义生产方式的本质特征，揭示了社会主义生产的实质；其次，它反映了社会主义生产过程的内在联系和客观要求，决定着社会主义生产和再生产的总过程

---

① 《政治经济学批判大纲》第 1 分册，人民出版社 1975 年版，第 112 页。

及其发展方向；再次，生产决定消费和需要，反过来，消费或需要又会促进生产的进一步发展，所以社会需要始终是社会主义生产发展的根本推动力。正是由于这种社会生产目的和实现目的的办法与途径，具有上述各种地位和作用，所以它就能够并且必然会成为社会主义社会的首要经济规律。

马克思在研究资本主义经济问题时，通过研究资本和雇佣劳动的关系，揭示了"生产剩余价值或赚钱，是这个生产方式的绝对规律"。① 马克思之所以将其视为资本主义生产的绝对规律，正是由于追求剩余价值即赚钱是资本主义的生产目的，体现了资本主义生产的本质特征，决定了资本主义生产的总过程和发展方向，始终成为资本主义生产发展的根本推动力。

斯大林在《苏联社会主义经济问题》一书中，提出了社会主义基本经济规律的概念并且作了一种表述。认为，这个规律的主要特点和要求是："用在高度技术基础上使社会主义生产不断增长和不断完善的办法，来保证最大限度地满足整个社会经常增长的物质和文化生活的需要。"国内外经济学界对这种表述有完全赞同的，有补充修改的，也有持否定态度的。斯大林关于基本经济规律的表述，确实存在着缺点和片面性，但完全加以否定未必实事求是。

关于首要经济规律和基本经济规律的概念或用语，从表面上看有所不同。但就其论述的内容和实质看，是属于同一类型或层次的问题。这样，就可以比较研究了。如果将上述两个规律的内容加以比较，我们认为，还是马克思的论述比较科学。首先，马克思把整个社会生产视为一个整体，各个部门和产品品种生产所需时间是相互制约的，任何一个部门或产品品种对于劳动时间的

---

① 《马克思恩格斯全集》第 23 卷，人民出版社 1972 年版，第 678—679 页。

节约，就会有利于别的部门和产品品种生产的发展和扩大。其次，马克思把劳动时间的节约同社会和个人的需要与发展直接联系在一起。所谓"时间节约"是一个综合性概念，包括生产的科学技术、经营管理、职工素质和积极性诸多因素的影响和综合性经济效益。所以，时间节约对于"满足需要"是基础和决定性的因素。再次，马克思把劳动时间的节约同社会即集体生产和有计划地分配劳动时间联系在一起，这就表明了以集体为基础的社会对于节约劳动时间的必要性和可能性。所以，马克思关于社会首要经济规律的论述，反映了以集体为基础的社会生产过程的内在的本质的必然联系，揭示了社会主义生产的基本特征和规律性。上述分析和实践表明，斯大林关于社会主义基本经济规律的表述，比较笼统、含糊，并不中肯，没有体现社会主义生产方式的内在联系和特性。所以，我们没有采用"基本经济规律"的用语，而是沿用马克思关于"首要经济规律"的概念。

综上所述，社会主义生产目的和实现这种目的的办法和途径，即节约劳动时间和有计划地分配劳动时间于国民经济各个部门，生产更多更好的剩余产品，以满足社会及其成员逐步增长的物质文化生活和全面发展的需要，是社会主义和共产主义生产方式的首要经济规律。由于它反映和揭示了社会主义生产方式的本质特征和内在要求，所以关于这个规律的理论，必然会成为我们进行社会主义生产和建设的根本指导思想。

第八章

企业生产

本章的中心内容，是要研究全民所有制企业在社会生产和再生产中的地位、作用和职能，认识和掌握企业生产经营活动的规律性。通过研究企业的生产成本和利润，阐明提高企业经济效益的办法和途径，以促进社会主义再生产运动的健康发展。

第一节 企业的性质和职能

社会主义企业是一种经济联合体。它是生产资料同联合劳动者在一定范围（社会、地区、部门或集体）内直接相结合的（当然有一个由不完全、不成熟到完全和成熟发展的历史过程）、从事生产或经营的、实行经济核算制并具有法人资格的独立经济单位或经济组织。在存在商品生产的条件下，它又是独立的商品生产或经营单位。

社会主义企业仍然多种多样。就其部门来分，有农业、工业、运输、邮电、商业、饮食、劳务、财政、税务、金融等企业；就其经济类型分，有全民所有制企业、集体所有制企业、合作制企业、多种形式的集团即跨国公司，还有各种所有制形式的股份制企业。我们这里着重研究全民所有制工业企业。但它的一般原则或精神对其他部门和类型的社会主义企业大体上也是适用的，只不过具有某种不同的性质和特点罢了。

社会主义企业仍然具有两重性。企业作为社会化大生产的具体组织形式，它的物质技术基础（如厂房设备、科学技术、原材料等）和劳动中分工协作的自然属性，是没有阶级性的，因而具有历史继承性。它的社会经济制度，即人们在生产中的社会生产关系，不同社会条件下是不同的，因而企业的社会经济属性具有历史的特殊性或暂时性。

企业的社会经济属性决定了企业的特征。社会主义企业也是如此。就全民所有制企业而言，第一，它的生产资料是以全国范围内的公有制为基础的，因而在生产、分配、交换和消费诸关系方面发生了根本变化，具有它的特征。在这里，生产资料同劳动者不再是分离的。职工既是全民生产资料的联合所有者，又是联合劳动者。职工不再是雇佣劳动者，而是企业的主人。第二，企业的生产经营不再是为了私人和资本家的利益，而是为了社会及其成员逐步增长的物质文化生活及其全面发展的需要而服务。企业内部也不再是剥削与被剥削、统治与被统治的关系，而是依据生产需要形成的一种分工合作与平等互助关系。第三，企业生产的产品仍然是商品，要通过市场交换才能实现。但在全民所有制经济内部，这种商品交换关系除了"等价交换"的性质，还具有社会分工条件下的互助协作、"等劳交换"的性质。第四，企业的分配关系也发生了根本变化。必须兼顾国家（社会）、企业和职工的经济利益，国家对企业和职工主要实行按劳分配的原则。最后，企业的消费关系也有了变化和发展。企业除了生产方面的消费，还有同生产消费紧密结合即为生产消费服务的职工生活的集体消费，如职工食堂、女职工哺乳室、小型工伤疾病医务室等，但不应像传统企业那样办成"小社会"，增加企业不必要的开支和负担，影响企业的经济效益和竞争力。

　　企业的性质决定了企业的特征，或者说企业的特点体现了企业的性质。

　　企业作为全民所有制经济体系的基层单位和基础，是生产经营的主体和再生产运动的基础，具有资产保值增值的作用。因此，企业在这种经济体系中应当具有相应的经济职能、责任、权力和经济利益。而不应像传统全民所有制理论那样，将企业当成一种"附庸"。具体来说，在全民所有制经济的统一原则和政策指导下，企业应享有自主决策和生产经营的职能，生产资料和商品交易的职能，按劳分配和自我积累与发展的职能，民主管理和自我审计与监督的职能，进行独立经济核算和负责盈亏的职能。一般来说，企业有了这些经济职能（当然还有整个企业领导班子和职工的素质问题），就可以适应市场经济的需要健康地迅速地向前发展。

第二节　企业管理及其原则

　　全民所有制企业作为从事生产经营的独立经济核算单位，必须建立一套有效的科学管理制度，确立和完善企业经营机制，从而保证企业能获得最好的经济效益，使企业具有自我积累、自我完善和发展的能力。

　　所谓企业管理，就是要依据生产力的发展状况和生产经营的客观要求，作出合理的计划和生产经营决策，按照这种计划和决策，进行科学的分工、组织和协调、建立和健全各种相应的严格的岗位责任制，实行经济核算制，保证企业生产和再生产任务的顺利进行。

　　企业管理既是社会化大工业生产的客观要求，同时也是处理和协调人们在生产中相互关系的要求。其中包括处理和协调企业内部人们在生产中的相互关系，如厂部、科室、车间、班组和职工个人及其相互之间的关系；又包括处理好企业同企业、国家、市场和消费的关系，如生产资料的供应、产品销售、市场信息和竞争、国家税收等。总的来说，就是要通过企业管理，处理和协调人们在生产、交换、分配和消费诸方面的关系。

社会主义企业管理仍然具有两重性，这是由企业的两重性所决定的。企业管理一方面是社会化大生产的必然产物，是由社会劳动过程的性质产生并属于社会劳动过程的一种职能，这一点决定了社会主义企业管理具有历史继承性的一面，对于那些符合社会化大生产要求的科学管理方法，应当继承和发扬；另一方面，它又是组织处理和协调人们在生产中诸关系所必需的，具有一种社会属性，这种社会属性是由所有制关系的性质所决定的，这就决定了社会主义企业管理的特点。这就要求我们对于资本主义企业管理制度进行具体分析，有的可以借鉴或者吸收，有的应当扬弃。也就是通常所说的应当是批判地继承。列宁对泰罗制正是采取的这种态度①。了解社会主义企业管理的两重性，正是为了避免对资本主义企业管理制度"一切照搬"或者"完全否定"的两种片面性。

社会主义企业管理有多种职能。概括地说，有两个基本方面：一是合理组织生产力的职能；二是处理和协调人们在生产诸关系方面的职能。这两方面的职能互相联系和制约。通过这两方面职能的衔接和协调发展，使企业做到生产有序、人尽其责和高效地向前发展。因此必须：

（1）建立现代企业管理制度，适应市场经济发展的要求。所谓现代企业管理，按照西方的概念，就是要运用现代管理理

---

①　参见《列宁选集》第 3 卷，人民出版社 1960 年版，第 511 页。

论、现代管理手段与方法，十分重视经济信息，讲求经营战略和经营决策，追求最佳经济效益，以便适应现代市场经济发展和竞争的需要。这种基本精神，对我们建立现代企业管理制度，也是基本适用的。传统全民所有制企业的管理制度，是适应中央集权型的计划经济体制的要求而建立的。企业只讲服从，无决策可言；只讲生产，不管经营；只要完成国家规定的总产值任务，不讲求经济效益；既无权利，也不负资产保值增值的责任。总之，企业完全处于一种"附属物"地位，没有什么独立自主的管理职能，自然也就谈不上发挥什么主动性积极性。建立现代企业管理制度，必须根据改革中所确立的新的全民所有制经济体制的特点和要求，建立企业董事会、经理制和企业监事会，将企业在再生产中的主体地位和资产保值增值的作用，同管理现代化的要求相结合，将管理科学化同民主化相结合，将企业的经济职能、责任、权力同经济利益相结合，将职工的劳动报酬同企业生产经营的成果相结合，将领导班子的建设同职工的培训相结合，不断地提高企业管理的素质和经济效益，从而使企业在不断变化和激烈的市场竞争中处于不败之地。[①]

（2）制定科学的战略决策，企业实行经营目标管理。企业如果没有科学的战略决策，就会缺乏前进的目标和动力，处于一种盲目性状态。企业要求的生存和发展，必须依据国内外经济形势和市场发展的要求与趋势，结合自己的条件，开拓进取，不断开发新技术和新产品，实行经营目标和创新管理，使企业的再生产保持良性循环，推动企业不断地向前发展。

（3）加强成本核算，企业内部"模拟"市场化管理。随着

---

①　李泽中：《中国特色社会主义经济问题研究》，武汉出版社 1999 年版，第202—209 页。

企业由过去的"附属物"转变成为独立自主的商品生产经营单位，它的各个部门和环节必须精打细算，节约各种消耗和开支，对企业内部的班组、车间和科室之间的经济往来，实行"模拟市场化"管理，搞好生产节约，以便降低成本，增加利润。

（4）建立和健全岗位责任制，加强劳动管理。我们的大中型企业技术一般比较先进，大多实行自动化半自动化生产，生产工艺连续性强，某个环节出现了故障，如不能及时处理和修复，就会影响整条生产流水线作业乃至企业生产的全局。必须建立和完善相应的岗位责任制、严格劳动纪律，上下生产流程和前后工序必须紧密协作、互相配合。这样，才能保持生产的连续性和高效率运转，以便提高劳动生产率和增强经济效益。

（5）运用现代管理手段和方法，提高企业经营效益。企业经营效益主要取决于三方面的因素：企业领导班子的素质和经营决策；职工的素质及其主动性和积极性；以及采用先进科学技术，其中包括现代管理手段和方法。发达国家的企业在经营决策上采用运筹学等，以提高企业的决策水平；在生产管理上运用"准时制"，以利于降低物资库存和产品成本；在管理手段和方法上运用计算机技术，实行信息联网。企业竞争的优势转向以先进科学技术和高素质的科学管理为主。通过"投入产出"比较法，获取最佳经营效益和发展速度。

企业管理应当有一定的原则，这种原则同企业的性质是密切相关的。不同性质企业的管理原则，既有它们的共性，又有各自的特点。所谓共性，是由社会化大生产的要求所决定的；它们的特点则是由企业的所有制性质所决定的。

社会主义企业管理的基本原则，主要有：

（1）实行企业董事会领导下的经理（厂长）负责制，这是搞好企业统一领导与管理所必需的。凡属社会化大生产，要求有严格的集中统一的指挥，在这种条件下，各个部门和岗位分工负责地进行运作，才能保证整个企业再生产的正常运行。要把经理（厂长）负责制同个人独断专行区别开来，这是以分工负责为条件、以民主集中制为基础，而建立起来的一种由专人负责的管理制度。一个企业如果没有集中统一的领导和指挥，不维护这种权威，那就什么事也办不成了。实行经理或厂长负责制，必须正确处理生产行政机构同党组织的关系。其实两者并不矛盾。经理（厂长）负责制是就企业生产经营系统的领导管理制度而言，而党的领导则是指党的路线和方针政策的贯彻执行问题，这主要应当通过党组织的思想政治工作和党员的先锋模范作用来予以保证。这是从两种不同的角度提出的问题和要求。尽管两者的工作性质和方法有所不同，但他们的目的和根本任务则是一致的。

（2）确立和健全民主管理制度，这是发挥企业内部各个方面和职工积极性所必需的。企业的民主管理同经理（厂长）负责制是相对称的。如果没有集中统一的领导，企业就不会有正常的生产经营秩序和健康的再生产运动；如果没有民主管理，就不能发挥职工的主人翁精神和积极性。民主是企业生产资料公有制的性质所要求和决定的。在资本主义企业里，由于生产资料的所有者同劳动者是分离的，生产经营的决策权掌握在企业主或其代理人手里，作为一种原则和制度来说，劳动者不可能享有民主管理的权利。在社会主义企业里，由于实现了生产资料的所有者同联合劳动者相结合的经济制度，职工既是生产经营的劳动者，又是企业的主人，因而就使企业实行民主管理的制度成为一种客观必然性。这种民主管理制度既是职工当家做主的基本标志，又是人们在生产过程中平等互助关系的重要体现和保证。

（3）实行经济鼓励的原则，这是保持企业活力所必需的。社会主义企业能否办好，是否充满了活力，关键就在于发挥职工

的主动性和积极性。而要能做到这一点，最基本的有两条：一是
要尊重和发扬职工当家做主的精神；二是要维护职工的经济利益
或者叫做物质鼓励。将精神鼓励和物质鼓励相结合，就可以产生
巨大的活力。如果离开了职工的经济利益，所谓主人翁地位就会
失去它的物质基础，因而这种积极性是不会持久的；反之，如果
离开了人们当家做主的精神，只顾追求个人的经济利益，就会变
成一种"近视眼"，成为"唯利是图"的小人，因而这种积极性
也是不健康、不稳固的。贯彻个人物质鼓励原则，必须认真依据
按劳分配规律的要求办，将职工的劳动报酬同劳动消耗相结合，
并且将劳动报酬同企业生产经营的成果紧密结合起来。

（4）注重经济效益的原则，这是企业赖以生存和发展所必
需的。社会主义生产的目的，是以最小的劳动消耗所获得的最大
经济效果，来满足人们逐步增长的物质和文化生活及其全面发展
的需要。这是社会主义企业的根本任务。为此，企业就必须不断
地提高自己的经济效益，增加利润。否则，企业就不会有积累、
不可能取得技术进步，并进行扩大再生产。所以，满足市场和社
会的需要、增加赢利，就成为企业直接生产经营的目的。企业管
理正是要为实现企业的直接目的和根本任务而服务。因而不断提
高经济效益，就成为社会主义企业管理的一条基本原则。衡量企
业管理水平的好坏、高低，应以经济效益作为考察的综合标准。

（5）确立企业自律和自我监督的原则。这是发展企业生产
经营和职工廉洁奉公的保证。

综上所述，企业管理的这各项原则是相互制约、相辅相成
的。要搞好企业的生产经营，必须有统一领导和决策，实行经理
或厂长负责制的原则。但如果只有这一条原则，而没有职工的民
主管理也是不行的。那样就只有经理或厂长的积极性，而没有职
工群众的积极性。所以，两者是互相制约、相辅相成的。有了经

理负责制和职工的民主管理，如果不坚持物质利益原则，不对职工实行物质鼓励，职工的积极性也是不能持久的。而这各项原则的贯彻，正是为了发挥各方面的积极性，形成一种"合力"，实现增产节约、增收节支，开发新技术、新产品，提高企业的综合经济效益。而企业经济效益的提高，又为更好地贯彻上述各项原则提供了条件和物质保证。

第三节 企业生产成本和利润

企业生产成本即生产费用，亦称成本价格，是指企业生产经营一定的品种和数量产品所耗费的物化劳动（包括原材料、燃料和动力等）和活劳动等费用的总和，也就是通常所说的商品价值中的"C＋V"两部分所构成的价格。

生产成本又分个别成本和社会成本。个别成本是指企业成本；社会成本是指同一部门生产同类产品所需要的平均成本。企业成本是构成社会成本的基础。与此相应，个别成本即企业成本价格加平均利润，构成商品的个别生产价格；社会成本价格加平均利润，构成社会生产价格，或称一般生产价格。这里所讲的社会成本、平均利润、生产价格，并非计算和统计学方面的概念，而是市场经济学中的一种理论概念。

商品的成本价格同商品生产本身所实际耗费的东西，是两个不同的量，或者说是两个不同的概念。前者是按照生产资料（C）的耗费和支付劳动者的工资（V）来计算的，而商品生产本身的实际耗费是按照劳动的耗费来计量的，其中包括劳动者的剩余劳动所创造的价值（M），由于创造这部分价值的劳动没有支付任何费用，所以不包括在商品的成本价格之内。可见，商品的成本价格或生产费用同商品的价值，是两个不同的概念。

资产阶级庸俗经济学家如萨伊、马尔萨斯等人提出所谓生产费用论，把商品的价值同生产费用等同起来，认为，价值是由生产费用决定的。萨伊在谈到生产费用决定商品价值的问题时，认为，生产三要素即劳动、资本、土地在生产过程中各自提供了"生产性服务"，它们分别创造并获得相应的收入：工人得到工资、资本家得到利息、土地所有者得到地租。这些收入构成生产费用，决定商品的价值。这种观点是不切实际、缺乏科学依据的。马克思在"劳动价值论"的学说中，曾经深刻地揭示了剩余价值的来源。指出资本家在市场上购买了劳动力，然后把他们带到生产领域中去从事生产，生产出超过劳动力价格即工资以上的余额，这就是剩余价值。按照平均利润法则，产业资本家的利润、银行的利息、地主的地租，无非是对这个剩余价值进行的一种分割。可见，"生产费用论"的实质是掩盖资本家对工人剩余劳动的剥削。奇怪的是，这个早已为马克思所揭露和批判过的"三位一体"的分配公式，在中国的经济改革过程中居然又有人把它抬了出来，这就不能不引起人们的深省！

企业生产成本和利润是相互制约的。企业产品的成本愈低，同类产品的社会平均成本也就会愈低。由于产品价格是由产品成本加平均利润所决定的，如果企业的产品成本低于社会平均成本，其所获利润也就会大；如果高于社会平均成本，则可能出现两种情况：当企业成本超过社会成本的部分小于平均利润，还会有所赢利，但如果大于平均利润，企业就会亏本。所以，商品销售价格的最低界限，是由商品的成本价格所决定的。可见，企业生产成本的高低，就成为考察企业经营成果好坏、赢利大小、确定经济效益的基本依据。从而也就成为决定企业在市场竞争中所处地位优劣、强弱的基础。

关于企业成本和利润的关系，提出了搞好企业成本管理的客观要求和重要意义。

所谓成本管理，是企业对整个生产经营过程中的各种经济活动所形成的产品成本，进行科学的计划决策、严格的核算和综合分析等各项管理活动。其目的在于激励全体职工厉行增产节约、降低物化劳动和活劳动的消耗，以求能够以最小的耗费获得最大的经济效益。

成本管理是企业管理工作的核心和关键。企业生产经营的好坏，整个管理工作的好坏，都离不开成本管理的素质和水平。所以，成本管理是基础。搞好成本管理，首先，要有科学的成本预测，来计划和控制企业的经济活动。这就需要根据企业的基期成本，结合市场供需状况的变化，作出切合实际的决策，分析降低成本的可能性。其次，成本管理的范围不仅涉及生产领域原材料的消耗，还应包括产品设计、生产设备的合理利用、劳动力的合理组织，以及产品的销售等生产全过程。再次，要把节约成本与职工的岗位责任制相结合，专业管理与群众管理相结合。最后，成本管理要做到从厂部到车间、班组，进行指标分解，建立和完善分层、分口管理的制度，从而为降低成本提供一种组织与制度上的保证。

综上所述，企业成本管理的好坏，关系到企业生产水平、技术水平和经营管理水平的素质，是一种综合性反映。科学、严格的成本管理，对于促进企业增产节约、巩固经济核算制、改进企业综合管理水平、提高经济效益和社会效益，对企业的生存和发展，具有重要意义；进而言之，对搞好社会主义现代化建设，增强综合国力，提高人民群众的物质文化生活水平，都具有重要意义。

第四节   企业经营机制

根据企业的性质、地位和作用，适应社会主义市场经济发展的要求，必须建立和完善企业经营机制体系，以提高企业经济效益，促进企业生产经营的不断发展。

所谓企业经营机制，是指企业根据生产和再生产过程的客观要求，或者说按照有关经济规律的要求，借以处理人们在生产中的关系，调节和制约企业生产经营活动的各种经济形式和手段的一种综合系统的经济功能。其中包括企业生产经营的权力或行为机制、责任机制、经济利益机制、竞争机制、约束机制等。这各种机制相互联系、相互制约，并通过发挥各种经营机制的作用，不断地提高企业生产经营的素质，降低生产经营成本，提高经济效益，使企业资产不断增值，职工的工资收入水平也会逐步有所提高。

企业经营机制同企业在生产和再生产中的地位和经济职能是密切相关的。企业经营机制离不开企业生产经营的性质和管理职能，企业的生产经营和管理要借助经营机制来发挥作用。在中央集权型计划经济体制下，全民所有制企业处于一种"附属物"地位，没有自主经营的权力及相应的经济职能，企业的生产、分配和交换统一掌握在国家手里，实行计划调配。自然也就谈不上发挥什么企业经营机制的功能问题。在改革开放过程中，随着社会主义初级阶段理论的确立，经过调整和改革，逐步形成了以社会主义公有制为主体、多种经济成分共同发展的社会经济结构，确立了社会主义市场经济体制。与此相适应，全民所有制经济内部的经济关系和经济结构进行了一定的调整和改革，确立了企业在生产中的主体地位，在国家有关方针政策的制约下，企业实行自主经营和自我发展。这样，就为企业形成相应的经营机制提供了必要和可能条件。

在社会主义市场经济体制条件下，由于全民企业的地位和作用发生了重要变化，企业有了自主经营和自我发展等经济职能，企业同国家、企业同企业以及企业内部的关系发生了重要变化，企业在生产和再生产中必须面对市场，按照有关社会主义经济规律和市场经济规律的要求办事，充分发挥企业各种经营机制的功能，以发挥各方面的积极性。企业的经营决策和发展战略，必须根据企业自身的条件和市场供需状况及其发展变化趋势来研究和制定，要受市场机制的制约。企业生产、开发什么产品以及产品的销售，除了受市场供求规律的制约，还要受企业生产成术、产品质量和市场价格的影响和制约，即受市场竞争机制的制约。如果企业的生产结构不合理，产品不能适应市场的需要，企业生产成本高，质量差，就必须及时调整生产结构和产品结构，推动技术进步，改善和加强企业管理，降低生产成本，提高产品质量，提高企业整体经济效益。否则，企业就会亏损、资不抵债乃至破产。这就是市场经济中优胜劣汰机制的作用。

按照经济利益和分配规律的要求，正确处理企业的分配关系，发挥分配机制的功能，对于企业的生产经营和发展具有极其重要的意义。企业收益的分配关系，涉及两个基本方面：一是企业职工的劳动报酬与收益以及企业的积累；二是企业依法应该上缴给国家财政的所得税和有关费用。职工的劳动报酬，应依据其所在岗位完成的生产任务和效益，核定每个人应得到的收入份额，反对平均主义。在企业中如果还有职工入股的，应按照有关规定进行适当的分红。实行按劳分配、多劳多得、少劳少得，是充分发挥职工主动性和创造精神的关键所在。关于国家税收方面，应根据企业生产经营的效益和国家有关税收的法律和政策规定，及时地如数上缴国家的财政税务部门。这是社会经济发展所必需的，也是企业应尽的责任和义务。合理规范企业收益的分配关系和分配行为，依法对企业进行审计和监督，防止偷税漏税、分配不公以及少数人营私舞弊的行为，确立和完善企业的分配机制，充分发挥分配机制的功能。这是企业生存和发展的重要保障，也是国家社会赖以发展的重要条件和基础。

企业特别是大型企业集团有企业自主经营和自我发展的权利，在生产、分配、交换和消费诸关系方面，必须确立和完善科学、严格的约束机制体系。这包括两个方面：一方面要形成和完善企业的自我约束机制。其中包括厂长或经理负责制和领导层民主决策相结合与统一的制度，企业职工及其代表会议民主决策和监督的制度，企业会计师发挥独立职能与监督的制度。这各个方面互相配合和发挥一种"合力"作用，就会形成企业的比较健全的约束机制体系。另一方面，要建立和完善国家和社会的约束机制体系。其中包括工商行政管理部门、财政税务部门、金融部门、国有资产监督管理部门、审计部门以国家授权的会计事务所，依法发挥这些部门各自对企业的有关职能和监督作用，就会从企业外部形成全面系统的制约机制。将这两方面的约束机制结合起来，以企业的自律为基础，国家（社会）依照有关法律、法规和政策对企业自主经营的行为进行必要的监督和约束。这样，就会促使企业按照社会主义市场经济规律的要求，健康有序地向前发展。

综上所述，在社会主义市场经济体制条件下，全民所有制企业在国家有关法律和政策指导下，如何面对市场、围绕着市场，正确处理企业在生产、分配、交换和消费诸方面的关系，充分发挥企业经营机制的功能，推动企业持续健康地向前发展，是衡量企业生产经营水平的基本标志，也是充分发挥全民所有制经济优越性的客观要求。

第九章

农业部门生产

本章的中心内容：认识和掌握农业在国民经济中的地位和作用；研究农业部门内部经济结构及其布局问题；了解农业区域化和现代化的关系；研究和掌握中国农业发展的道路问题，以促进农业的稳定发展，适应经济社会发展的需要。

第一节 农业在国民经济中的地位和作用

农业在人类社会经济发展中经历了长期的历史变迁。从原始农业到古代农业、中世纪农业、近代和现代农业等几个历史发展阶段。一般说来，农业是以自然环境为主要依托的。换句话说，自然环境是社会生产和人们生活的基本条件。如果离开了土地、水资源等自然环境和条件，人们就无法生存，当然也就谈不上社会生产和社会发展。人类社会和自然环境是对立的统一。人类社会可以利用自然和改造自然，但决不能违背自然规律，否则，就会遭受自然的报复和惩罚。

农业是人类社会生存之本。农业生产的属性，决定了它是国民经济的基础。如果离开了农业这个基础的地位和作用，国民经济其他部门的生产和发展就会受到严重的影响和制约。

农业生产是人类社会和自然之间以及人们相互之间的一种结

合过程。人们以其自身的活动和相互之间的活动，来开发利用、调节和控制人和自然之间的一种物质变换过程。土地、水资源、空气、阳光、原始森林、地下矿藏等，未曾经过人们的活动和开发，就会作为人类劳动的一般对象和条件而存在，这是一种客观自然存在的劳动条件。就历史发展过程而言，人类本身就是自然界长期发展演变过程的产物。俗话说，"人是大地之子"。正是这些大地的子孙们，反过来又改造着自然，推动着自然环境和社会的共同发展。

正由于农业在国民经济中的地位和作用是基于它的特性所决定的，尽管农业生产方法和手段，会随着时代的发展而不断地有所发展变化，但作为农业生产部门却是其他生产部门所不可替代的。如果离开了农业部门生产的粮食、蔬菜、水果、棉花和油料作物等，如果离开了农、林、牧、渔的生产和发展，人们的生存和社会的发展就会大成问题，当然也就更谈不上人们的富裕和社会繁荣。所以，农业在国民经济中的地位和作用是毋庸置疑的。马克思曾经说过，超越于农业劳动者自身需要的农业劳动生产率，是一切其他生产部门独立化的基础。同样，农业劳动生产率的发展，也是其他生产部门进一步发展的基础。其他生产部门的发展规模，也要受到农业劳动生产率的制约。因为农业劳动生产率，决定着其他部门能够得到多少粮食、原料和劳动力，其市场也要直接、间接地受农业劳动生产率的制约。问题的实质就在于此。

农业生产过程同自然环境是密切结合在一起的。农业劳动的主要客观条件不是别的，而是自然，比如土地。人们在农业生产中的劳动只要用在一定的物质变换上，如同饲养畜牧业用在动物生命本身的再生产上，就有可能获得一定的剩余产品。换句话说，就能把同一自然实体从不适用的形式变为适用的形式。所以，科学合理地利用改造和经营自然力，对于农业生产的发展具有极为重要的意义。

农业作为国民经济一个特定生产部门，不仅存在着本部门内部的分工协作关系和经济结构，同样也存在着同其他部门的分工协作和经济结构关系。所以必须根据社会发展的客观需要，合理安排这各种经济结构即比例关系，求得大体上或相对的平衡。这样，才能求得农业生产和其他部门的共同发展。

在不同的社会制度下，农业在国民经济中的地位和作用，既有其共同性，又具有各自的特点。资本主义制度下的农业经营，无论是资本家的单独经营还是联合经营，由于追求利润规律的作用，农业的进步和发展，不仅促进了工业和其他部门的发展，同时也会影响和破坏土地肥力的自然条件、掠夺农业工人的剩余劳动。在社会主义制度下，由于社会主义经济规律的作用，社会有可能合理调节人与自然的物质变换，既可以充分发挥农业的基础地位和作用，又可以促进国民经济其他部门的全面协调和持续发展。

对于农业在国民经济中的地位和作用，农业经济学应当在理论经济学的基础上，进行更深入细致的研究。这是充分认识和掌握自然和农业经济发展规律，更好地发挥农业部门生产的客观要求。

第二节　农业部门经济结构及其合理布局问题

农业有广义与狭义之分。狭义农业主要是指农作物种植业的生产；其中包括粮食类，蔬菜类，油料、大豆、花生类，棉花、丝、麻类，等等。广义农业，包括农、林、牧、渔等各业的生产，也可以称为大农业。研究农业部门的生产，应当研究农作物种植业内部的经济结构和农、林、牧、渔各业之间的经济结构问题。在一定条件下，人们和社会生活的有关需要，是确定和调整农业经济结构的客观依据。这就表明了研究农业经济结构的必要性和意义。

　　农业是国民经济的基础，而农作物种植业和畜牧业则是农业的基础。人们生活和社会的生存与发展，离不开衣、食、住、行、用五大类，而其中最基本最核心的问题还是离不开衣、食两大类。无论何时何地，这都是不可或缺的。在社会发展的一定阶段内，无论是农作物种植业，还是农、林、牧、渔各业之间，都应当根据人们和社会生活发展的需要，形成和确定一种合理的经济结构即比例关系，保持一种相对的平衡。这样，才能维护和保持人们与社会生活的需要。这是社会稳定和发展所必需的。当然，农业部门的各种经济结构并不是一成不变的。随着包括科学技术在内的社会生产力的发展，随着经济社会和人口的发展，必须对原有的农业经济结构进行相应的改革和调整，才能适应人们和社会经济生活发展的新的需要。这就是农业部门经济结构发展的辩证法。

　　农业部门经济结构的合理布局是一个复杂的进程。一方面农业生产和种类要受到地区和自然环境的严重制约。东南西北、沿海和内地、山区和平原的地理条件不同，自然气候、温度和雨量不同，什么地区能种植什么农作物、不宜种植什么农作物，什么地区能养殖什么牲畜、不宜养殖什么牲畜，在科学技术不发达和实现农业生产工厂化以前，决不是人们所能任意安排和决定的。另一方面，人们生活和社会需要是复杂多变的，在不同的社会发展条件和不同的经济发展水平下，人同社会的需要是不断发展变化的，还有不同民族的生活习惯和需求不同，等等，所以人与社会的需要，也不是可以轻易掌握和确定的。这就给农业经济结构的合理布局带来了一定的复杂性和难度。

当然，随着科学技术的进步和发展，以及人们对农业生产经营和组织管理体系的改革和完善，就会大大地提高人们和社会改造自然界的能力，同时也会提高人们认识和掌握农业生产经营与农业经济结构发展变化的规律性。从而就会有利于人们和社会对农业生产与经济结构进行协调和保持持续发展。

在不同的社会经济制度条件下，由于生产资料所有制的性质不同，以及由此所决定的人们之间的经济利益关系不同，不同阶级、阶层和群体的社会需求也就会有所不同。这就决定了农业部门生产的种类和产品结构会有所不同，因而农业经济结构的内容和发展变化也就会有所不同。这是不以人们意志为转移的。

在资本主义经济制度条件下，资本主义所有制关系决定了农业部门生产经营的目的，是为了最大限度地追求资本家的利润。无论是农作物种植业，还是农、林、牧、渔各业的生产经营，什么种类和农产品最赚钱，农场主就会生产经营什么。利润的大小，决定着资本和生产资料的投向和经营。资本主义农业和农场主，主要通过观察和研究农产品市场的交易和供求关系的变化，来调节生产。所以，市场调节总是具有一定的自发性和盲目性，而且主要是一种事后调节。按照马克思主义观点，价值规律通过市场商品供求关系的发展变化，从而调节资本主义的生产和流通是它的绝对规律。所以，资本主义农业生产定期形成的相对过剩，以及与此相关所形成的资本主义周期性经济危机，往往就成为资本主义经济的伴侣。

在社会主义经济制度下，生产资料公有制关系决定了包括农业在内的社会生产目的不单纯是为了利润（非个人私利），同时也是为了更好地满足人们逐步增长的物质文化生活和全面发展的需要。所以，农业生产及其经济结构的合理布局，是通过以社会主义市场经济体系调节为基础，同时与国家或农业部门适当的宏观调控相结合，实现优势互补，从而就可以减少和避免市场调节的自发性和盲目性所带来的负面影响。这样，就可以使人们和社会对农业生产的供需状况得以大体上相适应，同时也可以保持农业内部经济结构的稳定和健康发展。这正是发挥社会主义经济制度优越性的一种体现。

综上所述，根据人与社会对农业生产的各种不同类型的需要，对农业部门的经济结构进行相应的合理布局，是保持农业生产稳定和可持续发展的基础和条件。

第三节　农业生产社会化和现代化

农业生产是一个复杂的综合性部门。由于各个国家的社会历史条件和自然环境状况不同，在发达国家和不发达国家实现农业机械化和现代化的内容、步骤和方式，会有所不同。即使是在同一类型的各个不同国家，由于上述同样的原因，它们在进行农业机械化和现代化方面，也会有各自的特点。

农业机械化和农业现代化是两个既有联系又相互区别的概念。就资本主义发达国家的历史来看，农业机械化是同工业革命即实现国家工业化紧密联系在一起的。而农业现代化是同科学技术进步和发展即同国家工业现代化是紧密联系在一起的。换句话说，如果没有工业革命和实现工业化，就不会有农业机械化；如果没有科技进步和工业现代化，就不可能实现农业现代化。这是资本主义发达国家国民经济发展的一种规律。

就发展中国家的状况而言，一般说来，其总体社会生产力水平还很低，国家尚未完成工业化，全国各地区之间、城乡之间、工农之间的发展很不平衡，同发达国家相比，实现农业机械化和现代化的内涵、步骤和方式等，会有一定程度的差别，困难和矛盾也比较多。但由于科学技术的进步和时代的发展，发展中国家实现农业机械化的过程会同农业现代化的某些因素和内容交织在一起来进行。所以，同旧的传统农业机械化的内涵会有所不同，从而形成一种新型农业机械化内涵。认清这种变化，有着它的重要意义。

所谓新型农业机械化同传统农业机械化的内涵是会有所不同的。这同科学技术进步和时代的发展是密切相关的。传统农业机械化依靠工业革命所提供的新的生产手段，强调农业生产全面实行农业机械化作业，以便大大地提高农业劳动生产率，追求更多的利润；农业生产经营的品种主要依市场供求关系的变化和价值规律来调节；不重视生态建设和环境保护，等等。新型农业机械化既注重农业生产机械化，同时重视包括生物技术工程在内的生命科学的研究开发和应用；重视生态农业的发展和环保建设；开拓农业生产经营中的信息化服务和发展；发展农产品加工业和服务业同小城镇建设相结合；发展农村经济以市场调节为基础，实行部门、行业适当的宏观调控和市场调节相结合，以提高农业部门生产经营的经济效益和社会效益，从而有利于促进国民经济的持续稳定发展。由此可见，新型农业机械化同农业现代化就逐步交织和衔接起来了。

无论是农业机械化还是现代化，都必须以农业部门的生产经营有一定的规模和社会化为基础和条件。小农经济是无法搞农业机械化和现代化的。不论是土地的规模、资金的数量、农业生产技术和生产手段、生态建设和环境保护等，都必然要求农业生产具有一定的规模和社会化程度。否则，所谓农业机械化和现代化，都无从谈起。这是不以人们意志为转移的客观要求，是农业大生产的基础和必备条件。

关于农业现代化问题，包括它的概念即含义和特征问题、现代化的标志等问题，学术界的认识还不大一致。有的认为，农业现代化就是从古代、近代农业，转化为机械化、科学化和社会化现代农业的历史过程。有的认为，农业现代化可概括为机械化、电气化、水利化和化学化与大地园林化。有的认为，农业现代化，系指农业生产是由农业经济系统、农业生态系统和农业技术系统组合而成的综合系统。有的认为，农业现代化是一个牵涉面很广、综合性很强的技术改造和经济发展的历史过程，不同意用静态方法来定义农业现代化。至于农业现代化的特征，有的认为，是同传统农业和农业机械化相比较而言的。这是极为简单和笼统的认识。有的认为，农业现代化的特征包括：农业生产手段的现代化；农业生产技术的现代化；农业生产组织管理的现代化。这种认识有了很大的进步，但还是比较原则化。有的认为，农业现代化应以生态农业为特征，采用有机技术，求得技术进步与自然生产力增长同步发展，以便形成一种良性循环。

与此密切相关的，是怎样认识实现农业现代化的标志问题。目前，尚未形成一种共识。有的认为，衡量农业现代化的最重要的标志是农业机械化。有的认为，农业现代化的根本标志是劳动生产率的巨大增长。有的认为，提高单位面积产量和提高农业劳动生产率的有机统一，是衡量农业现代化的重要标志，这是基于对中国人多地少特点的考察为缘由的。有的认为，衡量农业现代化的根本标志应该是农业生产效率。因为这个指标本身是一个全面表现生产发展成就的综合性指标。还有的建议采用多项综合指标来衡量农业现代化。其中有的认为，用土地生产率、劳动生产率和资金利用率三项指标，来反映农业现代化程度较为合适。当然，在这同一类意见中也还有一些不同看法和观点，只不过是同中有异或者大同小异而已①。

关于农业现代化问题的上述各类观点，包括它的含义、特征和衡量标志问题，都存在着不同程度的问题和缺陷，大多比较笼统，不够中肯，也很不完善，似乎还没有摆脱农业机械化和现代化的传统观念。不能适应高新科学技术的迅猛发展和时代发展的特点与要求。尽管如此，当然这各种观点还是有或大或小和程度不同的参考价值的。

在现代社会生产力和经济社会发展的条件下，我们研究农业现代化问题，不仅要注意理论与实践相结合的方法，同时要研究和掌握时代发展的特点和要求，要具有高度战略发展的眼光和思维。这样，才能摆脱旧的传统观念的束缚，对农业现代化理论有所创新。

西方发达国家的农业现代化，在 20 世纪后半叶特别是在七八十年代，除了注重农业机械体系及其创新，在生产经营的品种结构方面，强调信息技术的应用和发展。这是农场生存竞争的立足点。在 20 世纪末、特别是在 21 世纪新阶段，随着科学结构重心的发展变化，随着生命科学探索的进展，导致了生命遗传物质DNA 的发现和分子生物学的诞生。从而催生了生物技术工程及其逐步产业化。这样，农业现代化的内涵便有了新的内容和需求，它的特征和标志也就有了新的发展和变化。

随着高新科学技术和时代的进一步发展，农业现代化的内容和要求也就会有了新的变化，特别是随着农业生产由野外田间作业到逐步实行工厂化，整个农业生产过程由播种到灌溉、施肥、除草、管理和收割等等，将全部由电脑即计算机技术进行自动操作和调控。畜牧业生产也将全部实行自动化。这样，就可以极大

---

① 参见《经济科学学术观点大全》，中国财政经济出版社 1988 年版。

地提高整个农业的劳动生产率，从而相应地提高农业的经济效益和社会效益，更好地满足人同社会的需要。

由此可见，农业现代化既是一个经济范畴，同时也是一个社会历史范畴。全面实现农业现代化，必然要经历一个长期发展的历史过程。

第四节　中国农业现代化的发展道路问题

新中国成立后，大约花了三年左右的时间，完成了对封建地主制经济的土地改革运动，广大贫下中农主要按人口分得了相应的土地，成了个体即小农经济。紧接着党和国家提出了农业合作化问题。不到三四年的时间，在中国大地上掀起了对农业、手工业和资本主义工商业进行社会主义改造的"高潮"。农业合作社的脚跟尚未站稳，在1955年反对"小脚女人"即所谓"左"倾和1957年"反右派"运动的基础上，随即提出了所谓"大跃进"和人民公社化运动。不到一年工夫，全国实现了"公社化"。在农村社会生产力没有多大变化和发展的条件下，不断地搞农业合作化和公社化运动，这完全是一种急功近利、急于求成的思想。按照列宁主义观点，这是泛用群众的革命热情和积极性。正是由于严重脱离实际，结果造成了"三年经济困难"，使国民经济临近破产的边缘。

这不仅是中国国民经济发展的一次重大挫折和失误，同时也是农村改革和试图实行农业机械化的一次重大挫折和失误。

于是，1961年中国共产党在八届九中全会上，提出和通过了恢复和发展国民经济的决策，对国民经济提出了"调整、巩固、充实、提高"的八字方针。同年，中央制定了《农村人民公社工作条例》（草案），纠正了"一平二调"的"共产风"错误。公社条例几经修改，最后确定了在现阶段人民公社实行"三级所有、生产队集体所有制为基础的制度"。

搞农业社会主义改造，本来是为了逐步实行农业机械化提供基础和制造条件。但由于从主观愿望出发，不满足于农业合作化，接着又搞大规模的公社化运动，结果严重脱离实际，极大地挫伤了农民群众的积极性，对于农业机械化几乎一事无成。搞经济建设，无论何时何地，如果不遵循客观规律的要求，结果必然是"欲速则不达"。

历史经验反复证明，马克思主义关于"生产力与生产关系"、"经济基础与上层建筑"这种社会基本矛盾，必须按照科学发展观，运用唯物辩证法，来全面系统地研究、认识和掌握其发展变化的要求即规律性，不折不扣地加以贯彻执行，才有可能在物质文明、政治文明和精神文明建设方面取得相应的成就。1978年我们党召开的十一届三中全会，纠正了过去的错误思想，恢复了党的"实事求是"的思想路线。邓小平在全会上提出了解放思想、实事求是、团结一致向前看；同时提出了改革开放的总方针，把改革开放同国家现代化和社会主义的命运联系在一起。随后不久，又论述了"坚持四项基本原则"问题。所以，十一届三中全会既是我们党的历史发展的转折点，同时也体现了邓小平理论形成的基础和起点。

正是在我们党的正确的思想路线和改革开放总方针指导下，在农村改革中，全面解散了人民公社及其"三级所有、队为基础"的体制①。参照安徽等地农民的经验，逐步确立了以社员家

---

① 在"左"倾思想路线盛行多年的情况下，大刀阔斧地解散人民公社是完全正确的。不过从总结经验教训来说，如果当年把生产队保留下来，并改造成为新型合作社经济，对于当时集体资产的保留和发展农村合作制经济，也许会更有利于发展农村经济。

庭经营为基础、实行统一经营与社员家庭分散经营相结合的农村新型合作制经济。这样，使农村经济得到了迅速恢复和发展。从而有利于促进新型农业机械化和现代化。

按照中央和邓小平提出的中国实现现代化的战略目标和步骤，要求在21世纪50年代基本实现国家现代化，赶上西方发达国家的中等水平。战略步骤分三步走。2000年已经顺利地完成了"翻两番"战略任务的第一步。目前正处在第二步即全面建设小康社会的发展阶段，到2020年要完成这项历史任务。而要全面完成建设小康社会的问题，看来解决"三农"即农业、农村和农民问题是关键。因为我们农民的数量大、占全国人口的2/3以上，农业生产和农民收入水平还不高，农村基础建设和社会福利条件差，甚至还有几千万贫困人口。所以要将全国农村建设成小康社会，是一个十分艰巨复杂的任务。

要在全国农村全面完成建设小康社会的战略任务，必须进一步完善和提高农村新型合作制经济；这同时也是推动农村新型农业机械化和现代化的基础和必备条件。以农民家庭经营为基础、实现统一经营与分散经营相结合的农村新型合作制经济，经过大约二十年的发展，存在着三种类型。第一种类型有了很好的发展，初步实现了新型农业机械化。根据地区条件和特点，农、林、牧、渔得到了全面或重点发展，农产品加工业和有关工业企业、服务业都有一定的发展，统一经营的集体经济有了大幅度的增长，农民家庭经济收入和物质文化生活也有了较大的提高。全国大中城市郊区、比较发达的县（市）郊区以及部分农村发达地区，属于这一类型。由于这一类合作制经济大都以城市为背景，经常需要各种农产品和原材料；同时城市又可以为农业和社办工业提供科技支援、提供优质农肥（人粪尿）和有关其他服务。所以，郊区农村经济自然就会得到全面快速和持续的发展。

第二种类型的合作制经济有着一定程度的发展，农业半机械化和机械化作业有所发展，其中有一部分也有着较快的发展。这同自然条件的好坏、交通是否便利，以及合作组织的管理能力和社员的素质是密切相关的。这种类型的合作制经济居多数。第三种类型的合作制经济发展缓慢，统一经营的层次尚未形成，主要由农户分散经营，在传播农业技术、培育良种等方面，有时也会搞一点农民合作组织或者组织专业合作，但这种合作并不稳固。所以，有时候还得靠村干部来指挥。像这样一类地区，农村经济自然不会有多大的发展。

农村新型合作制经济要经历一个长期发展的历史过程。随着社会生产力和农村经济的不断发展，它要经历初级阶段、中级阶段和进入高级即成熟的发展阶段。大约需要经历五六十年的历史发展进程。在全面实现农业现代化的基础上，将会逐渐地进入它的成熟发展阶段。

随着新型农业机械化和现代化的发展过程和步骤，将会促进农村新型合作制经济逐步充实、完善和发展，促进农业生产的分工和专业化，促进农业集约化经营，促进农村商品经济的全面发展，从而促进合作经济组织的各种专业合作和联合。这样，就会相应地提高农业劳动生产率，提高农业生产的经济效益和社会效益。

与此相适应，随着新型农业机械化和现代化的发展步骤和进程，必须进一步发展和完善农业生产的规模化经营。换句话说，应当根据分工和专业化发展的要求，相应地扩大和完善统一经营这个层次，譬如组织和发展各种专业经济合作组织，组织农工商综合经济体，也可以同有关公司挂钩实行公司与农户家庭经营相结合。从长远发展趋势来看，还可以在专业经济合作组织的基础上，逐步组织地区性合作联盟乃至全国性合作联盟。这就是说，从农村新型合作制经济的基层组织开始，到农、林、牧、渔各个行业组织结构，直到整个农业部门，从生产经营、农业科学技术的研究开发和普及，以及在整个农业部门的管理活动中，既有分工又有相互协作和相互补充、全面协调发展，形成一种有机结合的农业部门的经济体系。从而推动农业和农村经济逐步地持续地向前发展。

这就是中国农业发展的模式问题。总起来说，也就是中国农业现代化的发展道路问题。

研究中国农业现代化的发展道路问题，除了研究和完善农业生产部门的生产经营和合作组织的经济体系，还必须认真研究在农业部门发展循环经济的问题。应当说，目前在理论上这还是一个比较新的课题。

所谓循环经济，要求人们在社会生产和再生产过程中，尽量节约和有效地利用资源，并使各种废旧物资得以再利用即成为再生资源，使经济与生态环境协调发展，从而形成一种良性循环型经济。这是保持经济社会得以持续发展的基础和条件。当然，农业部门生产的发展也不能例外，必须按循环经济发展的要求即规律性来办。

农业同包括工业在内的国民经济其他部门有所不同，它同土地、气候等自然条件紧密结合在一起，对生态环境的依赖性特别强。随着新型农业机械化和现代化的实现，农业将从根本上由传统农业转变为现代农业，农业劳动生产率将会成倍地、几倍地和十几倍地提高，农业经济效益和社会效益将会大大地提高，农业将会实现跨越式的升级换代。从而大大有利于农业发展循环经济。

在传统农业生产条件下，主要用"土办法"或者凭经验，也可以发展某种循环经济。比如中国的油料作物大豆、花生、芝麻等，在榨油以后的油渣即废弃物，还可以压制成各种油饼，它们既可以作畜牧业优质饲料，又可以用于农作物生产的肥料；旧中国在灾荒年景还可以用于贫苦农民充饥。这就是废弃物的再利用和资源化。再如南方的养鱼户将厕所和鱼塘建在一起，人的粪便可成为鱼的饲料，可以大大节约养鱼成本；北方则将厕所同猪圈建在一起，这样粪便就成了猪的饲料，同样可以节约养猪成本，为发展农业积累金。这也是废弃物的再利用和增值化。还有稻草、麦秸和玉米秸等，既可以作为畜牧业的饲料和农作物生产的肥料，又可以作为造纸业的原料。这也是一种再利用和资源化。同时也是过去理论界鲜为关注的农业生产部门存在的某种循环经济。

在现代农业生产中，通过科学技术的进步与推广应用，通过改进农业经济增长方式和生产方式，大大地提高劳动生产率，改良品种和节约种子、肥料和水资源等的消耗，节约生产经营成本和提高经济效益，提高农副产品的再利用和资源化。这里涉及两个基本方面：一是要大力研究开发生物科学技术及其在农业生产中的广泛应用；二是要根据地区条件的特点和需要，发展塑料大棚生产，这是实施农业生产工厂化的雏形和开端。这两方面的结合，就可以逐步改变农业部门的生产方式和经济增长方式，从而有利于促进循环型经济的发展。

在中国实现新型农业机械化和现代化建设过程中，强调把推进自主创新作为科学技术发展的战略基本点。同时国家计划在全国建立十个农业科学技术创新区域中心，以便大幅度地提升全国农业科技创新能力。其中包括建成东北、黄淮海、长江中游、长江下游、华南、西南、黄土高原、内蒙古及长城沿线区、青藏高原、西北绿洲等国家农业科技创新区域中心。这些区域中心必须以具有明显优势的省级农业科研机构和高等院校为主体，整合区域内的科技资源，依据全国农业综合区域，围绕各区域优势农产品和粮食生产布局，农业生产及加工技术体系建设，农业综合开发与生态环境建设等重大问题，开展本区域内重大农业科技的研究开发与应用。从而促进区域性和全国农业的发展与加快实现农业现代化的步伐。

第十章

工业部门生产

工业是随着社会生产力的发展，实现社会分工和工业生产专业化发展的结果。其中包括依据生产性质的差别，又对工业进行了分类，对生产性质相同的工业就划归同一类工业部门。为了便于确立生产资料生产与消费资料生产的比例关系，马克思又将工业部门划分为第一部类和第二部类两大部类及其发展的相互关系。由于整个工业部门是由一系列在再生产过程中相互联系和制约的各种行业所构成的有机体，所以又可将整个工业部门称为一种经济体系。我们这里所说的工业部门生产，就是指整个工业经济体系内部及其结构的相互关系问题。

第一节　工业生产在国民经济中的地位和作用

工业在国民经济体系中的地位和作用，同样是由它的性能和物质技术基础所决定的。工业生产是制造各种生产工具和设备的部门，又是加工和生产生活资料的部门。生产工具和生产工艺技术的发展，是划分社会经济时代和发展阶段的基本标志。所以，工业革命就意味着由手工业生产到机器大工业生产的根本转变。这是人类社会历史上社会生产力和生产关系发展的一个重大转折点即新的里程碑。

一般说来，随着工业革命的完成和发展，工业部门就代表着先进生产力，国民经济其他各个部门的建设和发展以及技术改造，都离不开机器制造业及其技术发展状况。它几乎决定着整个社会劳动生产率状况和经济效益状况。所以，工业生产在国民经济体系发展中起着主导地位乃至一定的决定作用。

就历史发展来看，19世纪三四十年代，随着英国产业即工业革命的基本完成，彻底摧毁了封建社会经济制度的基础。从而使资本主义的机器大工业，取代了以手工技术为基础的工场手工业发展阶段。这既是生产技术方面的重大变革，又是社会经济制度方面的重大变革。从而使资本主义经济制度得以全面确立和发展壮大起来。

如果没有工业革命的完成和发展，就不可能形成国民经济各个部门的社会化和现代化。农业机械化和现代化就离不开机器制造业和装备技术的发展，交通运输部门的机械化和现代化也是如此。同样，如果没有工业和交通运输业的发展，就不可能有流通领域的社会化和形成国内的统一市场。更谈不上发展国际贸易和目前所开拓的经济全球化。另外，如果没有工业和科学技术的发展，就不可能形成信息技术网络化以及金融业和其他服务行业的现代化。

社会生产力的发展，主要体现在生产资料、特别是其中的劳动资料不断发展和革新方面。而工业则是传统劳动资料和现代劳动资料的制造者，它不断用新的机器体系和先进技术设备，来改造国民经济各个部门，当然其中也包括改造和提升工业部门本身在内。从而推动整个社会经济进步和实现国家现代化。所以，实现工业现代化对改造和推动国民经济的持续发展，起着主导和决定性作用。

工业革命是实现资本主义工业化的开端。资本主义工业化，是促进资本主义生产方式建设自己巩固的物质技术基础的要求和条件。所以，资本主义工业化是工业在国民经济中获取主导性地位和作用的保障。

工业革命是促进生产社会化和形成国民经济各个部门的条件和基础。生产社会化和规模化是以生产手段和生产工艺技术的变革和发展为基础的。人们曾经有过一种误解，不管生产手段和生产工艺技术的状况和客观要求如何，似乎生产规模愈大愈好、生产社会化程度愈高愈好。1958 年通过搞群众运动的办法，把本来比较适合当时农业生产条件的小规模农业合作社，拼凑成所谓"一大二公"的人民公社，搞"无米之炊"的"大炼钢铁"，"一平二调"，"吃大锅饭"，等等。结果脱离实际，严重挫伤了群众的革命热情和积极性。这是我们违背客观规律的最典型的事件。按照马克思主义的观点，社会生产力决定生产关系，经济基础决定上层建筑。这是社会的基本矛盾。这种既对立又统一的社会矛盾运动，决定着社会的发展。这就是唯物辩证法。社会主义也不能例外。我们在实行改革开放以前，在这方面的教训和损失是不小的。应当永世不忘！

在现代社会经济生活中，一个国家的国民经济发展状况如何？工业部门在高新科学技术方面使用的程度如何？特别是其中制造业的科学技术水平如何？这是衡量一个国家的经济实力和市场竞争力的主要依据。由于工业生产部门的生产技术装备水平和发展状况，对国民经济其他部门的技术改造和发展，始终起着重要的甚至决定性的推动作用。如果离开了工业部门生产技术装备的进步和支援，一般说来，整个国民经济就会停滞不前，或者说只能"爬行前进"，绝不可能取得全面协调和持续快速的发展。由此可见工业在国民经济发展中的主导地位和作用。

随着时代的进步和科学技术的迅猛发展，中国必须加快传统工业部门的改造，加速实现工业现代化的步伐，以适应国民经济实现现代化的发展需要。如果不能及时地用高新科学技术改造和装备现有的工业部门，加速工业生产的升级换代即率先实现代化，工业就会拖国民经济发展的后腿，就不可能按照国家实现现代化发展战略的目的和步骤，而完成自己应尽的历史任务。

在不同社会经济制度下，无论是资本主义还是社会主义经济制度，社会经济的改造和发展都离不开工业部门生产和技术的发展。只不过在不同社会经济制度下，国民经济的发展由于各自的社会经济基础有所不同，因而对工业发展的要求具有不同的特点罢了。

第二节　正确处理工业内部结构和协调发展问题

要发挥工业对国民经济发展的主导性地位和作用，必须合理处理工业内部的产业结构问题。其中包括处理好重工业与轻工业的比例关系，供给与需求的比例关系，投资与消费的比例关系，国内需要与外贸之间的关系，等等。如果不能正确处理这各种关系，不仅不能正常发挥工业的主导作用，甚至还会给国民经济造成不良影响和严重后果。中国在 20 世纪 50 年代发动的所谓"大跃进"和"大炼钢铁"的群众运动，其教训是极其深刻的。这是不按客观经济规律办事最典型的事件。

就工业的内部重工业和轻工业的关系而言，这是一种极其复杂的产业关系和经济体系。无论是重工业还是轻工业，它们内部又存在着一系列的产业结构和行业关系。如重工业内部，存在着勘探设计业、采掘业、机器制造业、仪器仪表制造业、计算机技术及通讯设备制造业等。各种产业和行业既互相联系又相互制约，只有保持着一定的相应的比例关系，从而才能得以全面、协调和持续地发展。轻工业部门的发展也是如此。如食品生产和加工业、纺织业、服装业、皮革业、木材加工业、家具制造业、造纸业、印刷业、文教体育用品制造业、橡胶制造业、塑料制品业、医药生产业等。各种产品和行业，同样必须保持相应的比例关系，才有可能保持全面协调和持续地向前发展。

在重工业和轻工业的关系问题方面，还涉及一个理论问题，即生产资料优先增长是不是一种客观经济规律问题。理论界存在着不同的认识。有持肯定态度的，认为，生产资料优先增长只是一种长期存在的趋势，并非任何情况任何时候都如此。只有在技术进步，有机构成提高的扩大再生产条件下才存在。有持否定态度的，认为所谓优先增长并不是绝对的、普遍的。过去关于这个规律的计算公式的各种前提条件是不科学的。在技术不断进步的社会扩大再生产中，两大部类增长的速度是快、慢交替进行的，并非始终是生产资料增长最快。还有一种观点认为，所谓优先增长是一条历史规律。随着科技进步和生产集约化的发展，生产资料优先增长规律会逐渐失去作用。

按照马克思主义观点，在技术进步和有机构成提高的条件下，社会扩大再生产要求生产资料生产的增长速度快于消费资料生产的增长，是一种必然趋势。如果舍象技术进步的因素，假定有机构成是不变的，两大部类生产则是平行发展的，没有显示出生产资料生产的更快增长。马克思在《剩余价值理论》中指出："随着资本主义生产的发展，投在机器和原料上的资本部分在增加，花在工资上的资本部分在减少，这是不容争辩的事实。"在《资本论》中又说：在扩大再生产中，"随着积累的进程，资本的不变部分和可变部分的比例会发生变化；假定原来是 $1:1$，后来会变成 $2:1$、$3:1$、$4:1$、$5:1$ 等，因而随着资本的增长，资本总价值转化为劳动力的部分不是 $1/2$，而是递减为 $1/3$、$1/4$、

1/5 等,转化为生产资料的部分则递增为 2/3、3/4、4/5、5/6
等。"所以, 有机构成的提高, 表明了生产资料生产比消费资料
生产增长更快的趋势。但如果从纯粹形态上进行研究, 假定有机
构成是不变的, 两大部类生产的发展则是"平行的"①。

　　列宁在研究两大部类的关系问题时, 将生产资料生产划分为
制造生产资料的生产资料和制造消费资料的生产资料两个次部
类。经过研究分析后指出:"增长最快的是制造生产资料的生产
资料生产, 其次是制造消费资料的生产资料生产, 最慢的是消费
资料生产。"并说,"生产资料增长最快这个规律的全部意义和
作用就在于: 机器劳动代替手工劳动 (一般指机器工业时代的
技术进步) 要求加紧发展煤、铁这种真正'制造生产资料的生
产资料'生产"②。后来, 斯大林在《苏联社会主义经济问题》
一书中, 将列宁的上述思想概括为"生产资料生产的增长要占
优先地位"。当然, 这个规律的地位和作用是有条件的, 它是以
社会扩大再生产为前提条件的; 与此同时, 它同技术进步是密切
相关的, 即同所谓有机构成的变化和提升联系在一起。而且这是
一种理论概括即抽象, 所论述的是以社会再生产的总体发展趋势
而言的, 是要揭发社会再生产过程中内在的本质的必然联系。这
是应当明确和认识清楚的。

　　要能正确处理和解决两大部类的比例关系问题, 还必须研究
和解决好有关供给与需求的比例关系问题、投资与消费的比例关
系、国内需要与国外需要即外贸之间的比例关系问题。这些比例
关系是相互联系相互制约的。供给的变化和投资规模是密切相关

---

　　①　马克思:《资本论》第 1 卷、人民出版社 1953 年版, 第 549—574 页; 第 2
卷, 第 227 页。
　　②　《列宁全集》第 1 卷, 人民出版社 1955 年版, 第 76、88 页。

的；需求的变化取决于消费的变化，"内需"与"外需"只不过是消费与需求的延伸罢了。社会扩大再生产运动是具有规律性的。这种变化所依据的就是社会供求关系的变化即规律性。所以，两大部类比例关系的变化，如果将科学技术变化存而不论，归根到底就会取决于社会供求关系变化的状况即规律性。

历史经验表明，工业内部的结构是否科学合理，以及与此相关的几种比例关系是否平衡，不仅会影响工业部门本身的发展，同时还会影响到国民经济其他部门的发展。从而会影响到经济社会的全面协调和持续发展。所以，我们必须认识到工业内部结构的矛盾，以及及时调整这种矛盾的必要性和意义。

第三节　工业部门生产的合理布局和经济效益问题

目前，在世界范围内，凡属大中型国家，由于历史和现实原因，在一个国家内部各地区之间大多存在着或大或小的差距。中国尤其如此。

中国号称"地大物博"。但就其人均水平而言，却是地大而"物不博"。同时在人口、资源和经济社会发展状况诸多方面，地区之间的差距很大，资源分布和工农商业与交通运输业的发展很不平衡。总体而言，东南部沿海地区人口密度大，工农商业发展快，交通运输比较方便；中部地区次之，主要是农业和轻工业发展较快；西部地区地广人稀、经济很不发达，尚待开采的矿产资源却比较丰富。所以，20世纪末21世纪初，中央先后提出了开发大西北，重振东北老工业基地，发挥中部地区的比较优势和潜力等重大战略方针。这是保持中国经济全面协调和持续发展的客观要求，也是逐步缩小地区差别的重大举措。当然，国家在基本建设和重大项目投资方面要进行必要的支援，在财政税收方面实行适当的优惠政策，充分发挥东南沿海发展较快地区的有利条件，乃至吸引港、澳、台和国外的投资，实行长短结合、优势互补，促进共同发展。

我们在这里所说的缩小地区差别和发展区域经济，是两个既有联系又有区别的概念。所谓东部、中部和西部地区的划分，是一种传统的习惯的用语。而区域经济则是一种经济学概念。所谓区域经济，以打破行政区域界限、在经济上实行紧密联系的相关地区为对象的具有一定约束力的空间范围，其目的就在于突破行政性地区封锁，走向市场主导型的区域经济的自主发展道路。譬如中国目前正在形成长江三角洲经济区域、珠江三角洲区域经济、京津冀区域经济、环渤海湾经济区、东北老工业基地等区域经济。区域经济和行政区的性质与功能是互不相同的。

当然，发展区域经济同国家的宏观调控和服务性功能并不矛盾。区域经济在其范围内，依据自身的发展状况和特点，进行必要的分工和协作，以市场为主导对工业生产和其他各种生产进行合理的布局，从而促进区域经济的全面协调和持续发展。但在市场经济条件下，存在着国内外两个市场的激烈竞争。所以，区域经济的发展，又离不开国家的适当的宏观调控功能，离不开国家的信息技术和其他有关服务性功能。这是区域经济在激烈的市场竞争中，保持持续和健康发展所不可或缺的。

工业部门生产在全国范围和地区之间的合理布局要经历一个相当长的发展过程。这不仅存在着历史遗留问题的影响；同时还有各地区和企业之间的利益矛盾和障碍，所谓重复建设问题，在市场竞争中特别是在国际市场竞争中互挖墙脚的问题，有令不行、有禁不止的问题，等等。另外，我们要认识和掌握工业生产在全国范围和地区之间合理布局的规律性，也需要有不断实践和总结经验的过程。

要研究工业部门生产的合理布局，必须依据历史和现实经验，确定若干相关的要求和原则：

（1）在国家工业布局和经济社会发展战略和规划指导下，适应各地区经济状况和特点，要制定地区工业与经济发展战略和规划。

（2）利用和发挥地区资源优势，加强发展具有地区特色的工业部门的生产和布局。

（3）先富裕起来的地区应根据互助合作和等价交换的原则，支援不发达地区工业的发展，从而带动其他地区经济的发展。

（4）实行改革开放和地区招商引资，促进工业部门和行业与企业的合理布局与发展。

（5）国家在工业布局和项目投资方面实行优惠政策，鼓励发展地区的优势工业，扼制盲目投资和避免重复建设。

在全国各地区，如果能够认真贯彻国家实施新型工业化和现代化的发展战略和统一部署，如果能够在进行工业现代化的进程中认真贯彻上述各项原则和要求，就可以发挥地区的各自优势，取长补短，实行优势互补，谋求共同发展。这样就会发挥各自的积极性，形成一种地区和全国性的"合力"作用。从而就会有利于发挥各地区的资源优势，大力提高社会劳动生产率，降低生产成本，获取巨大的经济效益和社会效益。所以，工业生产的合理布局，是促进中国工业现代化乃至国家现代化的有效方法和途径。

第四节　工业发展的必然趋势

西方发达国家的工业发展经历了一个长期发展的历史过程。第一步实现资本主义工业化。经过产业革命，逐步建立和发展机器大工业，通过一定的发展阶段和过程，工业机械化生产在国民经济中占据了统治地位。从而使资本主义生产方式最终战胜和取代了封建制生产方式。第二步在工业化的基础上进一步实现了工业现代化，将工业生产建立在当代科学技术的物质技术基础之上。这就是说，现代化工业不仅在劳动资料方面实现了现代化，同时要求工业部门结构和职工的知识技术结构实现现代化，以及管理体系的现代化，并且要求在主要技术经济指标方面达到当代世界先进水平。综合起来，人均国民生产总值也要求达到一定的先进水平。

　　工业现代化是一个国际性和历史性概念。资本主义发达国家由于各自的国情和所处的国际环境不同，所以他们实现工业化和现代化的进程也有所不同。英国由于是一个老牌资本帝国主义国家，尽管它是产业革命的创始国，由于它的国情和所处的历史时代，大约花了一个世纪多一点的时间（即从 18 世纪 30 年代到 19 世纪三四十年代），才基本实现国家工业化。后来又花了半个多世纪的时间，才基本实现工业现代化。美国则后来居上。起初，它还是英国的殖民地，在英美战争（1812—1814 年）结束后，才走上独立发展资本工业化的道路。直到 19 世纪 60 年代才基本完成工业革命，建立了资本主义近代工业体系，基本实现了工业化。在此基础上经过半个多世纪的发展，进一步实现了工业现代化。并且超过了英国的发展，成为资本主义世界的第一大经济体。法国在 19 世纪初开始进行工业革命，大约花了六十年的时间基本实现了工业化。在第二次世界大战胜利后，才进一步恢复经济和进行工业现代化。德国在 1848 年进行资产阶级革命后，机器大工业才逐步建立起来，19 世纪 70 年代末基本完成了产业革命，初步实现了资本主义工业化。后来由于希特勒发动侵略战争，破坏和阻碍了德国工业化和现代化的进程。希特勒垮台后，使德国分裂为东、西德两个不同性质的国家。直到 20 世纪 90 年代初，由于苏联的解体，东、西德又重新实行了统一。由于德国基本实现了工业现代化，所以使其成为西方发达资本主义国家之一。日本是工业化进程起步最迟的国家。在明治维新以后，工业才逐步发展起来，20 世纪初，近代工业的那些主要部门已经建立起来，后来由于发动对中国和亚洲诸国的侵略战争，破坏和阻碍了工业现代化的进程。在第二次世界大战中战败投降后，由于美国发动侵朝战争和扩张的需要，日本经济趁机得到了迅速的恢复和发展，六七十年代实现了工业化和现代化，使其成为发达资本主义国家第二大经济体。

历史表明，资本主义工业化和现代化，为资本主义经济制度建立了强大的物质技术基础。随着工业现代化的发展，无产阶级也就更加发展壮大和成熟起来，从而成为推动社会历史发展和创建新社会的主人。

中国在现阶段，在基本实现工业化的基础上，正在进行工业现代化的建设。这是我们国家在社会主义初级阶段进行经济建设的历史任务。这是由中国的基本国情所决定的。我们党和邓小平所倡导和规划的实现国家现代化的战略分三步走：第一步，从 1980—2000 年，实现国民经济总值翻两番的任务。这个任务已经提前完成。第二步，从 2001—2020 年，全面实现建设小康社会的任务。目前，正在有计划有步骤地进行这方面的建设。第三步，再经过三十年左右努力，力争在二十一世纪中叶基本实现工业、农业、科学技术和国防现代化建设的任务。

中国作为一个有 13 亿人口的大国，经济还不发达，地区之间的发展又很不平衡，除了东南沿海地区经济发展较快，中部地区、特别是广大西部地区的经济还很不发达。要想完成第二步和第三步发展战略，任务是十分艰巨复杂的。除了国防现代化暂时存而不论，所谓工业、农业和科学技术现代化，实际上就是要用先进科学技术和现代化设备武装工农业生产全过程，实现生产全面自动化。换句话说，就是要用电子计算机技术自动操作和控制工业和农业生产的整个过程。工程技术人员只不过根据工、农业生产过程的客观发展要求，编制一定的操作和控制程序罢了！这就涉及对资源的研究开发和利用问题，对先进科学技术的运用、工艺流程和相应的设备问题，要有相关的专业技术人才和培养高素质职工队伍问题，归根到底还需有必要的大量资金可供利用。所有这些项目都是不可或缺的。

目前，我们国家还不富裕。2006 年，人均国民生产总值刚刚达到 2042 美元。农村偏远地区大约还有 3000 万贫困人口。无论是要全面完成建设小康社会的第二步战略任务，还是要实现工业现代化和整个国家现代化的第三步历史任务，都需要经过两三代人付出长期的艰巨的和坚持不懈的努力，才有可能实现我们预定的奋斗目标。国际上一些友好和开明人士，鉴于中国经济在改革开放以来的快速、持续和稳定的发展，对今后的发展作出了一种乐观的估计。据世界银行近期公布的统计材料，美国在 2004 年的国内生产总值为 11.6675 万亿美元，日本为 4.6234 万亿美元，而中国为 1.6493 万亿美元，亦在德、英、法、意四国之后，名列世界第七位。并且指出，如按购买力平价计算，中国的 GDP 则已达到 6.4 万亿美元，超过了日本。美国高盛公司发表的分析报告预估：中国的 GDP 将于 2016 年超过日本、2041 年超过美国的经济发展水平。这种乐观预期对中国人民当然是一种鼓励。同那种鼓吹中国经济崛起的"威胁论"相比，是一种鲜明的对照。

中国进行工业化和现代化，是推动社会生产力向前发展的必然趋势，是推动经济社会向更高目标发展的客观历史性要求。我们国家目前尚未完成工业化的历史任务，社会发展还处在社会主义初级阶段的初期。只有进一步进行新型工业化和国家现代化建设，推动社会生产力实现快速持续和跨越式发展，才能逐步赶上包括美国在内的西方发达国家的经济水平，或者说进入世界发达国家的经济行列。这样，中国就可以完成建设社会主义初级阶段的历史任务，从而进入社会主义发展的中级阶段。

就工业发展的历史和趋势来看，如前所述，西方资本主义发达国家的工业发展过程经历了两大阶段和步骤：第一步经过资本主义工厂手工业时期到完成产业革命，实现了国家工业化；第二步在工业化的基础上实现了国家现代化。由于国家现代化是以科学技术为核心的，所以笔者认为，国家现代化的发展就会成为知识经济即科学技术型经济时代的开端。如同产业革命成为国家工业化的开端，是一个道理。这就是工业现代化发展新的开端，从而也就开始进入了文明时代发展的新起点。

由此可见，从资本主义工场手工业到产业革命，这是工业发展的第一次变革。从产业革命开始到实现工业化，这是工业发展的第二次变革。从实现工业现代化成为向知识经济即科技型经济时代发展的开端，这是工业发展的第三次变革的开局。从而意味着工业发展进入了一个新的历史阶段。这就是工业发展的历史进程和趋势。

第十一章

海洋业开发与生产

海洋业基本上是一种尚未认识和掌握的领域。海洋面积大约占地球总面积的71％。它蕴藏着多种鱼类和其他水产业，海底矿藏包括金属和非金属矿物质、石油天然气储藏量基本上还是个未知数，涉及可开发的工农业资源和生态资源到底有多少？在科学技术落后的时代，人们根本不认识海洋是蕴藏着无数财富资源的大宝库。直到19、20世纪，随着社会经济和科学技术的发展，人们才逐步开始探索和研究开发利用海洋资源。除了鱼类和水产品的养殖和捕捞，还有石油天然气的勘探和开采利用。在石油天然气开采利用方面，英国和西方一些国家起步较早，阿拉伯诸国则是后来居上。相对而言，包括中国在内的东方大多数国家则远远落在后面了。凡属有海洋矿产资源条件的国家应当急起直追，而不应当甘居下游。

第一节　海洋业开发利用在国民经济中的地位和作用

据勘测，全球海洋面积约为36200万平方公里，占地球总面积的71％，陆地面积仅占29％。中国海岸线全长约1.8万多公里。所以对海洋资源的研究开发和利用，不仅对海洋周边国家，乃至全球大多数国家经济社会的发展，都具有十分重要的地位和作用。

就一个国家的经济社会发展而言，无论是国民经济的哪个部门的发展，除了资金的来源，就要看资源状况和科学技术的发展状况如何。当然，还涉及社会经济制度及其经济管理体系的科学性问题。就其中的矿物资源来看，又可以按矿物资源的种类分为能源、金属矿物和非金属矿物三大类。矿物资源的分布，又可区分为陆地资源和海洋资源。陆地资源在工业革命以来，经过两三百年的开发利用，各个国家已经有了一定程度的不同的开发利用。特别是在发达国家和中等发展中国家，他们在矿产资源开发方面如煤炭、铁矿、石油和原材料等方面，已经有大量的开采和利用。陆地矿产资源逐步在走向枯竭。

据有关部门和专家的分析和预测，世界陆地煤炭资源已探明的静态可供开采的储量约有 11500 多亿吨，尚可开采 226 年左右，原油已探明的静态可开采储量约为 1570 亿吨，尚可开采 40 年左右，天然气已探明可开采储量，大约可开采 64 年左右，铀资源已探明可开采储量，大约可开采 110 年左右。此外，尚有一定数量的钨、铜、金、银等矿产资源，可供开采利用。

中国陆地煤炭资源比较丰富，目前已探明储量大约有 1 万亿吨，预计可开采约 200 年，居世界首位。原油和天然气不如煤炭资源那样丰富，目前年产原油 1 亿多吨，要靠进口部分原油补偿，才能解决经济社会发展的需要。当然，总体来说，中国还是属于世界上矿产资源总量丰富、矿种比较齐全的少数几个资源大国。已发现矿产 171 种，探明有储量的矿产 156 种。据中国地质学会称：中国已探明的矿产资源总量约占全球的 12%，居世界第三位。

据国外有关专家的估计和预测，世界上大多数国家的陆地资源，将会在 21 世纪内"耗竭"。当然，这只是对世界陆地资源发展趋势的一种判断。世界是极其复杂的。由于各个国家的陆地资源的蕴藏量和开发利用的状况有所不同，随着科学技术的进步和创新，还会不断探测和掌握新的陆地资源。所以，不能将上述判断作为一种结论。但可供研究问题时参考！

就总体而言，对今后经济社会的发展，对资源的研究开发和利用，必须将陆地资源的研究开发和海洋资源的研究开发相结合，而且必须逐步将研究开发的重点转向海洋领域。由于对陆地资源的研究开发和利用已经有了两三个世纪，而海洋资源特别是对它的矿产资源的研究开发，基本上还是一种有待开发的处女地。

无论是陆地资源还是海洋资源的研究开发和利用，对一个国家的经济社会的持续发展具有十分重要的意义。中国有句俗话，叫做"巧妇难为无米之炊"。当陆地资源经过一定历史阶段的开发利用之后，寻求开发利用新的海洋资源也就会具有更加重要的意义。当然，还要研究和开发利用可再生资源和新的自然资源，否则，就会制约经济社会的可持续发展。

由此可见，在一个国家的经济社会发展中，在继续开发利用陆地资源的同时，根据自己所处的地理和有利的自然条件，加大研究开发和利用新的海洋资源，是推动国民经济可持续发展的重要条件和保障。换句话说，研究开发和利用海洋资源，对经济社会的持续发展具有十分重要的意义和作用。

第二节　统筹研究和开发海洋资源的必要性

海洋资源同陆地资源的环境条件不同，人们对海洋资源的了解、研究、勘探和开发的难度很大，开发利用的风险也大。但只要能按照科学合理的要求办事，采用先进的科学技术手段和方法，就会克服各种困难，成功地取得研究的开发和利用。

海洋资源大体上可分为生物资源和矿产资源两大类。生物资源包括各种渔类和水产品等。矿物资源包括能源类、金属矿物和非金属矿物三种类型。其中能源类包括石油、天然气等；金属矿物类包括金、银、铜、铁、钨等；非金属矿物类包括海盐、煤炭和珊瑚礁等。这是按各种资源的性质和作用来区分的。所以，海洋资源的开发利用和海洋经济，就会具有不同的资源结构和经济结构。认识和掌握海洋资源结构和经济结构，对于国家和社会的投资建设和开发利用是否科学合理，对于国民经济的全面协调和可持续发展，都是十分重要的。

海洋生物资源直接关系到改善和提高人们和社会的物质生活水平，同时也关系到经济的可持续发展问题。我们一方面要开采现有的生物资源；另一方面要培养和繁殖新的生物资源，绝不能搞"竭泽而渔"的事。并且要不断研究新的生物科学技术，认识和掌握海洋生物繁殖和发展的规律性。

海洋能源和矿物资源深藏难测，要基本上掌握这各种矿产资源的蕴藏量，必须要经历一个长期调查研究和勘探过程。据粗略的估计，海底矿产总储量大约为 6000 亿亿吨。目前，对中国海域和海洋专属经济区的矿产资源的家底还不大清楚。除了对东海、黄海和南海等区域的石油与天然气资源初步有所了解外，对海洋金属和非金属矿产资源的蕴藏量到底有多少？尚属于未知数。

无论是海洋生物资源还是矿产资源，在各类资源之间以及每类资源内部，总是存在着一定的结构和相互关系。所以，对海洋资源的开发，要尽可能适应国民经济和社会发展的要求来进行。

海洋资源开发特别是其中的矿产资源开发，是一个十分复杂的问题。首先要摸清各类资源的蕴藏量就非常困难。从研究勘探、设计规划，到开采利用，需要有大量的资金、专业科技人才和技术工人、先进的技术设备、建设矿井和开采平台，还必须有科学的管理体系、仓储和后勤服务系统。这就是海洋矿产资源开采的复杂的生产过程。如果某一个环节出了问题，就会损害和阻碍整个生产的顺利进行，就会造成相应的经济损失。

对海洋资源的开发，既要有分类开发，又应有统筹研究和综合规划。要了解和掌握海洋资源的优势，根据经济社会发展的需要，选择和确定优先开发项目，实施重点开发，寻求安全合理和有序的运作。从而可提高海洋资源开发利用的经济效益和社会效益。

随着时代的进步和科学技术的迅速发展，为社会开发利用海洋资源提供了有利条件。首先，人们要充分研究认识和掌握海洋资源开发利用的环境和特点。其次，要根据海洋资源开发的特点和要求，依靠先进的科学技术来进行探测和开发。这样，就可以大大地提高劳动生产率和开发的速度与效果。以弥补陆地资源的不足，适应经济社会发展的需要。

第三节　海洋资源开发和经济可持续增长问题

全球共有七大洲和四大洋。位于亚、美、澳三大洲之间的为太平洋，面积为17968万平方公里，是世界上最大最深的海洋；位于欧、美、非三大洲之间的称为大西洋，面积为9336.3万平方公里，为世界第二大洋；位于亚、非、澳三大洲之间的为印度洋，面积为7492万平方公里；以北极为中心，并为亚、欧和北美三大洲环抱的为北冰洋，面积为1310万平方公里，面积最小。四大洋都有比较稳定的潮汐和海流系统。海洋领域有着丰富的生物资源和矿产资源，深海矿物资源尚属于未开垦的处女地，是今后若干世纪内开采利用的希望所在。当然，也是经济社会可持续发展的一定的基础和条件。

中国主要临近太平洋，同大洋相联系的临近海域则属于中国主权海域。其中有东海海域、黄海和渤海，还有南海海域和南沙群岛等。海洋资源较为丰富。其中生物资源有海洋渔业如大小黄鱼等多种鱼类，以及乌贼、对虾、海贝、珍珠等，还盛产海带等其他水产品。中国海产品久负盛名。矿物资源有石油和天然气、多种金属矿和非金属矿物。20 世纪以前，中国经济社会发展主要靠开发陆地资源，当然还有一部分国际贸易发生作用。直到20 世纪末期和 21 世纪初，我们国家才开始研究开发和利用海洋石油和天然气资源。鉴于陆地资源经过长期开发利用，同时已探明和剩余的储量有限，所以，我们今后应逐步加强对海洋资源的研究开发和利用。实行陆地资源和海洋资源的开发利用相结合，以保持国民经济能够全面协调和持续发展。否则，我们国家不仅不能抓住机会赶上西方发达国家的经济发展水平，甚至还会停滞不前乃至倒退。这是必须高度警惕的。

海洋资源特别是深海矿产资源的开发比较复杂，开发难度大、成本高。所以，邻近地区和沿海周边地区，不能各自为政、任意开发，必须由国家和相关部门统筹规划，合理布局。包括普查、重点勘探、研究开发和利用等各个环节，必须根据资源的性质和用途，资源的分布状况和储量等，确定统一的开发战略、规划和步骤，避免浪费资源和破坏生态环境，按照海洋资源开发的客观要求和规律性办事。提高海洋资源开发利用的经济效益和社会效益，以适应经济社会可持续发展的需要。

在海洋资源研究开发中，不仅要重视矿产资源的研究开发，同时要重视对海洋渔业和水产业的开发利用。海洋生物资源可以不断开发和循环开发利用。依靠现代科学技术，对海洋生物进行开发利用和繁殖，这是一种"取之不尽、用之不竭"的巨大财富来源。所以，对海洋资源的研究开发和利用，对推动经济社会的可持续发展和提高人们的物质文化生活水平，具有十分重要的意义。

随着海洋资源的研究开发和利用，会逐步形成一种有别于农业和工业生产部门的新的经济部门，这就是海洋经济。海洋经济既包括部分农业生产的内容，又包括部分工业生产的内容；它既不同于农业生产部门，又不同于工业生产部门。所以，海洋经济既包括农业和工业两大生产部门一定的生产内容和要求，又具有自己的要求和特点。堪称国民经济的第三大经济部门。

综上所述，海洋经济是国民经济持续发展不可或缺的重要条件和保障。

第四节　海洋资源开发经营模式问题

海洋资源主要有着两种不同的类型和性质：一种是可再生资源，这里指的是生物资源类；另一种是不可再生资源，指的是能源、金属矿物和非金属矿物类。当然，随着科学技术的进步和发展，以及人类社会对生产经验的积累和升华，还会研究开发出新的资源供社会利用。这是人们不可忽视和低估的。

对海洋中的可再生资源即生物资源，应根据经济和社会发展的需要，进行合理的开发和利用；同时要根据海洋生物资源繁殖的要求和特点，进行有计划有步骤的养殖和保护，绝不能搞"急功近利"、"竭泽而渔"。要把开发利用和养殖业相结合，形成一种不断发展壮大的海洋生物循环经济。

仅就海水养虾业来看，目前，中国海水养殖"活虾"已成为年生产总量超过 20 万吨的世界大国。在对虾主产区的广西、海南、广东和福建等沿海地区，以一种现代化的"养殖虾工厂"取代了传统的养虾方式，不仅产量有了很大的提高，而且有利于减少对海洋环境的污染。如广西北海市铁山港区最大的"虾工厂"，凭借先进的水过滤循环系统和室内高水位池厂房，已在13.4万平方米的水面上收获对虾804吨，平均每平方米水面产虾6公斤。这是对虾单产量的世界纪录①。这种新的对虾养殖方式占地少，而且室内的厂房可避免台风的影响，一年四季都可以生产。这个事例说明了海洋养殖业这种循环经济的巨大优越性。

对不可再生的海洋资源的开发利用，应实行陆地资源开发与海洋资源开发相结合，实行优势互补。由于陆地资源经过较长时期的开发利用，有些资源已经出现不同程度的下滑和逐渐枯竭的趋势。所以，今后对海洋和陆地资源的开发，应根据海洋和陆地资源储藏量的状况（包括已探明和未探明的储量）和社会需要，进行适当的规划和部署，研究确定不同的开发重点和布局，以利于促进经济协调和可持续发展。

特别值得重视的应当是利用高新技术的发展，对海洋资源进行创新研究开发和利用。如对海水进行淡化的开发利用，并将海水淡化和生产海盐相结合，对氢能源的开发利用，对海风和潮汐发电的开发利用，对海洋生物研究制药和保健品的开发利用，等等。这种研究创新，正是今后经济和社会发展的一种希望所在。

此外，海洋资源开发可以考虑同国外有关海洋资源国家的开发进行合作，或者同有关国家对公共海域深海资源的开发进行协商合作，本着平等互利的原则，共同开发经营。以便获取更多的海洋资源，有利于推动经济社会的持续发展。

---

① 黄革：《"绿色链条"拉动海洋经济》，载《经济参考报》2002年7月23日。

对于海洋资源的合理开发利用，必须根据国家拥有的海域面积和海洋资源的基本状况，研究制定科学的发展战略，确定长期和阶段性的开发目标和任务，以及完成目标和任务的合理步骤和方法。同时还可以根据发展战略的目标和要求，研究确定一种相应的开发模式。

海洋资源开发经营模式并非一种任意行为，它必须根据一个国家的具体情况，根据一定经济部门和行业发展的要求和特点，同时要参考历史和现有经验来确定。如果开发经营模式科学合理，它就会节约成本，提高经济效益和社会效益，从而促进经济的快速和健康发展。

基于上述要求和原则，海洋资源开发经营模式应当根据一个国家的具体情况，按照国民经济长期发展战略的目标和要求，由有关主管部门和行业来主导，实行科研与公司开发经营相结合，陆地资源与海洋资源开发利用相结合，开发经营与投资多元化相结合，按市场化要求来进行运作。这样，就可以调动有关各方的积极性，加速开发海洋经济的速度与步伐。从而有利于推动整个经济和社会的发展。

加快开发利用海洋资源和发展海洋经济，是今后社会资源开发利用和发展经济社会的一种必然趋势。目前，中国对三大海洋经济区域的开发已初具规模。其中长江三角洲、环渤海湾地区和珠江三角洲经济区的产值已占全国海洋经济总产值的82.3%。2005年，中国海洋经济产值已占国民经济总产值的4%。预计随着海洋经济的加快开发，今后每个五年计划的产值都会有所增长。海洋资源开发利用和海洋经济的发展，无疑将会推动中国全面建设小康社会和加快现代化的进程。

第十二章

现代交通运输业

本章的中心内容，是要研究：现代交通运输业在国民经济中的地位和作用；交通运输业结构及其相互关系问题；交通运输业经营和经济效益问题；交通运输业及其现代化问题。研究和弄清了这些问题，就可以认识和掌握交通运输业发展的规律性。

第一节 交通运输业在国民经济中的地位和作用

所谓交通运输业，包括铁路交通运输、公路交通运输、内河航运、海洋运输、航空运输和管道运输等各种运输方式，运用各种不同的运输设备和工具，通过相应的运输方式，将各种货物和旅客在不同地区和空间实现一种有目的地位移或转运，是生产部门在流通领域的一种延伸。国民经济各个部门无论是农业、工业，还是海洋业等各部门的生产和经营，都离不开交通运输业部门的职能和作用。就其特性而言，交通运输业既属于一定的相对独立的生产部门，又是为国民经济各部门的生产经营服务的服务性部门。

现代交通运输业如同工业部门一样，经历了一个长期发展的历史过程。即从人力和畜力运输逐步发展到半机械化和机械化运输，目前，正在进一步发展为现代化运输业。这样，就会大大地提高运输业的劳动生产率和经济效益。

　　交通运输业作为社会生产力的有机组成部分、作为社会经济生活的一种重要手段和形式，无论是人们的社会生产与再生产活动，还是人们的社会交往和日常活动，都离不开交通运输业的功能和作用。换句话说，运输业主要有两种类型的活动：一是在社会生产过程中企业内部及其相互之间发生的运输活动；二是不同于生产的人们在社会交往中所存在的运输行为和活动。无论是社会生产和社会交往活动，运输业的存在和运行都是不可或缺的。社会生产、分配、交换和消费是一个有机统一体。企业生产出来的产品，如果离开了运输业就不可能进入流通，因而也就谈不上进入消费。这样产品的价值和使用价值也就无法得以实现。可见，作为社会产品在企业、部门、地区和城乡之间承担往来和流转任务的运输业，起着一种桥梁和纽带作用。同样，它在保持人们的社会交往和各种联系活动中，以及在保障国家和地区在发展经济与维护社会安全方面，都具有重要作用。

　　综上所述，无论是社会生产，还是人们的社会生活，都离不开交通运输部门的职能和作用。按照运输业的属性和特点，在正常条件下，它对社会生产和人们的社会生活会起着一种促进作用。与此相反，如果运输业不能适应甚至落后于社会生产和社会生活的需要，它就会起着一种制约和阻碍作用。所以，人们必须认识和掌握运输业发展的特点和规律性，以便充分发挥它对经济和社会生活发展的促进作用。

第二节　交通运输业内部结构及其相互关系

　　交通运输业有多种类型和方式。这种划分一般是以不同的自然地理环境和运载工具为依据来进行的。其中包括陆路、水路和空中交通运输。陆路交通运输可分为铁路和公路运输，还有管道运输。水路运输又可分为河运和海洋运输。空运主要是指飞机即航空运输；此外还有正在初步发展的宇宙飞船和空间站之间的往返运输，这是在21世纪大有发展前途和希望的一种新型宇宙运输业。工业革命及其以后相当长的时期内，主要依靠铁路和公路运输，当然还有内河航运和沿海运输；20世纪中叶，航空运输业逐渐发展壮大起来，目前宇航业初步在兴起。在这各个不同时期内，各类运输方式的地位和作用是有所不同的。

运输业作为国民经济的一个部门，就存在着国民经济发展和运输部门发展的一种相互联系、相互制约的关系。如果能够正确处理这种相互联系和关系，就能促进双方共同发展。就运输部门本身而言，它又存在着各种类型和行业运输方式，于是就形成了运输部门内部的各种结构及其相互关系。只有正确处理这各种结构及其相互关系，使其相互配合、协调发展，才能适应国民经济和人们社会生活交往发展的需要。

运输业既由各种不同类型和行业运输所组成，又由于它们的共同属性形成整体运输部门一种统一体。运输业结构同自然地理环境、山地与平原、河流与海洋、气候条件以及国民经济各个部门的发展状况，是密切相关的。什么地区需要和适合发展铁路和公路运输，什么地区需要和适合发展内河航运和海洋运输，什么地区需要和适合发展航空运输，等等，都必须依据地域条件和特点，按照经济和社会发展的需要，研究和确定运输业发展的类型和重点，或者以发展某种行业运输为主和实行多元化运输相结合，明确整个运输部门发展战略的目标和任务，以及实施发展战略的步骤和方法，以便促进经济社会的发展和国际交往。运输部门的发展如果脱离实际，不按科学发展观办事，违背运输业发展的客观要求和规律性，结果必然会危害经济和社会的发展。这是应当和必须尽力避免的。

任何事物都存在着一定的结构问题。包括地球和宇宙都是如此。比如地球是由地核、地幔和地壳等不同层次和结构所组成，这各个层次和结构相互依存、相互作用，共同构成一个统一体。国民经济各个部门和其中的运输部门也是如此。国民经济包括农业、工业、海洋业、运输业和环保业等各个部门及其经济结构。其中的运输部门又存在着不同的类型和行业结构与企业结构，它们既有分工又相互协作，共同完成一定的运输任务。所以，正确处理这各种结构及其相互关系，是运输部门适应经济社会发展的一种客观要求即规律性。

人们曾经将运输业比喻为国民经济发展的"先行官"。中国农村也广泛流传着"要想富，先修路"。这在一定程度上反映了运输业的地位和作用。改革开放以前，中国农村的交通运输是非常落后的。随着改革开放和城乡经济的发展，目前中国农村基本上建成了公路运输网，大大地促进了城乡交流和农村经济的发展，农村贫困人口已由过去的 2 亿多人减少为 3000 万人左右。应当说，这是世界上发展中国家的一个罕见的成就。

我们国家应当根据经济社会发展状况和地区特点，适当发展相关的交通运输行业，依据实际条件和发展的客观需要进行科学合理的布局，反对保守和超越客观实际的两种片面倾向。使交通运输业的发展，能适应和保障经济社会全面协调和持续发展的需要。

第三节　经营运输业和经济效益

交通运输业也是经济社会发展的需要，是改善和提高人们物质文化生活的需要。运输业有其发展的特点和规律性，人们必须研究认识和掌握这种发展的规律。

运输业有一个广阔的天地。对一个国家和地区的运输业如何进行发展和布局，对各种运输方式如何安排和结合，是一个比较复杂的问题。总的要求是必须从实际出发，实事求是。具体来说，就是要根据一个国家和地区的基本状况和特点，按照经济社会发展和人们交往的供需要求，进行合理的布局。否则，就会脱离实际；或者是不能满足经济社会发展和人们生活的需要；或者是供过于求，增加运输成本和积压，造成种种浪费。

运输业也是一种生产经营。它既是各种物质生产在运输部门的延续，又是各类物质和产品进入流通领域与市场的基本途径。所以发展运输业，必须以国家和地区的宏观规划为指导，以市场调节为基础，实行宏观调控和市场调节相结合。这样，就可以扬长避短，实行优势互补；既可以克服市场的自发性和盲目性，又可以防止宏观指导脱离实际的状况和要求。可见，发展运输业必须按照市场供求规律的客观要求办事。

经营运输业，必须注意节约成本，提高劳动生产率，讲求经济效益和社会效益。这是运输业生存和发展所必需的，也是促进经济社会发展和国内外交往所必需的。

运输业流动性大，环节较多而且比较分散，必须建立严格的科学的管理体系和现代企业管理制度，这样才能做到分工协作，各尽其职，充分发挥各方面的积极性。

就运输业的经营而言，全国有六种类型和行业系统，每种类型和行业都是一个大系统，它们的经营都有各自的要求和特点。如果没有严格科学的管理体系和管理制度，就会无法正常运行，就不会获取必要的经济效益和社会效益。当然也就谈不上行业和企业的生存和发展。比如铁路系统，铁道部是作为部门的国家行政机关，有制定本部门发展战略和发展规划的职能，有进行必要的适当的宏观调控职能，但不应有直接经营铁路系统的各种公司和企业的职能和权力。这是由"政企分离"的原则和要求所决定的，也是由旧的传统经验教训所证实了的并非科学办法。

铁路系统建立严格科学的管理体系，在社会主义市场经济条件下，就是要按照发展商品经济规律的客观要求，建立各个层次的公司或企业。在中央建立国家级的总公司，在地区建立地区性的公司，在基层建立分公司或企业。全国铁路系统在中央总公司统一领导下，各个层次的公司既有分工又互相协作，相辅相成，形成一种"合力"，共同完成铁路运输部门的各项任务。

经营和发展运输业，必须注意节约成本，讲求经济效益和社会效益。在六大运输行业中，根据地区的条件和特点以及经济社会发展的需要，适合发展哪些运输业？重点应发展什么？要不要实行多元化相结合或者搞联合运输？到底如何确定，这就需要进行比较研究。对不同运输行业成本的高低、运输速度的快慢、载运量的大小等进行分析研究，从而确定运输业的经营和发展方案。这样，就可以根据不同地区的条件和特点，发挥不同运输行业的相关适应度，发挥它们各自的经济效益和社会效益。

经营运输业，在各类运输行业和企业的管理体系中，必须建立和完善现代企业管理制度，以适应市场经济发展的客观要求。关于现代企业制度问题，我们已在"企业生产"一章作了分析和论述。另外，笔者在《中国特色社会主义经济问题研究》一书中，对此作了全面系统的论述①。该书研究了现代企业制度的由来和发展；分析了全民所有制企业如何建设现代企业制度的问题；阐明了现代企业制度及其组织形式；论述了现代企业制度和

---

① 参见李泽中：《中国特色社会主义经济问题研究》，武汉出版社 1999 年版，第 202—210 页。

管理现代化问题；以及建立现代企业制度的意义问题。

要搞好现代企业制度，各运输行业和企业必须依据自己的条件和特点制定科学发展战略和经营决策，实行经营的目标管理；必须加强成本核算制度，实行行业和企业的市场化管理；必须建立和健全岗位责任制，加强劳动管理，以便提高劳动生产率；运用现代管理手段和方法，提高行业和企业的经济效益；确立效率与公平相结合的原则，实行合理分配机制。总之，通过确立现代企业制度，加强和提高行业和企业领导层的素质和经营决策能力，充分发挥职工的主动性、积极性和创造性，采用先进科学技术和现代管理手段与方法，就有可能大大地提高劳动生产率，降低消耗和运输成本，增加利润，从而获取行业和企业的最佳经济效益和社会效益。这是经营和发展运输业的必然要求。

第四节　运输业发展趋势及其现代化问题

随着现代科学技术和社会生产力的迅速发展，交通运输业必须不断地向前发展并逐步实现现代化。否则，就会落后于经济社会迅速发展的客观要求，成为国民经济发展的障碍。同时，也不利于城乡交流和国内外的交往与经济全球化的发展进程。

旧中国的交通运输业十分落后，全国解放时，很少有现代交通工具，内河航运设备也很落后，沿海交通线几乎濒临瘫痪。新中国成立后，随着经济的恢复和工农业建设的发展，20世纪五六十年代交通运输业有了一定的发展。特别是在改革开放以来，全国六大运输行业得到了迅速的发展。以首都北京为中心的全国铁路运输网已经形成，青藏高原铁路也已建成通车。公路交通运输网四通八达，高速公路已建成2万多公里。内河航运以长江、珠江、淮河、黄河和松花江五大水系为主航道。沿海及远洋航运以大连、秦皇岛、天津、青岛、连云港、上海、宁波、黄浦、湛江等为重要港口。航空以北京为中心，有中国航空、东方航空、南方航空、上海航空、香港航空等通往世界一百多个国家和地区城市。此外管道运输也正在兴起，不仅有国内三大原油、天然气管道，目前正在发展和建设中国与中亚和俄罗斯等跨国原油、天然气运输管道。发展运输业，对于促进中国经济的可持续发展，具有十分重要的意义和作用。

改革开放以来，中国运输业的发展虽说取得了很大的成绩，但同西方发达国家相比还有一定的差距。同时也不能完全满足经济社会发展的需要。据媒体报道，煤、电、油、运，已成为目前制约我国国民经济发展的瓶颈。所以，我们必须进一步发展和实现运输业的现代化。

现阶段，中国正处在全国建设小康社会的关键时期。国家已经制定和部署国民经济和社会发展第十一个五年规划，任务十分繁重。中央要求全面深入贯彻落实科学发展观 。要从社会主义现代化建设全局出发，统筹城乡区域发展，坚持把解决好"三农"问题作为全国工作的重心，实行工业反哺农业，城市支持农村，推进社会主义新农村建设，促进城镇化稳定和健康发展。落实区域发展总体战略，形成东部、中部、西部的优势互补、良性互动的区域协调发展。

在全面完成建设小康社会历史任务的过程中，发展和逐步推进交通运输业的现代化，具有不可低估和替代的作用。在城市，要采取适当的措施，优先发展公共交通事业，促进城市的健康发展。

为了适应和促进经济社会迅速发展的需要，必须有计划有步骤地实现交通运输业的现代化。这是交通运输业发展的必然趋势。为此，必须根据交通运输业的现状和客观需要，对各类交通运输行业的发展进行必要的规划和引导。在总体发展中，确定优先和重点发展哪些运输行业；在改造运输业的设备和技术中，哪些行业和企业需要采用先进技术设备，哪些行业和企业需要进行更新换代；在改革运输业的管理体制和机制中，如何建立新的运输业管理体制和监督体制，以及建设哪些新的管理机制，以便保障运输业的正常运行和健康发展。总之，通过各种改革，要大大提高运输业的先进科学技术装备和手段，采用先进的管理方法，从而相应地提高运输业的劳动生产率、速度、规模、运输量和经济效益。这样，也就会有利于实现运输业的现代化。

由此可见，交通运输业的改革和逐步现代化，是保持中国经济全面协调和可持续发展的必要条件和保障。

第十三章

现代科学技术及其产业化

本章的中心内容，是要通过研究现代科学技术在国民经济中的地位和作用、高新技术研究开发与利用问题、高新技术发展的特点，以及高新技术与国民经济可持续发展的关系问题。通过这种研究，以便认识和掌握现代科学技术发展的意义和规律性问题。

第一节　现代科学技术在国民经济中的地位和作用

科学技术在社会历史和各个时代的发展中，具有它的独特作用。只不过在社会的不同发展阶段，由于经济条件和科学技术素质与发展水平不同，它所发挥作用的大小与程度不同而已。就人类社会历史发展的进程来看，在古代社会，由于科学技术处于一种萌芽状态，所以，它对经济社会发挥的作用是极其有限的。在中世纪社会，科学技术有了某种程度的进步，所以它对经济社会的发展起到了某种促进作用。在近现代社会，随着社会生产力和经济的发展，科学技术有了较快的发展，并且先后经历了三次重大革命。第一次科学技术革命，是 18 世纪在英国发生的产业即工业革命，其主导科学技术是动力学和蒸汽技术所发挥的作用；第二次科学技术革命，主导科学技术则是电力学和国民经济的电气化；特别是第三次科学技术革命，包括信息科学技术和生命科学技术在内的八大类科学技术的革命，具有划时代的意义。第一次科学技术革命，使人类社会由农业文明时代开始向工业文明时代过渡和转变。第二次科学技术革命，具有工业文明时代形成、巩固成长和发展壮大的意义。第三次科学技术革命及其发展，则具有使人类社会从工业文明时代逐渐开始向知识经济即科技型经济时代过渡和演变的意义。如果没有这三次科学技术革命，就不可能有两次社会文明和经济时代的过渡与转变。这是社会历史发展已经并将被进一步证明的规律和真理！

为什么三次重大的科学技术革命会引起社会历史的发展和变迁？这是马克思主义关于社会基本矛盾理论所决定的。社会生产力与生产关系的矛盾、经济基础和上层建筑的矛盾是对立的统一。生产力决定生产关系，而生产关系又具有它相应的反作用。当生产关系同生产力相适应时，它会促进生产力的发展；反之，当生产关系落后于生产力的发展要求时，它便阻碍生产力的发展。经济基础同上层建筑的矛盾也是如此。经济基础决定上层建筑，同样上层建筑也具有它的反作用。当上层建筑同经济基础发展的要求相适应时，它会促进经济基础的发展；反之，当上层建筑落后于经济基础发展的要求时，它便会阻碍经济基础的发展。正是由于这种社会基本矛盾的运动和发展，推动着人类社会历史逐步地不断地向前发展。这是永远不变的真理。

由于科学技术是第一生产力，它对社会生产力的发展起着主导和核心作用；因而由先进科学技术装备起来的社会生产力，对生产关系同样具有主导和决定作用。正是由于社会生产力和生产关系的结合和统一，它就形成了社会经济基础，从而它就会决定着上层建筑的性质和作用。于是它们就构成了一种社会基本矛盾。正是由于这种社会基本矛盾的运行和发展，推动着社会的发展。

综上所述，由于科学技术在社会生产力中的地位和作用，因而也就决定了它在经济社会发展中的地位和作用。正是基于这个原理，所以我们说，现代科学技术在国民经济发展中具有主导地位和决定性作用。这是人们不可低估、也是无法替代的。

第二节　高新科学技术研究开发和应用

高新科学、技术不是自发产生的，它的地位和作用是由这种科学、技术的素质和品位所决定的。我们一定要了解和重视对高新科学、技术的研究开发和应用的重要意义，以造福于社会和人民；否则，就会不利于经济社会的发展，不利于改善和提高人民群众的物质文化生活水平。我们作为社会主义国家，这会成为一种不可饶恕的错误。

要研究开发高新科学技术，必须具备和创造一定的条件。其中包括投入新的研究开发资金、研究设备和实验室、相关的专业技术人才和适当的优惠政策。同时应有适当的要求：一是要有研究开发和创新成果；二是要将研究成果及时转化为现实生产力，以推广应用并逐步实现产业化；三是要组织合理的生产经营，以便获取较高的经济效益和社会效益。这是对研究开发高新科学技术的客观要求。如果对创新的科研成果不及时推广和应用，将其摆放在实验室或者仓库里，就会造成巨大的浪费，不利于促进经济社会的迅速发展。

当然，高新科学技术的研究与创新，并非轻而易举的事。必须根据现有的基础和条件，以及经济社会发展的实际需要。经过科学家和有关科学技术人员的不断研究积累和探索，才有可能实现创新和获得相应的科学技术成果。实践表明，任何一项重大的科学和技术成果的发明与创新，都必须经过多年的研究与努力，甚至需要经过几代人的不懈努力和持续研究，方有可能获得一定的突破和成果。历史上的工业革命是如此，电气化技术革命的成就也是如此，现代高新科学技术革命的业绩同样是如此。所以，无论是科研系统和科技工作者，还是各个行业、企业和社会群体，乃至国家各级政府相关部门，都必须确立科学发展观，坚持发展高新科学技术的信念，结合各自的工作条件和特点，分工协作，各尽所能，形成一种研究开发高新科学技术的条件和良好环境。这样，就会有利于我们迅速研究开发和推广应用高新科学技术，有利于改造传统的经济结构和提升传统经济技术的升级换代，从而，就会推动国民经济的全面协调和持续发展。

作为发展中国家的执政党和政府，要想赶上发达国家和跨入世界发达国家的先进行列，必须充分认识到发展高新科学技术的作用和意义。在当代国际环境条件下，在经济全球化和激烈的市场竞争中，如果要想站住脚和提高自己的国际地位，就必须创造条件，尽快研究开发高新科学技术，推广应用高新科学技术，从而提高本国经济发展的速度、规模和水平，改善和提高广大人民群众的物质文化生活水平，增强和提高国家的经济实力和在国际上的竞争能力。只有依靠自己的努力和发展高新科学技术，才有可能较快地实现这各种要求和任务。

第三节　高新科学技术含义及其发展的主要特点

科学技术的发展是无止境的。高新科学、技术是相对原有的科学、技术而言。经过一定时期和阶段的发展，又会出现新的更先进的科学和技术。科学和技术是两个密切相关的概念。技术的发展往往是以科学为依据的，而科学的发展与创新又离不开对技术实践经验的总结。科学技术是第一生产力，它的应用又可以代表一种综合生产力。所谓高新技术，是指在同当代相关科学理论创新研究的基础上，同使用先进科学方法和手段相结合，而形成的一种高新科学、技术成果的总称。它具有高度的经济效益和社会效益。随着科学技术进步和经济社会的发展，其内涵和外延将会发生相应的变化。

当代科学技术的发展，呈现出一种群体发展的趋势。这是现代科学技术发展的一个基本特点。科学界将现代科学技术划分和概括为八大类。即：信息科学技术、生物科学技术、新能源和可再生能源科学技术、新材料科学技术、空间科学技术、海洋科学技术、环境科学技术和管理科学技术即软科学技术等。这各类科学技术在经济社会发展中，都会具有它们各自的地位和作用。当然，在作用的性质和程度上还是会有所不同的。

要能充分发挥现代科学技术的作用，必须认真研究高新科学、技术发展的特点及其规律性。

（1）高新科学技术的发展具有高投入和高风险性。除了国家规划和确立的重点研究项目，主要由国家财政拨款，一般说来，无论是单位和个人，大多很难承担这种投入和风险。所以，在高新科学技术研究与开发初期，必须有国家的相关优惠政策予以扶持。

（2）高新科学技术的应用和发展，必须以研究开发和定型的科学技术成果为基础。国家必须从现有的条件和实际出发，制定出科学的发展战略和相应的规划，尽量避免失误和少走弯路。既不要丧失时间与机遇，又要避免弄虚作假，造成损失和浪费。

（3）发展高新科学技术，必须培养高素质的科学家和专业科学技术人才，要有必要的先进科学技术设备和实验室。就一定意义而言，高素质的专业科技人才在这种发展中起着决定性作用。

（4）高新科学技术的发展必须逐步实现产业化，将自主创新和发明专利转化为现实生产力，推广扩大其影响和充分发挥它的综合经济效益。与此同时，要用高新科学技术改造传统产业，使传统产业实现升级换代，从而促进和实现国家现代化。

（5）高新科学技术的应用和发展，可以极大地提高社会劳动生产率和经济与社会效益。从而为实现部门、行业和地区的"跨越式"发展，提供条件和可能。

（6）高新科学技术的研究与开发，需要有国际之间的交流与合作，使国际性竞争与合作相结合，为争取各国的共同发展与繁荣提供条件和可能。

（7）高新科学技术的发展，有利于改善和保护自然环境。与此同时，随着环保高新科学技术的发展，为逐步实现生态平衡，为促进人类社会和自然环境的和谐发展，提供了条件和可能。

综上所述，高新科学技术的发展及其产业化，逐步成为现代社会生产力发展的主要标志和基础，具有巨大的优越性。在现代社会，衡量一个国家的综合国力和地位如何，主要是以现代科学技术的发展状况及其经济实力为基础和标志的。中国的国家现代化，已进入第二步发展战略的阶段，正在进行全面建设小康社会。面对国内外激烈的市场竞争，面对经济全球化的发展机遇与挑战，我们必须继续深化和完善经济和政治体制的改革，扩大开放，建设完善的社会主义市场经济体系，充分发挥中国社会经济制度的优势和特点，依靠发展高新科学技术和"科教兴国"的战略，大力推动科学技术创新和国家现代化建设，实现国民经济全面协调和持续发展，从而使中国在经济全球化发展和竞争中处于不败之地，并对当代世界的和平与发展和合作作出自己应有的贡献。

第四节　现代科学技术与经济社会可持续发展

现代科学技术指的是高新科学技术，它的研究开发和应用，可以产生高度的劳动生产率。而劳动生产率的高低，直接关系到企业生产成本和经济效益问题；就国家而言，关系到国民经济发展的好坏和快慢问题。

要了解高新科学技术的作用和意义，就必须研究它同劳动生产率和经济效益的关系。所谓劳动生产率，是指生产单位产品所消耗的劳动时间，或者说在单位劳动时间内所生产产品的数量问题。如果在单位时间内生产产品所消耗的劳动时间愈少，而生产出来的产品相对就会愈多；反之，如果单位产品所消耗的劳动时间愈多，而生产出来的产品就会愈少。假定其他条件不变，劳动生产率的大小就直接关系到经济效益的高低问题；而劳动生产率的高低又取决于科技进步程度与水平问题。所以归根到底，科学技术进步的程度如何，决定着经济增长速度的快慢问题。

就一个国家经济社会的发展状况如何，人民群众的物质文化生活水平如何，国家的经济实力和参与国际市场竞争能力如何？在现代社会条件下，它是离不开科学技术的进步和创新的。当今世界存在着所谓发达国家、发展中国家和不发达即贫穷国家等几种不同类型。这除了历史原因，根本问题就在于这各个国家的科技发展状况。决定的因素，就在于对高新科学技术的研究开发和应用问题。这是经济社会发展快慢的主要条件和决定性因素。

中国作为一个发展中大国，要想在经济上尽快赶上发达国家，就必须根据中国现有的经济社会条件和特点，积极地研究开发和应用高新科学技术，并有所创新。中国在改革开放三十年以

来，经过多方面的努力，已经基本实现了国家工业化。2006 年，
我国国民生产总值已经达到了 20.94 万亿元，总体经济水平已位
列世界第 4 位，人均国民生产总值也已达到 2042 美元。这就为
我们今后进一步研究开发现代科学技术打下了一定的基础。目
前，中国已经在信息科学技术、生物科学技术和宇航科学技术等
方面，开始进入了世界先进行列。只要我们认真坚持党的基本路
线和科学发展观，充分发挥科学家和专业技术群体的作用和创新
能力，调动各方面的积极因素，依靠和发挥社会主义初级阶段基
本经济制度的特点和优势，全面建设好小康社会，积极研究开发
应用和推广现代科学技术，推动国民经济全面协调和持续发展，
就一定会在今后二三十年内，实现"跨越式"发展，进入世界
发达国家的行列。实践已经并将会进一步证明，现代科学技术是
促进中国经济社会可持续发展和"跨越式"发展的强大推动力。

第十四章

关于现代文化产业的发展问题

传统文化观点习惯于将文化仅仅看成是一种事业，似乎同产业毫不相关，不承认文化产业的性质。这显然带有一种片面性。所以，我们应当研究现代文化业的性质，及其在经济社会发展中的地位和作用。在这里，我们提出一种"大文化"的概念。同时要认真研究现代文化业的性质和特点，认清和重视发展现代文化业的必要性和意义，确立和规划现代文化业的发展战略和模式，建设和完善现代文化业体系。

第一节 关于现代文化产业的性质和特征

我们所说的现代文化业，指的就是一种"大文化"概念。它除了文化业本身，还应当涉及与其密切相关的科学教育事业的研究。中国古代的四大发明：即指南针、火药、印刷术和造纸术，就代表了中国的古代文明。就广义而言，指的就是一种"大文化"概念和内容。

就狭义而言，现代文化业主要包括文化事业和文化产业两个基本方面。文化业具有双重性的特征。

所谓文化事业，是指为发展各类文化产业和提高人民群众的文化生活水平，而提供服务的一种职业和功能。而文化产业则较文化事业具有较深层次的内容和含义。如文化出版企业和公司、文化出版物的发行和营销、电影电视剧本制作和影视制作业、戏剧演艺和文化娱乐业的创作和设施建设、动漫画制作业、网络文化业、广告设计制作和发行，等等。这都是同文化服务事业既密切联系而又有所区别的文化产业。总之，文化事业和文化产业程度不同地交织在一起。

在中国古代社会，由于社会生产力和经济很不发达，所以社会文化同样还是落后。即使在影响世界的"四大发明"出现以后，也还谈不上文化事业和文化产业的划分和发展问题，即使就"大文化"概念而言，也只不过是一种开端。所以，要规范和划分文化事业和文化产业的发展，则是近代、特别是现代社会的任务和要求。

关于现代文化业的性质和特征问题，需要具有战略性眼光来进行研究。从而才能认识和掌握其本质特征。

首先，现代文化业具有多样化特征。传统观念仅仅将文化看成是一种事业，不认识现代文化同时是一种产业。而且它不是一般产业，同时可以发展成为一种支柱性或指导性产业。如果不大力发展现代文化产业，人民群众的文化素质就不会得到普及和提高，特别是各类专门人才的素质就会无法成长，科学技术也就无从发展。因而经济社会的发展就会停滞不前，甚至出现倒退现象。

其次，现代文化业同教育业是密不可分的。如果不积极发展教育事业，就谈不上发展文化产业；同样的道理，如果不加强发展文化产业，国家的教育事业就会踏步不前，自然也就谈不上发展与创新。

再次，现代文化业的发展同科学技术的研究与开发是密切相关的。如果不学习和提高现代文化素质，要想搞好科学技术的研究与开发是十分困难的；同样，如果脱离了科学技术的研究与开发，要想迅速发展现代文化产业也是不可能的，更谈不上对文化业的升级换代问题。

最后，现代文化业同国际交流是不可或缺的。中国文化走向世界，同时存在着机遇与挑战。当代许多国家认识到学习和掌握中国文化的重要性和意义。但同时存在着语言障碍、阅读习惯和思维方式等多方面的差异与难题。所以要考虑采取适当的方式，将文化推广与应用相结合，将传播文化和发展经济贸易相结合，将文化交流和互派留学生与学术交流相结合，从而就会有利于文化传播和相互交流。每个国家的文化都会有自己的优点和特点，在发展国际文化交流中，必须注意"去粗取精"，以丰富和发扬各自文化的优势。就长远历史发展来看，国际文化交流，必然会有利于促进经济全球化和逐步走向"世界大同"！

第二节　发展现代文化产业的必要性和意义

随着现代文化业的发展，从而就会相应地提高它在经济社会发展中的地位和作用。

"大文化"概念具有丰富的内涵。相对来说，是就广义的概念而言。它既包括文化业和教育事业，又包括科学技术的研究和开发。我们在这里所说的现代文化业的地位和作用，是就狭义的文化概念而言。两者虽说相互联系，但毕竟口径有所不同，这是应当明确的。

关于发展现代文化业的问题，无论对社会和个人来说，都是不可能或缺的，同时也是无法替代的。作为一个社会或国家，如果不积极创造条件，大力提倡和积极发展现代文化事业和产业，因循守旧、抱残守缺，那么，它的文化和教育事业、科学技术等，就会长期得不到发展和提高，因而它的经济社会就会处于一种贫困落后状态。就每个社会成员而言，如果没有文化，或者说文化素质很低，不积极学习和掌握现代文化业，它就无法提高自己的本领，为社会经济发展多作贡献。因而经济社会就会处于一种停滞不前的状态。

要想搞好现代文化业的发展，就必须认清问题的性质和作用。这样，无论对国家、集体和个人，都会具有十分重要的意义。

首先，对于一个社会和国家，如果不积极发展现代文化事业和产业，就很难发展现代教育事业，更谈不上研究和开发高新科学技术产业。就个人而言，就不能提高自身的文化教育和科学技术素质，无法提高工作能力和专业职能。这样，国家就只能长期跟在发达国家后面爬行，受制于别人，乃至于陷入一种变相的奴役！

其次，发展现代文化事业和文化产业，既是发展现代教育事业和高新技术的条件和要求，同时也是国民经济各个部门、行业和企业进行自主创新的要求和保障。所谓自主创新，不是指已有的科学技术，也不是引进别人的科学技术成果，而是要通过自己的研究开发和实践，在现有科技成果的基础上，有所提高和创新。只有在创新的基础上，才有可能提高人才的素质，提高资源的优化配置，提高社会劳动生产率，从而实现了节约成本，提高部门、行业和企业的经济效益和社会效益。

再次，发展现代文化事业和产业，是提高每个社会成员和群体素质的条件和保障。因而，是推动经济社会快速、健康和持续发展的基础和条件。如果经济社会不能在发展现代文化业的基础上，保持适当的平衡发展，就永远不会解决好工农差别、城乡差别、体力劳动和脑力劳动者之间的差别。如果不能正确处理这些差别和矛盾，就不能发挥这各方面的积极性，就无法推动和搞好社会主义建设事业。

最后，发展现代文化事业和产业，是建设社会主义和谐社会的需要和必备条件。大家知道，社会主义社会的基本矛盾，仍然是社会生产的落后不能满足人们的物质文化生活不断增长的需要。只有积极发展现代文化业，促进经济社会的迅速健康、持续发展，才能正确处理好社会各方面的差别和矛盾，其中包括工农差别和矛盾、城乡差别和矛盾、体力劳动和脑力劳动者之间的差别和矛盾。与此同时，还必须正确处理好人类社会和自然条件与环境的矛盾。这样，才会建设好并逐步完善社会主义和谐社会。

综上所述，发展现代文化业，是发展现代教育事业和高新科学技术的需要和条件，同时也是推动经济社会发展的条件和保障。可以设想，如果一个文化落后、文盲大量存在的国家，怎么能够推动经济社会的迅速发展，怎么能够摆脱贫困落后的状况。由此可见，发展现代文化业，在当代经济社会发展中，具有十分重要的地位和作用。

第三节　关于现代文化业发展战略和模式问题

要搞好现代文化事业特别是文化产业的发展，必须根据经济社会发展的实际需要，制定好相应的科学的发展战略，其中包括中长期发展战略。这是现代文化业有序、规范、全面和有效地发展的客观要求。现代文化事业和产业的发展不是盲目地进行的，它必然有自己发展的规律性。所以，我们国家要能制定好科学的现代文化业发展的规划和纲要，就必须认真研究和认识掌握其发展的规律。

中国为了更好地发挥现代文化事业和产业的作用，国家已经制定了第十一个五年计划时期的《文化发展规划纲要》。根据中国现阶段社会主义的发展状况和要求，对现代文化业实行重点和全面发展相结合的原则。并提出了与此相应的一系列政策和措施。比如：要求建立文化市场综合执行机构；要培养各个层次的领军人才；要培育文化创意群体和开展创业发展的政策环境和市场环境；要根据中国的国情和国外的有益经验，加强文化业的立法步伐；政府要适当采购和扶持文化企业；要鼓励民间开办博物馆；中小学要适当开设传统文化课程；建立知识产权保护目录；要为低保群体提供优惠服务；对公共文化设施要实行优先建设；要积极培育外向型文化企业；积极发展文化电子商务，等等。

所谓国家对现代文化业实行重点和全面发展相结合的原则，在第十一个五年规划中，国家已确定了六大重点和需要发展的九类产业。这个文化发展规划纲要的实现，将对中国经济社会的发展具有十分重要的意义和作用。

国家对文化发展规划纲要所确立的六项重点和九类产业，是根据现有文化业的基础和客观发展的需要来确定的。

文化发展的六大重点包括：

（1）抓好基层文化建设，保障农民和城市低收入群体的基本文化权益。

（2）抓好塑造国家文化形象的重大项目和工程建设，推出一批体现民族特色、反映时代精神，具有国际一流水准的文化艺术精品。

（3）抓好文化产业体系建设，重塑市场主体，优化产业结构，确定重点发展的产业门类，培育文化产品市场和要素市场，发展现代流通组织和流通形式，形成以公有制为主体、多种所有制形式共同发展的文化产业格局。

（4）抓好文化创新能力建设，以内容创新为核心，着力培育创新主体，加速科学技术与文化的融合，提高中国文化自主创新能力，获取一批具有重大影响的文化创新成果。

（5）抓好文化"走出去"重大工程、项目的实施，充分利用国际国内两个市场、两种资源，主动参与国际合作和竞争，加强对外文化交流，扩大对外文化贸易，拓展文化发展空间，初步改变中国文化产品贸易逆差较大的被动局面，形成以民族文化为主体、吸收外来有益文化、推动中华文化走向世界的开放格局。

（6）抓好人才培养。

所谓全面发展，规划和确定了九类文化产业。在纲要确定的六大重点的基础上，在第十一个五年计划期间，同时明确了需要发展的九类文化产业。

（1）影视制作业。发展影视内容产业，提升电视剧、非新闻类电视节目，和电影、动画片的生产能力，扩大影视制作、发行和后产品开发。

（2）出版业。推动产业结构调整和升级，培育一批具有较强竞争力和实力的出版企业集团，打造一批经济效益和社会效益显著，具有较强影响力的出版品牌。

（3）经营发行业。支持出版物发行企业开展跨地区、跨行业、跨所有制经营，重点发展连锁经营、现代物流和网络书店等现代出版物流通系统，形成若干大型发行集团，建设全国统一、开放、竞争、有序的出版物市场。

（4）印刷复制业。发展高新技术印刷、特色印刷和光盘复制基地，使中国成为重要的国际印刷复制中心。

（5）广告业。努力扩大广告产业规模，提高媒体广告的公信力，广告营业总额有较快增长。

（6）演艺业。推进营业性演出单位资产重组，发展演艺经纪商，加强演出协作网络建设。

（7）娱乐业。鼓励连锁娱乐企业的发展。运用高新技术改造传统娱乐设施，加强文化娱乐主题园区建设。

（8）文化会展业。重点支持覆盖全国并具有国际影响的文化会展。

（9）数字内容和动漫产业。加快发展民族动漫产业，大幅度提高国产动漫产品的数量和质量。积极发展网络文化产业，鼓励扶持民族原创的、健康向上的网络文化产品的创作和研发。

随着这六大重点和九类文化产业建设的完善，将为中国现代文化业的发展，打下初步的基础。在此基础上，中国将在全面建设小康社会和进行国家现代化建设过程中，必将使现代文化业更加成熟发展和繁荣昌盛，从而使中华民族悠久的历史文化和创新更加光芒四射，影响和波及全人类。

胡锦涛在中共十七大报告中，更进一步提出和论述了要"推动社会主义文化大发展大繁荣"的重要性及其历史意义。报告指出，当今时代，文化越来越成为民族凝聚力和创造力的重要源泉，越来越成为综合国力竞争的重要因素，丰富精神文化生活越来越成为我国人民的热切愿望。要坚持社会主义先进文化前进方向，兴起社会主义文化建设新高潮，激发全民族文化创造活力，提高国家文化软实力，使人民基本文化权益得到更好保障，使社会文化生活更加丰富多彩，使人民精神面貌更加昂扬向上。

为了推动文化大发展大繁荣，报告提出了四项基本原则和要求：

（1）建设社会主义核心价值体系，增强社会主义意识形态的吸引力和凝聚力。社会主义核心价值体系是社会主义意识形态的本质体现。要巩固马克思主义指导地位，用马克思主义中国化最新成果武装全党、教育人民，用中国特色社会主义共同理想凝聚力量，用爱国主义的民族精神和以改革创新为核心的时代精神鼓舞斗志，用社会主义荣辱观引领风尚，巩固全党和全国各民族团结奋斗的共同思想基础。

（2）建设和谐文化，培育文明风尚。和谐文化是全体人民团结进步的重要精神支撑。要积极发展新闻出版、广播影视、文学艺术事业，坚持正确导向，弘扬社会正气。重视城乡、区域文化协调发展，加强网络文化建设和管理，营造良好网络环境。

（3）弘扬中华文化，建设中华民族共有精神家园。中华文化是中华民族生生不息、团结奋进的精神动力。要全面认识祖国传统文化，取其精华，去其糟粕，使之与当代社会相适应，与现代文明相协调，保持民族性，并体现时代性。

（4）推进文化创新，增强文化发展活力。在时代的高起点上推动文化内容形式、体制机制、传播手段创新，解放和发展生产力，是繁荣文化的必由之路。

这些原则和要求，反映了我们党在文化建设理论和实践方面的创新。

在我们认识了要"推动社会主义文化大发展大繁荣"的基础上，到底如何才能推动文化大发展大繁荣的问题，还必须根据中国社会主义发展的状况和阶段性，进一步研究中国现代文化业发展的科学模式问题。我们在介绍和分析第十一个五年规划期间文化发展规划纲要问题的同时，还介绍了胡锦涛在我们党的十七大报告中提出的要推动社会主义文化大发展大繁荣的内容和要求。它们都已经涉及了现代文化业的发展模式问题。根据目前中国文化业的发展现状，以及现代文化业发展的需要与可能条件，还必须考虑中华民族的特性和传统以及社会性质，来研究和确定中国现代文化业的发展模式。

基于上述情况和要求，中国现代文化业的发展模式应该考虑两个基本方面：一是要保持中国传统文化中的优秀成分同发展现代文化业的要求相结合，从而有利于实行优势互补；二是要保持重点发展与面上的发展适度地相结合，不能顾此失彼，同时也可以照顾到资金等方面的投入与限度。这样的发展模式，不仅适合中国现阶段的状况和要求，同时也有利于现代文化业的健康和持续地向前发展。

第四节　必须建设和完善现代文化产业体系

随着现代文化业的发展，必须相应地建设和完善现代文化产业体系。把深化传统文化体制改革、整合文化资源、优化社会文化环境相结合，以便充分发挥现代文化业的作用。

第一，要建设和完善现代文化业体系，必须依据现代文化产业的基本内容和要求，建设和形成一种现代文化产业的总体框架。其中包括现代文化产业的结构和布局，要根据社会发展的实际需求，应当重点发展现代文化企业和文化产业链，建设现代文化产业园区和基地。全国各个地区应依据自己的具体条件和要求，建设一批各具特色的现代文化产业群体，形成一种相互衔接和协调发展的格局。

第二，要依据现代文化业的特点和要求，建设好文化部门和行业协作，如：文化出版部门和发行业；电影和电视创作部门和发行业；文艺编辑部门和演出业；文化娱乐业；动漫画产业，等等。这些都密切关系到人民群众的文化生活水平和素质问题。

第三，要建设文化市场主体，提高社会文化企业的竞争力，形成以社会主义公有制为主体、多种所有制形式共同发展的文化产业格局。

第四，要逐步建立和健全门类齐全的文化市场，充分发挥文化市场优化配置文化资源的基础性作用。

第五，要建设现代文化产业交流的品种和品牌作用，充分发挥文化产业的经济效益和社会效益，以有利于对社会及其成员进行教育的作用。

第六，随着经济社会的发展，现代文化业同样需要逐步发展和提高。要采取多种经营方式和形式，促进国内外的文化交流和贸易，推动现代文化产业的发展和创新。

现代文化业具有复杂而丰富的内涵，其中包括现代文化业的内部结构，包括中央和地方与基层的关系，包括国内和国际两个文化市场的交流，包括传统文化的继承与创新，包括现代文化业的竞争和合作，等等。所以，我们必须建设一种既能发扬传统文化中的优秀成分，又能与现代文化业中的创新要求相结合的新文化体系，以适应时代发展的需要。这对中华民族文化的健康和持续发展，具有十分重要的意义。

中华民族的传统文化，在国际上曾经发挥过重要影响和作用。法国前总统希拉克在谈到中国文化的作用和意义时指出，我认为中国是有着悠久文明历史的国家，其传统经验是以帮助它建立实现和谐发展的理念和价值观，在世界上长期承担着自己的那份责任。我还认为中国的复兴将为世界文化带来新的创造活力，并丰富世界文化。我对中国充满信心。

关于文化产业体系建设的问题，《文化发展规划纲要》提出了一些原则和要求。所谓建设文化产业体系，就是要正确处理现代文化业内部的关系和矛盾，以便发挥传统文化的优点、克服其缺陷，发扬现代文化业的创新精神，这样有利于调动各种积极性，增强现代文化产业的竞争力。为此，必须搞好现代文化产业体系建设：

首先，必须搞好文化企业建设。这是搞好文化产业体系建设的基础。要搞好文化企业建设，必须深化企业改革，逐步采用高新科学技术，加强企业的科学管理，提高职工的文化和专业技术素质。这是办好现代文化企业的基本要素和必备条件。

其次，要搞好文化市场建设。这是搞好文化企业和发展文化产业的基本要求和条件。文化市场是建设文化产业体系的重要组成部分。文化产品的经营和销售，文化资源的优化配置，文化市场中介机构的建设，文化行业组织的建设和发展，文化产品价格的制定和调节，文化企业和产品的财税优惠政策，农村文化市场的开发，等等，都离不开文化市场的研究开发和建设。

再次，要研究和搞好市场结构和布局。文化产业体系的建设，离不开文化结构的协调和相对平衡，离不开地区的科学合理布局，离不开国家和部门适当的宏观调控，这都是文化产业体系建设和发展的基本要求和条件。否则，就不可能建设和形成协调和健康发展的现代文化产业体系。

最后，要建设好适应现代文化产业体系发展要求的增长方式。增长方式也是构成现代文化业体系的内容和要素。因此，要进一步改革传统文化增长方式，建设和完善具有创意的增长方式。要采用高新技术改造和提升传统文化业，提倡和发展现代文化业，扩大和延伸产业链。要重点培育和发展一批大型文化企业或企业集团，同时要发展一批专、精、特、尖的中小文化企业，形成一种优势企业群体。要创新文化产品流通组织和流通方式，从而促进现代文化业的快速、健康和持续发展的重要途径。

建设现代文化业体系，必然具有新的特点和要求：

首先，现代文化业要求建成将文化多样性同整体性相结合和统一的科学体系。这不仅是中国现代文化业发展增强实力和竞争力的需求，也是同国际文化业发展相连接的要求和必然趋势。

其次，改革传统文化业并促使其升级换代，同发展现代文化业相结合和融合，这是中国建设和发展现代文化业体系的又一个特点和要求。这样，就可以正确处理文化业体系内部的结构、优化文化资源配置、保持现代文化业的快速、健康和持续发展。

再次，在发扬中国传统文化业中的优势和现代文化业相结合的基础上，必然会促使中国文化业具有一种全新的创造力。这样，就会大力加强中国现代文化业在国际上的吸引力和竞争力。从而也会为人类社会将来逐步走向"世界大同"作出自己的贡献。这同时也体现了中国现代文化业发展的特点和要求。

第十五章

生态经济与环境保护产业

本章的中心内容，是要研究：用科学发展观统领生态经济的发展；环保和经济社会发展的辩证关系；现代科学技术和环保产业的发展；生态环境平衡和可持续发展问题。通过这各种研究，认识和掌握生态经济和环保产业发展的特点和规律。

第一节　必须认识发展生态经济的客观必要性

所谓生态经济是一种不受不良环境污染和损害的经济。人们通常称为"绿色经济"。这种生态经济有利于人们的身心健康地发展，有利于促进整个经济社会环境的健康发展和进步。

生态环境是一种十分复杂的关系和系统。它包括生物系统和非生物系统环境的结合和统一。生物系统包括动物和植物两大系统，非生物系统包括气候、土壤、雨水、阳光、热能等。它们既可以被污染，又可以互相污染；它们既可以相互依存，又可以相互制约。在自然界中，无论是生物系统和非生物系统，它们相互联系和相互影响，从而形成一种综合性的生命系统与环境系统在一定时空内的结合。于是就构成了一种自然环境或生态环境。譬如土地、草原、森林、湖泊、山川河流、海洋、大气层以及各种飞禽走兽等等，都属于一种自然环境和生态环境。它们的内部及其相互之间，需要保持一定的相对的平衡，以便进行一种交流或能量转化，从而得以保持各自的生存和发展。这是保持自然环境和生态环境发展的客观要求。如果没有相对的平衡，就会产生相应的问题和灾难。这是反复为自然和社会发展史所证明了的真理。

所以，人们必须认真研究和提高认识发展生态经济的重要性和必要性，以及如何才能搞好发展生态经济的问题。无论是国内还是国外，过去直到现在，危害甚至破坏生态经济发展的教训是极其严重的。中国在改革开放以来，对发展生态经济问题的认识，逐渐有所重视和提高。特别是近几年来，中央提出并强调按照科学发展观办事。因而对自然条件和生态环境的改善，有了一定的进步，同时有利于经济社会的发展。

生态系统同自然环境是密不可分的。生态系统的状况如何，在一定程度上是由自然环境的好坏所决定的。当然，它们也互相影响着。自然环境包括大气层、雨水条件、土壤条件、岩石层、自然温度、森林和草原等等，还有生物圈。如果这各种自然环境保护好了，就会有利于生态的保护和发展；反之，如果自然环境遭受到各种不同程度的破坏，就会不利于生态系统的保护和发展，甚至会遭受相应的和更加严重的破坏。所以，要保护好生态系统，就必须创造条件同时保护好自然环境，使其相互依存、相互促进和取得共同与和谐发展。

第二节　生态环境和经济社会发展的辩证关系

生态系统包括生物系统和环境系统。所以生态环境的状况如何，直接关系到经济社会发展的问题。就社会发展历史来看，在原始社会，人们依赖着狩猎、捕鱼和采集野果为生。当时人们的生活状况，紧密地依靠着自然条件和环境状况的影响和制约。随着原始生产工具的发展和人们生活经验的积累，原始社会的生产有所增加，因而不同氏族公社之间的物与物的交换逐步有所发展，经过长期的发展，最终导致私有制关系的产生和原始社会的瓦解。从而逐渐产生和形成了奴隶制社会。相对而言，人们逐渐对自然环境的依赖程度有所减弱，初步学会了开始利用和改造自然环境。后来，随着社会的分工和协作的逐步发展，特别是随着资本主义简单协作到工场手工业和机器大工业的发展，以及在此基础上实现的产业革命和资本主义工业化与现代化，使生态和自然环境日益恶化。在当代社会，无论是发达国家还是发展中国家，环境污染已成为影响经济发展和社会生活的严重问题。工业生产过程中的有害气体大量排放，空气和河流的污染，森林和植被的破坏所带来的水土流失，土壤的沙漠化，城市垃圾处理问题，乃至室内空气的污染问题等等，已成普遍性的公害，严重地影响着人们的生活健康和经济社会的发展。

要正确认识和处理好生态环境和经济社会发展的辩证关系。历史经验表明，优良的生态环境和自然环境，必然会促进经济社会的迅速和健康发展；反过来也是一样，经济社会的健康发展，又会有利于改善和优化生态环境与自然环境。中国主要属于温带地区、有部分热带和低寒带地区，山区、丘陵和平原地区比率大约为7:2:1，全国有长江、黄河、淮河、海河、珠江、松花江和辽河等七大水系，还有跨越国境的雅鲁藏布江，全部大中小河流约700余条。总的来说，中国的自然条件和环境是比较好的。如果大气、水资源和土壤不受到工业和城市废气物的严重污染，中国经济社会就会得到更健康和持续的发展。反之，经济社会的健康发展，就会有更多的资金和物质用于改造自然环境和生态环境。如此循环往复，自然和经济社会就会不断地和谐地向前发展。这就是全面、协调和持续发展的辩证法。

第三节　科技进步和环保产业的发展

长期以来，人们对自然环境和生态环境的保护，缺乏一种正确的认识，只讲索取、不重视投入，不重视对自然环境的改造和对生态环境的保护。发达国家和发展中国家虽说先后兴建了若干环保工程和企业，但并未将生态和环保作为一种不可或缺的产业来看待，至少是大为滞后的。所以，人们一定要确立一种新的环保意识和观念，增强建设环保产业的重要性和必要性。必须提高认识和保护自然和生态环境系统的必然性，兴建和充分发挥环保产业在经济社会发展中的地位和作用。

由于人们和社会在生态与环保问题上，缺乏一种总体和本质上的认识。所以，不少政府部门和社会行业与企业，对保护生态系统和兴办环保产业并不积极和热心，不大考虑或很少提供对建设环保产业的财政、税收和投资的支持。在建设环保产业的初期，不仅需要有较多的投资和技术装备，社会效益虽大而企业所获利润却并不能成正比例增长。因此，行业和企业对兴办生态和环保产业，尚缺乏一种主动性和积极性。这是亟待解决的问题。

其实，环保企业和产业具有双重性。它既有为社会公共事业发展提供服务的一面，同时又具有生产经营和赢利的性质。在社会主义市场经济的条件下，环保企业和产业通过生产经营，必须逐步有所增值或者说获取相应的利润。这是环保产业和事业发展的一种客观需要。

所谓自然环境和生态环境保护，是指人们和社会必须遵循自然环境和生态环境发展的客观要求即规律性。防止大气环境污染、森林、植被和土壤被破坏，搞好山川河流治理，以保护和改善人类社会和生活环境，促进经济社会和自然环境与生态环境和谐发展。

环保产业的范围和内容既广泛又复杂。其中既包括工业生产的废气、废水和废渣的污染和处理，以及农业生产的废弃物和畜牧业与家禽的废弃物的污染与处理；又包括人类和社会生活的废气、废水和垃圾的污染与处理。要能做好各类污染的防治与处理，就必须投入一定量的资金建立各类相关的环保企业，同时要进行环保科学技术的研究开发和应用。如建立防治和处理大气污染的装备与设施，兴建废水处理和净化工厂，建立相应的废渣和垃圾利用的再生产企业，防治水土流失和沙漠化的设施与技术，建立自然保护区和森林公园，等等。这样，就会形成一种新型的环保产业和环保管理体系。

环保产业的形成和发展需要有一个过程。既不能敷衍应付，也不能急于求成。要树立和增强科学的环保观念。随着现代科学技术的发展，环保产业必然会得到相应的发展和提高。所以，人们和社会必须依靠现代科学技术的发展与创新，促进和推动环保产业和生态经济的不断发展和提高。

第四节　保持生态平衡和大力发展循环经济

自然条件和生态环境是存在着一定的结构的。自然条件有山、川、河流和高原与平原之分；土壤有黄土、红土、沙壤地，和旱地、水田与湿地之分；大气有温带、热带和寒带之分，等等。自然条件和生态环境存在着一定的相互依存和相互制约的关系。自然条件环境结构的好坏，决定着生态环境的状况和变化。

所谓保持生态平衡，是指人们在自然条件和生态环境之间保持一种相对平衡关系。使其在相互之间能够进行一种能量交换和环境转化。这是自然条件和生态环境相互影响和发展变化的一种客观要求即规律性。如果自然条件和生态环境能保持一种相对平衡与和谐发展，就会有利于促进经济社会和人们物质文化生活的健康和持续发展。

保持生态平衡，不仅有利于促进经济社会的健康发展，同时有利于推动发展一种循环经济。或者说，发展循环经济，同时也是保持生态平衡的重要条件和保障。

所谓循环经济，是以最大限度地利用生产过程中可利用的废弃物和再生资源，经过必要的处理，可以再利用乃至循环利用。如工业生产中的废渣、废水、废气和城乡的生活垃圾等，经过分类和加工处理，可以成为再生利用的资源和循环利用。既可以节约生产成本，又可以节约资源和扩大资源的再生利用，净化空气和生活环境。于是就形成了发展循环经济的客观要求。

西方有些经济学家，对循环经济所确定的最重要原则是三项革命，即减量化、再利用和循环。作为循环经济的基本内容和要求尚可。但作为经济学的概念，还需要进一步研究完善和概括。

保持生态平衡和发展循环经济，是相辅相成和互相促进的。生态环境同自然条件是密不可分的。如果自然条件和生态环境遭到了破坏，就会造成恶劣的生态环境；同样的道理，如果能够营造和保持良好的自然条件与生态环境，那么就必然会形成良好的生态环境。古往今来所出现的天灾人祸，包括 2005 年在东南亚、美国和巴基斯坦等国所出现的强烈飓风、台风和严重的地震灾害，所造成的对自然条件和生态环境的严重破坏与影响，就是最好的证明。所以，人们必须不断总结经验，依靠先进的科学技术，加大改造自然环境的力度，营造良好的生态环境和社会环境。

对自然条件和生态环境的改善，表明人们和社会对大气污染的改良，对水土流失的治理，对工业生产和废弃物包括煤渣、煤灰、废气和废水的加工处理与再利用，以及对城乡生活垃圾的加工处理和再利用。而这正是发展循环经济的资源和条件。

我们知道，资源是多样化的。包括自然资源、再生资源和化学合成资源。自然资源中的矿物资源是有限的；其中的太阳能资源、风力资源和水力资源，是取之不尽、用之不竭的。再生资源受生产规模、范围和发展速度的制约。化学合成资源的发展前景广阔，但它也会受到科学技术发展的制约。这各种资源都会成为发展循环经济的基础和条件。所以，我们必须根据各个国家的具体情况和特点，在经济社会发展的长期过程中，正确处理这各类资源结构的关系，保持适当的平衡。这样，就会有利于大力发展循环经济，同时也会有利于保护自然环境和生态环境。这就是保护生态环境和发展循环经济的辩证关系。

为了保护生态环境和发展循环经济，必须采取相应的政策和措施。

第一，要加强转变观念，提高对环保和发展循环经济相互关系的内在要求即客观规律性的认识。

第二，必须根据国家和地区的条件和特点，制定相应的环保政策和客观标准，以便促进循环经济的发展。

第三，根据发展经济社会的客观要求和发展战略，将发展经济和建设环保系统相结合和统一起来。

第四，依靠高新科学技术的发展，建设环保体系和环保监管系统，为发展循环经济提供条件和保障。

第五，各个国家和地区要采取联合行动，建立相应的机构和签订生态环保系统的相关协议，以改善和推动地区和全球性生态环境系统的保护。

总之，如果能够根据国家和地区发展经济社会的需要，建设好现代环保产业和事业，使发展经济和环保业协调发展，就可以既保持经济的可持续发展，又可以为经济和生态环境的和谐发展提供保障。

第十六章

国民经济结构和综合平衡

本章的中心内容，是要在研究国民经济各个部门的基础上，进一步研究：国民经济各部门结构和综合平衡问题；国民经济各部门布局的要求和原则；科学技术进步和国民经济结构的变化；国民经济效益和综合平衡问题。通过各方面研究，认识和掌握国民经济发展的特点及其变化的规律。

第一节　国民经济结构及其比例关系

所谓国民经济结构，是指国民经济各个部门及其相互之间的比例关系。按照西方经济学的观点，包括第一、二、三次产业及其相互之间的比例关系。这是从不同角度研究和考虑问题的。我们认为，根据不同要求，两种概念都可以分别或结合使用。不必将两者视为对立的概念。

国民经济结构不是一成不变的。随着社会生产力的发展特别是其中科学技术的进步，国民经济的部门、行业和企业及其结构是会发生相应变化的。在不同的社会历史时代，这种发展变化会更大，呈现出不同的阶段性。所以，随着不同的发展阶段乃至在同一阶段的发展过程中，必须随着社会生产力和经济发展的状况与要求，对国民经济结构进行必要的调整，以适应经济社会发展的需要。

人们和社会生活的需求是不断发展变化的，其中包括人们的衣、食、住、行、用和社会生活需求的结构，是不断发展变化的。这种发展变化，是由社会生产力和经济发展状况所决定的。人们和社会生活需求的发展，又会反过来促进社会生产力和经济的发展。这就是社会基本矛盾发展变化规律性的具体表现。

国民经济结构发展变化具有两种不同的情况和特点。一种是经济发展的经常性即日常性变化，这种发展变化同市场日常需求的发展变化是密不可分的，两者形不成一定的比例关系，生产企业可以根据市场日常需求的变化，随时进行适当的调节和储备。另一种是国民经济结构发展阶段性或战略性变化，这是在经济发展的长期过程中逐步积累和形成的，具有一种比例关系发展变化的特性。所以，这就需要国家和部门根据市场需求所积累和形成的阶段性变化，从宏观方面对国民经济结构进行一种阶段性调整。这种阶段性的经济结构调整是一个比较复杂的过程，需要国家的综合和专业部门相结合，进行认真的调查研究和总结经验，了解和掌握国民经济结构矛盾的性质和特点，制定相应的解决方案、步骤和程序，科学地加以调整和解决，以求达到新的平衡。决不能简单草率地从事。否则就会后患无穷。所以，我们必须坚持马克思主义关于再生产的基本原理，正确对待和处理国民经济结构的发展变化问题，以保持经济社会的协调和可持续发展。

第二节　国民经济结构合理布局的要求和原则

国民经济部门结构和地区结构如何布局？应依据国民经济各个部门和地区经济社会与人们物质文化生活发展的客观要求，来进行合理布局。各个部门和地区之间，根据自己的条件和特点，既有分工又互相衔接。这样，就不会出现大的问题和矛盾，而可以促进共同的发展。

按照马克思主义观点，国民经济结构主要是第一部类和第二部类之间的构成和比例关系。中国曾经一度使用过农业、轻工业和重工业的结构及其比例关系。西方经济学家在 20 世纪后半期，则使用第一、二、三次产业结构及其比例关系。这几种划分各有其特点并有一定的互补性，不必将其视为对立的概念。这就是说，国民经济各部门在社会生产和再生产过程中，必然会形成一定的经济结构和比例关系。否则，就不能保持社会生产经营的全面协调和持续发展。因而，也就无法满足社会生活和人们的物质文化生活的需要。

国民经济结构布局的要求和原则是什么？一般说来，这种结构必须符合在一定阶段内经济和社会生活发展的客观要求和原则。社会需求和人们物质文化生活的需要，并非由人们的主观愿望所决定的，而是由社会生产力的发展状况和经济水平所决定的。随着社会生产力的发展，社会需求和人们物质文化生活需要的需求与素质愈来愈高。而且这种需求是多种多样的，这就必然涉及国民经济的部门、行业和企业的生产经营结构。如果这各种结构的安排和布局不合理，就不能满足人们和社会生活的需求。这就提出了对国民经济结构进行合理布局的要求和原则。

首先，必须了解和掌握现有社会生产力的状况和经济发展水平，这是预测和制定经济发展规模和供给能力的条件和科学依据。

其次，要了解和掌握全国人口规模和结构的现状和要求，包括人口总数和老、中、青、少年和儿童的结构与比例，以及预测人口总量和不同人口结构的需求，这是预测和确定人口总量需求和结构需求的客观依据。

再次，要了解和掌握各类资源包括资金、矿产、设备和技术，以及人力资源的供应状况和素质，这是规划和布局经济规模和生产经营结构的条件和依据。

最后，要将社会总供给和总需求以及供求结构进行适当的协调和平衡。如果出现供过于求或者供不应求的矛盾，就可以据此研究和制定进出口贸易的规模和结构，以保持国民经济结构的协调发展。

综上所述，要保持经济社会的健康和持续发展，就必须不断地研究社会经济生活中供需状况的问题和矛盾，及其发展变化的规律性。同时要根据社会供需矛盾的状况和要求，采取宏观调控和市场调节相结合的办法，使国民经济结构得以保持相对的平衡。从而促进国民经济全面协调和可持续发展，以造福于人民和社会。

第三节　科学技术进步和国民经济结构发展变化

国民经济结构并非固定不变的。随着社会生产力的发展、特别是随着其中作为第一生产力和核心生产力科学技术的进步与发展，国民经济结构会不断地发展和变化，并会实现升级换代。在社会主义市场经济条件下，国民经济结构同样会通过社会供求关系发展变化和市场经济规律的调节作用，而不断发展变化着。所以，我们应当通过研究国民经济结构发展变化的状况，来认识和掌握它发展的规律性。

就社会历史发展经验来考察，国民经济结构是否合理，以及合理的程度如何？可以给经济社会的发展带来几种不同的作用和后果。首先，当国民经济结构在总体上合理的条件下，它会促进经济全面协调和快速的发展。其次，当国民经济结构在一定程度上合理的条件下，它会促进经济的基本稳定和顺利的发展。再次，当国民经济主要结构基本合理的条件下，它会保持经济有一定程度的发展。最后，如果国民经济的基本结构遭到了破坏或严重失调的情况下，它就会给经济社会的发展带来严重的灾难。在中国 20 世纪的 50—70 年代，包括 1958 年搞的所谓"大跃进"和人民公社化运动，特别是后来的十年"文化大革命"，由于思想路线上的错误，严重脱离实际，不按客观经济规律的要求办事，结果造成了国民经济的两次大起大落，使国民经济濒临破产的边缘。使我国经济社会在和平时期的环境下，陷入了严重的困境和遭受了不可估量的损失。

20 世纪 70 年代中期，先后随着林彪、江青反革命集团的覆灭，1978 年，我们党召开了中共十一届三中全会，端正了党的思想路线。邓小平提出了"四个坚持"，提出了解放思想和改革开放的总方针。后来又提出了社会主义初级阶段的理论。重新提倡以经济建设为中心的主张。从而使中国经济建设逐步走上了正常发展的轨道。在邓小平理论和"三个代表"重要思想的指引下，调动了一切积极因素，使中国经济社会在改革开放以来，就总体而言，得到了全面协调和快速的发展。大约年均增长速度在 9.5% 左右。2006 年国民经济总值已达到 20.94 万亿元，人均年收入达到了 11759 美元。这样就大大地增强了国家的经济实力，适当地提高了人民群众的物质文化生活水平，并相应地提高了中国在国际上的地位和作用。

目前，中国正处在全面建设小康社会的时期，并在加速进行国家工业化和现代化建设。根据胡锦涛提出的按照科学发展观的要求，对国民经济结构进行改革和实行战略性调整。为此，我们必须尽力发展高新科学技术，确立自主创新能力，在全国大中城市搞好科技园区建设和经济开发区建设。据国家统计，2006 年，国家级科技园已有 400 多个。这是中国发展高新科学技术和加速国民经济发展的示范基地。只有尽力发展高新科学技术和自主创新能力，才有可能提高中国国民经济结构的科技含量并逐步实现升级换代。同时使中国一些经济地区得以实现跨越式发展。这样才会有利于全面建设小康任务的圆满完成。与此同时，在发展高新科学技术和自主创新能力的基础上，促进地区经济和城乡经济的统筹协调发展，以及搞好自然环境和生态环境的建设。由此可见，发展高新科学技术是提高国民经济结构的科技含量和进行经济升级换代的核心力量。

第四节　国民经济结构效益和综合平衡

国民经济结构是否科学合理，一是要考察国民经济各个部门、行业和企业是否相对平衡；二是要考察这种结构的经济效益和社会效益如何。这是衡量问题的基本要求和标志。

国民经济结构是一种体系，包括部门、行业和企业结构在内。这种经济结构的经济效益如何，取决于多种因素。首先，要考察国民经济结构体系中的生产经营状况同社会总的供需状况和要求是否相适应？其次，各个部门、行业和企业经济结构的相互之间是否互相衔接？此外，这各种经济结构的决策和管理是否科学合理？这是发挥国民经济结构系统单位和职工主动性和积极性的客观要求，同时也是发挥各个环节的经济效益所必需的。

国民经济结构是否科学合理和综合平衡，必须发挥国家宏观调控的职能，同时要参照市场定期变动所显示的信息，实行宏观调控和市场调节相结合。这是发挥国民经济的经济效益和社会效益的必要条件和保障。有一种观点把"政企分开"同国家宏观调控职能混为一谈，对国家宏观调控职能持否定态度，也有的将宏观调节视为一种暂时现象。这都是不切实际的。是不懂得社会主义经济的特点及其发展的规律性。在社会主义发展的初级阶段，中国所实行的是以公有制为基础，多种经济成分共同发展的基本经济制度。这种经济制度及其管理是十分复杂的。作为社会化大生产的国民经济主体和市场经济，不仅社会主义国家经济社会的发展离不开国家宏观调控的职能，就连资本主义国家国民经济的发展，也不能完全没有国家宏观调控的政策和措施。只不过两者对宏观调控的要求、范围和程度各有其特点罢了。无论就理论和实践来看，这应当是经济学的常识问题。

在社会主义市场经济体制下，对国民经济为什么要实行宏观调节和市场调节相结合呢？这是由于国民经济是一种庞大而复杂的经济体系，经济结构是否合理，是否符合社会和人们生活各方面的需要，国民经济各个部门和行业同社会供需状况和要求，是否保持相对平衡？在商品生产和市场经济条件下，只有通过市场经营活动，才有可能对社会供需状况作出比较及时或定期反映。所以，对国民经济结构进行宏观调节，必须以市场信息变化和流通状况为基础。这是一方面。另一方面，市场经济有其独特的优越性，它贴近实际、贴近社会生活，人们和社会需要什么商品，各种产品的供需状况如何？可以从市场及时得出反映。换句话说，社会可以参照市场供需状况和价格变化的程度，对经济结构进行宏观调节。但市场毕竟具有自发性和盲目性的一面。所以，国家在进行宏观调控过程中，又必须注意和解决在市场调节中所存在的负面影响。

上述分析表明，国家在对经济结构进行调整过程中，实行宏观调节和市场调节相结合，就可以进行优势互补，既可防止宏观调节中脱离实际的状况，又可以克服市场调节中的自发性和盲目性。从而就可以解决国民经济结构中的相对平衡问题。这样，就会有利于提高经济效益和社会效益，充分发挥社会主义市场经济体制的优越性。

　　在资本主义发达国家市场经济条件下，市场调节对国民经济的发展起着主要的决定性作用。但也不能因此就完全否定政府对宏观经济的调节作用。在当代国际环境和条件下，由于存在着单极化和多极化两种不同的国家主张，在美国内部还存在着垄断（主要指技术）或保护贸易主义和自由贸易主义两种不同的主张和观点，所以对市场调节和宏观调控的地位和作用就有着不同的态度。美国对军工企业和军民两用企业、对航空航天业，国家起着主导作用并严加限制；对进出口贸易也常常采取限制政策和限额限制。这就说明，美国政府对国民经济的宏观调控是有特殊重点和选择性的。社会主义国家则不然。社会主义经济规律特别是其中的首要经济规律，要求国民经济的发展能够不断地满足人们和社会逐步增长的物质文化生活的需要。而要能够做到这一点，就必须保持国民经济结构适应社会需求并能够协调地健康地向前发展。由此可见，国民经济的发展及其经济结构的经济效益和社会效益如何，同保持国民经济的综合平衡是密不可分的。这就是国民经济发展的辩证法。

第十七章

国民经济发展战略和发展模式问题

本章的中心内容，是要从社会生产过程研究国民经济发展战略和经济发展模式问题，论述国民经济制定发展战略的必要性和意义，确定国民经济发展主要目标和实现目标的步骤和途径问题，研究国民经济应当采取什么样的发展模式问题，分析社会主义国家经济发展战略的主要特征。通过各方面的研究，以便认识和掌握社会主义经济发展的规律性问题。

第一节　制定国民经济发展战略的必要性和意义

所谓战略问题，本来属于军事科学的术语或概念。随着社会发展和时代的进步，发展战略问题便逐步推广运用到经济和社会各个方面和领域，其中包括经济、政治、文化教育、卫生和科学技术等各个方面，已经成为一种普遍适用的概念。

一个国家的国民经济是一个包罗万象的极其复杂的经济体系。国民经济如何发展，按什么方向发展，如何处理好各个部门、行业和企业发展的关系，根据本国的社会基础和各种资源状况，以及社会生活需要和国际环境，如何确定发展支柱产业和一般产业的关系，什么是需要优先发展的重点产业和相关产业，如何改革和调整国民经济的现有结构，以及制定国民经济发展的战略性结构。总而言之，就是要根据国民经济的基础和现状，以及社会生活发展的需要，制定国民经济发展的战略目标和战略任务，从而使经济社会生活能够有序运行和保持协调与持续发展。这是国民经济发展的客观必然要求。

制定国民经济发展战略并非一种任意行为。如何确定国民经济发展的近期特别是中、长期发展战略目标和任务，必须按照科学发展观和经济规律发展的客观要求办事。首先必须了解和掌握国家现有的经济基础、状况和特点，根据预定发展战略的性质和总体要求，适当组织力量，进行全面系统的初步调查和摸底。在此基础上进一步研究确定国民经济发展战略的总体目标和任务，制定实现战略目标和任务的方针政策和措施，以及完成战略目标的方式方法和步骤。这样，才有可能为实现国民经济发展战略的目标和任务提供条件和保障。

制定科学的国民经济发展战略，对经济发展在全国范围内的合理布局，对经济结构相互衔接和相对平衡，对经济社会的健康和持续发展，对保障人们物质文化生活发展的需要，具有极其重要的必要性和意义。历史经验表明，要能维护经济社会发展的规律性，必须反对唯意志论和形而上学的观念。这是绝对不可忽视和低估的，具有十分重要的理论和现实意志。

第二节　国民经济发展战略目标及其实现步骤问题

国民经济的发展总是要有一定的预定目标和任务。要能研究制定好一个科学的国民经济发展战略目标，是一项复杂的任务。它既不能脱离现有的经济基础和社会生活条件，又要有新的开阔的视野，同时要考虑到社会生活中潜在的优势。正确分析国内外形势和社会生活发展的需要和可能性。据此研究制定好国民经济发展的战略目标和任务，以及制定实现发展目标的适当的政策措施、发展步骤和途径问题。如果离开了这些要求和条件，所谓发展战略也就成为毫无意义的了。

制定国民经济发展战略目标和战略任务，必须要有一定的科学依据。首先，要正确了解和评估国民经济现有的基础和发展状况。其次，要充分认清目前和今后一定时期内国内外的政治经济形势和发展环境。第三，要研究和掌握国内有关各种资源的基础和分布状况。第四，要全面掌握国内各地区生产力布局及其存在的问题和发展要求。第五，要了解和预测国家人口发展状况及其对物质文化生活发展的需要。此外，还需要根据社会历史发展经验和科学技术研究的进步，研究和预测自然灾害发展的规律性及其影响。根据这些原则和要求，在全面调查研究的基础上，就有可能制定出比较切合实际的国民经济发展战略目标和任务，并且提出实现战略目标和任务的相应的政策和措施。这样制定的国民经济发展战略，自然就会具有它的科学性。

就中国现阶段的经济发展战略而言，在 20 世纪 70 年末即改革开放初期，邓小平在总结中国社会主义革命和建设经验教训的基础上，提出了中国特色社会主义理论和发展道路问题。据此提出了要用一个世纪的时间，实现中国现代化的发展战略目标和任务，大体上可分为三大战略步骤来完成。他在 1987 年的一次谈话中指出：第一步原定的目标，是在 80 年代翻一番，人均国民生产总值达到 500 美元。第二步是到本世纪末，再翻一番，人均国民生产总值达到 1000 美元，即总额超过 1 万亿美元。意味着中国进入小康社会。第三步在下个世纪用三十年到五十年时间再翻两番，目标大体上是人均达到 4000 美元，达到中等发达国家的水平①。由于中国经济建设的迅速发展，第一、二步的预定任务已经提前完成。我们党的第十六次代表大会又进一步作了具体补充，提出了在新世纪头二十年实现全面建设小康社会的奋斗目标。在此基础上再继续奋斗三十年左右，到本世纪（即 21 世纪）中叶基本实现现代化，把中国建成富强、民主、文明的社会主义国家。从而进入世界发达国家的行列。

第三节　关于国民经济发展模式问题

国民经济发展模式同国民经济发展战略是密切相关的。有了国民经济发展战略，还必须根据发展战略的目标和任务，研究确定相应的发展模式，从而使国民经济发展战略得以全面贯彻执行。所以，必须使国民经济发展战略同发展模式相结合，进一步研究确定发展模式问题。

研究和确定国民经济的发展模式，必然有其内在的要求和特点。这同每个国家的社会历史条件和经济发展状况是分不开的。所以，每个国家的经济、文化教育和科学技术等的发展模式，不可能是一模一样的，必然会具有自己的特色。历史经验表明，根据本国的社会基础和经济发展状况，结合时代发展的特点，研究和选择适当的经济社会发展模式，对推动经济健康和较快的发展，具有十分重要的意义和作用。

就当代世界若干国家的经济发展模式来看，并非单一的，而是多样化的。当然，这同各个国家的社会历史和经济发展状况是分不开的。总的来看，有美国经济发展模式、日本模式、德国模

---

① 中共中央文献研究室：《关于建设有中国特色社会主义的论述专题摘编》，中央文献出版社 1992 年版。

式、拉美国家的模式、东亚模式和南非模式等。甚至还有不同的地区发展模式。当然，这各种模式的形成和发展，都有其一定的具体历史条件和特点。比如美国经济发展模式同日本的经济模式就有所不同。美国是当代世界头号经济大国，是资本主义发展比较充分的国家，它的市场经济模式具有比较成熟的自由化经济特征，政府一般不干预企业生产经营，在市场经济活动中遵守所谓平等自由竞争的原则，主要按照国家颁布的法律行事。日本经济发展模式的要求则不同。由于它是一个多岛国家，自然资源短缺，同美国具有不同的社会传统和文化背景，所以日本政府强调经济计划对于经济发展的指导作用，重视对宏观经济的控制。这种经济模式在 20 世纪六七十年代，对促进日本国民经济的快速发展起过重要作用，使其发展成为世界第二大经济强国。同日本和美国有所不同的德国，推行的是比较典型的社会市场经济模式。政府要求个人和企业自由与社会义务相结合；企业在自主决策的同时，也要承担必要的社会责任。国家对于经济发展的干预程度和制约能力都比较强，倾向于把经济效率和社会公正联系在一起，力求降低那种由于过分竞争所造成的效率损失。市场竞争机制的自由环境相对比较弱。至于东南亚和南非等国的经济发展模式，也都有各自的特色。

关于中国经济发展的模式问题，要根据中国现有的基本经济制度和经济发展状况，以及工业化的进程和科学技术的发展程度如何而定。目前，中国尚处在社会主义发展的初级阶段，在经济上实行以公有制为主体、多种经济成分共同发展的基本经济制度，尚未完成国家工业化的任务，总体而言，同科学技术较发达国家相比，还有相当大的差距。所以，我们要认真研究和确定合理的发展经济的思路和模式，以便处理好各方面的关系，充分发挥各种积极性和创新精神，探索有效地发展经济的方式和途径。

换句话说，要确立一种科学的发展中国经济的模式。

中国经济发展模式可以有几种类型。一种是反映经济社会发展的基本模式；一种是反映经济社会发展过程中的一定阶段性的发展模式；一种是反映定期发展客观要求的即中长期发展模式。所谓经济发展的基本模式，既要反映公有制经济与发展多种经济成分相结合的要求，又要反映自力更生为主与发展对外开放相结合的要求，同时要体现市场调节与宏观调控相结合的要求。所谓经济发展的阶段性模式，必然要体现国民经济结构发展的战略性要求；在现阶段，要反映和实行资本技术密集型和劳动密集型产业相结合，实行科技进步与改造和提升传统产业相结合，发展国内、特别是开拓农村市场与发展国际贸易和进行经济全球化相结合的要求。在上述两种模式的基础上，国家还要制定国民经济中长期发展规划，根据这种中长期发展规划的要求和国内外经济政治形势的发展状况和变化，还要形成和确定一种定期的经济发展模式，这种经济发展模式具有一定的灵活性和适应性，从而有利于促进经济社会的发展。

第四节　社会主义经济发展战略的主要特征

社会经济发展战略有各种不同的性质和类型。就国家而言，有全国性和地区性经济发展战略。就国民经济而言，有各个部门、行业和企业的经济发展战略。就世界和区域范围而言，有欧盟共同体和正在形成和组建的其他各种共同体的发展战略。世界经济贸易组织也有一定的发展战略。

中国作为社会主义国家，当然要研究制定自己的经济社会发展战略。其中包括经济社会发展的总体战略、国民经济及其各个部门的发展战略、科学技术和各种专业化发展战略、国家城市化和现代化发展战略、国际贸易和经济全球化发展战略、中长期和近期发展战略等。这各类发展战略如果能够从实际出发，按照科学发展观和经济规律发展的客观要求办事，就会对它们各自的发展和整个经济社会的发展，具有十分重要的意义和作用。

社会主义国家制定经济发展战略的性质和作用同资本主义国家有所不同，具有自己的要求和特点。首先我们制定国民经济发展战略，必须根据或者反映社会主义基本经济制度的要求，以人为本，使经济能够全面协调和持续发展，以满足人们逐步增长的物质文化生活乃至全面发展的需要。这是由社会主义首要经济规律的要求所决定的。社会主义国家制定经济发展战略，必须首先遵循这个规律的要求。

其次，社会主义经济仍然是一种市场经济，国家或社会制定国民经济发展战略，必须研究和考察社会供需状况和发展要求，利用价值规律调节生产和供需矛盾，绝不能忽视市场竞争对发展经济的推动作用，要实行市场调节和宏观调控相结合的方式，促进经济发展战略目标和任务的实现。

再次，研究和制定国民经济发展战略，必须有利于经济结构的协调发展和相对平衡。国民经济各个部门的发展是不断变化的，并且会出现不平衡的发展状况。如果不能对经济结构进行合理布局和及时调整，就会影响和阻碍经济的健康发展。所以，在研究制定经济发展战略目标和任务时，必须根据国民经济的状况和社会发展要求，对经济结构的战略性变化进行合理布局，以便保持相对性平等。这样，才会有利于经济发展战略目标和任务的实现。

最后，研究和制定经济发展战略，必须有利于实现改革开放的总方针。制定科学的经济发展战略，就是为了坚持和贯彻好以经济建设为中心的历史任务。我们既要引进和利用外贸，又要促使有条件的公司和企业集团走出去，到国外发展。这样就会有利于促进经济区域化和经济全球化的发展。在激烈的国际竞争中，使我们能够坚持走和平的发展道路。

第三篇

现代流通业和经济全球化

流通过程是社会生产过程的一个中心环节。本篇共设六章：第十八章，流通总论；第十九章，社会主义条件下的商业企业；第二十章，商品流通与市场价格问题；第二十一章，关于社会主义条件下的货币流通问题；第二十二章，商品流通和建设统一社会主义市场经济体系；第二十三章，社会主义国家对外贸易和经济全球化。通过这各章的研究，以便认识和掌握流通过程的特点和发展变化的规律性。

第十八章

流通总论

本章的主要内容，是要研究商品（产品）流通与生产的辩证关系；流通领域的商品（产品）结构及其相互关系；流通业发展模式问题；以及商品流通的发展变化问题。通过这各方面的研究，以使认识和掌握商品流通的特点和规律性问题。从而有利于促进商品经济快速和健康的发展。

第一节　商品流通与生产的辩证关系

生产是基础。流通一般是指产品或商品在流通过程中相互交换的关系；商品流通则是指以货币为媒介的商品交换。当然，也可以有物流业和非商品性流通。如旅客、行李和邮件等的运输。在商品经济社会条件下，流通是社会生产过程的重要环节，它将生产同消费直接联系起来。如果离开了流通这个环节，生产就会积压和停顿下来，消费也得不到保障。所以，流通就成为生产和消费之间不可或缺的中间环节。

商品流通经历了一个长期发展的历史过程，商品的原始交换，最初是采取物与物直接交换的形态，交换双方直接结合在一起。以货币为媒介的商品交换，将交换过程分成两个独立的阶段，即卖和买的阶段。于是就形成了商品流通过程。所以，流通是商品连续性的交换，或者说是从总体上看是商品交换。商品流通过程的形成，克服了物与物交换的困难和矛盾，从而促进了商品生产和商品交换的发展。与此同时，也加深了商品经济的内在矛盾，出现了商品买卖两个阶段的脱节，从而使经济危机有了潜在的和形式上的可能性。商品流通取代物与物交换的发展，使商人阶级应运而生。商人们操纵市场，搞投机倒把，使直接生产者只能听任变化不定的市场摆布。生产和交换的矛盾进一步发展和扩大起来。在资本主义条件下，商品生产和商品流通是在生产无政府状态和激烈的市场竞争下来进行的，资本积累的发展壮大，造成劳动人民的贫困化，从而会形成周期性的经济危机，使商品生产和商品流通遭受严重的破坏。

　　生产对流通起主导和决定作用。如果没有生产也就不会有流通，流通的性质也取决于生产的性质。当然，也绝不能因此就忽视流通对生产的反作用。生产品的剩余价值是通过商品交换即流通来实现的。商品流通的顺利和畅通就会促进生产的发展；反之如果生产结构和产品结构不合理，供需状况不对路，就会造成商品的积压和损失，从而就会阻碍和破坏商品生产的正常进行。这就是生产和流通的辩证法。

第二节　流通领域的商品经济结构及其相互关系

　　流通领域包括商品流通和非商品流通。商品流通包括国民经济各个部门、行业和企业生产的商品。另外，还有服务部门及其相关行业的商品和服务。这样，就形成了现代流通领域各种商品经济的结构及其相互关系问题。换句话说，就存在着各种商品经济结构的综合发展和供求平衡问题。这就是商品流通领域的核心问题。

商品流通即市场，是商品交换的一个总体概念。商品市场具体又可以分为各种类型：其中包括生产资料市场、劳动力市场、资本金市场、科学技术市场和消费品市场等。这各种类型市场既有其共性，又具有各自的特点。所谓共性，即它们都是具有一定形态的商品，所谓特性，就是它们都具有各自的属性和功能。为了弄清问题的性质，有必要对各类市场进行具体研究和分析。

所谓生产资料市场，按照斯大林和苏联经济学界的观点，认为生产资料不是商品，自然也就不会进入市场，只能由国家实行计划调拨。实践表明，这种观点是脱离实际的。无论是过去苏联的社会主义，还是中国在改革开放前所实行的社会主义，都不具备否定生产资料是商品的社会经济条件。列宁曾经说过，苏联在十月革命前后是工农经济占优势的社会。中国也是在资本主义不发达条件下进行的社会主义革命。无论是苏联或者是在中国，都进行了快速的社会主义改造，但实际上都是出于一种"急于求成"的要求，并不具备实现"跨越式"发展的经济社会条件。经验表明，商品生产是不可逾越的历史发展阶段。恩格斯曾经强调指出："私有制不是人为所能消灭的，而是自行消亡的。"商品的命运也是如此。换句话说，只有当社会生产力和经济发展到应有的高度的时候，无论是私有制还是商品生产，自然就会成为多余的事！所以，斯大林在当年苏联社会主义条件下，既不具备必要的物质技术基础，又未形成单一社会所有制经济关系的状况下，就轻易否定生产资料是商品，认为，全民所有制经济的生产品只具有商品"外壳"的观点，是缺乏理论和实际根据的。

鉴于苏联的历史经验和中国自己在社会主义改造和建设过程中的经验教训，我们党恢复了"实事求是"的思想路线，确立了邓小平理论，提出了建设中国特色社会主义发展道路和改革开放的总方针，将建设和完善社会主义市场经济体制作为改革开放的总体目标。这就为我们建设各种类型的市场，提供了前提条件。

前面我们分析了在社会主义条件下，生产资料仍然是商品，市场仍然是优化资源配置的重要形式和途径。因而，就离不开资本金市场。既然社会主义经济仍然是商品经济，货币作为进行商品交换的手段和尺度，在一定条件下，货币就仍然会转化为资本。所谓证券市场、债券市场、金融市场和期货市场等，正是资本进行交易和活动的场所。这就是所谓资本市场。在社会主义商品经济条件下，如果离开了资本市场，就会影响商品的生产和经营，必然要阻碍经济社会健康和持续的发展。

劳动力市场。在中国现阶段的社会主义条件下，由于确立了以公有制为主体、多种经济成分共同发展的基本经济制度，所以工人、农民和知识分子的地位发生了根本变化，他们都成了国家和社会的主人。但由于目前仍然处于社会主义初级阶段，工农差别、城乡差别、脑力劳动和体力劳动者间的差别，仍然相当严重地存在，以及这各种群体的内部差别同样存在。所以，社会还不具备否定劳动者个人所有的物质和精神等诸方面的条件。虽说国家根据经济社会发展的状况，制定有一定程度的社会保障制度，但并不具备全部包干的条件。所有这些，就成了保留劳动力市场的依据。特别像我们这样一个经济不发达的人口大国，建设好劳动力市场就具有它的特殊意义。

关于发展科技市场的问题。人们进行科学研究所发明的各种专利和新技术产品，仍然是商品，也需要经过市场进行交易和推广。专利品一般属于新的发明创造，新技术或大或小也都有所创新。所以专利品和重要的新技术，一般具有一定的垄断性价格。经过国家有关专业部门的审核批准确定后，就具有法定的专利保护权。任何单位和个人不得任意模仿和偷窃。只有经过法定的拍卖市场，才可以进行转让和交易。当然，有些专利和新技术，经过买卖双方协商和评估，签订一定的协议书，明确双方的权利和义务，同样也可以进行转让和交易。在现代社会条件下，高新技术是强国兴邦的关键和保障。所以，中国在改革开放过程中提出了"科教兴国"的长期发展战略。只有依靠高新技术，才有可能改变传统产业结构的落后面儿，实现国民经济结构的升级换代。从而才有可能有计划有步骤地实现一定程度的"跨越式"发展。经过一定的发展阶段，赶上乃至超过西方发达国家的水平。所以，大力发展科技市场，是我国经济社会快速发展的重要平台，是我们实现中华民族伟大复兴的基本途径。

关于消费市场问题。发展生产和消费品市场，主要是为了满足人们和社会对物质文化生活乃至全面发展的需要。这就是社会主义生产的目的，是社会主义首要经济规律的客观要求。中国在实行改革开放以前的年代里，由于"左"倾思想观念占主导地位，人们往往无视客观经济规律的存在，常常按自己的主观意志办事。用阶级斗争取代发展经济这个中心任务。所以，国民经济总是得不到顺利的发展，常常出现反复和曲折。因而长期存在着供不应求的矛盾，不得不采用各种票证来限制人们和社会的需要。当年匈牙利经济学家科奈将其视为一种"短缺"经济。其实，这只不过是从现象上看问题，根本回避了问题的实质。按照马克思主义的基本常识，生产固然决定消费，但随着消费和市场的发展，反过来又会促进生产的发展和扩大。这就是生产与消费的辩证关系。无论是谁，都不能违背这个法则。经验表明，如果谁不遵循这条法则，必然会影响和阻碍经济社会的发展，给人们和社会生活带来严重的不良后果。我们应当永远记住这条教训。

综上所述，流通领域并非一种简单的商品或产品交换关系，它存在着复杂的经济结构，其中包括各种商品或产品结构，包括各种市场结构，包括商业部门、行业和企业结构。这种结构同国民经济各生产部门、行业和企业的经济结构是密不可分的。人们和社会需要什么产品或商品，生产部门和企业就应当生产什么样的产品或商品。而要完成这项任务，各部门和企业的生产结构（包括生产要素）必然会存在一定的比例关系。这各种生产结构和商品或产品结构，应当是由供应与需求的关系和矛盾所决定的。所以，人们在研究和制定国民经济发展的短期、中期和长期发展规划时，必须根据现有的经济状况和条件，按照社会发展的需要和可能，对社会供应与需求关系和矛盾，进行适当的调整，以便实现综合平衡。从而才有可能推动经济社会的全面、健康和持续发展。所以，综合平衡就成为国民经济健康发展的客观要求即规律性。

第三节　关于现代流通业发展模式问题

社会生产和商品流通会根据一定的社会经济制度，按照各个社会群体或者阶层的要求，逐步形成具有一定特点的经营和发展模式。所以，在不同的社会经济制度下，各个国家的经济社会发展的，社会生产和商品流通，既会有其一定的共性，又会具有不同的特点。因而各个国家的经济发展、生产经营和商品流通的模式，绝不会是单一的，必然会是复杂多变和多样化的。在资本主义条件下的英国和法国、美国和德国以及日本，它们的经济发展模式都会有所不同。生产经营和商品流通的发展模式也是如此，或多或少都具有各自的特点。

在中国现阶段条件下，由于实行了以公有制为主体、多种经济成分共同发展的基本经济制度，所以，它的经济发展模式、生产经营和商品流通的发展模式，同其他社会主义国家又会有所不同，具有自己的一定特点。

新中国成立以来，经济发展和流通领域经历了两大发展阶段。从第一个五年计划开始到"文化大革命"结束，为第一个发展阶段，国家实行全面的指令性计划经济体制。无论是国民经济各个部门、行业和企业的生产，都必须按照国家的统一计划安排来贯彻执行，产品由国家实行统一调拨和分配，所谓市场的产品交易和流通，完全按照国家的政策和计划规定来办事。价值规律和市场对生产和商品流通不起调节作用，只具有某种影响。对城乡集市贸易，根据产品的供求状况和矛盾，尚能起某种调节作用。这种生产和商品流通模式，对经济社会的发展不会起什么促进作用。所以在第一个发展阶段，中国经济发展出现了反复和曲折。特别是在"文化大革命"中，国民经济已经临近了崩溃的边缘。可见在第一阶段，无论是经济发展模式，还是流通业发展模式，大多是脱离实际和违背客观经济规律发展要求的。

随着"文化大革命"的结束，中国经济社会开始进入了改革开放的发展阶段。在总结经验教训的基础上，党中央和邓小平同志，研究和确立了中国特色社会主义的发展道路。并要求建设和完善社会主义市场经济体制，作为改革开放的总体目标。预定在一个世纪左右即到2050年，采取三大战略步骤实现中国现代化，在国民生产总值方面赶上乃至超过西方发达国家的水平。这就要求我们不仅要选择适应中国社会经济制度状况和特点的经济发展模式，同样要选用适应现代流通业发展要求的科学模式。

怎样认识和选择适应现代流通业的发展模式？有一种观点认为，中国现阶段的流通领域应实行单纯的市场发展模式。这种主张似乎不完全、不确切，带有一定的片面性。由于中国现阶段的基本经济制度：存在着公有制为主体、多种经济成分共同发展的格局；全国各个地区，包括东部地区、中部地区和西部地区的经济发展很不平衡，存在着严重的地区差别和城乡差别；国民经济各部门、行业和企业的职工收入的差别仍然严重存在，各阶层收入的差别尤其严重。所以，全国实行单纯市场发展模式的条件并不合适。如果出现了国民经济结构方面的问题和矛盾，出现了国家和地区之间的供求关系方面的问题和矛盾，怎么办？单靠市场的功能或依靠市场进行自发性和盲目性调节，必然会给经济社会发展带来种种风险，以至会引发通货膨胀。所以，作为社会主义国家条件下的市场经济活动，绝不能脱离和无视国家宏观调控的职能和作用。实践表明，在中国现阶段社会经济条件下，无论是单靠计划经济体制来指导社会经济发展，还是单靠市场经济体制来引导社会经济的发展，都是不会成功的。其根本原因，就在于它们脱离了中国现阶段社会经济发展的客观要求，带有各自的片面性。

中国现在仍然处于社会主义发展的初级阶段，实行具有中国特色社会主义发展道路。这就是我们国家的现实。既要改革传统的计划经济体制，又要建设和完善新的社会主义市场经济体制。目前，还处在经济体制的转型时期，所以，无论是研究和选择经济发展模式，还是选择和确定现代流通业的发展模式，都不能脱离现阶段社会主义基本经济制度这个实际。因此，我们必须依据现阶段国家所确定的经济社会发展战略，以及根据这种发展战略而研究制定的中长期发展规划，来研究选择经济发展模式和现代流通业的发展模式。当然，还应考虑现有的国际形势和适应经济全球化发展的要求。基于上述各种情况和要求，中国现代流通业的发展模式，应当以市场为基础，实行国家和社会的宏观调控与市场调节相结合。这样，既可以防止市场调节的自发性和盲目性所带来的危害，又可以避免国家宏观调控脱离实际所造成的影响和经济损失。从而，就可以实行取长补短、发挥优势互补的优越性。这样，就会有利于推动现代流通业和市场经济的健康、快速和持续发展。

具体来说，在现代流通业领域实行宏观调控和市场调节相结合的发展模式，具有它的必要性和意义。

首先，在商品流通领域实行"两种调节"相结合的运行和发展模式，既可以照顾到国民经济综合平衡发展的总体要求，又可以适应市场调节的要求和特点，正确发挥市场调节的作用和灵活性。

其次，在全国各地区之间、城乡之间依据各自的经济条件和发展要求，实行"两种调节"相结合，既可以实行必要的分工，又可以通过流通和交换进行相互交流和协作。这样，就可以取长补短、实行优势互补。从而有利于促进全国性经济贸易交流和协调健康的发展。

再次，无论是国内贸易还是国际贸易，总是避免不了竞争的。优胜劣汰是商品经济流通的绝对规律。在社会主义商品经济条件下，实行对国民经济宏观调控和市场调节相结合的原则，在国内贸易、特别是在国际贸易的激烈竞争中，应力求避免人为的竞争和互相残杀的方式，以便发挥中国经济贸易在竞争中的优势和作用。

综上所述，在中国社会主义发展现阶段条件下，无论是商品生产和商品流通，内有国民经济各部门、行业和企业之间的差距和矛盾，外有发达国家的垄断和贸易保护主义的摩擦，等等，所以，无论在商品生产和商品流通领域，都必须研究和选择科学合理的经营和发展模式，尽可能节约和降低成本，提高经济效益和社会效益。这样，才有可能在激烈的市场竞争中、特别是在国际市场竞争中，处于不败之地。

第四节　要研究和掌握流通领域的客观经济规律

商品流通是一个长期发展的历史过程，从物物交换发展到简单商品流通，再发展到资本主义商品流通和现代商品流通，经历了社会发展的几个历史阶段。今后还要进一步发展到实现经济全球化。尽管目前有些国家和地区有着反对发展经济全球化的观点，但这却是不可抗拒的历史发展的必然趋势。

市场经济是商品生产和商品交换与流通的总称。同样，市场经济规律就是商品生产和商品流通活动的经济规律。其中包括价值规律、商品供求变化规律、市场竞争规律等。这些规律是互相联系、互相制约的，而价值规律则起着基础和支配作用。

在社会主义市场经济条件下，价值规律对商品生产和商品流通仍然起着一定的调节作用。当然，它也会受到社会主义特有经济规律的某种制约。国家实行的宏观调控政策，在某种程度上就反映了这方面的要求。价值规律的调节作用，既反映了社会主义初级阶段的基本经济状况和条件，同时也反映了社会供应与需求矛盾的存在和发展的客观要求。市场竞争规律也是与此密切相关的。社会生产的商品供不应求，竞争就会愈加激烈，价格就会暴涨；反之，如果商品供过于求，即出现相对过剩，价格就会下跌，市场竞争就会趋向缓和，甚至造成商品大量积压，竞争就会暂时潜伏下来，待机而起。所以，竞争是市场即商品经济的绝对规律。

流通是社会生产和再生产不可或缺的一个重要环节，只要有社会生产存在就会有流通存在。社会生产的两重性决定了流通的两重性。当然，我们现在所要研究的主要是商品生产和商品流通的经济规律。至于非商品生产和非商品流通则是未来社会的事。

目前，所涉及的问题，只是属于社会发展的历史趋势和理论方面的某种逻辑性。

所谓流通的两重性，指的是商品流通和非商品即未来社会的产品流通。两者既具有相互联系，又具有各自特性的经济运行规律。在商品流通中，商品交换的价格是由价值规律所决定的。价格是商品价值的货币转化形态。而非商品交换即未来社会的产品交换，则是由社会必要劳动所决定的，亦可称为社会必要劳动规律。而商品的价值即价格正是由社会必要劳动时间所决定的。所以，著名经济学家孙冶方将决定产品的社会必要劳动称为"第二号"价值规律。由此可见，价值规律和社会平均、必要劳动规律，只不过是在商品经济和非商品经济社会条件下、隔世相依的孪生兄妹。

在未来社会即共产主义社会条件下，经济社会的发展，社会生产和产品流通仍然必须依照自己固有的经济运行规律。那种将共产主义社会经济社会的发展，社会生产和再生产运动，视为无规律可循或者没有什么必要的观点，是完全错误的。决不存在没有经济运行规律的社会，只不过存在不同的性质和特点，以及不同的活动方式和途径罢了！人类社会的存在，经济社会的发展，社会生产和再生产运动，离不开一定的相应的经济规律的活动和客观要求，否则，社会就无法生存和继续发展下去了。这就是历史发展的辩证法。

由此可见，无论是在现阶段社会主义商品流通的条件下，还是在未来共产主义社会产品流通的条件下，都必须分别研究和掌握商品流通和产品流通运行的经济规律，从而才会有利于维护社会生产和再生产又好又快地向前发展，才会有利于推动经济社会的健康向上的发展，以保障人们不断增长的物质文化生活及其全面发展的需要。这是不以人们意志为转移的客观规律发展的要求。

我们除了在理论方面要研究和认识商品流通和产品流通的不同要求和特点以外，还必须研究在商品生产和经营领域中，某些特殊行业和大型企业所具有的垄断性地位。它们在商品生产经营中，对某些品种和商品的价格实行一定的控制和进行垄断性经营，使自己的行业和企业处于一种特殊的有利地位。无视商品经营的原则和市场竞争规律的要求。这是不利于商品经济发展的一种障碍。应当依法加以制止，发挥市场经济规律的作用，以利于商品流通和经济社会的健康发展。

总之，在中国社会主义现阶段发展条件下，我们必须从实际出发，清除脱离实际的传统社会主义观念的影响，从理论上弄清楚商品经济是不可逾越的社会历史发展阶段。现阶段的社会主义也不能例外。这就是我们党为什么把确立和完善社会主义市场经济体制，作为改革开放的总体目标。所以，我们必须按照科学发展的要求，大力发展社会主义商品经济。以市场为基础，实行对国民经济的发展进行宏观调控和市场调节相结合。这样，既可以避免国民经济的发展脱离实际，又可以克服市场经济的自发性和盲目性。因而可以取长补短，实现优势互补。有利于促进经济社会又好又快和持续向前发展。这就是实行"宏观调控"和"市场调节"相结合这种发展模式的优越性。

第十九章

社会主义条件下的商业企业

通过对社会主义商业企业的研究，了解这一类企业的性质和职能，掌握商业企业的内部结构及其横向联系，研究商业企业的经营成本和利润，以及现代商业管理的要求和特点等问题。进行这些研究，可以认识和掌握商业企业运行的规律。

第一节　商业企业的性质和职能

商业企业的性质首先是由生产资料所有制的性质所决定的；同时与企业经营的业务内容和范围也是密切相关的。前者决定着它是公有还是私有制企业的性质，后者决定着它是生产或商业性还是服务性企业。企业的性质不同，它们的地位和作用是有所不同的。

商业企业同生产企业的职能不同。生产企业是通过组织生产及其相关的活动，而生产出"低耗"和优质产品发挥作用的。而商业企业则是为销售生产品和为消费提供经营服务的。生产企业的产品，只有通过交换即商品流通才能进入消费领域。所以，商业企业是连接生产和消费的中间环节，是一种经营性服务企业。商业企业本身虽说不创造价值，但通过交换却可以实现商品的价值。这样，商品生产的剩余价值，通过交换才得以实现利润和资产增值。从理论上说，商业利润就是按照商业经营投资的份额对剩余价值进行的瓜分。这也表明了为什么交换关系是构成生产关系的重要内容和环节。

关于商业企业组织的职能。企业的职能不是一成不变的，随着经济社会和科学技术与时代的发展，企业职能也会发生相应的变化。根据商业企业经营的内容和要求来看，一般具有如下一些职能：

（1）企业有进行融资和合法从事经营的职能。

（2）企业有组织货源和调整变更货源的职能。

（3）企业有经营销售商品种类和适当调整品种的职能。

（4）企业有仓储商品和保管的职能。

（5）企业有招聘和培训职工的职能。

（6）企业有科学管理的职能。

（7）大中型企业有进行科学管理研究和开发的职能，以便实行自主科学管理和创新。

通过贯彻这各种职能，使企业法人代表和企业领导层承担自己应当承担的全部责任，执行自己依法进行自主经营的权利，力争为企业和国家获取更多经营效益和利益。

商业企业同生产企业进行经营联系，必须通过一定的方式和形式，主要通过协商签订相关的协议和契约。经过公证的则具有法律效力。未经公证机构公证的，只能作为一种所谓"君子协定"，并无法律效力。

社会主义商业企业同生产企业一样，传统的企业管理和职能，完全按照国家的计划经济体制办事。企业经营的商品实行统一计划调拨，企业没有自主经营的职能，一切按国家指令性计划办事。企业和职工无从发挥主动性和积极性。在经济体制改革过程中，改革的第一步就是国家对企业实行承包制，企业可以获得初步的责任、权力和利益，简称"责、权、利"。开始涉及按劳分配和打破平均主义的问题。从而有利于推动企业生产经营和发展经济的问题。

随着中国特色社会主义理论的确立和进一步贯彻执行，企业经营便进一步摆脱了计划经济的制约，从而进入了市场经济活动的领域。使企业经营从政府保护伞下走进了市场竞争。这样，就进一步调动了企业经营的积极性，有利于经济社会的发展。

由于改革开放的深入和中国现代化建设的进展，确立和完善社会主义市场经济体系已经成为国家改革的总体目标。所以，企业改革已经成为自主经营和创新的主体。这样，就基本上转变了企业的地位和职能。从而，就可以充分发挥企业的主动性和积极性。企业群体的主动性和积极性，是推动经济社会快速和持续发展的强大动力。

第二节　商业企业内部结构和经营模式

商业部门有批发企业和商品零售企业，也有批发和零售兼顾的商业企业；零售商业企业有多种形式，其中有大型独立商场、百货公司、超级市场和商业经营中心等。大型商业市场和商业经营中心，还可以组织多种商品经营销售连锁店。超市和连锁店，在中国是在改革开放过程中出现的商品经营和销售形式。这对企业或公司扩大经营和销售业务、节约开支、降低成本和降低商品销售价格，增加收益，都有着十分重要的意义。

商业企业是一个复杂的群体，有着多方面的分工和合作。其中包括组织管理系统、业务经营系统、企业文化和职工教育培训系统等等。组织管理系统包括企业董事会、企业经理领导层、基层科室管理、企业监管和安全保卫。此外，还有党、团和工会组织。业务经营系统包括组织企业货源、经营门市部、仓储和保管、交通运输等；企业文化和职工教育培训系统包括培养职工文化道德素质、组织职工技术培训班，以及组织职工文化娱乐活动等等。

要办好商业企业，必须坚持党的领导，围绕着经营业务这个中心任务和要求，按照科学发展观正确处理企业内部各方面的问题和矛盾，理顺和协调好各方面的关系，形成企业的一种"合力"，从而推动企业经营健康快速和持续地向前发展。这是推动经济社会迅速发展的基础和条件。

商业企业有着多种形式。其中有大、中、小型商场，贸易公司，商贸经营中心，超级市场，商品零售经营连锁店，等等。这同商业企业经营的性质、品种、规模和经营范围是密切相关的。无论是哪一种经营形式，都有各自的要求和特点。当然，大型商场、公司、经营中心、超市等，由于它们具有资金、经营范围、品种、人才和经营管理方面的优势，所以一般说来，它们总是具有经营效益和赢利方面的优势。实践表明，商品经营连锁店具有它的特别优势。一是它们由总部统一提供货源；二是连锁店临近居民区和街道；三是经营店铺和规模适度；四是职工配备合理。这样，就可以相应地节约开支和成本，商品价格较一般商店偏低和优惠，方便居民和消费。所以连锁店的商品销售周期短、经营比较稳定、有利于薄利多销。看来，连锁店可以成为商品零售经营的发展方向。

无论商业企业采取什么样的形式，必须依法实行自主经营的原则。对于经营商品的竞争，必须按照国家的有关政策和规定，开展正当的竞争，反对在商品的质量、价格和分量等方面的欺诈行为。无论是哪种形式的商业企业，它们的经营活动都必须遵循市场经济规律的要求行事。

关于商业企业经营模式问题，社会主义商业企业的传统经营模式比较简单，企业所需商品的货源，由国家商业部门实行统一的计划调拨和分配；至于商品销售，在进行改革开放以前的年代，由于"左"倾思想否认经济发展这个中心任务，造成商品的普遍短缺，供不应求，只好采用票证等形式，限制商品的供应和销售。结果阻碍了经济社会的发展，特别是在"三年经济困难"和所谓"文化大革命"期间，使国民经济临近了崩溃的边缘，经济和社会处于停滞不前的境地。在这样的年代里，自然谈不上会有什么正常的商品经营模式。

随着"文化大革命"的结束，党的"实事求是"的思想路线得以恢复。在总结经验的基础上，党中央和邓小平提出了解放思想，确立了改革开放的总方针，随后又提出了建设中国特色社会主义发展道路，将社会主义市场经济作为改革开放的总体目标问题。在这种社会主义条件下，传统的计划经济体制模式，显然不能适应社会主义市场经济体制的发展要求。实践表明，必须使传统计划经济体制模式转变为社会主义市场经济体制经营模式。商品流通和商业企业的经营，必须以市场为基础，在国家有关政策和适当的宏观调控机制的指引下，实行商业企业自主经营的运行模式。这样，就可以充分发挥企业经营的主动性和积极性。从而有利于推动经济社会健康和持续的发展。

第三节 商业企业经营成本和利润

商业企业进行经营和销售，必然要花费各种费用，其中包括有关经营场地和设施、组织货源和购入商品成本、商品运输和仓储保管费用、职工工资、经营管理费用等等。除了商品购入成本，其他可统称为商品流通费用。

商业企业经营利润，由商品销售价格总额扣除商品购入成本和流通费用，即为企业利润。当然，在市场经济条件下，从理论上讲，这种企业利润应视为平均利润。

流通费用是商业企业经营的基本开支和费用。在商品流通过程中所支出的有关各种费用，又可以分为生产性流通费用和纯粹流通费用。商品流通既表现为商品使用价值的交易，又表现为价值形态的变异。所谓生产性流通费用，是由商品使用价值的运动所引起的，是由商品生产在流通领域的继续运行而支付的一种费用，如商品的包装、运输和仓储保管等的费用，从而使商品的使用价值得以保存并进入交换和消费。这是为保障社会生产和再生产的循环和周转所必需的。

所谓纯粹流通费用，是由商品经营的形态变化所引起的费用，即在商品交换过程中由商品转化为货币或由货币转化为商品所花费的开支。具体情况有几种形式：一是用于经营商品过程中所花去的费用；二是用于会计即财务方面所消耗的费用；三是用于货币方面所花去的费用。货币作为商品流通的手段，既不进入生产消费，又不进入生活消费。所以，在经营商品中所消耗的这些费用，完全属于一种纯粹流通费用。

作为经营商品的企业，流通费用的大小，是节约还是浪费，是衡量企业经营素质的主要标志。无论是生产性流通费用，还是纯流通费用，都存在着节约与浪费的问题。无论是节约和浪费，都直接关系到企业的经济效益和赢利问题。就长远而言，还关系到企业的生存和发展问题。

节约是社会主义企业经营的基本要求和原则。不仅生产企业应当如此，商业企业也应当如此。企业在经营商品的过程中，要合理地使用资金、物资和人力，精打细算、反对浪费，充分发挥人力、物力和财力在商品经营中的效益作用。企业经营商品中的节约同赢利成正比例关系发生变化。即企业在营销中的各项开支愈节约，所获得的经济效益和利润也就愈多；反之，如果经营商品中开支不合理和造成浪费，经营效益就差、甚至会出现亏损。所以，商业企业的经营应当大力提倡节约，反对铺张浪费，形成一种节约光荣、浪费可耻的经营风尚。以较少的经营开支和费用获取较大的经济效益和利润，这才是社会主义商业的经营之道。

第四节　现代商业企业管理体系和制度

商品流通是社会生产和再生产过程中一种不可或缺的必要环节。商业企业是商品流通过程中的主体并具有一定的结构和体制。在社会主义条件下，商品流通包括国民经济相关部门、行业和企业，在商品经营活动中的职责、权力和利益关系问题，包括相互之间的竞争和合作问题。在过去传统的商品流通管理体制下，由国家商业部门实行所谓"统一领导、分级管理"的计划经济体制，企业没有经营自主权，完全处于一种"附属物"的地位。由于当时的经济落后，商品长期供应紧缺、供不应求，对社会商品流通只好采取一种凭"票证"供应的办法。所以商业企业谈不上有什么经营积极性。

随着改革开放的逐步深入，打破了传统的商业计划管理体制，初步确立了社会主义市场经济管理体制，商业企业有了一定程度的经营自主权。改革开放促进了计划经济体制逐步向社会主义市场经济体制的转变，从而调动了有关各方面和群众的主动积极性，推动了经济社会的全面协调和持续的发展。经济短缺和商品"供不应求"的矛盾基本得到了解决。这就为建立现代商业企业管理体制提供了条件。

所谓现代企业制度是相对于近代企业制度而言的。近代企业制度经历了作坊和工场手工业时期企业管理的早期形态；经历了产业革命和机器大工业发展时期的工厂管理制度，这是企业的成熟形态。随着科学技术和垄断资本主义发展所形成的公司制度，是企业的发达形态。所以一般来说，现代企业制度是适应科学技术发展的需要，同时也是适应地区和经济全球化发展的需要，而形成的在企业制度上的一种发展与创新。其中包括企业法人制度所反映的产权关系的变化，包括现代企业组织结构和现代管理制度的建设，以及采取公司制度的组织形式和监督管理体制。这些内容构成了现代企业制度的一般特征。

如何建设现代商业企业管理制度？这是需要进一步研究的问题。现代商业企业管理制度，是现代商业部门管理体制的重要组成部分。它涉及中央与地方和基层的关系。具体来说，在社会主义条件下，它涉及商业部门、行业和企业的职责、权力和利益关系。与此同时，当然也就涉及社会主义市场经济体制的关系。

在社会主义市场经济体制中，现代商业管理制度是商品流通体系中的基础，商业行业是在市场经济体系中进行适当协调的中间环节，商业部门是根据行业结构发展状况和需要进行适当协调的主导单位。所谓主导和协调，包括对各行业和企业在商品经营中存在的关系全局性的问题和矛盾进行必要的协调，包括对商品经营结构和发展方向进行必要的协调，包括对经营方式的转变和发展进行协调，包括对经营信息化和现代化的发展进行统筹和协调，等等。这会有利于促进商品流通的发展，从而也会有利于推动经济社会的发展。

全民所有制商业企业建立现代企业制度，实行公司制的组织形式，是适应现代科学技术和社会主义市场经济发展的需要。传统企业制度，实质上是一种"政企合一"的组织结构和组织形式，是中央集权型的计划经济体制的产物。不利于发挥企业和职工经营的积极性。根本不能适应商品经营和市场经济发展的需要。商业企业同生产企业一样，实行现代企业制度，采用公司制的组织形式，是经济改革和经济结构重组的要求，是实行经济体制转换，确立和建设社会主义市场经济体制的必然要求。建立现代商业企业管理制度和采取公司制的组织形式，无论是企业的产权关系、领导体制、组织结构和组织机构，还是企业的职责、权力、利益和企业行为以及企业同国家政权机构的关系，都发生了相应的变化。总之，企业有了商品经营的自主权，企业不必按照"长官"意志办事，而是必须按照市场经济规律发展的客观要求办事。企业的经营活动和运行，必须按照有关法律、法规和公司章程加以规范。公司的董事会是企业经营的决策机构，企业经理层是企业经营活动的执行机构，企业监事会是经营行为的监督机构。这各种职权都由《中华人民共和国公司法》明文规定的，必须照此办理！

商业企业建立现代企业制度，必须实行管理现代化。这就要求企业管理更加严格和科学化。

所谓管理现代化，概括地说，就是要运用现代管理理论、现代管理手段与方法，讲求现代化经济信息、经营战略和经济决策，追求优质和高水平的经济效益，以便适应现代市场经济发展和竞争的需要。这些要求对建立现代商业企业制度，也是完全适用和必要的。

商业企业的传统管理制度同生产企业一样，是适应中央集权型的计划经济体制的要求而建立的。企业经营管理的大权主要集中在国家和有关主管部门手里，实行统一计划和决策，企业谈不上有什么自主经营管理权利。企业无权决策，只能服从；企业只管商品营销，不讲节约流通费用和经营成本；企业只要求完成上级计划规定的营销总任务，不讲求经营的经济效益；企业既无自主经营权利，也不负资产保值增值和赢利的责任。所以，企业无从发挥什么经营主动性和积极性。随着改革开放的逐步深入和确立社会主义市场经济体制，商业企业管理体制发生了一定程度的转变。深化改革，必然要求进一步确立现代商业管理体制和企业管理制度。

要能建设好现代商业企业管理制度，必须采取科学和切实可行的措施和步骤，实现管理现代化。

第一，必须进一步转变传统管理观念，研究和掌握现代商业管理的内涵和要求，以及认清实现现代管理制度的必要性和意义。

第二，要结合改革过程中形成的商业结构和管理体制的特点与要求，将企业管理制度科学化和民主化相结合。

第三，要将商业企业管理的职能、责任、权力和经营利益相结合。

第四，要将各种科学和严格的岗位责任制和职工经营的成果同按劳分配相结合。

第五，要将企业领导班子的建设和提高职工素质与适当的培训相结合。

第六，要将原有企业管理中合乎科学有效地管理方法同现代管理制度相结合。

第七，要将商业企业的自主经营、自我积累和自我约束的机制相结合。

第八，要将商业企业享有的独立法人地位同全民所有制经济体制和国家有关审计和监督机构相结合，接受必要的审计和监督。

总之，商业企业必须要根据自己的状况和市场经济发展的要求，确立自主经营的权利，建设好现代企业管理制度，提高企业经营管理的素质和水平，以便获取最佳的经济效益，促进商业部门和行业又好又快地发展。从而使企业在激烈的市场竞争中处于不败之地。

　　商业部门建立现代企业制度有一个形成和完善的过程。既要避免"急于求成"，又要克服"走过场"流于形式这两种错误倾向。按照科学发展观的要求，建设好现代企业制度，具有十分重要的意义和作用。首先有利于将传统企业制度转变为现代企业制度，全面实现"政企分离"，使政权机构和企业各司其职，各有所为；其次，有利于商业部门按照社会主义市场经济规律的要求，全面确立新的企业管理制度和企业经营机制，促进商品经营的现代化；再次，有利于确立和发挥社会主义商业部门和企业在市场经济中的主导作用，坚持和维护社会主义的发展方向。凡此种种，都会有利于建设和完善社会主义市场经济体制，以及为进行现代化建设事业服务。

第二十章

商品流通与市场价格问题

商品流通既然是从总体上看的商品交换，就必然要研究流通领域的商品交换即市场价格。市场价格高低的状况如何，直接关系到商业部门和企业的利润问题。所以，市场价格就成为商品流通的核心问题。通过研究确定商品流通价格的依据、商品指导性价格和市场价格的关系、商品流通中的价格结构问题，以及国际市场价格和竞争等问题，就会有利于掌握商品价格变动的规律。

第一节　关于确定商品流通价格的依据问题

商品价格可分为商品生产价格和商品交换即市场价格。商品生产价格，一般来说，是由企业生产成本加平均利润而形成的。商品交换即市场价格，则是由商业企业购买商品所花的成本加流通费用和平均利润而形成的。所以，商品的流通费用是否节约以及节约的程度如何，直接关系到商业企业是否赢利以及赢利大小的关键问题。

要了解商品的市场价格，就必须了解商品的生产价格，这是直接关系到购进商品所花费的成本问题。进一步而言，既关系到商品生产企业的竞争问题，又关系到商业企业选购商品和进货渠道问题。

如何确定商品的生产价格，一般说来，它是由商品生产的价值规律所决定的。所谓商品价格是商品价值的货币表现，即商品价值的货币转化形态。

关于商品价格形成的基础问题，经济学界曾经有一些不同的意见。一种观点认为，制定价格，应以产品本身的社会价值为基础。社会主义经济中的价格，仍然是商品价值的货币表现。换句话说，国家在确定商品价格时，必须首先考虑它们在生产中所消耗的社会必要劳动量，使各类商品的价格大体上符合它们的价值。薛暮桥是这种观点的代表①。这同学术界多数人的观点是一致的。第二种观点认为，在社会主义条件下，商品的价格应以生产价格为基础，即按生产成本加按平均资金利润率计算的利润额来确定。孙冶方是这种观点的代表。何建章对这种观点作了具体分析和论证。当年对"生产价格"进行了不公正的批判。第三种观点认为，应按综合利润率作为定价的基础，即按资金和工资双重赢利标准，作为制定计划价格的依据。认为这样做，比较全面地考虑了劳动者和资金的作用；也比较正确地反映了各部门对社会的贡献……第四种观点认为，社会主义价格的形成，应以成本加合理利润作基础。说社会主义的价格既不是同价值相等的价格，也不是追求平均利润的生产价格，更不是追求最大利润的垄断价格，而是在成本价格基础上对纯收入作有差别的再分配的价格。许毅等人是这种观点的代表。在理论上，否定包括平均利润在内的生产价格，是不切实际的、站不住脚的。第五种观点认为，应按均衡价格或者说供求平衡指导价格，即从客观上通过计算获得分类产品总体供求平衡的理论价格，来确定计划价格。说

① 李泽中：《中国特色社会主义经济问题研究》，武汉出版社 1999 年版，第 300 页。本章几种不同的观点均引自此书。

平衡价格建立于市场调节在国民经济中起作用的基础上，但又排除了局部非理想市场的歪曲作用。

关于商品价格问题的上述几种观点，似乎是大同小异，或者说是同中有异、异中有同。在社会主义商品经济的条件下，商品价格变化的基础仍然是商品的价值。这一点各家的看法，基本上似乎是一致的。第一种观点同第二、三、四种观点的分歧是，在社会主义条件下，商品的价值有无转化形态，是什么样的转化形态？这似乎是争论的焦点。其实，商品的价格到底是由什么决定的？是马克思的价格理论早已解决了的问题。马克思在谈到商品价格同价值的关系问题时，讲了三个层次，从价格变化的现象、价格同生产费用的关系、价格同社会必要劳动的关系进行了分析，揭示了形成商品价格的基础是价值。

我们在这里之所以要分析商品的生产价格，是因为如果不能确定商品的生产价格，商品流通的价格就无法确定。关于商品流通即市场价格，一般来说，应由商业企业购入商品的价格加企业流通费用加平均利润而定。这里讲的是商品交换的理论价格。在实际生活中，商品流通的价格要受市场供求关系变化和竞争的影响。供不应求，商品价格就会上涨；供过于求，价格就会下跌。只有当商品的供求关系相对地保持平衡状态时，商品价格才会基本上保持稳定。市场竞争愈激烈，商品价格的波动就会相应地发生变化。这是不以人们意志为转移的市场发展变化的规律。

第二节　宏观调控的指导性价格与市场价格

在社会主义计划经济体制的条件下，无论是企业生产的商品出厂价格，还是商品交换的市场价格，一般都是由国家计划来确定的。结果严重脱离实际，搞平均主义，伤害了企业和职工的积极性。在斯大林时代的苏联就是如此。中国在改革开放以前，基本上也是如此。

按照马克思主义的观点，商品生产的价值是决定商品价格的基础，商品价格只不过是商品价值的货币表现。中国在改革开放过程中，逐步改变了由传统计划经济体制实行指令性计划价格的弊端，商品价格以市场为基础，主要由市场经营运行来决定。但由于市场具有它的自发性和盲目性，为了市场的健康发展，避免市场不正当的即违法的竞争，国家对若干重要商品实行指导性价格，包括对国营商业和集市贸易的经营大体上都是如此。以便规范和制约市场经营的行为。商品经营以市场价格为基础，实行指导性价格与市场价格相结合，有利于经济的健康发展和现代化建设的正常进行。

在现代市场经济条件下，中国作为发展中的社会主义国家，尽管我们在经济社会制度方面具有一定的有利条件和优越性，但我们毕竟还处于社会主义初级阶段，存在着不少问题和矛盾。改革开放以来，虽说中国经济发展的速度较快，年平均增长约9.5%左右，居世界第一位。但由于我们过去的家底薄、人口众多，资源有限，直到现在，社会生产仍然不能完全满足人们日益增长的物质文化生活的需要，而且目前尚有几千万贫困人口。所以，如果我们不能对商品价格进行适当的规范和监控，对市场经济的自发性和盲目性放任自流，结果必然会造成商品价格的上涨，从而引发通货膨胀，影响经济的正常发展，不利于社会的安定团结。国内外在这方面的历史经验教训是不应忘记的。

在中国的经济社会背景下，中国党和政府在社会主义商品生产和流通领域，对于确定商品价格实行以市场为基础，采取适当的宏观调节与市场调节相结合的办法，就会有利于克服或制约通货膨胀的风险，促进国民经济的健康发展，为逐步提高广大人民

群众的物质文化生活水平和经济、社会发展，提供适当的条件和
保障，因而也会有利于建设社会主义和谐社会。

第三节　商品流通中的价格结构问题

社会商品价格是一种体系，包括各种商品的价格结构问题。
就国民经济而言，包括工业品的价格、农产品的价格、海产品的
价格、生态经济和环保产业的产品价格、交通运输业的价格以及
为生产和生活服务的服务业的价格等。各种价格形成一种价格结
构体系，存在着各种价格之间的比例关系。正确处理各种价格结
构及其比例关系，对经济社会的发展具有十分重要的意义和
作用。

国民经济各个部门，还有部门内部各种产品的价格结构和比
例关系。如何确定工农业等各个部门内部各种产品的价格及其比
例关系，各个部门内部各种产品的价格结构和比例关系是否合
理？直接关系到各个部门的生产和经济发展的问题；同时也关系
到有关部门和企业在市场竞争中的能力和生存问题。所以，人们
在研究制定有关部门内部各种产品的价格问题时，必须遵循价值
规律和市场供求关系状况的客观要求办事。这样，才会有利于促
进部门和企业生产的发展，从而就会有利于发挥部门和企业在市
场竞争中的优势。

就商品流通领域而言，商品交易的市场价格同工农业等部门
商品的生产价格是密切相关的。商品市场有批发价格和零售价格
等，而这各种商品的批发与零售价格，在很大程度上是由商品的
生产价格所决定的。在这里，可以分别列出商品批发价格和零售
价格两种公式：批发价格＝商品生产价格＋流通费用＋批发商的
平均利润；零售价格＝商品批发价格＋零售商的流通费用＋零售

商的平均利润。所谓批发价格中的商品生产价格，即批发商的商品购入价格，也就是生产商的出厂价格。所谓零售价格中的商品批发价格，略高于批发商购入商品的生产价格，略低于商品的零售价格。这就包含了批发商和零售商的赢利空间。所以，无论是生产商、批发商和零售商，都存在着一种密切的利益关系和矛盾。

在商品流通领域，除了一般商品的市场价格，还存在着一种垄断性价格。在市场经济条件下，某些大型企业集团，凭借它们对某些资源的垄断和市场的垄断，常常将某些商品的生产价格和销售价格，提高到一般商品生产价格和销售价格以上来销售，从而获得一种垄断性利润。在资本主义制度下，某些垄断资本家或大型垄断企业集团，对资源紧缺型商品或者借助对某些特殊资源的垄断，从而利用对这一类商品实行垄断价格，获取一种超额利润。在当代一些资本主义发达国家，随着高新科学技术的发展和商品的升级换代，有的国家对这种垄断性价格也在采取一些措施，依法加以限制乃至取缔。这对经济的发展和人民群众的生活，也是有益的。

在社会主义条件下，提倡公平和效益，反对某些大型企业集团利用其所控制的资源优势和资金技术优势，推行一种垄断性价格，或者实行一种类似垄断性价格的倾向。这是值得人们重视和关注的。国家应当采取适当的政策措施和制定相应的法律法规，来加以严格的限制和取缔。这样，才会有利于开展公平的竞争和促进经济社会的健康发展，从而为广大人民群众谋福利。

要正确处理和调整好商品的价格结构，国家和商业部门必须遵循经济规律的客观要求，其中包括社会主义首要经济规律、价值规律和市场供求规律，以及与此相关的经济机制，如商品生产部门和企业的行为机制、经营权力和责任机制、经济利益机制、市场竞争和约束机制等。这样，就会有利于商品生产和社会主义市场经济的健康发展。

第四节 关于国际市场价格和竞争问题

国际市场价格同国际贸易即世界市场的发展，是密切连接在一起的。如果没有世界市场的形成和发展，所谓国际贸易和国际市场价格，就会杂乱无章，谈不上国际市场价格的逐步规范化，更谈不上有什么发展的规律性。

国际市场价格一般是指若干商品在国际市场上具有一定代表性或标准的价格，或者是指在历史上形成的国际贸易中心进行交易的某些商品的国际市场价格。这种价格，直接关系到每个国家进出口贸易的一般即正常进出口的商品价格。

决定国际市场商品价格的基础，不是以某个国家国内商品的价值即社会平均必要劳动时间为标准来计算的，而是以商品的国际性平均社会必要劳动消耗为标准来计算的。因此国际市场上的商品价格，仍然是围绕着某种商品的国际性价值为轴心而变动的。这种变化，是由国际性社会商品供求关系的变化和国际市场商品竞争规律所决定的。

由于世界各个国家所处的地区和自然条件不同，拥有的自然资源和矿产资源的品种与蕴藏量不同，因此必然需要通过国际贸易来进行交流，互通有无，实行优势互补。因此，在世界市场必然会发生商品与贸易竞争。通过各种竞争来调剂商品余缺，求得供求关系大体上实现平衡。

所谓市场自由竞争是相对的。资本主义国家经常采取一种贸易保护主义政策，这与自由贸易是相对立的。所谓保护贸易，一般是指资本主义国家为了限制商品进口所设置的某种措施和障碍，以保护本国市场。也可以称为一种"贸易壁垒"。与此相关联的还有一种所谓"关税壁垒"。这是资本主义国家用征收高额关税的办法，来限制外国商品进入的措施。当然更严重的就是实行"经济封锁"，这是实力雄厚的资本主义国家的一种霸权行为。由于某种原因，它对别的国家采取一种强硬措施，以断绝相互之间的经济和贸易关系，实行所谓禁运和封锁。所以，资本主义国家的所谓自由贸易和市场竞争，是有条件的。

至于一些不发达国家，为了发展本国经济，有时候也采取保护国内市场竞争和限制价格大幅波动的若干措施，这同资本主义发达国家所采取的贸易保护主义措施，在本质上是有所不同的。这种措施对于保护发展中国家的市场竞争，防止通货膨胀或通货紧缩，对于其经济社会的稳定和发展，具有重要意义和作用。所以，人们对于这两种不同性质的状况，应当有所认识和区别。

第二十一章

关于社会主义条件下的货币流通问题

作为社会生产和再生产过程中的流通领域，包括商品流通和货币流通。要使货币流通能够促进社会生产和经济的发展，就要了解货币的本质和职能，研究货币制度以及中国货币制度的特点，认识和掌握社会主义条件下的货币流通规律，搞好货币发行和货币管理制度，以便充分发挥货币的职能和作用。

第一节　货币的本质和职能

马克思主义的货币理论是系统的。其中包括货币的本质和职能、货币制度以及货币的发行和管理、货币流通规律、通货膨胀和金融危机等，都提升到理论上进行了分析和论述。这种理论对我们研究现代货币和金融制度，仍然具有它的指导意义。

按照马克思的观点，货币也是一种商品。但它不是一般的商品，而是作为一般等价物的特殊商品。从原始社会解体以来，有过多种多样的商品充当过货币。但发展到近代社会，金、银已经成为资本主义社会的主要货币，这同金、银的自然属性和它的特殊社会职能和作用是密切相关的。所以货币的本质，就是它能充当任何商品的一般等价物即特殊商品。

货币的本质和作用，使它在商品经济社会生活中具有多种职能：首先，具有商品价值尺度的职能；其次，具有商品流通手段的职能；第三，具有支付手段的职能；第四，具有贮藏手段的职能。此外，还具有可能作为世界货币的职能。

所谓价值尺度的职能，即货币作为表现或衡量一切其他商品的职能。货币作为一种商品的价值尺度，就是将任何商品的价值表现为一种同名的量，使其在质的方面相同，在量的方面可以比较。这是货币作为商品一般等价物的首要职能，也是最基本最重要的职能。如果离开了货币这种职能，商品就无法在市场上进行交换。

货币作为价值尺度，是商品内在的社会必要劳动时间的一种表现形式。价值本来是物化在商品中一般人类劳动，价值量应由形成商品价值实体的劳动量来衡量，而劳动量则应由劳动时间来衡量。然而，生产商品劳动是复杂的，有简单劳动和复杂劳动。所以商品的价值量，不能取决于商品生产者的个别劳动时间，只能取决于商品的社会平均必要劳动时间。货币之所以能成为其他商品的价值尺度，是因为货币本身也是商品，也有价值。同一切商品一样，都是物化的人类劳动的结晶。"所以它们能共同用一个特殊的商品来计量自己的价值。这样，这种特殊商品就成为它们共同的价值尺度或货币。"①

在现代商品流通领域，虽说支付手段已经多样化，但货币作为价值尺度的职能，仍然是不可或缺的。

所谓流通手段的职能，是指货币在商品流通过程中充当商品交换媒介的作用。这是货币的一个基本职能。货币作为价值尺度的职能，是它充当商品流通手段职能的前提。而货币充当流通手段的职能，则是它作为价值职能的延伸。充当流通手段的货币，

---

① 参见《马克思恩格斯全集》第 23 卷，人民出版社 1972 年版，第 112 页。

起初是金属物等，以后发展为铸币即硬币。在现代商品流通中，充当流通手段的货币可以是现实货币，也可以利用开具支票来取代，还可以利用银行卡等方式来发挥作用。

所谓支付手段的职能，是指用货币来偿还债务或支付赋税、租金和发放职工工资等方面的作用。货币作为支付手段的职能，源于商品交易中赊账买卖的行为，它是适应商品生产和交换发展的需要而逐步发展起来的。由于各种商品生产时间的长短不同，生产和销售的地点不同，还有生产季节性问题，因而在客观上就要求商品的让渡同商品价格的实现在时间上分离开来。于是就形成了货币支付手段的职能。随着商品经济的发展，从货币作为支付手段的职能中，又产生了各种形式的信用货币，如银行券、汇票、期票、支票等形式。这是适应商品交易规模发展的需要。当然，随着信用规模的扩大，如果信用关系遭到破坏，就会使经济危机的可能性逐步显现。如果支付链条中某些环节中断，就会形成货币或金融危机。

所谓货币贮藏手段的职能，是指货币由人们作为独立的价值形态和社会财富的一般代表保存起来。因而退出流通领域，作为贮藏手段的一种职能。这是货币作为一种特殊商品的特点，也是成为人们富裕程度的一种社会表现。从发展的观点而言，掌握和贮藏货币的多少，就成为衡量人们的权力和地位的象征。当然，货币贮藏具有自发调节货币流通量的作用，同时也可以成为人们进行投机倒把的手段。

此外，作为世界货币，也是货币的一种职能。这是指金、银或者被公认的一种货币，超越国内的流通领域，在国际上执行一般等价物的职能。在国际市场上，作为世界货币的金、银，除了具有价值尺度的职能外，还有几种职能和作用：一是充当一般购买的手段；二是作为一种支付手段，以平衡国际方面的收支差额；三是充当一般财富的绝对社会化身的职能。在现代社会，国际贸易日益发达和正在经济全球化的进程中，世界货币作为支付手段被用以平衡国际贸易的差额，是货币的一种十分重要的职能。

综上所述，货币的五大职能是互相联系和相互制约的。货币作为价值尺度的职能，是其他各种职能的基础。其他各种职能，则是货币在某个领域所发挥的必要作用。而世界货币的职能，则是某种重要货币的国内职能在国际上一定的综合作用的反映。

第二节　关于国家的货币制度及其特点

世界各个国家都有其一定的货币制度。所谓货币制度即币制，是由每个国家以法令规定的本国货币流通的结构和组织形式。一般都经历了一定的历史发展过程。其基本内容包括：货币金属；货币单位；各种货币的铸造、发行和流通过程；准备金制度。货币金属是整个货币制度的基础。货币单位即货币单位的名称及其所包含的货币金属重量。当然也有不含货币金属重量的。中国所规定的货币单位名称为人民币，不包括含金量；美国的货币单位名称为美元，包括一定的含金量；英国为英镑，包括一定的含金量；日本则为日元，等等。各种货币即金属货币及辅币的铸造、信用货币、纸币等如何发行和进入流通，对主币和辅币的种类都有所规定。准备金制度，是指国家集中于中央银行或者国库的准备金。随着经济社会的发展，准备金的用途有所变化。自20世纪30年代开始，由于资本主义国家货币危机的发展，它们先后便放弃了金本位制，因而不再有金币流通，银行券也不再兑换黄金，黄金储备的用途也就发生了变化。

马克思在谈到黄金储备的用途问题时曾经指出，在实行可兑换的金本位国家，其黄金储备的用途有三："1. 作为国际支付的准备金，也就是作为世界货币的准备金；2. 作为时而扩大时而收缩的国内金属流通的准备金；3. 作为支付存款和兑换银行券的准备金……"① 如前所述，由于资本主义国家先后放弃了金本位制，因而马克思所说的第二和第三个用途已经消失或有所改变；但黄金储备的第一个用途仍然存在，因为黄金作为国际支付和清算的手段仍然存在。同时，黄金储备量的多少，对于维护资本主义国家货币的信用程度，仍然有着重要作用。

在现代社会也是如此。作为国际支付手段的准备金，即作为世界货币的准备金，是黄金储备的唯一用途。

中国作为社会主义国家，它的货币制度具有自己的一定特点。一是国家的货币制度具有自己的独立性；二是整个国家的货币制度完全是统一的；三是国家的货币制度具有一定的稳定性。当然也不排除在某种情况下，根据需要，对货币采取宽松或紧缩的政策。

中国的法定货币是人民币，货币制度实行高度集中统一的原则，货币发行权集中于中央政府。1952 年 12 月 1 日，中国人民银行成立时即开始发行人民币。新中国成立后，经过清理国民党政府所发行的货币，禁止金、银币和外币流通，制止了通货膨胀，人民币则成为国家统一和稳定的货币。

解放初期发行的人民币，原来的票面额比较大。1955 年 3 月 1 日起，即发行一种新人民币。货币单位为"元"，没有法定含金量。主币的票面额分为 10 元、5 元、2 元和 1 元四种，辅币有 5 角、2 角和 1 角三种纸币，另外还发行有 5 分、2 分和 1 分三种硬辅币。为了增加流通货币的品种，从 1980 年 4 月 15 日

---

① 《马克思恩格斯全集》第 25 卷，人民出版社 1974 年版，第 643 页。

起，陆续发行了面额为 1 角、5 角和 1 元的金属人民币。人民币以"￥"为符号，取自汉语拼音"yuan"的首个字母加两横而成。

人民币虽说没有规定的含金量，但黄金仍然作为其价值的基础，代表黄金发挥作用。因而人民币实际上执行着价值尺度、流通手段、支付手段和贮藏手段等货币的职能。但却不能履行世界货币的职能。不过，随着我国经济社会的迅速发展和国际地位的提高，以及对外经济往来和国际贸易的迅速发展，人民币作为国际间计价和结算的手段，其重要性和必要性将会日益凸显出来。

第三节　社会主义条件下货币流通的规律

货币流通和商品流通是密不可分的。而货币流通则是由商品流通所引起的。具体而言，货币流通是由商品流通过程中商品供求关系的需求和变化所决定的。所以，货币流通并非是一种盲目的任意行为。货币流通的变化具有一定的规律性。

就商品经济特别是资本主义商品经济发展的历史来看，它为货币流通规律提供了两个相互联系的一般公式。

所谓货币流通规律，是指决定于商品流通过程中货币需求量的规律性。按照马克思的观点，货币作为"流通手段量决定于流通商品的价格总额和货币流通的平均速度"[①]。这就是说，商品流通所需要的货币量取决于：进入流通的商品数量、商品的价格水平、货币的流通速度三个因素。当货币流通速度不变时，流通中的货币量同商品价格总额成正比例变化。从而可以得出第一个公式：

---

① 《马克思恩格斯全集》第 23 卷，人民出版社 1972 年版，第 142 页。

$$\frac{商品价格总额}{同一单位货币的平均流通次数} = \frac{流通中所需要的货币量}{即货币流通规律}$$

随着资本主义商品经济的发展，资本主义信用关系和信用制度得到了相应的发展，大量的商品经营采取了赊销的办法，各种债权和债务往来又可以相互冲销。因而对上述第一个公式就需要有所补充。即要从商品价格总额中减去延期支付的总额，加上到期支付的总额，再减去互相抵消的债务总额，因而可以得出新的即第二个货币流通规律的公式：

$$\frac{\frac{全部商品}{价格总额} - \frac{赊销商品}{价格总额} + \frac{到期支}{付总额} - \frac{互相抵消的}{支付总额}}{同一单位货币的平均流通次数} = \frac{流通中所需要}{的货币量}$$

在上述两种情况下的公式，即货币流通规律是普遍适用的。当然，由于各个国家的经济社会发展状况和发展阶段的不同，因而货币流通规律又会带有各自的某种具体特点。这是应当明确的。

在中国社会主义条件下，由于社会主义经济仍然是商品经济，所以商品流通和货币流通规律，仍然具有它们普遍的共同性。但由于社会实行了公有制为主体的基本经济制度，所以，无论是商品流通还是货币流通规律，又必然会带有它一定的某种具体化特点。

在这里，货币需要量仍然是由商品流通过程中商品供求关系的变化所决定的。具体来说，货币流通量取决于商品流通的价格总额，以及在一定时期内货币流通的平均速度。当商品价格总额不变时，货币流通量同货币流通速度成反比例变化。即当货币流通速度越快，所需货币流通量就会越少；反之，当货币流通速度越慢，所需货币流通量就越多。这一点，在商品经济条件下都是共同的。

在社会主义条件下，由于国家确立了公有制经济为主体、多种经济成分共同发展的经济格局，从而既使国家具有宏观调控的经济职能，同时又必须建设社会主义市场经济体系，以市场调节为基础，实行国家宏观调控与市场调节相结合的经济运行机制。这样，就使社会主义经济有可能实行全面、协调和持续的发展。相对来说，既然社会主义商品经济会协调地向前发展，那么，商品流通所决定的货币需要量，也就会具有相应的稳定性。这就显示了社会主义商品经济条件下，货币流通规律的具体特点。

研究货币流通规律即商品流通中所需要的货币量，在社会经济生活中会涉及通货膨胀或通货紧缩的问题。它们之间是一种什么关系，这是需要研究和注意的问题。

所谓通货膨胀，是指货币发行量超过商品流通中的实际需要量，所引起的物价上涨和货币贬值现象。货币贬值，就会出现通货膨胀。这里涉及商品流通中的供求关系同货币需要量的关系，即两者是否平衡的问题。如果货币发行量同商品流通的需要量相适应，就不会出现货币贬值和通货膨胀的现象。如果货币发行量超过商品流通的实际需要量，货币就会贬值和引发通货膨胀。如果货币发行量减少，不能满足商品流通量的实际需要，就会出现通货紧缩的问题。

此外，货币流通中出现的反复无常的大变化和动荡，包括通货膨胀与周期性生产过剩的经济危机相结合，就会成为资本主义经济危机的基本内容。

在社会主义市场经济条件下，如果国家的基本经济政策出现了原则性和方向性问题，其中包括财政金融政策、商品生产和商品流通政策、货币流通政策等等，发生经济危机的可能性仍然是存在的。这就是我们为什么要研究商品经济规律和货币流通规律的必要性和意义所在。

第四节　货币发行和货币管理制度

货币发行，是指国家银行向流通领域投放的货币数量超过从流通领域回笼到发行国库的货币数量。中国作为社会主义国家，货币发行的方针政策，是以马克思主义关于货币理论为基础和指导的，同时依据社会主义经济规律的客观要求来制定的。在社会主义的一定发展阶段内，商品流通中所需要的货币量，相当于要用货币购买的商品价格总额，除以单位货币平均周转次数而得出的结果即货币数额。

货币发行，包括经济发行和财政发行两种类型。经济发行又称信贷发行，是指依据国民经济发展的需要，而增加的货币发行。当社会生产有了发展，商品流通随之扩大了，信贷支出大于收入时，即可增发一定数量的货币作为一种补充，以满足商品生产和流通过程对货币的需要。

经济发行是要使流通过程中的货币量与商品流转相适应，这是货币流通规律的客观要求。这样，就会有利于组织和调节货币流通。这是货币发行的正常办法。

所谓财政发行，是为了弥补财政赤字所增加的纸币发行。财政发行是资本主义国家的一种经常和普遍使用的办法。赤字财政，是凯恩斯主义在 20 世纪 30 年代所主张的一种基本政策。它主张由国家举办公共投资和增加军费，进行扩军备战，以便挽救资本主义经济危机。认为增加财政发行，是弥补财政赤字必不可少的手段。

历史经验表明，资本主义国家如果搞不适当的过度的财政发行，必然会导致通货膨胀、物价上涨，从而加重对劳动人民的一种额外负担和剥削。

中国财政预算的基本原则，是保持收支大体上的平衡。在一般情况下，预算不会出现赤字，也不会出现财政发行。

中国关于货币的发行权，全部统一掌握在中央政府手里。国务院根据每年制定的年度国民经济计划发展的需要，核准全国货币发行的指标，委托中国人民银行发行。国家规定人民币是我国流通领域唯一合法的货币。对货币发行的要求规定：一是任何地区和部门不得发行任何货币、变相货币或货币代用品；二是国家委托中国人民银行集中掌握发行基金，各地区分行和支行所保管的货币发行基金只是代替总行所保管的一部分。未经国家批准，任何地区和个人均无权动用国家的货币发行基金；三是必须坚持银行工作的集中统一，实行统一的信贷计划。未经有关领导部门批准，任何单位和个人不得违反国家规定，强令银行和信用社发放贷款。

中国对货币即包括人民币在内，实行严格的管理制度。中国人民银行对各部门和单位的收支方式、信贷和结算等活动，按照国家的有关规定进行严格管理。实行本单位自律和监管部门的监管相结合。当然，随着经济社会的发展，对货币的管理制度也会发生相应的变化。

新中国的货币制度经历了一定的发展过程，先后经历了一些改革，其中包括两次较大的改革。新中国成立初期，国家根据当时的社会经济状况，于1950年12月，颁布了《货币管理实施办法》。货币管理工作包括诸多方面：一是现金管理。对各单位除规定的库存现金限额外，其余一切现金集中于国家银行，对货币流通实行计划化。二是对国营企业和事业单位、机关、团体等一切交易往来，除规定使用现金外，必须全部通过国家银行，使用特定的转账方式进行划拨清算。三是集中短期信用，对企事业单位和机关、团体等，不得发生赊欠和信贷，一切短期信贷必须集中于国家银行。四是对基本建设投资，由财政部指定专业银行统一拨付，并负责实行监督。这个货币管理办法，对当时保证金融秩序和物价稳定，打击投机倒把，扼制通货膨胀，恢复和发展国民经济，起到了极其重要的作用。

随着三年经济恢复和发展，1954 年以后，不再搞统称为货币管理，而是分别实行现金管理和信贷管理，以适应国民经济计划发展的需要。1955 年 3 月，实行币制改革，有条件发行一种面额较小的新人民币，废除原来发行的面额较大的旧人民币。这标志着由国民党统治时期所传承下来的通货膨胀得到了很大的扼制，新中国的金融秩序开始走上了稳健发展的道路。这是新中国货币制度改革所取得的第一次重大成果。

20 世纪 70 年代末开始，中国提出并推行了改革开放的总方针。在改革开放过程中，提出了确立和完善社会主义市场经济体制的改革目标。21 世纪初，先后对国有银行提出了实行股份制和市场化改革的要求。中国银行和工商银行等先后在股票即资本市场上市，从而有利于优化金融结构。同时允许有条件的外资银行在中国上市和进行中间业务。这当然是中国金融业的又一次重要改革。从而有利于促进金融全球化。

对国有银行实行股份制和市场化改革，是优化资源配置和建立现代市场经济体制所必需的。与此同时，也会带来一定的金融风险。所以，我们必须坚持改革与有效发展和防范金融风险并重的经营方针。必须认真调整金融发展结构，规范经营行为和完善经营机制，建设和完善金融法制。从而才有可能推动金融业的健康和稳定地向前发展。

第二十二章

商品流通和建设统一社会主义市场经济体系

商品流通分国内和国际市场。国际市场将在下一章进行专门研究。国内商品流通又分城、乡两个市场，它们既互相联系又有所区别。现阶段农村市场有着巨大潜力。应建立城乡两个市场相结合的统一社会主义市场经济体系。以便促进经济社会的全面协调和持续发展。

第一节　商品流通和建立统一市场经济体系

商品流通既包括城乡两种市场，又包括国内和国际两种市场。所以，就一个国家而言，必须建立统一的市场经济体系。这是商品经济发展的客观必然要求。

作为商品流通的市场经济体系，它既包括中央和地方与基层三个层面；换句话说，它应包括商业部门、行业和企业三个层次，其中又包括批发商业和零售商业。就零售商业而言，它包括大、中、小型商场，超市和连锁店诸多商业经营形式。按照它们各自的地位和职责，进行分工和分权。从而形成一种商业经营管理制度。

中央商业部门属于国家级层面的宏观部门。它制定国家商业经营和发展的政策与规划，统筹全国性商品类货源和调控。但它并不直接从事商业经营活动，而是通过组织各种类型的商业集团或公司，根据全国各个地区和市场的需求，从事商业经营。这各类商业集团和公司，都是实行独立核算、自负盈亏的经济单位。

全国各个地区包括省、中央直辖市、自治区和一批大中型城市，这是商品流通和市场经济体系的第二个层次。它们根据中央商业部门制定的有关政策和商业发展规划，结合本地区和市场发展的状况和特点，研究和统筹本地区各类商品的供需要求和货源，以适应本地区经济社会发展的要求和满足人民群众对物质文化生活的需要。

全国各县和县级市及其所属的乡镇和广大农村地区，则属于商品流通和市场经济体系的基层单位，也是市场营销最广阔的基础。它们在国家商业政策和商业发展规划精神的指导下，要充分发挥商业企业和经营单位的主体地位和作用。县（市）城镇和农村乡镇比较分散，广大农民的需求也比较复杂，要充分发挥城镇商业和农村合作商业乃至个体商户的积极作用，以满足广大农民群众的生产和生活需要。这是县城和农村基层市场（包括集市贸易）较为艰巨复杂的基本任务。

在中国社会主义初级阶段条件下，通过改革，一方面要建立和完善社会主义市场经济体系，正确处理各个层次的关系，科学地发挥市场经济的基础和调节作用。与此同时，要正确发挥国家宏观调控的经济职能，尽可能避免市场经济调节的自发性和盲目性所带来的负面影响。历史经验表明，必须以市场经济活动为基础，实行国家的宏观调控与市场调节相结合，扬长避短，实行优势互补。这样，就会有利于推动经济社会的全面协调和持续发展。经济学界曾经有人否认国家宏观调控的作用，或者将宏观调控看成是一种暂时现象，盲目崇拜市场的调节作用。这是一种不切实际的幻想。无论在理论和实践方面都是没有根据的，站不住脚的。

第二节　城乡两个市场的联系和差别

就市场经济发展的漫长历史而言，最早起始于原始社会的"尽头"，即邻近公社之间最简单的物物交换。这是市场经济最初的萌芽状态。在此基础上经过长时期的发展，原始公社也逐渐发展壮大起来。随着原始公社的瓦解和奴隶制社会的产生，城堡便逐渐形成和发展起来。随着社会历史的发展，手工业便逐渐从农业中分离出来。随着社会生产力和分工的发展，社会上便逐渐出现了专门从事商品交易的商人；换句话说，商业便逐渐从农业和手工业生产中分离出来。这就是马克思和恩格斯所研究和总结的人类社会三次大分工的发展史。

随着社会三次大分工的发展，促进了社会生产力和生产的发展，从而促进了剩余产品增加和商品交易的发展。继而促进了私有制的发展和从原始社会向奴隶制社会的过渡。

随着社会生产力和分工的发展，人类社会已进入了文明时代。它包括古代奴隶制、中世纪的农奴制和封建制社会，以及近代资本主义制度三大时期。恩格斯根据社会生产力和劳动分工与经济社会发展的状况，又将文明时代分为农业文明和工业文明两个时代。并且分析和总结了文明时代发展的四大特征：一是在分工和私有制基础上，商品生产逐渐成了统治形式，商品生产的经济规律支配着人们的经济生活；二是一个阶级对另一个阶级的剥削是文明的基础，贪欲是文明的动力，对私人财富的追逐是文明的目标；三是国家已成为镇压被压迫和被剥削阶级的机器；四是存在着以劳动分工为基础的工业与农业、城市与乡村、体力劳动与脑力劳动者的对立。

　　随着文明时代、特别是其中工业文明时代的发展，与此相适应，形成了"三大差别"的对立与发展，从而使商品生产和商品流通与市场经济在资本主义社会占据了统治地位，包括劳动力都成了商品。正如恩格斯所说，价值规律成了绝对规律。由于工业革命的产生和发展，使得工业的发展大大地优越于农业的发展，城市的发展大大地优越于农村的发展。与此相应，从而使城市的商品生产和市场的发展，大大地优越于农村商品生产和市场的发展。于是，就造成了城乡两个市场的联系和差别。

　　由于城市和农村长期存在着发展不平衡状况，农村经济和市场的发展大大地落后于城市的发展。城市依靠工业的主导地位和作用，依靠科学技术的研究和开发，依靠文化教育事业的发展，以及依靠人才的优势，此外，还有资金的优势，所以城市的经济、商业和市场，以及现代化的进程，总是大大地处于领先地位。而农村经济的发展一般比较缓慢，除了粮食生产比较稳定，林牧副渔各业的发展也很不平衡甚至相当落后，除了西方几个资本主义发达国家的工农差别和城乡差别相对比较接近，大多数发展中国家的农业大都处于手工操作和半机械化状态。所以，农村的商品经济和市场还相当落后，除了那些乡村集镇经营一些小型商店和定期开放的农村集市贸易外，有些地区和城市还组织"大篷车"将工业品运往农村进行销售。此外，也就谈不上有什么真正的农村市场经济了！这就充分显示了城乡两个市场的联系和区别。

第三节　重点开发农村经济和市场全面建设小康社会

　　目前，中国农业尚未实现机械化，农村商品经济和市场还不发达，农林牧副渔即所谓"大农业"的潜力虽说巨大，却尚待进一步大力开发。只有逐步实现农业现代化和市场化，才有可能根本解决"三农"问题。全面建设小康社会的关键也在于此。

改革开放以来，中国农村在解散脱离实际的人民公社经济体制的基础上，后来逐步确立了以农民家庭经营为基础、实行统一经营与分散经营相结合的农村经济体制。这比较适合现阶段农村的情况和农业生产的特点，从而调动了农民发展生产的积极性。随着农村经济的发展，农产品特别是粮、棉、油短缺的现象逐步得到了解决。取消粮、棉、油等票证供应，就是最有力的证明。由于农村经济的恢复和发展，农村商业和集市贸易也得到了迅速的恢复和扩大。当然，同城市商业和市场经济的发展，仍然有很大的差距。需要继续发扬城市对农村商业和市场的支持与援助。

现阶段发展农村经济和市场的主要问题是，虽说中央已经确认了农村发展的新经济体制和道路问题，但由于存在着旧的传统观念影响，同时由于缺乏资金、技术、人才和科学管理经验。所以，除了各地区城市郊区和部分比较发达的农村，以及以家庭经营为基础、实行统一经营与分散经营相结合的新农村经济体制，其经营和建设得比较好的以外，其余多数地区的农村对新农村经济体制并没有认真贯彻执行。农民一般比较重视家庭经营这个基础，对统一经营这个层面如何进行组织和经营，似乎没有多大的积极性。当然，这同乡村干部的认识和重视与否，也是分不开的。

农业是国民经济的基础，同时也是发展和解决"三农"问题的基础。建设现代农业，发展农村经济，使农民收入达到富裕程度，是全面建设小康社会的阶段性历史任务。而要能够做到这种程度，就必须从多方面着手并采取相应的措施。首先，要根据中央全面建设小康社会的要求和步骤，统筹城乡经济社会发展，将农村经济社会发展和解决"三农"问题，作为目前的首要和重点任务来安排。其次，要根据农村改革和发展的要求，在坚持农村家庭经营的基础上，根据各地区的具体要求和特点，必须加强发展多种形式的统一经营这个层次。包括组织各种必要的专业性合作社，引进有关国营、集体和民营公司到农村进行承包和专业性经营，组织发展先进农业的各种示范基地和园区，加强组织和发展先进农业科学技术网站，等等。再次，要充分发挥市场经济在配置农业生产资源、发展农村商品生产和商品流通中的积极作用，有步骤地促进农业机械化现代化和农村城镇化。从而大力加强农业的基础地位，增强农业在国内外市场中的竞争力。

第四节　建立城乡结合的统一社会主义市场经济体系

中国农村在实现城镇化和现代化建设以前，农村商品生产和市场的发展总是落后于城市商贸和市场经济的发展。为了加快解决"三农"问题的进程和步骤，除了国家减免农民税费方面的负担和实行其他优惠政策，城市也应当适当地支援农村建设，实行工业反哺农业，需要城市市场扶持农村商品经济的发展。这样，就会有利于全面建设小康社会。

所谓全面建设小康社会，就是要求一个国家的人民群众，无论是城市和农村，都必须走共同富裕的道路。换句话说，无论是城市和农村人民群众的物质文化生活水平，经过现代化建设的相关步骤，基本上要能够达到实现共同富裕的标准和程度。这是任何人都不能改变的总体目标和要求。

就社会发展历史而言，无论是过去的城乡分离，还是现代发达国家城乡的初步结合和基本一体化，归根到底，都离不开社会生产力的发展状况和条件。从原始社会的瓦解和奴隶制社会的形成乃至封建制社会的产生，用手工业从农业的分离和手工作坊的形成与发展是分不开的。随后，同商人和工农业生产的分离也是分不开的。随着手工业和商品交易的发展，城堡也就逐步地形成和发展壮大起来。于是就开始出现了城乡的差别，并逐步形成和发展成为城市与乡村的分离与对立的局面。随着奴隶制社会和封建制社会向资本主义社会的过渡与转变，在英美等几个资本主义发达国家，随着工业革命的产生、发展和成熟，在二十世纪六七十年代，初步解决了城乡差别和分离的问题。但在世界各个发展中国家，由于社会生产力和科学技术发展缓慢，特别是农村发展的滞后，所以，城乡差别和对立状况仍然存在。

就中国而言，目前仍然处于社会主义发展的初级阶段。由于国家实现了以工人阶级为领导、以工农联盟为基础的社会政治制度，在经济上确立了以社会主义公有制为主体、多种经济成分共同发展的基本经济制度，城乡对立性质的矛盾总体上已经解决，但城乡差别的矛盾仍然存在。这就是中央为什么反复强调，必须把解决"三农"问题作为现阶段的战略重点的原因。这也正是全面建设小康社会的客观要求和关键所在。

要想从根本上解决"三农"问题，必须综合发展农村经济，加快建设现代农业的步伐。而要能够做到这一点，就必须根据本地区的条件和特点，加速发展商品生产，开发农村市场。一般来说，单靠发展粮食生产可以解决温饱问题，但却很难解决农村致富问题。社会发展经验表明，商品经济是人类社会不可逾越的历史发展阶段。列宁在俄国十月革命初期，曾设想取消商品和货币问题。但很快发现，当时俄国根本不具备这样的条件。所以，随后就提出了"新经济政策"问题。从而有利于巩固工农联盟和推动经济社会的恢复和发展。波尔布特领导的柬埔寨共产党，在夺取国家政权后，实行极"左"路线，企图否定商品经济，等等。结果也必然以失败而告终。其实，我们国家原来也不无这方面的影响。在 20 世纪六七十年代，将社员自留地和家庭副业以及农村集市贸易，要当做资本主义尾巴割掉，对集市贸易以"投机倒把"来对待。直到江青反革命集团垮台，邓小平复出，经过党的十一届三中全会，恢复了党的"实事求是"的思想路线，提出了改革开放的总方针，确立了中国特色社会主义发展道路的理论。从而才逐步使我们国家走上健康发展的轨道。

　　在综合发展农村商品经济、开发农村市场的过程中，必须继续加强国家对农村发展政策的扶持；依靠以家庭经营为基础、发展多种形式的统一经营，坚持和完善以统一经营和家庭经营相结合的基本经济结构，实行优势互补。同时，要发挥城市商业和市场对发展农村商品经济的支持。比如：城市经贸公司发展可以同村、镇共同组织股份合作制商店；将城市商业经营的连锁店扩展到农村去；根据农村发展多种经营的需要，由城市有关经贸公司组织临时收购各种农产品的网点；还可以签订预购有关农产品的合同或协议书，等等。总之，可以通过多种形式，组织城乡结合的市场经济体系。从而有利于促进农村商品经济的全面发展，有利于加快农业现代化建设的步骤和进程，有利于推动农村逐步实现城镇化。经验已经并将进一步证明，只有建设和完善城乡统一的社会主义市场经济体系，以市场为基础，实行国家宏观调控和市场调节相结合的商品经济体制和机制，才能又好又快地推动经济社会的持续发展。

第二十三章

社会主义国家对外贸易和经济全球化

各个国家的对外贸易和经济全球化是密不可分的。每个国家和地区对外贸易的发展，是实现经济全球化进程的基础。如果没有各个国家和地区对外贸易的相应发展，就不可能逐步实现经济全球化。这是对外贸易发展的一种必然趋势。我们在这里从研究马克思主义关于对外贸易的理论着手，联系对外贸易在国家经济生活中的地位和作用，以及对外贸易发展的战略和模式问题，最后，归结到发展对外贸易和实现经济全球化的关系问题。从而探讨和掌握实现经济全球化发展的规律性问题。

第一节　马克思主义关于对外贸易理论

马克思主义关于对外贸易理论，以国际分工和国际价值理论为基础。如果没有国际之间的分工与交流，就不会形成国际贸易体制。以劳动价值论为依据和"比较成本说"，是形成国际贸易竞争和推动国际贸易发展的比较利益方面的客观要求。当然，无论是国际分工理论还是"比较成本说"，都反映了国际贸易发展的客观要求即规律性。而这一类问题，归根到底，都是由社会再生产循环与周转的一种必然要求和发展趋势。如果离开了社会再生产运动和循环的要求，就谈不上无论是国内还是国际范围的分工问题。所以，发展国际贸易，必然是以社会再生产运动为基础和进行国际分工的客观要求，作为理论依据的①。

国际贸易和国际分工理论，经历了一定的历史发展过程。国际分工是社会生产力和经济发展到一定历史阶段的产物，是生产社会化和发展地区经济与经济全球化的必然趋势，是扩大和优化资源配置范围的要求与结果，是国际竞争和节约社会劳动即提高经济效益的重要源泉。所以，国际分工和经济效益，就成为发展国际贸易的理论基础和依据。

理论界对国际分工与国际贸易的关系问题，存在着一定的分歧。有的认为，国际分工是国际贸易形成和发展的基础。与此相反，认为国际商品交易比国际分工要早，是国际贸易的发展导致了国际分工。说国际分工是在资本主义大工业生产条件下逐步形成的。这个事实说明了先有国际贸易，而后才有国际分工。这显然是从现象上看问题。就理论和实践的结合来看，国际分工和国际贸易是一种辩证统一的关系。应当说，两者是密切相关的。国际分工既是国际贸易的基础和条件，又是国际贸易发展的必然要求乃至进一步发展的产物。两者之间存在着一种辩证统一的发展过程。当然，这同各个国家的经济社会发展状况和自然环境以及资源条件也是密不可分的。如果每个国家都有条件生产同样的商品，自然不会存在贸易往来。只有当存在着相对不同的社会环境和自然条件时，才会有进行商品交易的必要性。正是由于这种商品交易，才会促进各个国家社会分工的发展。随着这种社会分工

---

　　① 马克思主义关于对外贸易理论，除了国际分工和国际价值理论，还包括国际垄断理论。随着时代的发展，国际垄断理论的意义和作用已经发生了变化。至于"比较成本说"曾经是资产阶级古典经济学大卫·李嘉图提出来的。有其理论意义和实际意义。所以，我们将其作为马克思主义关于国际贸易理论的一种补充。

的发展，又会促进和扩大国际贸易的发展。这就是国际分工和国际贸易发展的辩证法。

社会分工是一种经济范畴，国际分工也是如此。国际分工是社会生产在国际领域或范围的专业化，是各个国家的生产者之间通过商品交易和国际市场而形成的一种相互的劳动联系和关系。是同一定的国际范围生产关系联系在一起的。国际分工经历了三大历史发展阶段。在这个基础上，已形成了现代新的世界分工的特点。从传统的以自然资源为基础的国际分工，逐步形成了以工业革命为基础的国际分工，以及当代以高新技术和现代工艺流程为基础的国际分工；从国民经济的部门分工逐步发展到产业部门内部的分工和以产品专业化为基础的新的国际分工；从由市场自发力量所形成的分工，逐步走向由大型企业即跨国集团所组织的分工方向发展，等等。换句话说，传统的国际型分工，正在逐步转向以科技型为主导的国际分工。总之，以传统的世界工业分工为基础的国际分工，开始转化为以科技主导型为特征的国际分工。显然，这是 21 世纪的一种新发展的大趋势。

马克思主义关于国际贸易和分工的理论，必然要涉及所谓"比较成本说"。比较成本说是资产阶级古典经济学的代表人物大卫·李嘉图对关系到传统国际分工理论的核心问题的研究。由于国际贸易的激烈竞争和利害攸关的问题，自然要研究"比较成本"的问题。比如在生产经营和国际贸易竞争中，自然要涉及劳动节约和流通费用节约以及综合成本节约的问题。这是关系到国际贸易能否赢利和赢利大小的问题。所以，对"比较成本"的研究，自然会成为国际分工和国际贸易理论的必要组成部分。这是任何研究和进行对外贸易不可或缺的原则问题。否则，就会不明确对外贸易经营的目的问题。

第二节　社会主义国家对外贸易的地位和作用

无论是国内贸易还是国外贸易，都是为适应国内外社会和人民群众的各种不同的需要。由于各个国家的资源分布和生产结构发展的不平衡，一般来说，任何一个国家都不可能满足自己的各种需要。因此，各个国家都需要发展对外贸易和进行国际交流，实行互通有无和优势互补、以满足人们和经济社会发展的不同需要。所以，对外贸易就会成为各个国家国民经济发展需要的程度不同的必要条件。具有一定的重要地位和不可或缺的作用。

各国的对外贸易包括出口和进口两个方面。这是根据一个国家的经济社会发展状况和人民群众对物质文化生活的需要所决定的。国内市场对商品的供需状况如何，供需矛盾的大小如何，是供过于求还是供应不足即短缺，这是研究和确定进出口贸易的基础与依据。从而，也就显示了发展对外贸易的必要性和普遍意义。

关于对外贸易的职能，不仅对一般国家的经济社会发展具有它的必要性，对于资源贫乏和严重短缺的国家则具有它的特殊必要性和意义。如像日本这样的岛国，除了水产品，各种资源严重贫乏。如果离开了进口资源和贸易，它的经济发展和广大人民群众的生活水平，就会难以维持下去！此外，即使是对发达国家的先进科学技术和进出口贸易，也是不可或缺的。如果对先进科学技术长期实行垄断和控制，这种科学技术既不能发挥交流作用，也不能获取赢利；同时对这一类国家还会形成一种巨大的进出口贸易逆差。结果只能是一种既损人，又不能利己！根本违背对外贸易的要求和原则。

要能发挥对外贸易的地位和作用，既要从实际出发，又要讲求经济效益。所谓从实际出发，就是既要根据本国的具体情况和发展经济的需要，又要预估外部条件和可能性。尽可能克服外部和内部的政治偏见与干扰。所谓讲求经济效益，包括微观和宏观两个方面。微观经济效益主要是指企业进出口贸易的经营成果如何？而宏观经济效益，则是指国家经济贸易部门和行业对外贸易经营的综合效果即总体上的经营成果如何？衡量对外贸易的经济效益，需要研究确定一定的标准和原则，并非人们的一种任意观念和行为。无论是进口还是出口贸易，首先，必须研究和了解有关商品国内外市场的供需状况如何，以及近期、中期和长期的发展趋势如何？其次，必须研究和掌握国内外市场商品价格竞争的状况如何，并且要尽可能预测有关主要商品价格竞争变化的基本趋势如何？再次，要在全面研究掌握本国资源和发展对外贸易基本趋势的基础上，研究和分析世界各国资源分布状况和发展进出口贸易的需要，以便实现优势互补、调剂余缺，发展互利多赢的国际贸易关系。这样，就可以充分发挥各国对外贸易的地位和作用。

总之，为了保护、发展和提高对外贸易经营及其经济效益问题，必须进一步研究和完善对外贸易的方针政策和措施，提倡文明经商，反对不正当的竞争，从而有利于促进经济社会的健康和持续发展，有利于提高人民群众的物质文化生活水平，有利于建设公平、公正的社会主义和谐社会。

第三节　对外贸易发展战略和发展模式问题

关于国家的对外贸易，是经济社会发展的一个重要方面。要使对外贸易得到稳定和持续发展，必须制定好科学的对外贸易发展战略。其中包括制定发展战略的指导思想和方针政策，发展战略的目标和重点，以及实现发展战略的步骤、方法和措施。如果将发展对外贸易等的格局和方式加以规范化，就会形成一种对外贸易的发展模式。

国家对外贸易发展战略的指导思想，应当以马克思主义关于对外贸易的理论为依据，同时要结合本国经济社会发展的具体情况，以及适应一定的国际经济形势发展的需要，方有可能制定出比较切实可行的对外贸易发展战略和方针政策等，从而有利于促进对外贸易的健康发展。

具体来说，研究和制定国家对外贸易发展战略，必须同国家所确定的发展经济社会的中长期规划和要求相结合，并成为这种发展规划的一个重要组成部分。应当依据这种经济社会发展规划的要求，研究确定对外贸易发展的战略目标、战略重点，以及实现战略目标的步骤和方式。坚持科学发展观，根据需要与可能，不要急于求成，不搞盲目追求，提高对外贸易的经济效益和国际市场的竞争力，以便发挥对外贸易的作用为经济社会的发展服务。

在研究确定了对外贸易发展战略的基础上，必须根据发展战略的目标和要求，以及国内外的具体经济形势，研究和选择适当的对外贸易发展模式。这样，就会有利于发挥公司和职工的主动性和积极性，克服被动性和盲目性。从而有利于促进对外贸易的健康和持续发展。

根据中国改革开放以来的情况和经验，中国对外贸易发展战略先后采取了几种形式和发展模式。

改革开放初期，首先，中国实行对外贸易"进口替代"战略和发展模式。问题是过度重视"进口替代"，而忽视了对基础原材料的"进口替代"。后来逐步转向中间性产品或半成品的进口，减少乃至暂停工业制成品加工装配线的进口。这样，不仅有利于中国自己工业的发展，而且有利于适应打开对外经济贸易开放的新局面。所以，应当改变为"进口替代"和"出口替代"相结合的发展战略和模式。

其次，实行外向型经济和内向型经济相结合的发展战略和模式。这样，就可以利用国内和国际两种市场、两种资源来推动中国经济社会的发展。当然，在改革开放过程中，在不同的发展阶段，情况是会有所变化的，需求也会有所不同和侧重。应当根据国内外经济发展情况的变化和不同需求，及时进行调整。不要故步自封，搞一成不变的发展模式。

再次，中国地大物博、人口众多，全国东南沿海地区、西北高原地区和中原地区的自然地理条件差距很大，经济发展又很不平衡，必须根据这种不同状况和发展要求，选择适当的对外经济贸易发展战略和模式。切忌搞同一种发展模式，而应当实行多样化和综合性的发展战略和模式。

就东南沿海地区而言，它的经济基础比较好，自然环境和交通条件也比较好。其对外经济贸易发展战略和发展模式，应当从这种实际出发来研究和确定。起初，国家提出了"两头在外，大进大出"的发展战略和发展模式。从而推动了东南沿海地区经济和外贸的快速发展。经过二十多年的发展，东南沿海地区除了坚持对外经济贸易的发展战略和发展模式；同时要重视和加强对西北高原地区和中原地区经济发展的支援战略和支援模式。这样，才符合全面建设小康社会和实现国家现代化发展战略的要求和目标。

中原地区即介于东南沿海地区和西北高原地区之间的中部地区。它具有较好的自然条件和交通条件，经济贸易的发展也有一定的基础和条件。对于中原地区对外贸易发展战略和发展模式，曾经提出"全面开放，双向循环，内外结合，走效益增长型发展模式"。有的主张，"以进口替代为主，出口导向为辅"的发展战略和模式。还有的主张，依托本地区的资源优势，积极引进资金、技术和人才，大力发展深度加工产品，优化产业结构和出口商品结构，走内涵发展道路，扩大对外贸易。这些主张都有一定的道理。按照我们的认识，应当以中原地区在现阶段所处的地位和作用，从实际出发，依靠本地区现有的经济基础和优势条件，适当引进外资和先进科学技术，实行内外相结合的发展经济和外贸的战略和模式。当然，还可以根据大区内部的差别和条件，根据实际需要与可能，实行不同重点和区别对待的发展模式。这样，不仅有利于本地区的经济和对外贸易的发展，同时也可以带动和支援西北部地区的经济贸易的快速发展。

至于西北部地区，由于历史、交通和自然条件等原因，经济社会长期处于落后状态。在 20 世纪 90 年代后期，中央提出了要加强开发大西北的总战略和方针。经过国家和东、中部地区的支援，近些年来，西部地区的基本建设和经济有了一定程度的发展。先后修建的高速公路和水电站以及举世瞩目的青藏铁路等，为该地区的快速发展提供了重要条件。对西部地区如何发展，也有不同的看法。有的提出，"走西口"，重建"丝绸之路"的对外贸易发展战略和模式；有的主张，"北开、南联、东进、西出"的发展战略和模式，等等。这些意见都可以参考。我们认为，应当在对基本建设进一步完善和配套的基础上，全面研究对外经济建设与贸易发展，进行总体布局。其中包括应当考虑的几条原则和要求：一是应当根据西北部地区现有的经济基础和条件，研究和确定今后长期的发展战略和发展模式。二是要根据现阶段发展的需要与可能，研究制定科学合理的分期发展目标和要求。三是在总体上要体现以公有制为主体、多种经济成分共同发展的要求。四是要不断总结经验教训，发扬优点，克服缺点和错误，促进该地区的经济社会全面协调和持续发展。

综上所述，我们必须坚持从实际出发、"实事求是"的思想路线，坚持走中国特色的社会主义发展道路，根据全国各个地区的具体条件和特点，研究和选择适应本地区发展经济和对外贸易的战略和模式，以促进全国各个地区的共同发展和繁荣，使我们在激烈的国际竞争和实现经济全球化的过程中处于不败之地，并且要尽到自己应尽的责任。

第四节　发展对外贸易和经济全球化问题

世界各国对外贸易发展和扩大的必然趋势，最终就会导致和实现经济全球化。发展与各国的对外贸易，固然会为经济全球化逐步制造条件和奠定基础。但要完全实现经济全球化，则需要经历很长的一个历史发展过程。

所谓经济全球化，包括世界各国、各洲和各地区之间的经济贸易交往和市场交易，还有相互投资、科学技术和文化交流，以及其他各种形式的市场交易活动。其中包括各种经济贸易结构和商品结构，国家和地区之间的经济贸易结构，最终形成经济贸易一体化和全球化。这样，就可以在国家、地区和全球范围内，对资源进行优化配置，实行优势互补、互通有无、调剂余缺，从而实现经济全球化。这样，就会充分地提高经济效益和社会效益，有利于促进世界各国的经济社会的发展和繁荣，具有不可估量的意义和作用。

实现经济全球化有多种方式和途径，各国和地区之间对外经济贸易的发展和协作，是一种基本方式和途径。如果离开了国家和地区之间的协作和发展，所谓经济全球化就无从谈起。这就是我们为什么要把国家发展对外经济贸易同经济全球化联系在一起的依据所在。

发展国家对外经济贸易关系，理论界大都存在一种共识。但在关于经济全球化问题上，却存在两种对立的观点。赞成全球化的认为，它是发展经济的一种机遇，可以促进科学技术的交流；当然也存在着它所造成的负面影响和挑战。反对全球化的观点比较复杂。第三世界的有些民族主义者认为，资本主义全球化可能会带来西化和新统治经济；西方所谓"第三条道路"的支持者，对一种预示前所未有的所谓"全球繁荣的制度"，持有着憎恨的心理！还有一种观点，将全球化视为是"一种浮士德与魔鬼的协议"，是以失去灵魂为代价换取的繁荣。对资本主义怀恨在心。这种反对意见除了政治上的偏见，同时也存在着对经济全球化的内容和含义缺乏正确的认识和了解！所以，反对意见和问题自然就在所难免了！

发展国际贸易和进行经济全球化，绝非出于一种偶然，而是基于各国社会分工的发展和范围的扩大，要求在国际范围内进行社会分工和发展国际市场交易的必然趋势。与此相应，同时也是各国生产资源配置范围的扩大与优化配置的必然要求，是各国商品经济和国际贸易发展的必然结果。随着社会分工的逐步发展和国际贸易的扩大，必然要促进各国经济的相互依赖，取长补短，实现优势互补，从而就会逐步推动世界经济和贸易一体化发展趋势和进程。当然，经济全球化同帝国主义侵略和殖民政策与经济掠夺，是两种根本不同性质的问题。就社会历史发展规律而言，或许同中国传统文化中所预言的"世界大同"社会观的要求相类似。按照马克思主义观点，所谓经济全球化，也许为在国际范围内实现社会主义和共产主义的远大理想，将会提供一定的经济基础和条件。

20 世纪 80 年代以来，国际贸易和经济全球化得到了较快的发展。主要原因：一是由于苏联和东欧若干社会主义国家的解体，使得斯大林曾经提出和推行的两种世界经济体系和两个平行市场的发展和竞争逐步趋于统一，从而使原有的发展国际贸易和推行经济全球化的体制障碍已经基本消除。二是由于高新技术及其产业化的发展，为国际贸易和跨国公司的迅速发展，提供了可能和条件。三是由于"关贸总协定"向世界贸易组织的转型和发展，为国际贸易和推行经济全球化发挥了一定的重要作用。当然，由于各个国家和集团之间仍然存在着种种问题和矛盾，归根到底是由于利益上的矛盾。所以，在经贸方面仍然存在着不少摩擦，比如：在进出口商品价格上的摩擦；进出口投资方面的摩擦；高新技术转让和保密方面的摩擦；垄断性商品交流方面的摩擦；商品补贴和关税方面的摩擦，等等。只有本着公平、公正和互利协商的原则，予以合理解决，才会有利于发展国际贸易和推动经济全球化。

如何通过各国对外经济贸易的发展，逐步形成和完善经济全球化的市场经济体系。需要认真研究和进一步实践，并要不断地总结经验。世界各国对外经济贸易体制是基础，区域和地区性经贸联盟与协作是最重要的中间环节，现有的世界贸易组织，可以逐步发展和演变成为经济全球化的宏观调控中心，研究和制定相应的法规和监控制度。从而就可以不断地推动经济全球化的稳定、健康和持续发展。

后 记

本书在写作与出版过程中，得到了院部老干部局的赞助，同时还得到了出版社负责人赵剑英同志、编辑室负责人张红同志的支持与帮助。此外，罗玉琼、李燕玲、罗志敏等人也给予我不少具体帮助。在此一并致谢！

李泽中

2008 年 6 月